KB004528

파인딩 조

MAYBE ONE DAY

파인딩 조

FINDING JOE

DEBBIE JOHNSON

데비 존슨 지음
황성연 옮김

필름

일러두기

- 본문의 각주는 모두 옮긴이의 것입니다.

1

지금껏 수많은 노래와 시, 이야기의 주제는 사랑이었다. 수없이 많은 책 지면은 그보다 훨씬 많은 단어로 채워졌고, 낡은 기타를 든 수없이 많은 상심한 남자들은 수없이 많은 노래를 수없이 많은 술집 바에서 불렀다. 끝 모를 밤들은 모든 걸 괜찮게 만들어 줄 완벽한 짝을 찾으려는 열망으로, 그야말로 모든 것을 한결 나아지게 할 '한 사람'을 찾으려는 열망으로 들끓었다.

운이 좋다면, 사랑은 일찌감치 시작된다. 그것은 당신에게 주의를 기울이고 친절하고 응석을 받아주는, 당신을 열렬히 아끼는 부모님과 함께 시작되며, 그들이 당신을 얼마나 사랑하는지 추측하는 게임을 해보자고 하는 만화 토끼로 가득한 책들로 이어진다. 친구들이나 형제자매들, 이모나 고모들, 할아버지들과 함께 시작되는 이 사랑이라는 온 세계가 당신을 피난처처럼, 보호막을 가진 비눗방울처럼 둘러싼다.

하지만 머지않아 사랑은 더 이상 만화 토끼와 엄마나 아빠가 아니게 된다. 당신은 전혀 다른 사랑의 세계를 마주한다. 그것은 지리 수업 시간에 당신 앞에 앉은 소년이다. 근사한 머리카락에 자신만만한 미소를 띠고 멋진 운동복 차림을 한 남자아이다. 그가 미소를 지으면 당신은 어지럼증을 느낀다. 당신은 그의 이름을 연필통에다 몰래 끼적거리는데, 미래에 필연적으로 치르게 될 결혼식에 앞서 그의 성을 크기를 달리해가며 시험 삼아 적어 보는 것이다.

당신은 친구들과 이야기를 나눌 때면 언제나 그에 대해 이야기하고, 말 그대로 그 아닌 '다른 어떤 것'에 대해 전혀 생각하지 않는다. 당신은 그의 모든 말과 움직임, 끈적하게 뭉쳐진 껌 덩어리를 아무렇지 않게 씹어대는 모습을 분석한다. 당신에게 유일하게 중요한 것은 그 소년이고 실제라고 느껴지는 유일한 것도 그다. 사랑이 모든 사람에게 똑같이 적용되진 않을 것이다. 그것은 소년을 갈망하는 소녀일 수도 있고, 소녀를 갈망하는 소년일 수도 있다. 혹은 그들 사이의 다른 조합일 수도 있다. 그런 일은 열네 살에 일어날 수도, 마흔 살에 일어날 수도 있다. 하지만 언젠가는 일어날 것이다. 그리고 사랑에 대한 탐색이 시작될 것이다.

집착은 당신 혼자만 하는 게 아니다. 사실 사랑만큼 많이 이야기되면서도 또 오해가 많은 주제도 드물다. 내가 보기에 그 이유는 아무도 사랑이 무엇인지 모르기 때문이다. 우리는 모두 사랑을 경험한 적이 있지만, 사랑에 대해 갖는 시각은 제각기 다르다.

전 세계의 라디오와 아이팟, 축음기에서 들려오는 목소리들, 도서관과 서점, 먼지 쌓인 책장에 꽂힌 책들의 지면에 쓰인 말들, 나무 몸통들에 새겨진 이름들과 하트 모양들. 이들 모두는 관점을 가지고 있다. 다만 그것들은 사랑이 뭔지에 대해서는 합의하지 못했다.

그것은 다양한 광휘를 가진 것인가, 아니면 사소한 미친 짓인가?

그것은 전장인가, 아니면 마약인가? 새빨간 장미 한 송이인가, 물 흐르는 듯한 멜로디인가, 아니면 헛수고인가? 그게 정말로―비틀스가 우리에게 믿음을 준 것처럼―우리가 필요로 하는 모든 것인 걸까?

나로서는 죽어도 답을 알 수 없다. 사랑은 처음부터 나를 혼란스럽게 했다.

하지만 한 가지는 확실히 안다. 나는 사랑과 함께 살아왔다. 나는 그것의 촉감을 느꼈고, 그 아래에서 꽃처럼 피어났고, 그것에 의해 변화했다. 축복이라는 느낌을 알게 되었고, 불타오르는 감정을 느끼기도 했다. 사랑이 난폭하게 몰수되며 남긴 흉터를 느꼈고, 그것의 부재가 주는 공허 속에서 사는 고통을 느꼈다. 나는 사랑이 작고 흰 상자에 담긴 채 교회의 통로를 따라 이동하는 모습을 보았다.

나는 사랑이 함께하는 삶을 살았지만, 많은 해 동안은 사랑 없이 살아왔다. 내가 그 둘 중에 어떤 걸 선호하는지 잘 안다. 그 답은 아이들이라도 식은 죽 먹기라고 할 것이다.

그래서 나는 오늘 밤 너무나 익숙한 소음들로 둘러싸인 너무나 익숙한 집의 이불 아래 누운 채, 용감해지기로 마음먹었다. 나는 용기를 내고, 다시 한번 사랑을 찾아야 한다. 바깥세상으로 나아가, 내 이야기가 어떻게 끝날지 알아내야 한다. 그를 찾아내고, 붙들고, 우리 사이에 일어난 끔찍한 일들에 대해, 그 일들을 내가 얼마나 유감스러워하는지 그에게 말해야 한다.

나는 지금껏 살아오면서 동화나 해피엔딩을 믿지 않았다. 나는 디즈니 만화에 나오는 공주가 아니었고, 내 세상에서는 흠잡을 데 없이 완벽한 순간들과 감동적인 연설, 열정적인 동경이란 존재하지 않았으니까.

하지만 결심했다. 설령 결과적으로 그를 찾지 못하더라도 그 엔딩을 향해 손을 뻗어보기로. 오늘 밤 나는 열린 커튼들 사이로 들이치는, 은빛 광채를 내는 보름달 빛에 의지해서 글을 읽으며 늦게까지 잠자리에 들지 않았다.

10분 전 나무우듬지 위로 해가 슬금슬금 모습을 드러냈고, 은빛은 금빛에 사그라들었다. 새 여명. 새 시작. 내가 잃어버렸다고 생각한 모든 것을 다시 발견하는 일의 시작.

스물네 시간 전만 하더라도 나는 잠자리에서 일어나 양치질을 하고, 장례식에 갈 준비를 하며 조용한 주방에 혼자 앉아 차를 마셨다. 그러면서 내가 사랑한 여인에게 마지막 작별 인사를 건넬 준비를 했다. 그 이후로 고작 하루라는 시간이 흘렀다는 사실이 믿기지 않는다.

장례식으로 시작되었지만, 희망으로 끝을 맺은 하루. 포장지에 싸인 채, 상자 안에 숨겨져 있던, 까맣게 잊힌 옷들과 고장 난 재봉틀, 그리고 오랫동안 손길이 닿지 않은 다락방의 삭아가는 거미줄들 사이에서 발견한 희망. 내가 존재한다는 사실조차 알지 못했던, 하지만 지금은 레몬으로 세탁한 리넨을 통과해서 들어오는 햇살처럼 내 존재를 환하게 비추는 희망.

희망, 이것 없이 나는 어떻게 살아온 걸까?

2

시작 — 그 전날

조촐하고 슬픈 어머니의 장례식이 있는 날은 햇살이 좋은 초여름 날이다. 화창한 날씨는 장례식의 즐거운 것 하나 없는 분위기를 더 기분 나쁘게 한다. 자연은 파티를 벌이고 있지만, 나머지는 그 누구도 축하할 마음이 없다.

화장장은 그림처럼 멋진 풍경을 연출한다. 나무가 양쪽으로 줄지어 선 도로는 분홍색과 흰색 벚꽃들이 그늘을 드리우고 있고, 꽃들은 수북하고 생명력 있게 만개해서 길을 향해 아래로 처지면서 쏟아지는 것 같다. 꽃잎들은 바람에 팔랑거리며 춤을 추다 영구차 위로 내려앉는다. 나는 하나밖에 없는 영구차에 타고서 그 뒤를 따랐다. 내가 목적지를 향해 혼자 운전하는 동안 꽃잎들은 영구차의 침울한 검은색과 대비되며 더욱 선명해진다.

차 유리창 밖의 삶과 에너지, 재탄생을 바라보았다. 새들이 지저귀고 곤충들이 낮게 윙윙거리는 소리를 듣는다. 차 유리를 통과해 피부에 와닿는, 해의 달래주는 듯한 따스함을 느낀다. 그러곤 이내 이런 날에 무언가를 즐긴다는 건 무례한 일이라는 생각이 들어, 눈을 감으며 햇살을 즐기고 있는 나 자신을 제지하려 애썼다.

장례식에 참석한 사람은 맨 앞에 서 있는 중년의 여자인 교구 목사(정식 직함이 무엇인지는 확실치 않은데, 미사 집전 신부일 수도 있다)까지 포함해서 다섯 명뿐이다. 그녀는 한 번도 만난 적 없는 여자를 위해 설득력 있는 헌사의 말을 어떻게든 이어 붙이려 애쓰는 중이었다. 5분 동안 이어지는 진부한 말을 채우기에는 너무나 사소하고 협소하게 느껴지는 삶을 살았던 여자. 나의 어머니였던 그녀. 나는 그녀를 사랑했지만, 그녀에 대해서는 할 말이 그리 많지 않다.

우리는 스테인드글라스 빛으로 얼룩덜룩해진 채 다 함께 짧은 줄을 이루며 앉았다. 내 어머니 세계의 총합. 나와 로즈메리 이모와 사이먼 이모부, 그리고 사촌 동생 마이클. 어머니는 장례식과 관련해서 계획을 짜두지 않았다. 어머니는 생의 끝을 어떻게 기념해야 하는지를 두고 특별한 요청을 하는 그런 부류의 사람이 아니었다.

물론 그녀가 4년 전, 몇 차례 뇌졸중으로 인해 몸을 움직이지 못하는 일이 벌어지지 않았다면, 그렇게 했을 수도 있다. 그런 일이 있고 나서 어머니는 자신의 마지막 바람을 명확히 표현하는 일은 고사하고 젤리조차도 혼자서 먹지 못했다.

다행히도 장례식은 금방 끝이 났고, 어색한 분위기 역시 재빨리 마무리되었다. 나는 어머니의 삶의 한계에, 그녀가 번성할 수 없었던 억눌린 환경에 다시 한번 충격을 받았다. 전체적으로 베이지 톤으로 조명된 그녀의 삶이라는 무대. 나로서는 거기에 좀 더 많은 기쁨, 좀 더 많은 포기, 좀 더 많은 규칙 위반이 있었더라면 좋았겠다 싶은 생각이 들었다.

나는 어머니의 여동생인 로즈메리 이모를 힐끔 쳐다보았다. 그녀는 내내 허리를 꼿꼿이 세운 채 경직된 모습이다. 혹여 감정이라는 것을 느끼는지 모르겠지만, 설령 그렇다고 해도 그녀는 그것을 드러내지 않을 것이고, 손에 움켜쥔 티슈를 코에다 대고 훌쩍거리거나 남편의 손을 잡는 행동조차 하지 않을 것이다. 그녀가 유년 시절 분명 어머니와 함께 자라고 함께 뛰놀고 웃었으리라는 사실을 표시할 만한 것은 아무것도 없었다. 나는 그들이 근심 걱정 없이 모험심 가득한 어린아이들이었던 때의 모습을 상상해보려 애썼다.

나는 항상 여동생을 원했고, 분명 기쁨을 주는 일이 되리라 생각했다. 내 승리와 슬픔을 공유하고, 오늘과 같은 날을 함께 이겨낼 수 있게 도와줄 사람일 것이라 상상했다. 하지만 이모를 보면 전혀 그렇지만도 않을 것 같았다.

그녀는 앙다물듯 뻣뻣해진 윗입술을 내보였고, 그런 태도는 전염병처럼 퍼진다. 그건 우리가 아내이자 어머니, 아마도 한때는 연인이었던 여인에게, 불안에 휩싸인 십 대 소녀였고 치아 사이에 틈이 있는 어린 소녀였던 여인에게 작별 인사를 하는 순간의 분위기를 정하고, 우리 모두가 행동해야 할 방식에 영향을 미친다. 어머니에게도 희망과 꿈이 있었고, 거친 순간과 열정과 후회가 분명히 있었을 것이다. 적어도 그랬길, 나는 바란다.

나는 그녀가 어머니가 아닌 다른 사람이었던 걸 기억하지 못한다. 그리고 이모는 이야기를 공유하는 타입이 아니었다. 어쩌면 그렇게 하는 게 그녀에겐 너무 고통스러운 일인지도 모른다. 내가 이모를 나쁘게만 보는 건 아닌지, 실은 그녀의 고요하고 차가운 표면 아래로는 고인 채 간신히 유지되고 있는 깊은 고통의 샘이 있는 건 아닌지 모르겠다.

내 고통도 그런 샘을 이루고 있다. 그건 간신히 유지되고 있는 나만의 지옥이다. 나는 여러 해 동안 어머니를 돌봐왔다. 내 삶은 그녀의 일상과 의식들, 욕구들에 억눌려있었다. 그녀의 몸이 망가지고 의사소통 능력에 문제가 있긴 했어도, 그녀는 여전히 존재했고, 여전히 그녀의 몸 안에 있었고, 여전히 내 어머니라는 점을 이해함으로써 그렇게 됐다.

내가 자유를—일정들, 간병인들, 병원 예약, 그리고 나 혼자만의 순간을 즉흥적으로 가질 수 없다는 끊임없는 자각으로부터의 자유를—꿈꿨던 순간이 없었다고 한다면, 그건 거짓말일 것이다.

물론 지금 나는 자유롭다. 하지만 그건 모쪼록 개봉하지 않은 채로 돌려주고 싶은, 원치 않는 선물이다. 바로 지금, 자유라는 선물은 과대 평가된 것처럼 느껴진다. 특히나 죄책감으로 포장되어 있고 슬픔으로 만들어진 크고 반짝이는 리본으로 묶여있는 지금의 선물은 더더욱 그렇다.

어머니는 젊지 않았다. 그녀는 몸이 좋지 않았고 고통받았다. 어머니가 돌아가신 후, 어머니를 돌보는 일에 관여했던 모든 사람이 에둘러 말하거나 대놓고 큰 소리로 말했듯이 그녀는 안식을 갈망했을 수도 있다.

그들이 생각하는 바가 뭐든 간에—그녀가 천사들에 둘러싸인 하늘의 구름 위에 앉아 있고 그녀가 사랑했던 모든 사람과 재회했으리라고 생각하든(어머니의 간호 보조원 일레인의 생각), 아니면 그녀가 적어도 고통받지 않게 되었다고 생각하든(우리 지역 담당 보건의의 생각), 아니면 그녀가 내세의 영혼으로 계속 살아가고 있다고 생각하든(크리스털로 된 목걸이를 착용한 약국에서 일하는 여자의 생각)—(몇 마디 말로 거칠게 표현하자면) 어머니는 차라리 죽는 게 나았다는 게 그들이 대체로 동의하는 생각이다.

그들의 생각이 옳을 수도 있다. 누가 알겠는가? 우리 중 누구도 알지 못한다. 하지만 그런 말들은 내 머릿속에서 이는 소용돌이를 더욱 심하게 만들 뿐이다. 나는 내가 자유를 원했다는 것에 대해 죄책감을 느낀다. 어머니가 고통을 겪고 있음에도 불구하고 그녀가 여전히 살아 있기를 원하는 나를 보며 죄책감을 느낀다. 그녀와 나를 위해 그녀가 죽었다는 사실에 안도감을 느끼다, 그런 안도감을 느낀다는 사실에 죄책감을 느낀다. 나는 원체 언제나 너무 많은 것을 느끼는 편이었고, 거기에서는 일관성이라곤 없었다. 나는 몹시도 불쾌한 롤러코스터에 갇혀 있는 듯했다.

물론 지금 당장에는 이 모든 감정을 숨겨야 한다. 주위 사람들을 당황케 하거나 이모에게 심장 마비를 안겨주고 싶지 않으니까. 그 감정들은 안전한 곳에 숨겨져 있다. 그것들은 내 안 어딘가에 꼭꼭 억눌려 화가 잔뜩 난 상태에서 똬리를 틀고 앉은 채 풀려나기를 갈망하고 있다.

나는 사람들에게 약한 모습을 드러내지 않을 것이다. 교구 목사에게도, 안내인들에게도, 장의사에게도, 남은 가족들에게도. 어머니라면 감정을 공개적으로 내보이는 것을 굴욕으로 여겼을 것이다. 그녀는 연속극 드라마 속 등장인물들을 위해서는 눈물을 아꼈고, 그들의 잃어버린 사랑과 실패한 결혼, 바람둥이들을 위해서는 울었다. 아프기 전까지 현실 세계에서 그녀는 항상 정확하고 단정했으며 통제력을 잃지 않았다.

내 생각에는 어머니가 이 의식이 치러지길 바랐을 방식 또한 비슷할 것이다. 이 장례식이, 이 이별이 치러지길 바랐을 방식 말이다. 소란스러움은 최소화하고, 울거나 통곡하거나 가슴을 치는 일 없이 조용하고 위엄 있게, 빠르게 의식이 치러지길 바랐을 것이다. 그녀처럼 이 일 역시 정확하고 깔끔하며 통제될 필요가 있는 것이다.

그래서 나는 모든 걸 내 속에 담아 내보이지 않고, 다른 사람들이 하는 말을 거의 듣지도 않는다. 다만 시선을 끌며 우리 앞쪽의 너무나도 커 보이는 관을 쓱 지나가듯 훑어볼 뿐이다. 나는 그 상자를 똑바로 바라볼 수가 없다. 그렇게 하고 나면 침착할 수가 없을 테니까. 그 상자에는 어머니가 들어 있기 때문이고, 그 상자는 어머니가 정말로 죽었음을 증명하기 때문이다.

마침내 모든 절차가 끝나자, 관이 궤도를 따라 마법의 장막 뒤로 미끄러지듯 사라졌다. 이 모든 것이 극도로 이상하고 초현실적이었다. 완전히 다른 누군가에게 일어나고 있는 일인 것처럼 느껴진다. 마치 내가 내 몸 밖에서 이 일을 목격하고 있는 것만 같다.

우리는 실내에서 밖으로 나와 다 함께 빅토리아 고딕 양식 건물의 그늘에 섰다. 손으로는 모서리들을 돌아 홈통의 틈을 뚫고 들어오는 무례한 햇빛의 침입으로부터 눈을 보호했다. 우리는 모두 검은 옷을 입은 채 세심하게 사회적 예의범절을 지키는 작고 어색한 무리를 형성하고 있었다.

우리가 밖으로 나올 때쯤, 죽음의 컨베이어 벨트에 실린 듯 다음 차례의 사람들이 도착했다. 그들은 윤이 나는 자동차들, 시끄럽고 눈물 섞인 울음소리, 카네이션과 백합으로 '할아버지'라는 단어를 만든 거대한 꽃장식으로 이뤄진, 큰 규모의 호송대였다. 얼굴에 눈물 자국이 남은 가족이 안으로 들어갈 때 프랭크 시나트라의 곡 〈마이 웨이(My Way)〉의 노랫소리가 공중을 떠돈다. 이후에는 '연회'가 있을 것이다. 돼지고기 파이와 스카치 에그가 나오고, 그들은 술을 진탕 마시고 울 것이다. 싸움이 벌어질지도 모른다. 그들은 그들만의 방식대로 일을 치를 것이다.

물론 그들의 방식은 우리의 방식이 아니다. 이모는 슬픔을 표현하는 게 용서할 수 없을 정도로 상스럽고 하류층이나 하는 일인 양 혐오하는 듯한 표정으로 그 모든 것을 바라보고 있있다. 그녀는 검은 재킷 어깨에 내려앉은 꽃잎을 손가락으로 튕겨내고서는 아무 말도 하지 않는다.

우리에게는 경야도, 리셉션도 없다. 전쟁 이야기와 소중한 기억들, 펍에서 애도하는 웃음을 서로 나누고 눈물을 흘리며 노래방 기계에 맞춰 노래하는 일도 없다. 우리는 그저 각자의 길을 갈 준비를 할 뿐이다.

"적어도 더는 고통스럽지 않게 됐어." 이모가 말한다.

"그건 정말로 축복이야." 사이먼 이모부가 말을 보탠다.

"물론이죠. 와주셔서 감사합니다." 나는 공손하게 대답한다. 이게 사람들이 내게서 기대하는 말이기 때문이다. 어머니에 관한 기억을 위해서라도 나는 적어도 앞으로 몇 분 동안은 정확하고, 단정하며, 통제력을 유지할 것이다.

이모와 이모부는 형식적으로 나를 안아주었는데, 이 또한 예상을 벗어나지 않는다. 그것은 분명 '용인되는 예절과 관련한 유족들을 위한 책'에 나와 있는 것일 텐데, 모든 신체 접촉을 최소한으로 유지하면서 열의가 부족한 상태로 서로 주고받는 짧은 포옹이다. 나는 이모와 이모부가 안도하는 낌새를 내비치며, 그들이 재규어 차를 향해 걸어가는 모습을 지켜보았다.

마이클은 자리를 뜨지 않는다. 좋게 본다면, 그것은 내가 어려운 상황에 놓였을 때 지지를 제공하기 위한 행동으로 해석될 수 있다. 좋지 않게 본다면, 그것은 그가 절대적으로 부모님과 더 많은 시간을 보내는 걸 피할 목적으로, 말 그대로 부모님과의 시간을 피할 수 있다면 무슨 일이라도 할 마음이 있기 때문일 것이다. 다시 생각해보니, 둘 다에 해당하지 않을 이유도 없다.

우리는 모두 장례식에 따로 왔다. 나는 영구차를 타고 왔고, 마이클은 피아트 500을 타고 왔고, 그리고 그의 부모는 재규어를 타고 왔다. 이런 상황을 분석하기 위해 프로이트가 될 필요는 없다. '기능 장애 가족'이라는 문구가 새겨진 티셔츠를 입는다고 해도 조금도 이상하지 않을 정도로, 더 이상 명백하게 단절될 수 없을 정도로, 우리 가족은 단절되어 있다.

이제 크고 검은 영구차들은 장의사들과 함께 길을 떠난다. 나는 마이클과 잠깐 이야기를 나누었다. 그는 나를 집까지 태워다 주겠다고 제안했고, 나는 그 제안을 감사히 받아들이기로 한다. 지금의 나는 택시 운전사와 아무렇지도 않게 대화할 기분이 아니었으니까. 마이클은 어색할 정도로 길쭉한 체구를 작은 피아트 안으로 구겨 넣었고, 나는 그의 옆에 앉아 그가 아주 작은 자동차 핸들 뒤에 앉은 거인처럼 보인다고 생각했다.

차를 타고 이동하는 동안 우리는 말없이 조용했다. 둘 다 침묵만이 품위 있는 유일한 의사소통 방법이라는 우리 가족만의 확고한 믿음에, 침묵하면 소란을 피울 수 없고, 아무 말도 하지 않으면 창피스러운 말을 할 수가 없다는 믿음에 여전히 감염되어 있었다. 그때 마이클이 음악을 틀었다. 케이티 페리가 포효하듯 노래하자, 우리는 둘 다 가책을 느끼듯 미소 지었다. 어색하고 엉뚱하고 기이하다는 느낌이 든다. 이모는 분명 그것을 싫어할 것이고, 그래서 그것은 훨씬 더 고약한 즐거움이 되었다.

나와 마이클, 그리고 케이티까지. 우리는 함께 집으로, 내가 자란 곳으로 돌아왔다.

우리 집은 다른 집들과는 거리가 떨어져 있는, 은은하고 창백한 돌로 지어진 에드워드 7세 시대 양식의 집이다. 큰 창문과 5개의 큰 침실이 있고, 이중 전면으로 되어 있다. 이곳은 우리 가족이 사는 동안 머물렀던 사람들보다 더 많은 사람을 위해, 우리 세 식구의 관리하에 있는 동안에 경험한 것보다 더 많은 생활을 위해, 우리가 만들어낸 것보다 더 많은 소음을 위해 지어진 집이다.

집은 한때 시골 마을이었지만 1950년대에 큰 영지가 만들어지면서 그 자체의 의지와는 상관없이 작은 도시로 확장된 곳의 한적한 지점에 자리하고 있다.

예전의 시골 마을 건물들은 예뻤고 목재로 이루어져 있다. 흑백 페인트를 칠한, 관광객을 끌어들이기 위한 술집과 고풍스러운 마을 회관, 그리고 지금은 과자점과 공예 센터로 변한 오래된 오두막들이 난잡하게 줄을 이루고 있다.

영지가 만들어진 이후에 개발된 새 구역에는 선술집 '웨더스푼'과 잡화점 '알디'가 있고, 마권 등을 파는 가게와 전자담배 장비를 판매하고 휴대전화 잠금을 해제하는 장소들이 들어앉은 정말 볼썽사나운 콘크리트 구역도 있다. 이곳은 우리 가족의 시각에서 볼 때 거의 소돔과 고모라와 비슷한 곳이다.

우리 집은 도시의 좀 더 호화로운 구역인 안쪽에 단단히 둘러싸여 있는데, 오리가 사는 연못과 우체국, 내가 일하는 초등학교 근방의 나무가 우거진 거리에 있다.

마이클과 나는 커다란 나무 문을 열고 안으로 들어선 다음, 더운 날 오래된 건물에서 느낄 수 있는 서늘한 공기 속에 서 있었다. 사방에는 집의 껍데기 아래에 파묻힌, 어머니의 존재를 증명하는 파편들이 널려 있다. 나는 그녀가 거의 사용하지 않았던 보행 보조기, 그녀가 거의 살다시피 한 안락의자, 알약과 물약, 혈압계가 놓인 보조 탁자, 잠자는 뱀처럼 꼬인 전선들을 바라보았다.

그리고 벽에, 벽지에, 1980년대에 유행했던 구식 램프에, 아버지가 살아 계시는 동안 어머니가 항상 싫어한다고 주장했던 드라마를 자리를 잡고 볼 때면 TV 스크린의 눈부심을 막아주던 축 처진 무거운 브로케이드 커튼들에 박힌 나날들을, 달들을, 해들을, 수십 년을 본다.

아버지는 온 힘을 다해 TV 드라마를 경멸했다. 저속한 억양을 가진 서민들의 갖가지 고난을 지켜보는 것은 그에게 아무런 호소력을 갖지 못했다.

아버지가 돌아가신 후 나는 어머니가 자유로워지리라 생각했다. 그녀가 지극히 정상적인 삶의 한계에서 벗어나 광란의 파티에 가거나 옷을 걸치지도 않고 팟누들*을 먹거나 아카펠라 합창단에 들어갈 거로 생각했다.

대신 그녀는 그저 〈이스트엔더스(Eastenders)〉**와 〈코로네이션 스트리트(Coronation Street)〉***를 보기 시작했을 뿐이다. 어쩌면 그게 어머니에게는 충분한 반항이었는지 모른다. 그 당시 그녀의 내면에 남은 거라곤 그게 전부였는지 모른다.

마이클은 겁에 질린 표정으로 고개를 가로젓는다. 그의 표정은 귀

---

*   컵라면 브랜드 이름
**   BBC에서 방영한 드라마
***   ITV에서 방영한 드라마

신 들린 저택에 처음 들어갈 때 〈스쿠비 두(Scooby Doo)〉*에 등장하는 새기의 표정과 비슷했다.

물론 그는 전에도 수없이 이곳에 와봤지만, 어머니가 없는 지금은 느낌이 다를 것이다. 마치 모든 게 한꺼번에 멈춰버린 것처럼 오래되고 시간에 갇힌 느낌이었다. 인생의 대부분을 이곳에서 살았음에도 불구하고, 퀴퀴한 냄새와 퇴색된 카펫, 그리고 어쩐지 비판적으로 들리는 똑딱이는 시계 소리의 울림 때문인지 나에게조차 낯설게 느껴졌다.

마이클은 차에 두었던 쇼핑백을 가지고 와서는 부엌으로 사라졌고, 나는 중단된 삶의 잔재를 살펴보며 남겨진 것들을 어떻게 처리하면 좋을지 생각했다.

청소 회사를 고용하는 게 좋지 않을까. 아니면 그냥 모든 걸 쓰레기 수거통에다 던져 넣는 것도 방법일 것이다. 그도 아니면 마당 세일은 어떨까. 그건 이곳 이웃들 모두를 경악하게 만들 것이다. 이런 데서 싸고 대폭 할인된 가격에 내놓은 중고 서랍장과 소유주인 한 소심한 여자가 함께하는 마당 세일이 웬 말인가.

무거운 커튼을 뒤로 젖혀 햇빛을 들이는 순간, 아니면 그냥 모든 걸 있는 그대로 두는 편이 좋겠다 싶기도 하다. 그러고 나면 나는 몇십 년이라는 시간 동안 계속될 나의 쇠퇴를 위한 준비를 완벽히 마친 상태가 될 것이다. 안락의자와 작동하지도 않는데도 결코 쓰레기통으로 들어가지 않는 리모컨 컬렉션도 모두 내 것이 될 것이다. 운명이 나를 기다리는 중이다.

뒤쪽에서 쩽그랑하는 소리가 들리더니 마이클이 나타났다. 그는

---

*   워너브러더스에서 제작한 애니메이션

키가 큰 유리잔 두 개를 높이 들고는, 주지육림의 갈림길에서 막 악마와 거래를 끝낸 사람처럼 웃었다. 유리잔들은 거품을 내는 액체로 가득 차 있었는데, 그가 판지로 된 홍학이 장식된 밝은색의 작은 휘젓기용 막대도 얹어두는 바람에 유리잔들은 마이애미의 칵테일 바에서 파는 종류의 음료처럼 보였다.

"핑크 진이야!" 그가 의기양양하게 내게 알린다. 내가 한쪽 눈썹을 치켜올리자, 그가 덧붙였다. "이건 누나 엄마가 원했을 법한……."

"정말?" 그에게서 잔을 넘겨받은 나는 의심스러워하듯 냄새를 맡으며 묻는다. "티백을 사용하는 게 지저분한 도덕성을 보여주는 신호라고 생각했던, 단정하고 술은 입에도 대지 않는 어머니가 자신의 장례식 날에 우리가 핑크 진을 마시는 걸 원했을까? 홍학까지 얹어서?"

"아마도 아니겠지. 특히나 홍학이 천박한 취향을 보여준다고 분명 생각했겠지. 하지만 제스 누나, 우리 사실을 직시하자고. 너무 노골적으로 말하긴 싫지만, 누나 엄마는 죽었어. 하지만 누난 아직 살아있어. 그리고 누나에겐 진이 필요해 보여."

마이클은 검정 넥타이를 잡아당겨서 느슨하게 풀고는 셔츠 위쪽 단추들도 풀었다. 발로 차서 신발을 벗자, 일주일 중 한 요일을 수놓은 양말이 보인다. 왼쪽 양말에는 수요일, 오른쪽 양말에는 토요일이라고 쓰여 있었다. 사실 오늘은 화요일이다. 고로 그는 별나다는 느낌을 위해 일부러 그렇게 했을 것이다. 우리 가족은 별나다고 느끼는 데 많은 것을 필요로 하지 않으니까.

마이클, 그는 이제 겨우 스물한 살이다. 그는 내가 만약 '십 대 엄마'라면 내 아들이 될 만큼이나 충분히 어렸다. 그는 이모와 이모부 사이의 매우 존경할 만한 결혼에서 뒤늦게 얻어진 아이였다. 나는 항상 그들이 그때 단 한 번만 성관계를 했을 거라고, 그마저도 거의 옷을 다 입은 채 최소한의 소란과 어둠 속에서 치렀을 거라고 믿어왔다.

나이 차이가 있긴 해도 사촌지간인 우리는 꽤 가까웠다. 확실히 말할 수 있는 것이, 아주 이상한 우리 가족 중 그 누구보다도 가까운 사이이다. 우리는 구명 뗏목을 잡고서 서로에게 의지하는 두 생존자와 같다. 사실, 구명 뗏목 같은 건 존재하진 않지만, 우리는 숨 막힐 듯 덮쳐오는 파도 위로 머리를 유지하려고 미친 듯이 발로 물을 차고 있다.

마이클은 처음 섹스했을 때 나에게 말했고, 자신이 섹스를 좋아하지 않는다고 결론 내렸을 때도 나에게 말했고, 자기가 섹스를 좋아하지 않는 게 아니라 여자와 하는 섹스를 좋아하지 않는 것일지도 모른다고 결론을 내렸을 때도 나에게 말했다.

그는 첫 번째 남자친구가 생겼을 때 나에게 알렸고, 처음 실연을 당했을 때도 알렸다. 그리고 부모님에게 자신은 절대 (적어도 '얌전한 여자'와는) 결혼하지 않을 거라고, 그들이 기대하는 손주를 낳지는 않을 거라고 말하겠다는 결심도 알렸다.

하지만 마지막 내용은 — 적어도 지금까지는 — 말하지 못했다. 그건 그의 부모님이 동성애에 반대한다는 것과 같은 간단한 문제가 아니다. 그들은 그저 단순하게 그들 자신과 같지 않은 모든 것에 반대한다.

그들은 부유한 영국인들만이 가는 호텔로 휴가를 떠나며, 그들의 사회생활은 눈을 멀게 할 정도로 하얀 인종적 구성을 가진 골프 클럽을 중심으로 돌아간다. 그들은 세계관이 유연한 사람들이 아니다. 그렇다고 사악한 것은 또 아니었다. 그들은 엄밀히 말하면 여전히 살아있음에도 불구하고 사후 경직이 온 것처럼 너무 엄격할 뿐이었다.

마이클은 오락적 가치를 위해 선보이는 경우가 아니라면 과장된 그림에나 나올 법한 정열적인 퀸*은 아니다. 그는 자신이 원한다면, 그의 말을 빌리자면 '보통' 사람으로 행세할 수 있다. 하지만 어느 정도는 로즈메리 이모가 아들에 대해 알고 있을 거라고 생각되는 부분도 없잖아 있다.

하지만 내 생각엔, 설령 알고 있다고 해도 그녀는 그냥 그걸 무시하고 사라지길 바라기로 마음먹은 것 같다. 그가 언젠가는 정신을 차릴 거라고 믿기로 한 듯싶다. 노동당에 가입하거나 알앤비 음악을 듣는 것과 같이 어리석고 반항적인 무언가로, 그저 지나가는 한 단계일 뿐이라고 치부하기로 한 것 같다. 그녀는 확실히 성생활과 같은 지저분한 이슈를 밖으로 꺼내고 부추기는 그런 부류는 아니다.

나는 소파에 쓰러지듯 털썩 주저앉아 핑크 진을 마셨다. 이내 잔에 담긴 대부분이 진이라는 것을 깨닫고는 얼굴을 찌푸렸다. 얼음의 냉기가 사라지면서 목구멍에서 기분 좋게 불타는 느낌이 올라왔다. 홍학은 내가 술을 홀짝이며 들이켤 때마다 큰 눈으로 나를 쳐다보았다.

마이클은 어머니가 쓰던 의자에 앉는다. 한쪽 팔걸이에는 리모컨들이 군인들처럼 열을 지어 놓여있다. 거기서 어머니는 마지막 몇 년을 살다시피 했는데, 이곳에서 발을 끌며 걸어서, 또 반쯤은 실려 나가다시피 하면서, 복도 건너편 그녀의 침대로 옮겨가곤 했다. 그는 발판을 올리는 버튼을 누르고, 짝이 맞지 않는 양말을 보여주었다.

"〈이스트엔더스〉 할 시간 아닌가?" 그가 묻고는 심술궂은 사람처럼 낄낄거린다.

"마이클, 넌 정말 무신경한 인간이야. 난 조금 전에 엄마 장례식에

---

* 압도적 여성미를 뽐내는 동성애자를 일컫는다.

22

다녀왔어. 그런데 어떻게 지금 내가 그런 말에 웃을 수 있겠니."

"아, 하지만 난 누나가 그럴 수 있다고 생각해." 그는 현자처럼 말하고는, 자신의 홍학을 내 쪽으로 가리키며 흔든다. "난 누나가 몇 년 전에 이미 누나 엄마한테 작별 인사를 했다고 생각해. 오랫동안 누나 엄마가 죽은 사람이나 다를 바 없었다는 걸 누나도 알고 있었잖아. 사실 그녀는 대대손손 핑계로 삼을 뇌졸중이 없을 때조차도 반 죽은 상태로 겨우 목숨만 부지하는 일에 특화한 여자들의 전통을 계승했잖아. 루스 이모가 죽은 건 슬프지만, 누나가 자신의 삶을 살기 시작하지 않는다면 난 더 슬플 거야."

나는 홍학 모양의 칵테일 막대를 흔드는 남자애로부터 잔소리를 듣고 싶진 않지만, 그의 무심한 통찰에는, 어머니와 나에 대해 그가 하는 말에는 어느 정도 혜안이 담겨있다는 걸 인정하지 않을 수 없었다.

짜증 나게도, 그의 말은 일리가 있을 수도 있다. 그리고 역시나 짜증 나게도 그런 점이 나를 겁나게 하는지도 모른다. 나 또한 갈림길에 서 있는데 악마가 내 영혼에 관심조차 없을까 봐 걱정한다는 사실을, 악마가 봐도 내가 너무 재미없는 존재라는 사실을 나 스스로 인정하게 하는지도 모른다. 나는 실용적인 일을 하기로 마음먹고, 남은 진을 꿀꺽 마셨다.

"이것들 다 치워야지." 나는 주위에 놓인 노인용품 쓰레기와 못생긴 도자기 장식품들, 더 이상 필요치 않은, 한 번도 제 역할을 한 적이 없는 의료 보조기구들을 쳐다보며 말했다.

"그래야지!" 그가 몸을 앞으로 기대며 흥분한 듯 말했다. "술을 진탕 마셔대서 이 집에서 할머니 냄새를 씻어내자고. 비록 누나 엄마가 실제로는 할머니가 아니었다고 해도, 이 집에서는 그런 느낌이 난

다고!"

나는 뭔가를 꿀꺽 삼킨 듯 숨이 막히며, 이마의 핏줄이 욱신거렸고 갈비뼈 안쪽이 펄럭대는 게 느껴졌다. 한동안 이런 느낌이 없었는데, 이는 다시는 보고 싶지 않은 오래된 친구와도 같다. 그것들은 불안과 공포, 그리고 내 목구멍이 폐쇄되고 온 우주를 통틀어도 내 굶주린 폐를 채울 충분한 공기가 없을 것만 같은, 숨 막힐 듯한 느낌에 가까운 전조였다.

내 어머니는 할머니였지만, 그리 긴 시간 동안은 아니었다. 아주 긴 시간은 아니었다. 마이클은 자기가 한 말, 자기가 실수로 촉발한 반응을 이해하지 못한다. 그는 내게 사연이 있음을—그가 말을 배우기도 전부터 내가 우리 집안의 말썽꾸러기였다는 사실을—안다. 하지만 그는 나와 함께 그런 걸 경험할 만큼 충분히 나이가 많지 않았다. 그리고 지금의 그 역시도 마치 누군가가 은행 현금 인출기에서 남의 비밀번호를 엿보려고 하는 것처럼 슬픔이 뒤로 슬그머니 다가와 머리를 후려치는 방식을 이해할 만큼 충분히 나이를 먹지도 않았다.

그는 이해하지 못한다. 그리고 나는—그를 위해—그가 그런 걸 이해하기까지 오랜 시간이 걸리기를 바란다.

그는 어머니가 쓰던 의자에서 벌떡 일어서며 말했다. "진을 좀 더 가지고 올게. 그리고 쓰레기봉투도 잔뜩."

나는 고개를 끄덕이고는, 미소 짓는다. 그리고 그가 자리를 뜨길 기다리는 동안 오른쪽 눈이 긴장하며 씰룩이는 것을 느꼈다. 나는 코로 천천히 깊이 숨을 들이마시고 나서 입으로 숨을 내쉬었다. 오래전에—벽에는 칙칙한 녹색 페인트가 칠해져 있고, 문에는 경보기가 달려 있으며, 스피커에서는 공포 영화의 왈츠 음악에 갇힌 것 같이 느끼게 하는 부드러운 음악이 나오는 곳에서—배운 호흡법을 순서대로 반복했다.

플라스틱 의자에 동그랗게 둘러앉아 고통에 대해 몇 년 동안 연구 했어도 그 진정한 의미를 결코 이해하지 못한 한 남자와 두려움을 공 유하는 망가진 사람들로 가득 찬 곳. 현실 세계가 까닭 없이 사라졌 을 때 부모님이 나를 데리고 간 곳들 가운데 한 곳. 당시는 내가 모래 속으로 발을 들여놓는 망아지처럼 땅 아래로 꺼졌었던 때였다. 그들 이 다시는 입에 올리지 않았던 곳들 가운데 한 곳으로, 그들은 내가 기꺼이 동의했던 침묵이라는 암호 아래서 그곳을 머릿속에서 지워버 렸다.

왜 우리 모두, 그런 일이 일어나지 않은 척해야 했는지 나는 여전 히 모르겠다. 마치 내가 그곳에 가본 적이 없는 것처럼. 마치 '나의 신 경증 문제'가 우리가 모두 함께 환각을 일으켜 반쪽짜리 진실과 회피 의 껍데기 아래로 묻어버려야 할 필요가 있는 무언가였던 것처럼. 그 건 아마도 나를 보호하고자 하는 목적이었을 것이다. 그게 부모님들 의 질서 감각을 불쾌하게 했는지도 모른다. 어머니와 아버지는 이제 돌아가셨다. 나는 끝내 알 수 없을 것이다. 설사 두 분 다 아직 살아있 다고 해도 그들은 질문에 대답해주는 사람들이 아니다. 분명 그런 호 기심은 그들을 불쾌하게 했을 것이다.

마이클이 다시 돌아왔을 때, 나는 마치 내 가슴 안에서 쿵쾅대는 짐승을 달래주기 위해 한 손을 가슴에다 얹고 있었다.

"괜찮아?" 그가 고개를 한쪽으로 기울이며 물었다. 그의 양손에 는 진이 들려있고, 팔 아래에는 둘둘 말린 검은색 봉지들이 끼워져있 었다.

"괜찮아." 나는 거짓말을 한다. 그러고는 자리에서 일어나 진을 받 아 들고는 단숨에 마신다. 그 모습에 그의 눈이 커진다. "자, 어디부터 시작해야 하지?"

"그렇게 술을 계속 마셔대면 알코올 중독자 모임에 먼저 가야겠지." 그가 대답한다.

"안 갈 거야." 나는 단호하게 말한다. "이건 약 대신이야. 지금, 이 상황이 쉽지 않잖아. 난 편한 사람이 아니야. 우리 엄마도 그랬고. 넌 가고 싶으면 가. 나 혼자 할 수 있어."

그에게 공격적으로 말하고야 만다. 그게 올바른 처사가 아니라는 건 알고 있다. 마이클은 아무 잘못이 없었다. 스트레스를 받아서 내 통제력이 매우 팽팽하고 세게 진동해서 소리굽쇠의 윙윙거리는 소리가 거의 들릴 지경인 장소와 시간에 나와 함께하고 있는 것 말고는.

마이클의 시선이 나를 향한다. 그는 아마도 내 눈꺼풀의 경련, 뺨의 창백함, 손톱이 손바닥 살을 파고들 정도로 꽉 쥔 주먹을 알아차렸을 것이다. 아니면 그냥 단순히 재빨리 주류판매점으로 가서 술을 더 사 와야 하는 건가, 하고 궁금해하는지도 모른다.

"그럴 순 없지, 사랑하는 사촌 누나." 그는 내게 쓰레기봉투를 건네며 대답한다. "나는 값싼 스릴을 느끼려고 이 일을 함께하는 거야. 나는 이곳 어딘가에 어떤 낯 뜨거운 비밀이 숨겨져 있지는 않은지 알아내고 싶어. 이를테면 누나 엄마의 딜도 컬렉션이라든가, 누나 아빠의 금발 창녀 가발이라든가, 그들의 다락방에 있는 〈50가지 그림자(Fifty Shades)〉 놀이방이라든가……. 그런 것들 말이야."

그는 나에게 충격을 주려고 일부러 그렇게 말한다. 그는 지금 확신이 없고, 그건 마이클이 확신하지 못할 때 행동하는 방식이다. 그는 나와 함께 있을 때는 그렇게 해도 된다는 것을 잘 알았다. 그는 보란 듯이 나가버릴 수 있고, 욕을 할 수도 있고, 마음껏 토라질 수도 있다.

부모와 함께일 때 그는 법을 공부하고 부모님이 인정하는 삶과 직업을 계획하는 예의 바르고 완벽하게 모범적인 아들의 역할을 연기해야 한다. 하지만 그가 그들에게서 멀어질 때면 억눌러두었던 모든 터무니없는 것이 쏟아져 나왔고, 깜짝 놀랄 정도의 무례함이 기름 덩어리라도 되는 양 그 누구라도 우연히 주변에 있게 된 사람에게로 흘러든다. 나는 내가 여전히 나이며 모든 게 괜찮다는 것을 그에게 보여주기 위해 애써 미소를 지어 보였다.

"김프 마스크*와 반짝이 장식이 들어간 젖꼭지 술**은 이미 치워버렸어." 나는 플라스틱 쓰레기봉투를 꽉 움켜쥐며 말했다. 너무 세게 쥐어서 손가락이 봉투를 뚫고 지나가는 느낌이 들었다. "다락방에서 가장 기대할 만한 건 내 알몸 사진이야. 한 살배기에 불과한 모습이긴 하지만."

마이클은 마치 자신이 심포니 오케스트라를 지휘하는 작곡가인 것처럼 쓰레기봉투 묶음을 공중으로 높이 들고서 선언한다. "다락방으로 가자. 소년 소녀들이여!"

---

*   신체 결박을 통한 성적 쾌감을 느끼는 행위에 사용되는 눈과 입만 보이는 검은색 가죽 마스크
**   여성의 유두 부분을 가리는 장식용 술로 에로틱한 분위기 조성에 쓰인다.

3

다락방으로 가려면 가파르고 좁은 계단을 올라야 한다. 계단 양쪽으로는 책들이 탑처럼 쌓여있고 10년 동안 침대 근처에는 와보지도 못한, 풀을 먹여서 접어 둔 침대 시트가 늘어서 있다. 한 발만 놓아도 다른 발을 놓을 공간이 거의 없어서 발을 디딜 때마다 넘어질 것 같은 느낌이 들었다.

오래전 이곳은 여분의 침실로 사용되었거나, 아니면 심지어 집을 처음 지었을 때는 유모나 하녀를 위해 사용되었던 게 아닐까 생각했다.

하지만 내가 살아오는 동안에 이곳은 주로 어머니가 쓰레기 처리장으로 사용했고, 미심쩍긴 했지만 흥미롭지는 않은 구역이었다. 아무도 볼 수 없어서 안전한, 부끄러운 잡동사니를 버리는 곳이었다. 다락방으로 올라가 보고 싶은 마음 자체가 생기지 않았다. 나도 몇 번 올라와 봤지만, 너무나 따분해서 곧장 흥미가 사라지곤 했으니까.

이곳은 어머니의 영역이었고, 그녀는 기를 쓰고 이곳을 보호했다. 오래전에 폐업한, 낚싯대를 제조하는 회사의 세무사였던 아버지는 자기의 오래된 파일들만 이곳에 보관할 수 있었다. 이는 호기심이 아주 많은 아이에게도 매력적이거나 마법적인 무언가로 들리지 않는다. 어머니는 아버지의 의견에 거의 반대하지 않았지만, 아버지가 그녀의 집 꼭대기 다락방 제국을 다른 용도로 사용하자고 제안할라치면 아버지를 뚫어져라 쳐다보곤 했다.

어머니는 다락방을 주로 재봉과 공예 재료들을 위한 여분의 공간으로 사용했다. 당시는 그녀가 뇌졸중을 일으키기 전으로, 그런 것들에 관심을 두고 직접 해볼 만큼 손재주와 에너지를 가지고 있던 시절이었다. 그녀는 천 뭉치를 가슴에 꼭 안고 실을 뒤쪽으로 끌며 이곳에 올라오곤 했다.

나는 오늘, 몇 년 만에 처음으로 이곳 계단을 올랐다. 그저 지금껏 그래야 할 필요성을 느껴본 적이 없었다. 충분히 큰 집은 추가적인 공간 없이도 외로움을 느낄 수 있었으니까.

마이클이 내 뒤를 따른다. 우리는 둘 다 아무런 말도 하지 않는다. 나무 난간을 꼭 붙들고서 계단마다 양옆에 쌓여있는 물건들을 건드리지 않으려고 애쓰면서 조심스럽게 발을 내디딜 뿐이었다.

"왜 난 우리가 나쁜 짓을 하고 있다는 느낌이 들지? 그리고 나는 왜 속삭이는 거지?" 그가 속삭이며 말했다.

"몰라." 나는 적어도 20년은 넘어 보이는 〈홈 앤드 가든〉 과월호 더미에 미끄러지는 것을 가까스로 피하며 속삭였다. "응. 근데 나도 속삭이긴 마찬가지야!"

"좀 소름 끼치네. 안 그래?" 계단 꼭대기에 다다른 다음 그가 내 뒤에 멈춰 서며 말한다. 아주 가까이 있어서 그의 숨소리마저 들릴 정도였다. "여기서 마치 무슨 미스 하비샴* 같은 일이 벌어지고 있는 건가? 그게 아니면 1979년 여름에 실종된 과테말라 출신의 잘생긴 정원사 후안의 말라비틀어진 시신이 나올지도……."

나는 문손잡이를 잡은 채 멈춰서서, 고개를 돌려 그를 바라보았다.

"왜?" 그가 화가 난 것처럼 식식거리며 말한다.

"마이클, 넌 법에다 시간을 낭비했어. 넌 법을 포기하고 작가가 돼야 해."

"그럴 생각이야. 언젠가는. 1년만 시간이 나면 존 그리샴과 같은 작가가 될 테고, 그러고 나면 사람들이 나를 진지하게 받아들일 수 있도록 책의 시작 부분마다 전직 변호사라는 말을 넣을 수 있게 되겠지……. 어쨌든, 평소에 난 이런 말을 잘 안 하는 편인데 말이야, 지금 막 한 말로도 난 이미 충분히 말을 많이 했어. 누난 그 문 열 거야, 말 거야? 난 누나를 정말 사랑해. 근데 다시는 누나 엉덩이가 내 얼굴과 이렇게나 가까워지는 걸 원치 않아."

그의 말에 나는 웃으며 문을 열었다. 다락방 안은 어두웠고, 비록 절대 인정하고 싶지는 않지만, 나는 약간 무서웠고 또 약간 술에 취해 있었다.

나는 손으로 문 뒤에 있는 공간을 이리저리 휘저으며 지붕 아래에 갓도 없이 매달려 있는 전구의 낭김줄을 움켜쥐었다. 전구는 곧 자그마한 빛으로 방을 가득 채웠다.

나는 마지막 계단 위를 기어올라 방의 가장 높은 부분을 골라 일어섰다. 이곳에서는 나무 지붕 기둥들 가운데 하나에 머리를 부딪치

---

* 찰스 디킨스의 소설 〈위대한 유산(Great Expectations)〉에 나오는 등장인물로, 결혼 당일 신랑에게 버림받고서 평생 웨딩드레스를 입은 채 살아간다.

지 않고도 똑바로 서 있을 수 있었다. 적어도 나는 그렇게 할 수 있었다. 하지만 마이클의 키는 180cm가 넘기 때문에 그는 어깨를 구부정하게 한 채 발을 끌며 이동해야 했다. 그는 이상할 정도로 키가 크고, 자의식이 강한 청소년이 그러하듯 언제나 약간 구부정한 자세로 다녔으므로, 구부정한 채 발을 끄는 모양새가 어색하기보다 친숙해 보였다.

다락방의 공기는 퀴퀴하고 먼지로 가득 차 있었다. 모든 물건에는 먼지가 층을 이루고 있고, 흘러내리는 거미줄이 물건들을 포위하고 있었다. 표면을 만지면 어색한 조명을 통해 볼 수 있는, 떠다니는 회색 덩어리가 일었다.

내 콧구멍은 맹공격에 맞서 방어하기 위해 경련했고, 숨을 쉴 때마다 모래가 들러붙는 것 같은 이상한 감각이 목구멍을 가득 채웠다. 마룻바닥에는 오래된 카펫이 깔려 있는데, 계단 위 카펫에 쓰고 남은 자투리인 것 같았다. 내가 발을 내디딜 때마다 또 다른 작은 더께 뭉치가 일었다.

마이클을 힐끗 쳐다보자, 그의 얼굴이 혐오로 일그러져 있었다. 그는 더러워지는 것을 좋아하지 않았고, 게다가 그는 여전히 장례식 때 입은 복장 그대로였다. 그는 석면이나 곰팡이 흔적을 찾기 위해 방을 훑어보고 있었는데, 나중에 몸을 꼼꼼히 씻어낼 방법들을 머릿속으로 하나씩 떠올려보고 있는 게 틀림없었다.

주변을 둘러보니 아버지가 서류를 보관해 두던 캐비닛의 낯익은 모양이 어렴풋이 보였다. 나는 무딘 금속 위로 손가락을 대면서 아버지가 돌아가신 후 어머니가 그것들을 보관한 이유가 궁금했다. 지금은 없어진 회사의 세금 관련 서류가 다시 필요해지는 일은 없을 텐데도 말이다. 어쩌면 그것들을 옮기는 게 너무 어려운 일이었거나, 그것들이 아버지를 떠올리게 하는 것이었을지도 모른다. 아니면 내가 결코 알 수 없는 다른 이유일지도.

마이클은 캐비닛 중 하나를 열고 나서 그의 얼굴 위로 먼지 수류탄이 폭발이라도 한 것처럼 재채기를 반복적으로 해대며 속사포처럼 '에취' 하는 소리를 내질렀다.

"백만 번의 행운이 깃들길." 나는 마이클을 향해 말하고는 이제 막 열린 서랍 안으로 한 손가락을 찔러 넣었다. 안에 쌓여있는 종이는 이미 노랗게 썩어가고 있었고, 가장자리가 너덜너덜했다. 오래전에 죽은 거미가 부서지기 쉬운 공 모양으로 말려 있었다. 나는 손을 휙 뒤로 빼냈다. 마이클은 마치 대면하고 싶지 않은 더러운 비밀이 거기에 들어 있는 것처럼 캐비닛을 재빨리 쾅 닫았다.

"와, 대접 한번 근사하네……." 그가 낮게 중얼거렸다. "이 모험이 끝나면 아주 긴 샤워가 필요하겠어. 육체적으로나 정신적으로나 둘 다. 그날은 일종의 영적인 스파의 날이 되는 거지."

나는 고개를 끄덕였다. 그가 의미하는 바를 정확히 안다. 옷과 피부를 적시며 우리 안으로 스며드는 것은 단지 먼지뿐만이 아니었다. 그것은 냄새다. 흰곰팡이와 축축한 어두운 방 모퉁이들, 이제는 잊힌 과거 삶들의 냄새다. 크고 작은 죽음의 냄새, 공통된 슬픔으로 무리를 이루고 있는 버려진 물건들의 냄새.

나는 지붕이 경사를 이루는 한 모퉁이에서 어머니의 오래된 재봉틀을 발견하고는 곧장 어제 일인 것처럼 생생한 하나의 기억에 휩싸였다. 화창한 아침, 집 뒤편 그녀의 방 안에 놓인 탁자 위에 재봉틀이 놓여있었다. 나는 외동딸답게 상상력 풍부하고 지나치게 사색적인 방식으로 정원에서 놀고 있었다. 벌레와 대화를 나누었고, 나무 그루터기 아래에 사는 쥐며느리와 친구 사이가 되었다.

분명 네다섯 살 정도로 아주 어렸을 것이다. 나는 집 안으로 통하는 커다란 퇴창을 올려다보았고, 그곳에서 재봉틀 앞에 있는 어머니를 보았다. 뭘 하고 있었는지는 모르지만, 어머니는 하던 일을 멈추고 가만히 앉아 나를 바라보고 있었다. 찰나의 순간, 나는 지구상에서 가장 사랑받는 생명체처럼 느껴졌다. 하지만 내가 손을 흔들자 마법이 깨졌고, 그녀는 내가 방심하고 있는 자신을 발견했다는 사실에 당황한 듯 곧바로 하던 일로 돌아갔다.

이제 재봉틀은 한때 번쩍이던 검은색과 금색이 흐릿해지며 변색했고, 어둑해진 빛의 어두운 웅덩이에 가만히 놓여있었다. 그것은 재료들, 자투리들, 다양한 색상과 질감의 것들, 반제품 옷, 커튼 및 일감들로 둘러싸여, 마치 나방들이 축제라도 벌이는 것처럼 보였다.

그녀는 뇌졸중이 오기 훨씬 전에 재봉 일을 중단했다. 사실 그녀는 대부분의 일을 그만두었는데, 마치 그녀 안에는 살아갈 능력이 남아있지 않은 것처럼 보였다. 아버지의 이른 죽음과 함께 내가 그녀의 존재에 가져다준 모든 트라우마가 그녀를 텅 비게 만들어버린 것 같았다. 뇌졸중은 의미적인 측면에서 보자면 그녀가 이미 죽었다는 사실의 속편에 불과했다.

나 자신과 그녀, 그리고 과거에도 없었고 앞으로도 없을, 하지만 있을 수도 있었던 모든 것을 생각하며 눈물이 알싸하게 고이는 걸 느꼈다. 나는 눈물이 나오지 않게 꾹꾹 눌러 참았다. 눈물을 위한 시간은 나중에 따로 있을 것이다. 어떻게 살아가야 할지 모르겠는 삶을 시작하며 이제 내 것인 집의 침실에 혼자 있을 때가 바로 그런 시간일 것이다.

마이클은 사진 앨범들 더미를 조심스럽게 뒤지는 중이다. 극도로 지저분한 물건을 만지는 것에 대한 혐오감보다 호기심이 더 큰 모양이다. 그가 앨범 하나를 당겨서 열자, 앨범 등이 뒤틀리며 삐걱대는 소리가 들렸다. 그 순간 그가 '미안해'하는 표정을 지었다.

"대박!" 그는 생긋 웃는 얼굴로 소리치며 나를 올려다보았다. "알몸 상태의 제스 누나! 수영복을 입고 있으니까 꽤 섹시해 보이네! 자기야!"

나는 웃으며 사진을 쳐다본다. 사진은 끈끈한 지면과 셀로판지가 들어간 앨범 중 하나 안에 보관돼 있었다. 마이클과 같은 디지털이 우선인 세대들은 절대로 사용하지 않을 그런 종류의 물건이었다.

지면은 누렇게 변했고 플라스틱은 구겨져 있었다. 사진 속의 어린 나는 정원에 있는, 바람을 넣어 팽창시키는 플라스틱 수영장 안에 앉아 있는데, 작은 주름 장식이 둥그렇게 달린 구식 수영복 중 하나를 입고 있었다.

또한 살짝 걱정스러워하는 표정을 짓고 있었다. 어렸을 때 나는 항상 그랬다. 80년대는 '진정한 의미'에서의 카메라 시대였고, 당시 사진을 찍는다는 것은 지금보다 훨씬 더 큰 문제였다. 아버지는 필름을 낭비하지 않는 일에 집착했고, 한 장면을 찍기 위해 나를 준비시키는 데만 거의 10분을 썼다. 그래서 우리 가족 사진에는 자연스러움이 없었고, 대신 스트레스를 받은 것처럼 보이는, 걸음마를 배우는 아이가 있었다.

앞으로 일어날 모든 일에 대해 막연히 예감하듯, 주름 장식이 있는 수영복을 입고서 눈살을 찌푸리고 있는 아기 때의 내 모습을 보니 서글픈 마음이 들었다. 나는 앨범의 다음 페이지로 넘겼다. 어머니와 아버지는 항상 둘 중 한 명이 카메라 뒤에 있었기 때문에, 두 사람이 함께 사진을 찍은 적이 없었다. 등교 첫날의 나는 여전히 딱히 뭐라고 규정할 수 없는 울먹이는 듯한 표정을 짓고 있었다.

마이클은 같은 판지 상자에서 다른 앨범들을 꺼내 하나씩 탁탁 먼지를 털었다. 그러자 먼지 회오리가 일었다. 그는 앨범 사진들을 통해 내 어린 시절을 간접적으로 여행하면서 재미난 해설을 덧붙였다. 나의 끔찍한 이와 괴상한 체구, 끊임없이 긴장된 표정에 즐거워하는 표정이 역력했다.

"사진의 누나는 하나같이 똥을 못 싼 표정이네. 어릴 때 변비가 있었던 거야?" 그가 페이지를 넘기며 말했다.

"응, 맞아. 거의 변비약 광고 모델급이었지. 그 사진들은…… 글쎄, 그때는 다른 시절이었어. 그 당시 우리는 소셜 미디어 속에서 살지 않았고, 아무도 저녁 식사 사진을 찍어서 친구들에게 보여주지 않았고, 아무도 셀카를 찍지 않았지. 그것들은 스마트폰과 같은 24시간 모니터링 장치가 아니라, 스냅 사진이야."

"오, 세상에!" 그는 부러 충격받은 듯한 표정을 지으며 가슴에다 손을 가져다 대고 소리쳤다. "이 사진은 인스타그램에 올리면 분명 계정 정지 감일 거야!"

그가 다른 앨범을 펼치자, 십 대 시절의 내가 보였다. TLC*가 입었을 때는 정말 멋져 보였지만, 내 마른 다리에 걸쳤을 때는 볼품없었던 90년대 콤배트 바지, 카키색 탱크톱, 그 위로 걸친 빨간색과 검은색이 섞인 플란넬 셔츠. 집에서 나와 부모님의 감시망을 벗어나자마자 나는 커다란 후프 귀걸이와 엉성한 화장에 아래위로 맞춰 입은 복장을 완성했었다.

나는 유행을 따라잡고 세련돼 보이려고 애썼지만, 결국 혼란스러워 보였을 뿐이었다. 시애틀 문화가 더 멋져 보였기 때문에 사람들이

---

* 　　미국 여성 아이돌 그룹 이름

내가 그런지 록*에 빠졌다고 생각하기를 바랐지만, 실은 내가 남몰래 좋아했던 그룹은 스파이스 걸스였다. 나는 〈뱀파이어 해결사(Buffy the Vampire Slayer)〉**와 같은 모험을 갈구했지만, 실은 버스를 타는 걸 조금 무서워했던 아이였다.

하지만 적어도 나는 한 사진에서는 실제로 웃고 있었다. 이전 사진들에서는 억지로 시도했던, 입이 뒤틀리고 반쯤은 찡그리고 있는 미소가 아니라 진짜 미소 말이다.

나는 이 사진이 찍힌 때를 분명히 기억한다. 식스폼컬리지***에서의 첫날. 너무 오래 다녔던 여자 중고등학교를 떠난 첫날. 끔찍한 녹색 교복과 주름치마를 벗었던 첫날. 그 첫날, 나는 더 펑키하고 힙하고 대체로 더 멋진 사람으로 나 자신을 재창조하기로 마음먹었더랬다.

내가 제시카가 아닌 제스가 되기로 결심했던 날. 경이로움이 넘치는 비밀스러운 삶을 살겠다고 결심했던 날. 세상은 내 것으로 손에 쥐기만 하면 되는 것이었고, 그것은 의심의 여지 없이 놀라움과 마법으로 포장될 길로 향하는 첫걸음이었다. 그러니, 내가 달리 웃고 있는 게 아니었다.

나는 중등학교와 주름치마로부터 탈출하기 위해 길고 힘든 싸움을 해야 했다. 부모님은 내가 컬리지에 간다는 생각만으로도 공포에 질렸다. 거의 한 시간 거리를 버스를 타고 가야 하는 그곳은 커다란 벽돌과 콘크리트로 된 건물이었고, 맨체스터 변두리에 위치하고 있어, 우리 마을과 다른 작은 마을 두 개를 뱀처럼 구불거리듯 빙 둘러

---

*   1990년대 초에 유행한 시끄러운 록 음악의 일종
**   뱀파이어 퇴마 이야기가 중심이 된 미국 TV 드라마
***   영국 학제에서는 중고등학교가 통합 운영되고, 대학교 입학 준비를 위한 2년 과정인 식스폼컬리지가 있다.

가야만 했다.

그곳은 맨체스터에 속한 곳도 아니었지만, 부모님이 악의 소굴로 볼 만큼 충분히 맨체스터와 가까웠고, 부모님 생각으로는 내가 그곳에서 밴드에서 드럼을 치는 남자나 문신을 한 남자, 초크체인을 두른 여자애들, 자신들의 어린 딸을 오염시킬 수도 있는 다른 많은 악마와도 같은 세력들을 만날 수도 있었다. 지금에 와서 돌이켜보면 부모님의 마음이 좀 더 이해가 간다. 나는 그때까지만 해도 보호받는 삶을 살았었고, 내가 숨 막히고 통제적인 것으로 여겼던 것들을 그들은 보호라고 여겼다.

나는 싸움을 자주 하는 편은 아니었지만, 그해 여름 전에 없이 포악했고, 단호했으며, 고집불통이었다. 그들이 내가 컬리지에서 대학 입학시험을 준비하도록 내버려 두거나, 그게 아니라면 아예 학업을 그만둘 작정이었다. 결국 그들의 태도는 누그러졌지만, 나는 그 결정으로 부모님에게 즉각 후회할 이유를, 부모님이 모든 걸 종결짓는 "거봐, 우리가 말했잖아"라는 말을 할 수 있는 근거를 제공했다.

그 첫날 이후로—이 사진을 찍은 이후로—나에게는 많은 일이 있었다. 모든 것이 변했고, 아무것도 예전과 같지 않았다. 내 온 세상은 통제 불능이 되어 최고의 시기를 거쳐 최악의 시기로 옮겨갔다.

나는 마이클이 건네주는 앨범을 받아 들고는 살며시 표지를 닫았다. 그러자 매달려 있는 전구를 향해 먼지가 일고, 먼지는 옅은 노란색의 반짝임 속에서 폴카 춤을 추었다.

나는 아직 내 인생의 그 장면을 다시 볼 준비가 되어 있지 않았다. 더더군다나, 어머니 장례식 날에는 절대 그럴 수 없다.

마이클은 내가 왜 지난날에 대한 추억 여행을 중단했는지 이해하려고 애쓰는 표정으로 나를 바라보았다.

"긴 이야기야." 나는 짧게 대답했다. "다음에 기회가 있을 때 말해줄게. 그리고 난 네가 가짜 힙합 복장을 한 내 모습을 보는 걸 원치 않아."

그가 고개를 끄덕였다. 그는 나의 결정에 잘못된 패션 선택보다 더 많은 것이 있음을 이해하는 듯했다. 나는 입술을 깨물며 애원하듯 그를 바라보았고, 그가 그쯤 해두길, 다음으로 넘어가길, 과거의 굴레로부터 내가 벗어날 수 있게 해주기를 바랐다.

"좋아." 그가 앨범을 다시 상자에 넣으며 말했다. "다음에 보면서 같이 웃을 날이 있겠지. 퀸 라티파*."

나는 감사의 표시로 그의 손을 만지려고 손을 뻗었다. 순간 어색하고, 당황스러운 나머지 우리는 둘 다 움직임을 멈추고 말았다. 우리는 같은 방식으로 자랐고, 아무렇지도 않게 하는 접촉은 사회적으로 용인되는 행동에 포함되지 않았다. 그것은 마치 우리가 깊고 어두운 우물 가장자리에 서 있는 것과 같다. 우리는 둘 다 어떻게 반응해야 할지 잘 몰랐다.

마이클은 하던 일을 계속하는 것으로 반응을 대신했다. 그는 다양한 보물들을 찾아내서 보여주었다.

액자에 넣어둔, 70년대 부모님의 결혼사진이 있었다. 두 분 다 굳은 표정에 착 가라앉은 모습이었고, 신부 들러리 드레스를 입은 마이클의 엄마인 로즈메리 이모는 놀라울 정도로 젊고 예뻤다.

아버지의 등산화에는 여전히 흙이 마른 채 들러붙어 있었는데, 너무나 오래돼서 화석이라도 찾을 수 있을 것 같았다.

수집한 요리책들도 있었다. 넘겨본 책장들과 어머니의 깔끔한 필

---

*   미국 가수 겸 래퍼이자 여배우

체로 여러 조리법에다 쓴 메모들, 지면에 남은 얼룩들은 그것들이 꽤 오랫동안 부엌에서 사용되었음을 증명했다.

작은 나무 궤짝에는 장신구들이 가득 들어차 있었는데, 어머니가 그것들을 착용한 모습은 한 번도 본 적이 없었다. 캐리어 가방 안에는 양초들이 가득했다. 어떤 것은 온전하고, 어떤 것은 반쯤 타다 만 상태였다. 한때는 뚝뚝 떨어졌던 밀랍은 딱딱하게 굳은 작은 방울들이 되어 있었고, 오래된 크리스마스 장식물들은 반짝이는 빛이 퇴색한 채 오래된 쓰레기봉투에 보관되어 있었다.

"지금까진 모든 게 지루한데. 솔직히 말해서, 너무 슬퍼서 기운을 내려고 〈레미제라블(Les Misérables)〉을 보는 느낌이야."

마이클이 말하며, 손을 뻗어 또 다른 잡동사니 더미를 감추기 위한 장막으로 사용되어 온 것으로 보이는, 금색 술이 달린 무거운 진홍색 벨벳 커튼을 들어 올린다.

"이곳에 뭔가 좋은 게 있다면 분명 빨강 벨벳 천과 금줄 뒤에 있을 거야……. 여기가 VIP를 위한 자리임이 틀림없어!"

그는 과장되게 '짜잔!' 하는 소리를 내며 천을 한쪽으로 내던졌다. 우리는 뒤따라 피어오르는 먼지구름 속으로 시선을 고정한 채 먼지구름이 걷히기를 기다렸다. 그다음 순간 우리에게 주어진 보상은 심히 실망스럽게도 망가진 금속 다리를 접어둔 잔디밭용 의자 두 개와 서로 어울리지 않는 저녁 식사용 접시 한 세트, 그리고 오래된 신발 상자 하나였다.

그 신발 상자는 아버지의 것이다. 브랜드로 알 수 있었다. 그는 성인이 된 후 매일 똑같은 정장 구두를 신었다. 항상 검은색이었는데, 황갈색이나 갈색 같은 터무니 없는 색은 절대 신지 않았다. 항상 똑같은 런던에 있는 비싼 가게에서 산 것이었다. 그는 오스카 와일드와 같은 삶과는 거리가 멀었지만, 멋진 신발을 사는 것은 좋아했다.

마이클은 상자를 들어 올려서 뚜껑을 열었다. 그 안에서는 빛바랜 분홍색 포장지로 싸인 무언가가 있었다. 나는 그게 뭔지 알아볼 수 없었지만, 구두는 절대 아니었다.

그는 우리가 함께 발견한 것을 보고는 눈썹을 치켜들고, 입술을 오므리며 '와!' 하고 흥분한 듯한 소리를 냈다.

"바로 이거네." 그는 일부러 진지한척하며 말했다. "직감적으로 알겠어. 이건 다이아몬드 티아라야. 아니면 부두교 인형이거나. 아니면 누나 아버지가 CIA 소속 비밀 암살자였고, 그래서 여기 담긴 것들은 가짜 여권들과 외국 돈 묶음인 거지. 뭐가 됐든 인생을 바꾸는 무언가일 거야."

나는 눈을 굴린 채, 그의 손에 들린 상자를 건네받으며 뜻밖의 무게감을 느꼈다. 그러고는 구겨진 포장지를 꺼내 그 아래에 무엇이 있는지 살펴보았다.

모양과 크기가 다른 종이들이 서로 겹겹이 쌓여있었다. 오래된 것들인지 모두 모서리가 구겨져 있었고, 귀퉁이에 색이 칠해져 있었다. 언뜻 보이는 글씨로 보아 어떤 종류의 편지나 서류들인 듯했다.

맨 위에는 앞면이 위를 보고 있는 생일 카드가 있었다. 어린 소녀를 위한 생일 카드로 전면에는 파란색 코를 가진 테디베어가 그려져 있었다. 곰은 빨간 풍선을 잔뜩 들고 있는데도 조금 슬퍼 보였다. 카드에는 오돌토돌한 3D 포일을 전체적으로 가로지르는 '딸에게'라는 글자와 함께 숫자 5가 크게 적혀있었다.

이건 부모님이 나를 위해 사준 그런 종류의 카드가 아니었다. 그들의 스타일과 전혀 어울리지 않는다. 나는 모든 것이 이상하게 뾰족한 각도로 튀어나온 채 관심을 끌기 위해 서로를 밀치고 있는 더 많은 카드와 편지, 엽서 더미를 응시했다. 나를 봐, 나를 봐, 나를 봐……. 내가 뭔지 알고 싶지 않아? 내 비밀을 파헤치고 싶지 않아?

카드가 떨리기 시작했다. 아니, 카드를 잡고 있는 내 손이 떨리고 있음을 깨달았다.

한편으로는 이것을 다시 상자에 넣어 포장지와 비겹함 아래에 묻고, 뚜껑을 닫아 부서진 덱 체어 아래에다 숨기고서 본 적이 없는 것처럼 굴고 싶었지만, 또 한편으로는 이런 생각을 하는 자신이 바보 같았다. 이건 그냥 오래된 생일 카드일 뿐이다. 그렇지 않은가? 기억은 안 나지만, 내가 다섯 살이었다는 사실을 감안하면 놀라운 일도 아니었다. 이 카드는 나를 위한 것이었음이 틀림없다. 아니, 내 것일 수밖에 없다.

카드를 들고 있는 나의 손가락들이 눈앞에서 이리저리 흔들리고 움직이며, 슬픈 표정의 곰 형상이 흐릿해진다. 모든 것이 흐릿해지고, 심지어 소리도 흐릿해진다. 나는 마이클이 말하는 것을 들을 수는 있지만, 그의 말과 백색 소음을 구별할 수 없었다. 뇌가 윙윙거리고 눈꺼풀이 빠르게 깜박거리며, 주변 세상과 분리되는 느낌이 들었다.

이내 카드를 열자 진심이 느껴지는 손 글씨, 글자들, 휘어진 모양들이 눈에 들어온다. 나는 메시지를 읽기 시작했다.

우리 사랑스러운 천사, 그레이시*. 세상에 맞서는 우리 세 사람.
두 사람 다 사랑해. 언제까지나. 아빠 조 조 xxx**

---

*   '그레이스'라는 이름의 애칭
**   xxx는 자필 서명이다.

내가 뭔가 착각한 게 틀림없다. 이 편지가 그에게서 온 것일 리 없다. 그레이스가 다섯 살이었을 때 그는 이미 떠났다. 그는 나를, 우리를 떠났다. 우리 삶의 잔해로부터 헤엄쳐서 새로운 항구로 옮겨갔다.

나는 안에 든 것들을 한쪽에서 다른 쪽으로 뒤섞으며 내용물이 무엇인지 확인했다. 상자―구두는 아닌, 하지만 확정적이지 않은 게 들어있는―안에 있는 모든 건 생일 카드이거나 똑같은 굵은 필체로 쓰인 편지들이었다. 이 모든 것, 이 상자 안에 든 하나하나가 그가 보낸 것임을 비로소 이해하고 만다.

순간적이지만 느리게 이것의 의미를 파악해보려 했다. 내 두뇌의 한쪽 끝은 순식간에 그 의미를 직감했지만, 다른 한쪽 끝은 그 의미를 향해 천천히 터덜터덜 걸어갔다. 결국, 그 둘은 서로 만나, 번쩍이는 환한 불빛 속에서 피할 수 없는 몇 가지 사실들을 내놓는다.

그가 헤엄쳐 달아나지 않았다는 사실을. 우릴 버린 게 아님을.

그리고 그것들은 필연적인 결과로써, 내 부모님이 거짓말했음을 알려주었다. 내가 오랫동안 진실이라고 믿어왔던 모든 것이 그 거짓말에 근거하고 있음을 의미했다. 내 모든 삶이 그 거짓말의 그늘에 있었음을 뜻했다. 그 삶은 빛에 굶주렸고, 조용히 살아남긴 했어도 결코 번성하지 못했다.

나를 가장 사랑한다고 생각했던 사람들, 즉 어머니와 아버지가 가장 신성한 문제를 두고 나를 속였음을 의미했다.

누군가가 내 발을 잘라내 모든 근육과 힘줄, 그리고 나를 붙들어주는 모든 필수적인 것이 내 몸에서 쏟아져 나와버린 것처럼, 갑자기 다리에서 힘이 완전히 빠져나가는 것을 느꼈다. 목구멍이 조여들면서 침이 고이고 얼굴이 갑자기 화끈거렸다. 쓰러지기 전에 앉아야 할 것 같았다.

옆에 있는 마이클은 마시멜로처럼 힘이라곤 조금도 없는 내 손아귀에서 카드를 가져가서 읽고는, 물었다.

"도대체 조 조는 누구야?"

4

1998년 9월

제시카는 버스에 올라탄 뒤, 그녀의 어머니가 뻣뻣하게 굳은 채
손을 흔드는 모습이 멀어지자 안도의 한숨을 내쉬었다. 그러고는 자
신의 큰 비밀 용품 가방을 꺼내 그녀가 몇 년 동안 착용해 온 금으로
된 단정한 단추형 귀걸이 대신 후프 귀걸이를 착용했다. 후프 귀걸이
를 한 그녀는 약간은 반항적인 수녀처럼 보이기도 했다.

그녀는 이어 헤드폰을 썼다. 하지만 헤드폰 선이 자꾸만 귀걸이 고
리에 걸리자, 그녀는 모든 게 엉키는 것을 막기 위해 짙은 금발 머리를
돌돌 말아서 포니테일로 만들고, 소니 디스크맨을 준비했다.

그녀는 〈말하지 마(Don't Speak)〉라는, 노다웃*의 노래를 듣고 있
는데—초창기 시절의 다이애나 공주를 본보기로 삼은 그녀에 대한

---

*   미국 캘리포니아 출신 록 밴드 이름

44

부모님들의 환상과 달리—그웬 스테파니*가 자신이 되고 싶은 당돌한 소녀처럼 보이기 때문이었다.

그녀는 화장을 진하게 한 적이 없고, 화장을 해 본 경험도 거의 없었다. 그녀가 마지막으로 다닌 학교에서는 화장에 대해 매우 엄격했고, 본 부인이라고 불린 선생님은 화장을 한 범죄자에게 사용하기 위해 아기용 물티슈 팩을 휘두르며 운동장을 순찰하곤 했다.

제시카는 밤이면 자기 방에서 혼자, 혹은 몇몇 친구들과 함께 화장하는 법을 연습해왔지만, 여전히 많은 개선이 필요했다. 그녀는 아홉 살 혹은 열 살 무렵 내내 아주 심한 여드름을 앓았고, 그래서 마치 역사 시간을 통해 알게 된 끔찍한 중세 질병 중 하나를 앓고 있는 사람 같았다. 고맙게도 이제 반점들은 대부분 깨끗이 사라졌다.

그녀는 비밀 용품 가방에 누드 매트 립스틱과 갈색 립펜슬을 포함한 몇 가지 귀중한 물건들을 수집했다. 잡지 〈슈가〉에서 그것들이 젊은 여성이 필요로 하는 전부라고 읽었기 때문이다. 그녀는 곧 케이트 모스처럼 보일 것을 기대했다.

하지만 과속 방지턱과 노하우 부족이라는 두 가지 도전에 맞닥뜨린 그녀는 결국 마스카라를 한 번 더 칠하는 위험을 감수하느니 시력을 유지하는 편이 낫겠다고 결론 내렸다. 케이트 모스는 아마도 그녀를 위해 이 모든 것을 해줄 메이크업 아티스트가 있을 것이고, 버스에 앉아서 화장할 필요가 전혀 없을 테니까.

그녀는 튜브와 병들을 다시 가방 안으로 집어넣으며, 자신의 외모에 대한 확신이 서지 않았다. 열여섯 살의 소녀 대부분이 그러하듯 그녀는 자신이 실제로 얼마나 아름다운지 깨닫지 못했다. 자신을 비판

---

*　노다웃의 리드 보컬

하기에 너무 바빠서 자신감을 가질 여지가 별로 없었다. 더욱이 화장은 그녀가 기대했던 것만큼 그녀를 변신시키지 못했다. 그녀는 여전히 그녀처럼 보였고, 오히려 더 엉망진창이 된 그녀가 되어 있을 뿐이었다.

버스가 시골을 벗어나 교외로, 그리고 도심 외곽을 향해 덜컹거리며 지나갈 때마다, 점점 더 많은 다른 십 대 아이들이 버스에 올라탔다. 컬리지에 가까워질수록 무리들은 더 커지고, 더 시끄러워지고, 더 무모해졌다. 그럴 때마다, 그녀의 흥분감은 조금씩 옅어지고 좀 더 원시적인 것으로 변하고 있었다.

버스가 사람들로 꽉 들어차자 아이들이 통로에 줄을 서고, 난간을 붙든 채 몸을 흔들고, 서로의 무릎 위에 앉았다. 마치 바퀴 달린 서커스에 갇혀 있는 것만 같은 느낌이 들었다.

제시카 옆에는 덩치가 큰 여자가 앉아 있었는데, 그녀의 엉덩이가 양쪽 좌석의 대부분을 차지하고 있었다. 그녀는 주변에서 일어나는 일에 대해 못마땅한지 잔뜩 찌푸린 얼굴을 하고 있었다.

제시카는 CD 재생기를 껐음에도 헤드폰을 벗지는 않았다. 그건 늑대 무리로부터 거리를 두기 위한 방책으로 썩 괜찮아 보였기 때문이다.

그녀는 시선을 끌 수도 있기에 눈을 마주치지 않으면서도 자신감 있어 보이는 것과 저돌적으로 보이는 것 사이에서 균형을 잡으려 애쓰며 태연한 척했다. 이 모든 것이 낯설고 불편하고 신경쓰였다. 소음이나 커져 오는 밀실 공포증에 대한 느낌뿐만 아니라, 외계 종족인 남자애들의 숫자가 점점 더 그렇게 만들었다.

당연한 일이지만, 제시카는 전에도 남자애들을 만난 적은 있었다. 그녀는 여학교에 다녔는데, 심지어 남학생 학교와 같이 끔찍하고 어색한 디스코텍에서 똑같이 끔찍하고 어색한 느린 춤이 진행되는 동안, 보호자 역할의 선생님들과 학부모회 회원들의 감시 아래 몇 명의 남자애와 키스를 하기도 했다. 그녀는 키스했다는 사실이 기뻤다. 열일곱 살이 다 되도록 키스도 한 번 못 했다고 한다면 그건 치명적인 일일 테니까. 하지만 그녀는 그 모든 야단법석이 도대체 뭘 위한 것인지는 이해할 수 없었다.

그녀에게 키스라는 것은 여태까지 오징어에게 하는 것과 거의 비슷했다. 하나같이 탐색하는 두꺼운 혀와 침이 다였다. 하지만 그건 아마도 제대로 된 남자애를 못 만나서 그런 것이리라 생각했다. 아니면 그녀가 레즈비언일 수도 있었다. 그렇다면 그건 분명 그녀의 부모님을 끝장내버릴 것이다. 그들은 프레디 머큐리가 게이라는 사실을 알았을 때 충격을 받은 그런 부류의 사람들이었으니까.

버스에 타고 있는 남자애들은 데님 청바지와 가죽옷을 입고 불량스럽게 백팩을 메고 있어서 다소 무서워 보였다. 그녀는 어쩐지 자신의 모습이 야생동물 다큐멘터리에 나오는 것처럼 느껴지기 시작하며, 그들이 짝짓기 시즌에 개코원숭이처럼 야유하고 울며 복도를 풀쩍풀쩍 내달리는 모습을 상상했다. 그들은 엉덩이만 내보이지 않을 뿐, 가식적인 몸짓으로 자태를 뽐내고 있었다.

그녀는 자신이 죽은 척하면 포식자 중 누구도 그녀를 알아채지 못하리라는 희망 속에서 여행의 마지막 10분을 아무 말 없이 얼어붙은 채 보내기로 했다.

창문은 모두 십 대들의 몸에 의해 막혀 있거나, 아니면 십 대들의 호흡으로 김이 서려 있거나, 또 아니면 십 대들의 페로몬에 의해 부옇게 변해있었고, 그녀는 자신이 내려야 하는 정류장이 어디인지조차 확신할 수 없었다. 그녀는 그들이 모두 떼를 지어 버스에서 내릴 때,

폭동을 일으키며 어깨들이 서로 밀쳐질 때, 그때가 그 무리에 합류할 때라고 생각했다.

그리고 얼마 지나지 않아 그때가 되자, 그녀는 옆에 앉은 덩치 큰 여자에게 사과를 하며, 그녀의 허벅지 위를 넘어서 빠르게 비어가는 통로를 서둘러 내달렸다. 자신이 버스에서 내리는 마지막 사람이라는 사실을 깨달았다. 버스에서 내린 그녀는 버스가 터덜터덜 제 갈 길을 가는 모습을 지켜보며 반쯤은 자신이 아직 그 버스 안에 타고 있었으면 좋았겠다고 생각했다.

그녀는 그 자리에 홀로 서서 화창한 가을날의 선명한 햇빛에 눈을 깜박이다 배낭을 한쪽 어깨에 올려 멨다. 많은 학생들이 왁자지껄 수다를 떨며 그녀 옆으로 지나갔다.

그들 중 몇몇은 옆으로 지나가며 일부러 그녀와 부딪쳤다. 누군가는 재빨리 "미안해!"라고 말했지만, 다른 누군가는 마치 몸이 닿는 순간까지 그녀가 보이지 않았던 것처럼 그녀를 쳐다보았다. 한 명은 — 고스* 풍의 화장을 심하게 한 여자애였는데, 제시카는 그녀를 보는 순간 소심하게 온순해지고 말았다 — 주변을 검게 칠한 눈으로 그녀를 노려보고는, 말하기 전에 진한 자줏빛 입술을 오므렸다. 그녀는 "간병인은 집에 두고 왔니?"라고 말하며 보랏빛 레깅스 위에 레이스로 된 검정 튀튀 치마를 펄럭이며 으스대듯 걸어갔다.

처음의 날뛰던 마음이 가라앉자 제시카는 컬리지 캠퍼스를 둘러보았다. 부모님과 함께 학교 공개일에 이곳에 왔을 때 — 식스폼컬리지가 자신이 원하는 것이라는 점을 부모님에게 설득하려고 그녀가 여전히 필사적으로 노력하고 있을 때 — 그녀의 아버지는 한 번 쓱 둘러

---

*   짙고 검은 화장

보고는 "공산당이 지은 곳 같네……."라고 말했다.

그것은 그가 할 수 있는 최고의 모욕 중 하나였는데, 그녀는 그가 무슨 뜻으로 그런 말을 한 것인지 이해할 수 있었다. 본관은 크고 볼품없는 회색 시멘트로 만들어졌다. 양쪽으로 여닫는 문들은 열려 있고, 학생들은 네댓 명씩 무리 지어 나란히 그 사이로 몰려들었다.

건물 안으로 들어가면 모든 게 좀 더 인상적이었다. 죽 이어진 교실들과 실험실, 강당, 큰 도서관과 매점, 공방과 차고지, 그리고 차를 고치는 전기 기술자가 되는 법을 배우는 것과 같은 실용적인 일을 하는 학생들이 사는 신기한 장소들이 있었다. 또 자판기가 놓여있는 벽에 붙어 있는 포스터들과 잡지가 여기저기 흩어져 있는 아주 큰 휴게실이 있었는데, 그녀는 그곳에서 멋진 새 친구들과 어울리는 것을 무척이나 기대했다.

하지만 지금 여기 서 있는 그녀의 다리는 한없이 휘청거릴 뿐이었고, 입술을 깨물고 있는 그녀에게는 확신이란 게 서지 않았다. 지금은 그녀가 익숙했던 것—그녀가 전에 다니던 학교의 잘 정돈된 잔디밭과 각양각색의 화단, 정돈된 빅토리아 시대 벽돌 건물, 모든 것이 제자리에 있다고 느끼게 하던 것—과 매우 달랐다. 그것은 길들어진 안전한 느낌을 주었고, 또 지루하게 느껴졌었다. 이제 그녀는 무언가가 어느 정도로까지 흥미로워야 무서워서 죽게 되는 지경에 이르지 않게 되는 걸까, 하고 궁금할 뿐이었다.

이곳 구내에는 빈약한 잔디밭 조각들과 생을 포기한 듯한 생울타리, 관목숲 뿌리에 엉켜 있는 각종 바스락거리는 봉지들과 담배꽁초, 그리고 버려진 콜라 캔들로 된 인상적인 컬렉션만이 띄엄띄엄 흩어져 있었다.

건물 옆쪽으로는 직원용과 학생용으로 구분된 큰 주차장이 있었다. 그때 낡아빠진 포드 피에스타가 검은 연기와 분노를 내뿜으며 그녀의 옆을 지나갔다. 차는 급하게 주차장으로 들어섰고, 타이어가 쏠리면서 끼익 소리를 냈다.

멈춰선 차에서는 시끄러운 음악이 들려왔는데, 그녀로서는 정확히 알 수 없었으나 그런지 록인 것 같았다. 이내 차 문이 열리자, 연기 구름이 공중으로 흩날렸다. 이상하게 매운 냄새가 가득 퍼졌는데, 냄새만으로도 그것이 보통 연기가 아니라는 것을 말해주는 듯했다. 이윽고 그녀는 엄마가 최악의 공포로 여기는 바퀴 달린 마리화나 소굴을 맞닥뜨렸음을 깨달았다.

차에서는 네 명의 남학생과 한 명의 여학생, 총 다섯 명이 내렸다. 여학생은 굉장히 멋지기도 하고 또 무섭기도 했다. 그녀는 마치 영화 속 등장인물처럼 야생적이고 이국적으로 보였다. 짙은 색 머리카락으로 콘로*를 만들고 나비 클립으로 장식했다. 그녀는 줄 하나가 풀린 채 헐렁하게 늘어진 멜빵바지와 홀치기염색을 한 티셔츠를 입고 있었다.

그녀는 자신의 백팩을 들어 올려 메고는 제시카 옆을 지나가면서 눈을 부릅뜨며 그녀를 쳐다보았다.

"안녕?" 그녀가 코웃음 쳤다. "흑인 여자애를 처음 보나 봐, 베이비 스파이스**?"

제시카는 자신을 인종차별주의자임을 암시하는 말과 베이비 스파이스로 언급한 것 둘 모두에 모욕감을 느꼈다. 그녀는 그저 패셔너

---

* 머리카락을 딴딴하게 여러 가닥으로 땋아 머리에 붙이는, 흑인들이 주로 하는 헤어스타일

** 여성 팝 아이돌 그룹 스파이스 걸스의 막내 멤버인 엠마 번튼의 애칭이다. 금발의 어린 백인 여자애라는 의미를 담고 있다.

블하고 세련돼 보이고 싶었고, 그리고 다음 주에 열일곱 살이 될 예정이었다. 하지만 분명 그녀는 너무 무서워서 아무 말도 할 수 없음을 알았다. 순간 여학생은 성큼성큼 걸어서 지나갔고, 세 명의 소년은 피우던 담배를 마저 다 피우며 천천히 여자의 뒤를 따랐다. 운전을 한 소년은 신중하게 차 문을 잠그고 있었다. 그녀가 보기에 그런 차를 훔치고자 하는 사람은 아무도 없을 것 같았다.

세 명의 소년은 제시카를 에워싼 채 웃으며 서로를 밀쳤다. 그들 중 한 명은 일부러 그녀의 얼굴에 연기를 날리기도 했다. 그녀는 이 상황을 버텨내겠다 마음먹으며 몸을 곧추세웠지만, 여기저기 팬 곳이 많은 콘크리트 위에다 가방을 떨어뜨림으로써 쿨해 보이려는 어떤 시도에도 실패하고 말았다.

그녀는 각종 화장품들과 디스크맨이 함께 땅 위로 쏟아져나오는 순간, 공포에 얼어붙은 채 그저 바라볼 수밖에 없었다. 무엇보다도 굴욕적인 것은 나뒹구는 탐폰이었다. 그녀는 얼굴이 화끈거리는 걸 느끼며 몸을 숙여서 모든 것을 단숨에 집으려고 했다. 자신이 끔찍한 실수를 저질렀다는 생각에 굴욕감으로 거의 울음을 터트릴 지경이었다. 그녀의 부모님이 옳았고, 자신은 이런 곳에서 살아남을 수 없을 거라는 생각이 들었다. 그녀는 오늘 아침에 지금껏 살며 들었던 비속어보다 더 많은 비속어를 들었고, 그녀를 겁먹게 만들기에 충분했다.

눈물과 당혹감이 그녀를 휘감았다. 그들이 서로를 향해 걷어차기 시작한 마스카라를 되찾기 위해 무릎을 꿇는 그녀의 귀에 둔중하게 포효하는 소리가 들려왔다. 그녀는 카고 팬츠의 얇은 천을 통해 작은 돌멩이가 그녀의 뼈까지 파고드는 것을 느꼈다. 헤어밴드는 느슨하게 풀려 내려왔다. 그녀는 지금이 분명 자신의 생애 최악의 순간이라고 결론 내렸다.

그녀는 점점 더 고개를 숙였다. 그건 사라진 마스카라를 찾기 위해서이기도 하지만, 또 한편으로는 자신이 우는 모습을 그들이 보는 걸 원치 않기 때문이기도 했다. 그녀는 적어도 자신이 얼마나 취약한지를 숨기려고 애쓰는 일에는 익숙했다. 바닥을 향해 있던 그녀의 시선 안에 자신을 향해 걸어오고 있는 닳은 닥터마틴 부츠 한 켤레가 보였다. 점점 가까워질수록 타탄 체크무늬와 뒤꿈치까지 내려오는 청바지의 닳아 빠진 밑단도 함께 보였다.

"그만해, 너희들!" 백색 소음을 뚫고 들려온 목소리가 다른 사람들의 웃음과 야유를 가르며 크게 울려 퍼졌다. "당장!"

그녀는 용기를 내 흘낏 올려다보았다. 그의 말에도 여전히 웃고 야유를 보내는 소리가 들려왔지만, 서서히 물러서는 모습이 보였다. 그들 중 한 명은 "진정해요, 아빠!"라고 놀리듯 말하면서도, 그가 시키는 대로 뒤로 물러났다. 그것은 서열 높은 동물의 말을 따르는 행동과 비슷했다. 그들은 다 함께 자리를 떴고, 연기와 소음이 그들의 뒤를 따랐다.

그는 그녀의 손에 꼭 쥐고 있던 백팩을 빼앗고는, 그녀의 모든 물건을 백팩 안으로 다시 밀어 넣어주었다. 다행스럽게도, 그 꼴불견인 탐폰 역시도.

"괜찮아?" 그는 그녀가 일어설 수 있도록 손을 내밀며 말했다. "학교 안으로 들어갈 거야, 아니면 온종일 그렇게 주저앉아 있을 거야?"

제시카는 심호흡을 하고는 눈꺼풀에 힘을 주어 마지막 남은 눈물을 짜냈다. 그러고는 아마도 그녀가 생각해 본 것 중 가장 변변찮은 질문을 스스로에게 물었다. '버피*라면 어떻게 할까?'

---

*   영화 〈뱀파이어 해결사〉의 주인공

버피도 자신만큼이나 두려워할 거라고 그녀는 결론 내린다. 하지만 그녀는 이겨낼 것이다. 사실, 그녀는 두려움을 죽여 없애버릴 것이다.

그녀는 그가 내민 손을 잡아 몸을 일으켜 세우며, 자신을 구해준 사람과 제대로 마주했다. 그 순간 그녀는 폐에서 다시금 모든 공기가 빠져나가는 것을 느꼈다. 왜냐하면 그는 그녀가 실제로 본 생명체 가운데서 가장 멋지고 섹시했기 때문이다. 그녀는 누군가가 자신의 몸을 들어 올려 내동댕이친 것처럼 느껴졌다. 그녀는 빠르게 눈을 깜박이며, 자신이 이상한 사람처럼 보이지 않도록 할 말을 생각해 내려다 비참하게 실패하고 말았다.

그는 키가 컸다. 그녀의 아버지보다 더 커 보였다. 넓은 어깨와 긴 다리를 가지고 있어서 남자애가 아니라 남자처럼 보였다. 그녀가 입을 옴짝달싹 못 하는 건 당연한 일이었다. 그녀는 확실히 이런 사람들을 만나는 것에 익숙하지 않았다. 그녀의 세계에 있는 남자들은 친구의 부모님이거나 선생님이거나, 아니면 여드름투성이 청소년들뿐이었으니까. 하지만 그는 완전히 새로운 존재였고, 그리고 그것은 그녀의 말문을 막기에 충분했다.

그녀는 언젠가 자신이 모든 재미있고 멋진 대사들을 생각하리라는 걸 안다. 그녀가 얼마나 재치 있고 느긋하고 지적인지를 보여주는 절대적이고 결정적인 대사들, 짧막한 장면들을 엮은 코미디 쇼에 나올 수 있는 종류의 것들 말이다. 하지만 지금 바로 이 순간, 그녀는 완전히 말문이 막혀버리고 말았다.

그는 헐렁한 청바지에 구멍이 뚫린 울퉁불퉁한 스웨터를 입고 있었는데, 어찌 된 일인지 이것조차 멋진 연출처럼 보였다. 짙은 회색 비니모자 아래로 숱 많고 검은 머리카락이 쏟아져 나와 있었고, 귀의 높은 데까지 피어싱을 하고 있었다.

또 그는 선글라스를 끼고 있었는데, 날씨가 꽤 화창했으므로 이해할 수 있었다. 그녀는 자신이 거의 모든 것에 있어 그를 이해하리라는 것을 직감했다. 어쨌든, 커트 코베인*이 끼곤 했던 것과 같은 선글라스였다. 그가 선글라스를 벗자, 윤기 있는 짙은 갈색 눈이 드러났다.

그는 그녀를 보며 미소를 지었다. 그것은 일종의 반쪽짜리 미소였는데, 그는 한쪽 입술을 빠르게 치켜올렸다. 그리고 그 미소는 제시카가 그냥 다시 주저앉아야 하는 게 아닐까, 하고 생각하도록 만들기에 충분했다.

"내 손 좀 돌려줄래, 밤비? 나중에 필요할 거 같아서 말이야." 그의 말에 그녀는 다시 얼굴을 붉히며, 자신이 여전히 그의 손을 잡고 있다는 걸 깨달았다. 그녀는 즉시 손을 홱 떼고는, 그에게서 백팩을 빼앗다시피 했다.

"고마워." 그녀는 겨우 말을 이었다. "그게…… 처음 학교 오는 날이라서 그래."

"정말?" 그의 한쪽 눈썹이 치켜 올라갔고, 짙은 눈에는 춤을 추듯 웃음기가 어려있었다. "난 절대 짐작하지 못했어. 아까 그 애들은 신경 쓰지 마. 걔들은 그냥…… 뭐랄까. 그냥 한 무리의 야생동물들이고, 넌 신선한 고기처럼 보이거든. 별다른 뜻은 없어."

그의 억양은 다소 이상했다. 약간 도시적인가 싶다가도 또 다른 것 같기도 해서, 확실히 알기가 어려웠다. 하지만 그녀는 온종일 그의 말을 들을 수 있을 것만 같았다. 말 그대로 그가 전화번호부를 읽어준

---

*　록 밴드 너바나의 리드 보컬

54

다고 해도 돈을 줄 수 있을 듯했다. 그는 쿨하고, 자신감 있고, 확신에 차 있는 것처럼 보였다. 그녀가 되고 싶은 모든 것이자, 그녀가 되지 못하는 모든 것이다. 만약 내가 그와 아주 가까이 지낸다면 그런 것 중 일부가 나에게 스며들까? 일종의 사회적 삼투현상처럼? 그녀는 궁금해졌다.

"곧 익숙해질 거야." 그녀는 말을 마치고는, 그를 응시하는 것 말고 다른 할 일을 자신에게 주기 위해 배낭을 어깨에 멘다. "심지어 맞서 싸우는 법을 배우게 될지도 몰라."

"그래, 좋은 자세야. 나쁜 놈들이 널 별것 아닌 존재로 만들게 내 버려 두지 마. 이건 내 인생 모토야."

그녀는 다시 그의 눈을 바라보았고, 심장이 지나치게 흥분하며 빠르게 콩닥콩닥 뛰는 것을 느꼈다. 그는 생긋 웃고 있었지만, 목소리에는 단단함이 깃들어있었다. 마치 그의 삶에는 많은 나쁜 놈들이 있었고, 그들이 그를 별것 아닌 존재로 만드는 걸 막기 위한 힘든 싸움을 벌여온 것처럼. 그게 아니라면, 그녀가 그저 너무 많은 십 대 영화들과 로맨스 코미디 영화들을 본 나머지 그에게 있지도 않은 로맨틱한 배경 이야기를 그에게 부여하고 있는 걸 거라고, 스스로 인정하고야 말았다.

"자, 가자." 그가 비어 있는 출입구를 향해 고개를 끄덕이며 말했다. "내가 데려다줄게. 첫날부터 수업에 늦고 싶진 않겠지?"

그녀가 그의 말을 이해하는 데는 잠깐 시간이 걸렸고, 이내 그녀는 고개를 끄덕였다. 그녀는 정신을 가다듬고는, 그의 옆에서 걸으며 학교 안으로 향했다. 건물 안으로 들어가니 불빛이 환했고, 복도는 생기로 가득했다. 교실에서는 여름 동안에 있었던 일들을 서로 이야기하는 수백 명의 젊은이가 내는 소리가 폭발하듯 들려왔다.

그녀는 잠시 걸음을 멈추었다. 불현듯 이제 어디로 가야 할지 확신할 수 없다는 것을 깨닫고는 공포가 퍼덕거리는 것을 느꼈다. 그러다 '신입생 정보'라고 적힌 큰 게시판을 발견했다.

"게시판을 보면 교실이 어딘지 알 수 있을 거야." 그가 그녀를 게시판 쪽으로 이끌며 말했다. "들을 수업을 찾으면 교실이 나와 있을 거야. 전부 세 층이고, 각 방에는 글자가 쓰여있어. 3B, 2A, 이런 식으로 말이야. 곧 알 수 있을 거야, 밤비."

그녀는 그를 보며 고맙다는 듯 고개를 끄덕이며, 용기를 내 그에게 물었다.

"왜 자꾸 나를 밤비라고 불러?"

"왜냐면 넌 귀엽고 눈이 크고 휘청대는 다리를 가졌거든. 그리고 내가 너의 진짜 이름을 모르기 때문이지."

"제시카야……. 아니, 제스야. 그냥 제스." 그녀가 힘주어 말했다.

그는 흥미로워하는 듯한 표정으로 그녀를 향해 윙크를 건넨다.

"좋아. 그럼, '그냥 제스'라고 하지 뭐. 난 '그냥 조'야. 담에 또 보자고. 그리고 한 가지 더, 그냥 제스. 먼저 화장실에 들르는 게 좋을 것 같아. 네 얼굴 위로 마스카라가 온통 번져있어. 울고 온 사람처럼 보일지도 몰라."

그녀는 손으로 뺨을 휙 감싸 쥔 채 입을 벌리고 말았다. 지금 이 순간 투명 인간이 되고 싶었다. 아니면 그냥 죽어버리든가.

그녀의 모습에 조는 웃고 말았다. 그리고 일부러 못마땅한 척을 하며 고개를 가로저으며 말했다. "너무 당황한 것처럼 굴지 마, 밤비. 넌 여전히 귀여워."

5

나는 상자를 가슴 가까이 끌어안은 채 비틀대며 계단을 내려갔다. 마지막 몇 계단을 남기고서는 미끄러져 엉덩이로 계단을 타며 어정쩡하게 내려오고 말았고, 오래된 잡지들을 치는 바람에 먼지투성이 지면들이 다채로운 색깔을 선보이며 공중으로 날고 있었다.

숨이 막혀 잠시 그대로 멈췄다. 숨을 크게 내쉬며 다치지 않았는지 몸을 확인하고 있는데, 마이클이 급히 달려오는 게 보인다. 그의 발걸음 소리가 무겁고 아득하게 들렸다.

"누나! 제스 누나! 괜찮아? 어떻게 된 거야?" 소리를 지르는 그의 목소리는 쓸데없이 고음인 윙윙거림으로 뇌를 때리는 듯했다. "제발 말 좀 해봐!"

나는 잡지들과 공처럼 뭉쳐놓은 털실이 담긴 아무렇게나 놓인 바구니를 걷어차며 일어섰다. 그러고는 층계참 벽을 더듬으며 길을 찾기 시작했다. 그러는 동시에 나는 도망치고 싶었고, 숨고 싶었고, 혼자 있고 싶었다.

하지만 혼자가 아니었다. 마이클이 갑자기 옆으로 와서 내 어깨를 붙잡아 억지로 그의 얼굴을 마주하게 만들었다. 눈을 크게 뜨고 있는 그의 표정에는 충격과 공포가 어려있었다. 그리고 입을 움직이지만, 말이 되어 나오지는 않았다.

나는 그를 뿌리친 채, 다음 계단을 뛰듯이 내려가서 복도 쪽으로 향했다. 하지만 그곳에서 스타킹을 신은 발이 삐끗하면서, 쪽모이 세공을 한 마루에 미끄러지고 말았다.

나는 이 집을 속속들이 안다. 태어날 때부터 이 집을 죽 알았다. 집이 삐걱대는 소리와 신음, 숨겨진 찬장과 거미로 뒤덮인 모퉁이들을 안다. 하지만 지금 이 순간, 얼어붙어서 어디로 가야 할지 도통 알 수 없었다. 가득 찬 에너지는 윙윙거리는 소리를 내며 나를 통과했고, 움직임과 분노를 내 안으로 미친 듯이 주입하며 몸과 마음을 흔들고 있었다.

부엌이야. 나는 그렇게 생각하며 부엌으로 급히 향했다. 커다란 소나무 탁자와 전망창이 있고, 구식이고 잘 손질된 냄비와 팬 들이 있는 곳.

나는 상자를 탁자 위에 내려놓고, 상자를 응시하며 잠시 뒤로 물러섰다. 그러고는 그것이 깨어나 저절로 열릴지도 모른다는, 만화 영화와 노래 상연을 보여주고 그다음에는 무엇을 해야 하는지에 대한 일련의 지침을 쏟아낼지도 모른다는 상상을 했다.

나는 가슴에 손을 갖다 댔다. 심장박동이 너무 강해서, 심장이 내 손가락에 와닿는 것만 같은 느낌이 들었다. 내보내 줘, 내보내 줘, 내보내 줘, 난 여기 너무 오랫동안 갇혀 있었어…….

내 마음이 나를 갖고 놀고 있는 걸까. 모든 것이 약간 사이키델릭하게 느껴지기 시작했고, 소리는 너무 컸고, 색은 너무 밝았다. 신체

기관들이 나에게 말을 건넸다. 눈을 감고, 천천히 숫자를 세며, 깊게 숨을 쉬고, 현실에 집중하려 했다.

나는 옆에 서 있는 마이클에게 무작정 손을 뻗어 그의 손을 찾아 꼭 쥐었다. 마이클은 진짜다. 그는 여기 있고, 그는 살아있는 사람이고, 나는 그를 붙잡을 수 있다. 나는 그의 피부와 깔끔한 손톱, 그의 몸의 온기를 느낄 수 있다. 그는 진짜다. 그는 여기 있다. 나 역시 진짜고, 그리고 여기에 있다.

"미안해." 내 말이 진짜임을 보여주기 위해서 그의 눈을 똑바로 응시하며 일부러 단순하게 말했다. 내가 여전히 살아있는 사람들의 땅, 잘 기능하는 사람들의 땅, 정신적으로 멀쩡한 사람들의 땅에 있음을 보여주기 위해서. 속도를 늦추고 내가 괜찮다는 걸 증명해야 하는 일, 내가 이 일을 해야만 하는 건 아주 오랜만이다. 그것은 아주 오래되고, 고통스러울 정도로 친숙하게 느껴졌다.

"좋아, 사랑하는 사촌 누나. 하지만 다시는 나한테 그러지 마. 누나가 정신 줄을 놓는다면, 난 누나 얼굴에다 진을 던질 거야. 그리고 그건 바겐 부즈*에서 파는 최고의 술을 낭비하는 짓일 거야. 근데, 썅! 조금 전엔 도대체 무슨 일이 있었던 거야?"

"넌 예전보다 비속어를 훨씬 더 많이 사용하네." 나는 그의 손가락에서 살며시 손을 떼며 말했다. 그러면서 부엌을 둘러보며 익숙함과 집이라는 느낌에 나를 고정한다. 어머니의 르크루제 팬 세트가 여전히 벽에 걸려 있다면, 파란색과 흰색 줄무늬 비스킷 통에 여전히 리치 티와 다이제스티브가 담겨있다면, 세상은 크게 잘못된 게 없을 것이다.

---

* 　　주류판매점 이름

"지금 내겐 쌍시옷 폭탄이 허용된다고 생각하는데." 마이클은 마치 내가 돌로 된 바닥에서 겨우 2~3cm 위를 맴도는 유리로 된 깨지기 쉬운 물체인 것처럼, 산산조각이 나기 전에 손을 휙 내밀어 나를 붙잡아야 하는 것처럼, 초조하게 나를 바라보며 말했다. "그리고 난 술이 필요해. 거기 그대로 있어. 움직이지 마!"

나는 고개를 끄덕이고는, 거짓 미소를 지어 보이며 내가 달아날 위험이 없다는 확신을 심어주었다. 사실 나에게는 도주 위험이 없다. 나는 아무 데도 가지 않을 것이다. 그 상자를 열 때까지는, 내용물을 감싸고 있는 포장지와 내 삶을 감싸고 있는 거짓말들의 포장지를 풀 때까지는, 절대 그러지 않을 것이다.

15년 이상 나는 너무나 고통스러운, 그래서 나를 공포의 옷장 안에 가둔 배신을 믿어왔다. 15년 이상 나를 순종하게 하고, 안전하게 지키고, 갇혀 있게 만드는 진리를 믿어왔다. 15년 이상 나는 흑백으로만 된 삶을 살아왔는데, 그 시간은 눈부시게 아름다운 총천연색이었을 수도 있다.

깔끔하게 정리가 된 부엌의 잘 닦인 탁자 위에 가만히 있는, 허름하고 아무것도 모르는 것처럼 보이는 이 상자의 내용물이 모든 것을 바꿀 수도 있다. 그리고 그 사실이 끔찍하다. 그것은 골판지로 된 신발 상자 안에 있어서는 안 된다. 범죄 현장임을 알리는 테이프로 둘러싸여 있거나 방사능임을 경고하는 노란색 스티커로 낙인이 찍혀 있는, 자물쇠로 잠긴 금고에 있어야 한다.

나는 마이클이 핑크 진 두 잔을 새로 벌컥벌컥 마시는데도, 그 소음을 거의 알아차리지 못했다. 나에게도 한 잔 건네는 그의 손이 떨리고 있었다. 이번엔 홍학이 없었다. 나는 냄새를 맡으며, 그 향기에 메스꺼움을 느꼈다.

"내가 정말 원하는 건 말이지. 괜찮은 차 한 잔이야." 나는 단호하게 말했다.

그는 차(tea)라는 내 말에 소름 끼친다는 듯한 표정을 지으면서도, 얌전히 주전자에 물을 채우러 갔다. 그러고는 티백을 머그잔에 담그면서 몇 초씩마다 어깨 너머로 나를 힐끔힐끔 쳐다보았다. 그는 즉시 헝겊으로 엎질러진 물기를 닦아내고는, 헝겊을 헹구어 깔끔하게 접어 두었다. 우리는 둘 다 이러한 일에 습관적으로 움직였다. 어질러진 것을 싫어하고, 정돈하고, 질서정연함이라는 하느님의 발아래에서 경배를 올리도록 양육되었으니까.

나는 탁자에 앉아서 머그잔으로 손을 데웠다. 그는 내 건너편에 앉아서 필사적으로 진을 마셨다. 호가스*가 그린 그림들에 나오는 이 빠진 등장인물들 가운데 한 명이라고 해도 될 법하다.

"넌 나에 대해서 얼마나 알고 있어? 네 엄마가 내 '암울했던 시간'에 대해 뭐라고 한 적 있어?"

"우리 모두 일어났다는 걸 알고 있지만, 절대 말하지 않았던 시간들을 말하는 거야?"

"응, 정확해."

그는 얼굴을 찡그리고는 진을 더 홀짝였다. 그러면서 그는 자신이 지난 몇 년 동안 숨겨진 뜻과 의미심장한 표정으로 이루어진 대화들로부터 수집한 것에 관한 목록을 점검하는 듯했다.

"글쎄, 정확히 말하자면 모든 걸 아는 건 아니야. 누나도 어떤지 잘 알잖아. 감정이나 과거의 불결함, 또는 질척거리는 신체 부위처럼 너절한 것에 대해 말하는 건 우리 가족에게 금지되어 있잖아. 우리 엄

---

*   윌리엄 호가스. 로코코 시대 영국의 화가로 사회 풍자적인 그림을 주로 그렸다.

만 심지어 화장실 사용하는 것도 인정하지 않는데, 하물며 누나에게 있었던 일에 대해 공개적으로 이야기하는 건 상상도 못 하지. 하지만 내가 나름대로 얼기설기 이야기를 엮어본 바에 따르면, 누난…… 아팠어. 정신 상태가 안 좋았고. 그래서 병원에 입원해야 했어. 내가 아는 건 그게 거의 전부야. 이유도 모르고, 얼마나 오래 병원에 있었는지도 몰라. 실제로 난 아무것도 몰라."

나는 고개를 끄덕였다. 내가 예상했던 바를 그가 정확히 확인해주었기 때문이다.

"이상하지 않아?" 나는 잘 정돈된 울타리와 완벽한 모양의 침엽수들이 마치 어린 군인들처럼 늘어서 있는 정원을 바라보며 말했다. "네가 거의 모른다는 사실 말이야."

"음, 우리 식구들에겐 아니야. 만약 우리가 어떤 일에 대해 충분히 오랫동안 일어나지 않은 척한다면, 그건 그냥 존재하지 않는 일이 된다는 걸 우리 모두 잘 알잖아. 내가 동성애자이거나, 누나가 불행한 여자들을 위한 집에 갇혔거나, 우리 아빠가 비서와 섹스를 하는 것과 같은 일들 말이야."

"진짜?" 나는 놀라서 눈이 휘둥그레지고 말았다. 그의 마지막 말이 나의 상상을 넘어섰기 때문이다. 사이먼 이모부는 진지하고 입술이 얇은 남자로, 일에 의해 정의되는 사람이다. 그런 이모부가 누군가와 섹스를 한다는 것은─그게 로즈메리 이모라 할지라도─상상이 되지 않았다. 아니, 특히 로즈메리 이모와 섹스하는 걸 상상하기 어려웠다.

"뭐, 나도 잘 몰라. 예로 들고 싶어서 지어낸 것뿐이야. 요즘 사람들은 비서라고 안 하고 개인 보조원이라고 부르는 것 같던데……. 여하튼 의심 가는 부분들은 있어. 늦게까지 일하고, 넥타이가 얼마간 어굿나 있는 상태로 집에 돌아오고, 가끔 미소다운 미소를 내비치는 아빠 얼굴을 무심코 보게 되기도 하고 말이야……. 알다시피, 모든 전형적인 표시들이잖아. 엄마는 알고 있을지도 모르지. 그냥 그걸 무시하고 싶은 거겠지. 그게 엄마에겐 가장 덜 파괴적인 일이니까."

그의 말이 맞았다. 만약 이모부가 바람을 피우고 있다면, 그것이 공적인 무대로 튀어나와 그녀를 당황하게 할 위험이 없는 한, 이모는 그녀의 전매특허인 외면을 선택할 것이다. 그러다가 아마도 살인범을 고용해서 죽인 뒤 그의 시체를 산을 들이부은 목욕탕 물에다 넣어 녹게 만들 것이다.

"우리 가족이 그런 건 알아, 마이클. 네 말이 전적으로 맞아. 하지만 너와 내가 그것에 대해 한 번도 이야기한 적이 없다는 건 이상하지 않아? 내 말은, 우린 친밀하잖아. 그렇지? 왜 넌 한 번도 '누나, 누나가 미쳐있던 그 시간들에 대해 다 말해 줘……'라거나 하는 말은 안 해? 너희 세대는 우리 세대보다 정신건강 문제에 대해 훨씬 더 많이 아는 것처럼 보이는데 말이야. 우린 그냥 재미로 서로 정신 분열증 환자라거나 구제 불능이라는 말을 하곤 했지. 너희들은 그런 걸 훨씬 더 심각하게 받아들이잖아. 몇몇 금기 사항들은 깨지고 있어. 그런데도 우리가 그 일에 대해 한 번도 이야길 나눈 적이 없다는 건 이상하지 않아?"

그의 얼굴은 창백해지다 못해 찌푸려지고 있었다. 그는 매우 불편해 보였고 또 매우 어려워 보였다. 모든 금기 사항이 확실히 온전하게 있는 그대로 유지되는 걸 더 좋아하는 것처럼 보였다.

"그러네." 결국 그가 어깨를 으쓱하며 말했다. "하지만 그게 절대적으로 옳은 일은 아닌 것 같았어. 누나를 화나게 할 것 같기도 하고……. 음, 내가 세뇌에 굴복한 것 같기도 하고. 그런 거 아닐까? 쿨

에이드를 마셔 대면서 집안 분위기를 내면화하면서 무의식적으로 그러한 문제는 내버려 두는 것이 최선이라고 결론 내린 거 아닐까, 싶은데. 누나는…… 그거에 관해 이야기하길 원해?"

나는 그의 표정을 보며 웃을 수밖에 없었다. 그는 자연적인 호기심과 깊고 어두운 감정의 분출에 대한 두려움 사이에서 완벽하게 갈팡질팡하고 있었다.

'원한다'라는 말은 올바른 설명이 아니었다. 하지만 저기 있는 저 상자는, 우리가 상자를 발견했을 때 내가 반응했던 방식은, 마치 터지기를 기다리는 방사능이 가득 찬 많은 폭탄과 같다. 곧 언젠가는, 다시 열어볼 수 있을 만큼 나 자신이 단단하게 느껴지면, 그것들을 다 살펴볼 것이다. 카드들과 편지들을 읽을 것이다. 그리고 아마도 그걸로 모든 게 바뀔 것이다.

"난 너에게 선택권을 주고 싶어. 이건 네가 이야기하고 싶어 하거나 알고 싶어 하는 무언가가 아닐 수도 있다는 걸 알아. 만약 그렇다면, 이 이야기가 너에게 너무 부담스럽다면, 넌 여기서 나가야 해. 난 너에게 안 좋은 감정을 가지지 않을 거야. 그리고 앞으로도 널 아주 많이 사랑할 거야. 약속해. 하지만 만약 네가 남는다면…… 뭐, 일이 엉망진창이 될 수도 있다는 걸 미리 말해둬야겠지."

"제이클로스*와 지프 스프레이**로 치울 수 있는 그런 종류의 엉망진창을 의미하는 건 아니겠지?" 그가 묻는다.

"그럴 수 있다면. 그렇다면 모든 게 훨씬 더 수월할 텐데 말이야."

그는 조용히 드럼을 치듯 탁자 상판을 손가락으로 두드렸다. 나는

---

*   청소용 헝겊 브랜드 이름
**   청소용 액체

그가 입술을 깨물며 턱을 움직이며 생각하는 모습을 지켜본다.

"좋아." 그가 단호하게 두 손을 맞잡으며 말했다. "한번 해볼게. 난 참견을 안 하기엔 너무 참견하길 좋아하는 편이고, 게다가 누나 엄마 장례식이 있는 날에 정신적인 공황장애를 겪은 누날 내버려 두고 간다면 난 꽤 형편없는 인간이 될 거야…… 아까 그건 꽤 무서웠어. 누나가 〈처음 만나는 자유(Girl, Interrupted)〉*에 나오는 여자같이 행동한 거 말이야. 만약 그런 일이 다시 일어난다면, 내가 어떻게 대처해야 하는 거야?"

"내가 정신병자로 변해버리면 네가 어떻게 행동해야 하느냐고 묻는 거지?"

"응, 솔직히 말해서 그래. 물론 '정신병자'라는 말은 정치적으로 올바른 용어는 아니라고 생각하지만. 누나가 말했듯, 우리 눈송이 세대**에겐 그렇지 않아."

나는 그를 조금 곯려 먹는다. 물론 그건 불공평했지만, 아마도 그건 내가 아는 것들이 매우 심각한 상황일 수 있다는 점을 아무렇지 않게 여김으로써 오히려 내가 느끼는 긴장을 완화하려는 시도에서 나온 것일 테다.

내가 PTSD, 즉 외상 후 스트레스 장애의 한 형태를 겪고 있다고 설명하는 것은 그의 마음을 진정시키는 데 도움이 되지 않을 수도 있기에, 상세한 설명은 나중을 위해 남겨두기로 하고, 지금은 '정신병자'라는 말 정도로 만족하기로 했다.

---

* 1999년에 개봉한 영화로 경계선 인격장애를 진단받아 정신병원에서 지내게 되는 젊은 여성의 이야기를 다룬 작품이다.

** 1980년대와 1990년대에 태어난 세대를 말하는 용어로, 과민하고 이전 세대와 비교하여 불필요하게 특별한 대우를 받는 것으로 여겨진다.

"솔직히 말해서, 마이클, 난 네가 어떻게 해야 할지 확신할 수 없어. 내가 심하게 아팠을 때, 난 너무 멀리 가버려서 실제로 일어난 일을 기억조차 하지 못했어. 기억이 별로 없는데, 그게 축복일지도 몰라. 하지만 난 처음 신경쇠약을 겪고 난 후 몇 년 동안 많은 치료를 받았어. 말 그대로 진짜 많이. 그 모든 건 아주 끔찍하고 힘든 일이었고, 그걸 생각만 해도 여전히 약간 몸을 움츠리게 돼. 하지만 그건 내가 침착함을 유지하고 하던 일을 계속해나갈 수 있게 해주는 유용한 많은 기술들과 좋은 조언, 최고의 방법론을 배웠다는 걸 의미하기도 해. 난 내 호흡을 조절할 줄 알고, 나 자신을 땅에 붙어 있게 만들 줄도 알아. 그리고 공황 발작의 징후를 오십 걸음 안에 인식할 수 있어. 다른 모습으로 정체를 감추고 있더라도 말이야. 아마 난 보통 사람보다는 대비책을 더 잘 갖추고 있을 거야. 지난 30분 동안 그랬던 것처럼. 여기, 이 방에 있으면서, 너랑 이야기하면서, 나 자신과 이야기하면서 그랬던 것처럼. 그 모든 것이 맨 처음 반응으로부터 나를 느려지게 했어. 그때의 기분은 아직 그대로지만, 난 브레이크를 걸고 있어. 이해가 가?"

"콜라를 너무 많이 마신 나머지 진정하기 위해 마리화나가 필요한 때와 약간 비슷한 건가?"

"모르지. 난 그런 일을 한 적이 없으니까 전혀 몰라. 그리고 네가 그러지 않길 진심으로 바라. 하지만…… 그래, 그게 너에게 통하는 비유라면 아마도 그런 걸 거야."

"걱정하지 마." 그가 나를 위로하기 위해 자기 손을 내 손 위에 올려놓으며 말했다. "난 그냥 구경꾼의 간접 경험으로 말한 거니까. 난 그냥 진을 진득하게 마시면서 만족할게. 자, 그럼…… 어디서부터 시작할까? 시공간을 통과하는 이 솔직하고도 무서운 여행을?"

나는 상자를 힐끗 쳐다보며 두근대는 흥분과 공포를 느꼈다. 좋은 질문이다. 어디서부터 시작해야 할까?

처음 시작을 어디로 해야 할까? 첫 데이트? 첫 키스? 그도 아니면 처음 사랑을 선언했던 때? 아니면 그가 우리 부모님을 처음 만났던 날, 부모님이 그가 충분하지 않다고 선언했던 때부터? 아니면 내가 처음 부모님에게 그들의 생각이 중요하지 않다고 말하고 난 뒤 윈더미어 호수로 그가 모는 차를 타고 가서, 반짝반짝 빛을 내는 별들 아래에 차를 세운 다음 그의 차 뒷좌석에서 조의 품에 안겨 밤을 보냈던 때부터?

아니면 정신착란을 일으키는, 피투성이 공포 속에서 그 모든 사랑이, 공유했던 경험이 아무런 의미도 없는 것처럼 보였던 끝자락에서부터 시작해야 할까?

그도 아니면 가장 좋았던 곳, 절대적으로 아름다웠던 한가운데, 내 인생에서 가장 무섭고 행복했던 시간에서부터 시작해야 할까?

6

1999년 10월

"그녀는 너무 작아, 조. 옷을 입히다 그녀의 팔 하나를 작은 나뭇 가지처럼 부러뜨릴지도 모른다는 생각이 계속 들어……."

"자기야, 그럴 일 없어. 그녀는 작을지 몰라도 엄마처럼 강해, 엄마 처럼 멋지기도 하고."

그는 아기의 이마에 키스하기 위해 몸을 기울였다. 그러고 나서 제 스에게 같은 행동을 반복했다. 하지만 제스는 지금 자신이 멋지다는 생각은 영 들지 않았다. 그녀는 생각했던 것보다 더 피곤하고, 가슴은 너무 아파서 브래지어조차도 닿는 게 아프게 느껴질 정도였다. 또한 오줌을 누러 갈 때마다 몸 안의 모든 게 빠져나올 것 같은 거북함을 느꼈다.

그녀는 개 사료 광고에 울음을 터뜨리며, 시큼한 우유와 절망의 냄새를 맡는다. 그리고 현재 그녀가 경험하고 있는, 거의 똑같은 양의 사랑과 두려움에 어떻게 대처해야 할지 막막하기만 했다.

실제로 아기가 태어나 이곳에 있기 전까지만 해도 그 어떤 것도 현실로 느껴지지 않았다. 얼굴이 불그레한, 분노와 평온함을 번갈아 가며 살아 숨 쉬고 있음을 표출하는 아기. 그 아기가 여기 있었다. 소중한 생명체를 건강하게 유지하며 살아 있을 수 있도록 돌보고 책임을 지는 건 그녀가 생각했던 것과 전혀 달랐다. 예상했던 것보다 훨씬 더 어려웠다.

그녀는 집을 나가는 동시에 사탄의 살아있는 화신일지도 모르는 조 라이언과 함께 아이를 키울 것이라는 자신의 계획을 알고 좌절감에 눈물을 흘리던 어머니가 떠올랐다.

"그게 어떤 건지 넌 몰라." 어머니의 목소리는 전에 들었던 그 어떤 목소리보다도 컸다. "아기를 돌보는 게 얼마나 어려운 일인지 넌 몰라! 너도 아직 어린애일 뿐이잖아!"

당시에는 어머니의 말이 그녀를 격분하게 했고, 부모님이 틀렸다는 걸 증명하기 위해서라도 더욱 단호하게 마음을 먹어야 했다. 자신이 어린애가 아니라는 것을, 한 여자라는 것을, 한 엄마라는 것을, 자기만의 삶을 가진 한 사람이라는 걸 부모님에게 보여주기 위해서라도.

하지만 이제 그녀는 어머니의 말이 옳았는지도 모른다고, 자기 자신을 의심하기 시작했음을 묵묵히 인정하고야 만다. 그녀는 겨우 열여덟 살이고, 자기 의심으로 가득 차 있고, 불안으로 휩싸여 있고, 심지어 지쳐 있다. 아기가 잠들어 있을 때도 그녀는 깨어 있었고, 그녀 자신이 여전히 숨 쉬고 있는지 확인하기 위해 가슴이 부드럽게 오르락내리락하는 것을 지켜보고 있었다.

제스는 치러야 할 모든 전투─집에서 겪었던 끔찍했던 장면들,

현금을 구하기 위해 허둥대던 일, 에이레벨 시험* 보는 것을 보류하는 일, 조가 정비공 차고에서 일자리를 찾는 일, 그리고 조의 양아버지가 정육점 창문에 걸려 있는 고깃덩어리인 양 그녀를 위아래로 훑어보던 일 따위—는 끝났다고 생각했었다.

물론 부모님은 그녀가 소식을 전했을 때 공포에 질렸다. 그들은 그녀가 스스로 삶을 망치고 있다고, 그 끔찍한 실수를 없애기 위해 '특별한 의사'를 만나야 한다고 강하게 주장했다. 그녀가 말을 듣지 않자, 비명과 눈물과 비난이 난무했다. 무엇보다도 그녀 아버지의—그의 어린 딸이 그를 심하게 실망하게 했다는 데서 나온—슬프고도 엄숙한 혐오가 있었다.

조가 체포되도록 만들겠다는 협박이 뒤따랐다. 이내 부모님은 그녀가 아기를 지우지 않으리라는 사실을 일단 받아들인 후에는 그녀가 자신들과 함께하기를 원했다. 아마도 그들은 그녀가 아이를 입양시키도록 설득할 수 있다고 생각했거나, 적어도 조를 그들의 삶에서 없앨 수 있으리라고 생각했을 것이다.

그녀는 그들에게 소리쳤던 것을 기억한다. "그를 체포되게 한다고요? 뭣 때문에요? 사랑에 빠지는 건 빌어먹을 불법이 아니에요!"

돌이켜보면, 지금은 그 모든 것이 비현실적으로 느껴졌다. 그때 그녀는 아주 용감했다. 분노와 반항으로 가득 차 있었다. 그녀는 조를 사랑했고, 조는 그녀를 사랑했다. 그들은 그들의 아기를 사랑할 것이었고, 함께 삶을 꾸려나갈 것이었다. 그것은 정말 단순한 일이었다.

적어도 그녀가 잘 알지 못했기에 그것은 꽤 단순해 보였다. 그들이 맨체스터에 있는 이 비좁고 습한 원룸 아파트로 이사한 후에도 모

---

* 영국 대입 준비생들이 보통 18세 때 치르는 과목별 상급 시험

든 일은 여전히 단순해 보였다.

그들에겐 돈이 없었다. 그래도 그들은 자선단체 가게에서 가구를 얻었고, 즉석 라면을 먹었고, 처음에는 텔레비전이 없었기 때문에 항상 음악을 들었다. 그들의 이웃들은 시끄럽고 무서웠다. 바깥 거리는 얼마 전까지만 해도 제스를 겁먹게 하기에 충분했다.

하지만 그녀에겐 조가 있었고, 중요한 건 그것뿐이었다. 조는 강인하고 튼튼하며 세상 물정에 밝았으므로, 그녀와 아이를 돌봐줄 것이었다. 그녀는 부모님과 그들의 판단, 그들의 시큰둥해하는 불만과 억압된 불행이라는 끓어오를 듯한 감각은 필요하지 않았다. 컬리지로 등교하던 첫날에 그녀의 마음을 사로잡았고, 그 이후 줄곧 그녀의 곁에 있었던 남자와 함께하는 지금, 그녀는 자신이 원하는 모든 것을 가진 셈이었다. 조와 함께 있으면 해결할 수 없는 문제를 상상하기 어려웠다.

하지만 지금 그녀는…… 겁을 먹은 채 걱정에 빠져 있다. 그녀는 아기에 대해 아무것도 몰랐다. 그녀가 난생처음 안아본 신생아가 바로 자신의 아기였다. 아일랜드 출신 산파는 거의 이틀간의 진통 끝에 나온 그녀의 아기를 건네주며, "산모님 대단했어요"라고 의기양양하게 말했다.

이틀 후 그녀는 자신이 낳은 딸, 그레이시와 함께 집에 돌아왔다. 그녀는 3층 아파트까지 계단을 이용해서 올라갔다. 아기는 그녀의 팔에 꼭 안겨있었고, 그녀의 몸과 영혼은 구타당하고 망가진 상태였다. 조는 집 안의 모든 곳을 청소하고, 꽃병에 꽃을 꽂고, 기저귀와 물티슈와 로션이 갖춰진 아기용 물품대를 설치했다. 그가 모든 것을 잘 해냈음에도 불구하고, 그녀는 여전히 아주, 아주 무서웠다.

그녀는 내심 아기가 자신을 좋아하지 않는다고 확신했다. 아기에게 젖을 먹이는 건 끊임없는 전투였고, 그녀의 젖꼭지는 전쟁터였고, 그녀를 올려다보는 초점 없는 눈은 마치 '네가 내 엄마야? 분명 난 더 나은 대우를 받을 자격이 있어'라고 말하는 것처럼 보였다.

아기와 함께 집으로 돌아온 지 일주일이 지났을 무렵, 그녀는 언제쯤 책과 영화에 나오는 행복한 여자들처럼 마법이 일어날지 궁금했다. 언제쯤이면, 아이가 울음을 그치고, 자신 역시 초능력을 가진 멋진 어른처럼 행동할 수 있을까 궁금했다.

순간, 그레이시가 그녀의 손가락을 붙잡으며 자기 연민을 방해한다. 그레이시의 손아귀 힘은 셌고, 분홍색과 흰색 반달이 있는 작은 손톱은 완벽했다. 제스는 그녀를 내려다보며 미소 지었다. 이따금 이런 일이 일어난다. 그녀가 최악의 상태에 있고 패배감에 젖어 있는 바로 이때, 자그마하지만 달콤한 순간이. 어쩌면, 아마도 어쩌면, 아기가 그녀를 전혀 미워하지 않을지도 모른다고 느끼게 해주는 순간이 생겨난다.

조는 바보 같은 미소를 지으며 그들을 바라보고 서 있었다. 그의 짙은 눈이 반짝였고, 매우 행복해 보였다. 자기 인생에서 잭팟을 터트리기라도 한 것처럼.

"보여?" 조가 제스의 얼굴에서 어긋나 있는 머리카락 한 가닥을 쓰다듬으며 말한다. "그녀는 엄마가 자기를 사랑하는 걸 알아. 자기가 자신의 팔을 부러뜨리지 않을 거란 것도, 목욕탕에 떨어트리지도 않을 거란 것도, 실수로 가게에 남겨두지 않을 거란 것도 알아. 그리고 그녀는 칼을 쥘 수 있게 되자마자 자기를 잠결에 죽이려는 음모를 몰래 꾸미고 있지도 않아."

제스는 응, 하는 소리를 내며 웃을 수밖에 없었다. 그 모든 것들이 어두운 시기에 그녀가 일어날 거라고 자기 암시를 해 온 것들이었으니까. 손가락을 쥐는 아기의 힘이 주는 일시적인 행복감에 둘러싸인 채 앉아 있는 지금은, 그런 것들이 모두 멍청한 생각처럼 여겨졌다.

"어떻게 이 아기처럼 작은 존재가 우리의 삶을 완전히 지배할 수 있을까? 그녀에겐 기분도 없어. 그녀에겐 심지어 의견도 없어. 그녀는 몸을 구르지도, 앉지도, 먹지도 못하는 작은 생명체일 뿐이지만, 어찌 된 일인지 그녀는 주도권을 쥐고 있어, 안 그래? 어떻게 그런 일이 일어날 수 있지?"

제스의 말에 조는 그녀의 옆에 앉아, 그녀의 어깨에 팔을 두른다. 심지어 지금도, 모든 에너지가 소진된 채 젖은 행주처럼 느껴지는 지금도, 조는 그녀의 심장을 더 빨리 뛰게 만든다. 어떤 식으로든 항상 그녀의 기분을 더 좋게 만들 수 있다. 특별하다고 느끼고, 사랑받고 있고, 소중하게 여겨진다고 느끼게 할 수 있다. 모든 것이 잘 될 거라고 느끼게 할 수 있다.

"나도 몰라, 제스. 영특한 일이지, 안 그래? 그리고 앞으론 더 쉬워질 거야. 진짜야. 나는 위탁 가정에서 한 누나가 아이를 가졌던 때를 기억해. 작은 남자아이였어. 그녀는 혼자 모든 걸 감당해야만 했는데, 어떻게 대처했는지 모르겠어. 지금 보니 얼마나 힘든 일이었는지 알겠어. 하지만 그녀가 포기할 준비가 되었을 때, 애를 다른 사람에게 줘버릴 준비가 되었을 때, 그를 창밖으로 내던지거나, 보드카 한 병을 통째로 마실 준비가 되었을 때, 그가 웃기 시작했다고, 그리고 그게 모든 걸 바꿔 놓았다고 나에게 말했던 걸 기억해. 마치 진화가 그런 일이 일어나게끔 프로그래밍한 것처럼 말이지."

제스는 고개를 끄덕이고는 딸의 작은 얼굴을 응시했다. 우리의 딸……. 그렇게 생각하는 것만으로도 이상한 느낌이 들었다. 얼마 전까지만 해도 그녀는 조와 몰래 데이트를 하고 있었고, 연습장에 그의 이름을 휘갈겨 쓰고 있었고, 영어 수업 중에는 히스클리프* 대신 그의 얼굴을 등장인물로 삼았었다. 그들이 떨어져 있을 때는 그에 대해 공상했고, 함께 있을 때는 그를 숭배했으며, 마침내 여자애들이 키스를 왜 그렇게 좋아하는지 알게 되었다. 그리고 그녀들이 왜 그 이상도 하고 싶어 하는지 확실히 알게 되었다. 그렇지 않았다면 그레이스는 존재하지도 않았을 것이다.

"쉬워졌으면 좋겠어." 그녀가 조의 가슴에 기대며 말한다. "난 지금 완전 실패자처럼 느껴지니까. 조, 내가 자기를 실망하게 하고, 그레이시를 실망하게 하고, 그리고 그냥…… 모든 걸 엉망으로 만들고 있는 것처럼 느껴져. 난 그녀를 너무 사랑해, 정말이야. 하지만 내가 모든 일을 잘못하고 있는 것만 같아. 나는 지금 하는 일보다 셰익스피어를 분석하는 걸 훨씬 더 잘했어. 내가 햄릿을 그리워할 거라고는 생각도 못 했지만, 이것에 비하면 컬리지는 식은 죽 먹기처럼 보여."

제스는 자신의 말에 그가 약간 긴장한 것을 느끼고는 그의 얼굴을 올려다보았다. 그는 여전히 웃고 있었지만, 왠지 더 슬퍼 보였다. 자신이 의도치 않게 그를 속상하게 했다는 걸 알고 있다. 그가 그녀의 삶을 탈선시키고, 그녀만의 삶 속으로 날아가게 하는 대신 자신의 삶으로 끌어내렸다는 사실을 걱정한다는 것 또한 그녀도 안다. 그의 어린 시절이 쓰라리고 고통스러웠고, 누군가가 진정으로 그를 사랑하거나, 원하거나, 필요로 한다고 느낀 적이 없다는 것도.

"난 조금도 후회하지 않아, 조." 그녀가 손을 뻗어 그의 얼굴을 부드럽게 만지며 말했다. "아무것도. 나에겐 자기와 그레이시가 있고, 그걸로 충분해. 내 호르몬은 무시하고 내가 하는 말을 들어. 나는 자

---

*   에밀리 브론테의 소설 〈폭풍의 언덕〉에 나오는 남자 주인공 이름

기와 우리 딸을 영원히 사랑할 거고. 그리고 우리가 함께 있는 한, 모든 일이 잘 풀릴 거야."

"세상에 맞서는 우리 세 사람." 그가 그녀의 손가락에다 입을 맞추고는 일어나서 레코드플레이어를 향해 걸어갔다. 오래된 물건으로, 자선 가게에서 구한 것이었다. 모든 사람이 CD 재생기를 구입하고 있었던 터라 겨우 5달러밖에 하지 않았다. 그녀는 그가 레코드를 고르고, 커버로부터 검은 레코드판을 꺼내고, 바늘을 자리에 위치시키는 모습을 가만히 지켜보았다.

그가 두 손을 내밀자, 그녀는 여전히 그레이시를 안은 채 엉거주춤 일어섰다. 이내 음악이 시작되자 두 사람은 서로를 꼭 끌어안았다.

그녀는 음악이 시작되기 전부터 어떤 곡이 흘러나올지 예상했다. 바로 라몬즈*의 〈자기야, 사랑해(Baby, I Love You)〉다. 이 음악은 그들이 9개월 이상 함께 듣고, 노래하고, 춤춘 곡이었다.

아기는 두 사람 사이에서 아늑하게 자리를 잡았고, 두 사람은 천천히 방을 돌며 춤을 추었다. 낡아빠진 카펫을 가로지르고, 허름한 소파 앞을 지나 그 너머로 회색 거리와 비에 젖은 건물들만 내다보이는 창문들 옆을 지나쳤다. 그들은 이웃들이 싸우는 소리와 아래에서 올라오는 케밥 가게 냄새, 그리고 발아래로 방치된 장판이 삐걱대는 소리 따위는 무시했다.

조이 라몬**이 애수에 찬, 희망을 주는 목소리로 세레나데를 부르자, 그들은 자신만의 박자, 음악의 박자, 그리고 아기 심장의 박자에 맞춰 춤을 추었다.

---

*   미국의 4인조 펑크 록 밴드
**   라몬즈의 리드 보컬

그 순간, 그녀는 갑자기 그가 옳다는 것을, 모든 게 잘 될 것이라는 것을 깨달았다. 그녀는 정확히 그녀가 있어야 할 곳에 있었고, 그녀가 함께 있어야 할 사람들과 같이 있었다.

조의 손이 자신의 허리에 감겨드는 지금, 우리의 아기를 품에 안은 지금, 그녀는 세상에서 가장 부유한 여자처럼 느껴졌다.

7

"이봐, 제스 누나…… 괜찮아? 누나 얼굴이 완전 창백해졌어. 그리고…… 음, 젠장, 내 심장도 막 떨려!"

나를 부르는 마이클의 목소리가 다시 여기 이곳으로 나를 데려왔다. 과거에서 깨어나 새로운 현실에 적응하는 동안 잠시 그를 응시했다. 나는 지금 정신적 충격을 받은 사촌 동생과 함께 죽은 어머니의 부엌에서 비밀이 담긴 상자를 앞에 두고 앉아 있다. 그 아름다운 중간계—조와 그레이스와 함께한 초창기 시절—는 다른 땅이다. 다른 우주이다.

"난 괜찮아, 마이클. 난…… 그냥 뭔가를 기억한 것뿐이야. 흠, 내게 묻고 싶은 게 있겠지?"

"어림잡아 7백만 개 정도 되겠네. 근데 난 물어보는 게 좀 무서워……. 모르겠어, 내가 누나를 절벽 같은 데서 밀어버리거나 하는 건 아닐까 하는 생각이 들어. 그렇다면 내가 누나 뒤를 따라 뛰어내려야 하고, 그러면 우린 둘 다 땅에 철퍼덕 퍼지게 될 거야. 그러니 누나가 천천히 시간을 갖고 나에게 말하고 싶은 걸 말해줘. 그러고 나면 나도 같이 이야기할 수 있을 것 같아."

그것은 합리적인 계획처럼 들렸다. 마이클은 마법 가루를 뿌린 듯 매력을 과시하는 편이지만, 실은 꽤 분별력 있는 사람이었다.

"좋아." 나는 대답하며, 남은 차를 마저 마시기 시작했다. 미지근한 액체가 목구멍으로 흘러내릴 때마다 절로 얼굴이 일그러졌다. "그럼, 첫 부분부터 시작할게. 거의 열일곱 살이 다 됐을 때, 나는 컬리지에 갔어. 맨체스터에서도 내가 사는 지역과 가까운 곳에 있는 식스폼 컬리지였어. 아직도 거기 있는 걸로 알아."

"마약상들과 금속 탐지기가 있는, 심지어 선생님들도 '크립스'나 '블러즈'*에 속해 있던 곳 말이야?"

"그렇지 않았어. 그리고 여전히 그렇지 않다고 난 확신해. 넌 네 부모님의 반도시적 편견을 따르고 있는데, 그건 좀 실망스러운걸. 컬리지는…… 그래, 달랐어. 아주 많이. 거기엔 다양한 배경을 가진 아이들이 있었고, 크고 시끄러웠어. 그리고 거기엔…… 외국인들도 있었어!"

그는 마지막 말을 마치 작고 더러운 비밀인 양 낮게 속삭이는 내 말투에 낄낄거리며 웃었다. 우리의 온통 백색 천지인 중산층 어린 시절의 세상에서는 사정이 거의 그랬다. 치킨 티카 마살라**를 먹는 것이 일종의 이국적인 도박으로 여겨지는 집안 출신이라면, '외국인'들과 섞이는 것은 대담한 짓의 극치로 여겨지는 법이다.

우리는 둘 다 심지어 지금도 흔하게 볼 수 있는 그런 일상적인 인

---

*　　둘 다 길거리 폭력배 조직이다.
**　　닭으로 만든 인도 음식

종차별─올림픽 단거리 달리기 종목에서 많이 보이는 흑인 선수들에 대해 아무렇게나 던지는 말, 튀김 음식 가게를 운영하는 중국인들이 두들겨서 연하게 만든 대구 한 조각을 제대로 튀기는 방법을 이해한다는 사실을 거부하기, 일본 카레 냄새나 그들의 잔인함에 대한 은근한 언급들, 혹은 제3세계 사람들이 일을 제대로 하는 방법을 알았다면 그곳에서 일어나는 기근이나 가뭄이 사라졌을 거라는 말─을 겪으며 자랐다.

컬리지에 가는 건 그 모든 것에서 벗어나려는 나의 어릴 적 시도들 가운데 하나였다. 나는 시야를 넓히고 좀 더 자유롭게 살고 싶었다. 그 일은 거의 확실히 일어났다.

"하지만……." 나는 말할 용기가 사라지기 전에 덧붙였다. "조도 있었어. 조 라이언. 솔직히 부모님은 내가 조가 아니라 외국인을 만났더라면 더 행복해했을 거라고 생각해. 사실 결과적으로 부모님은 그를 외국인으로 여기긴 했지만 말이야. 그는 우리라는 집단에 속하는 사람이 아니었어, 무슨 말인지 이해해?"

"응, 이해해. 근데 조라면, 아빠 조 조를 말하는 거지? 지금 입 밖으로 소리를 내니까 20년대의 재즈 음악가 이름처럼 들리네……."

"그는 재즈 뮤지션이 아니었어. 그는…… 그는 그냥 남자애였어. 하지만 내가 본 남자애들 중에서 가장 아름다웠지."

마이클은 두 손으로 턱을 괴고 애석하다는 듯 나를 바라보았다. 맹세코, 그의 입술 사이로 작은 한숨이 새어 나오는 소리가 귓가에 들렸다. 그리고 나는 그가 '음울하지만 잘생긴 외모의 멋진 남자들과 격렬한 키스'에 빠져 십 대 시절을 로맨스 소설을 읽으며 보냈다는 사실을 떠올렸다.

"그는 어땠어? 나 아름다운 남자애로 시작하는 이야기 정말 좋아하는데⋯⋯."

지금도 나는 눈을 감으면 등교 첫날 내 얼굴 위로 떠 있던 비니모
자와 헐렁한 청바지를 입은 조를 볼 수 있다. 그의 얼굴 형태를 바꿔
버리는, 어딘가 삐뚤삐뚤한 미소를 볼 수 있다. 이제 그는 다르게 보일
것이다. 나는 안다. 그가 달라져 있으리라는 것을. 우리 둘 다 그럴 것
이다. 너무 많은 일이 있었다. 하지만 지금, 그는 저만치에 있다. 내가
일어서는 것을 돕는 그는 활기차고 해맑은 모습이고, 그의 갈색 눈동
자는 빛을 내고 있다.

"그는 매우 잘생겼지만, 어떤 면에선 약간 위험하기도 했지. 내 말
뜻 이해하겠어? 그는 키가 컸고 나보다 나이가 많았어. 그리고 자
기 차도 가지고 있었고. 난폭하게 운전하는 사람들을 위한 클래식한
멋이 있는 포드 피에스타였어. 그것만으로도 그는 거부하기 힘들었
어. 그는 짙고 물결치는 검은 머리카락에 커다란 갈색 눈을 가졌고,
해적일 수도 있겠다고 생각하게 만드는 장난기 많은 미소를 지녔었
지⋯⋯. 항상 장난스러운 일을 꾸미고 있는 것 같았어. 넌 분명히 그
런 걸 즐겼을 거야."

"세상에! 난 장난꾸러기 해적이라면 사족을 못 써. 그를 〈폴다크
(Poldark)〉*에 나오는 남자애로 상상하고 싶은데, 괜찮지?"

"더 잘 생겼지." 나는 웃으며 대답했다. 내 마음속에서는 그랬으
니까.

마이클은 인상적이라는 듯 오, 하는 소리를 내며 말했다. "그럼 그
당시 제스 누난 어땠어? 시골 마을에서 온 순진한 아가씨 같았어?"

마이클은 지금 자신만의 이야기를 구성하느라 여념이 없었다. 그

---

*   BBC One에서 방영한 드라마

것은 그의 내면의 낭만주의자가 만들어내는 이야기였다. 물론, 실제 삶은 그것보다 더 냉혹하다. 실제 삶은 환상의 원색들이 아니라 진실의 그늘이라는 형태를 띤다.

"응, 여러 면에서 그랬던 것 같아. 우리의 삶은 매우 달랐어. 나는 언제나 여기서 살았고, 좋은 학교에 다녔고, 모든 면에서 좋은 것을 누렸어. 그러면서도 그런 것들에 숨 막혀 했지. 내가 얼마나 행운아인지 깨닫지 못했어. 조는…… 조는 아일랜드와 맨체스터에 있는 위탁 가정을 전전하며 자랐어. 그의 가족 고향이 아일랜드였어. 그는 인생에서 좋은 출발을 하지 못했지만, 어떻게든 말썽을 피해서 컬리지에 들어갔어. 거기서 그는 의심의 여지 없이 가장 멋진 애들 가운데 한 명이었어. 그에겐 솔직히 무서운 친구들이 있었는데, 모두 다 욕을 많이 하고 담배를 피우고 몸 여기저기에 피어싱도 했었어. 하지만 한번 알게 되면 실제로는 나쁘지 않은 애들이었어. 그건…… 내가 아는 것과는 전혀 달랐어. 그리고 푹 빠져들게 했지. 특히 시골 마을에서 온 순진한 여자애한테는 그랬어. 너도 상상할 수 있겠지만, 부모님은 내게 남자친구가 있다는 것에 더해, 살아 있는 한 자신들이 절대 인정하지 않을 남자친구가 있다는 사실을 알고 기겁했어. 그들은 그가 용감하다거나, 친절하다거나, 그가 나를 하늘만큼 땅만큼 사랑한다는 점은 전혀 신경 쓰지 않았어."

마이클은 고개를 끄덕였다. 그는 이해할 것이다. 그 역시 지금 그러한 현실을 살고 있으니까. 가족의 기대에 부응하기 위한 끊임없는 싸움을 하며, 그 자신이 되는 일과 사랑하는 사람들을 소외시키지 않는 일 사이의 전투장에 있으니까.

"상상이 가. 그들은 정력 넘치는 해적보다 거세된 교구 목사를 선호했겠지, 안 그래? 그래서, 둘 사이는 어떻게 시작된 거야?"

"내가 그를 만난 순간 시작됐어. 그는 내 또래의 여자애라면 모두가 원하는 걸 갖춘 남자애였으니까. 나보다 나이가 많고, 위험하고, 섹시하고, 자신감도 있었고. 그 당시 말로 하면 '핫'했어. 그런 것들만으로도 나를 충분히 매료시킬 만했어. 내가 다른 것들을 이해한 건 나중이었어. 더 중요한 요소들이었는데, 성실함, 회복력 같은 것들이었어. 그의 경우도 비슷했다고 난 생각해. 그는 첫날에 나에게 홀딱 반했다고 나중에 말했었어. 하지만 나이가 나보다 많고 경험이 더 많았으니까 나처럼 물불 안 가리고 사랑에 빠지진 않았어. 내 생각엔 첫 만남 이후 얼마 지나지 않았던 때, 내 열일곱 번째 생일 자리에서 본격적으로 시작됐어. 학교 복도에서 그를 우연히 만났는데, 사실 우연이라기보다 그를 몰래 쫓아다녔고 그의 수업 일정도 알고 있었어. 그래서 교묘한 설계를 통해서 그 시간에 그곳에 그와 함께 있을 수 있었어. 난 내가 그를 속였다고 생각하지 않아. 그는 내가 영어, 역사, 프랑스어 수업을 듣고 있고, 그래서 과학과 공학 건물 근처에 있을 필요가 없다는 걸 알고 있었으니까. 그는 그 점을 지적하지 않았고, 난 그게 참 고마웠어. 그리고 그날이 내 생일이라는 걸 알았을 때, 그는 내 몸의 모든 부분을 완전히 녹아내리게 하는 미소를 내게 보여주었어. 나는 이제 나이 든 여자가 되었지만, 여전히 그때 느낌을 기억해.

그는 아주 천천히, 침착하게 말했어. '음, 오늘이 네 생일이라면, 너에게 뭔가를 줘야겠네. 근데 지금 내가 가진 거라곤 껌 한 통밖에 없는데, 그거라도 줘야 하나? 혹시 나중에 만나서 커피나 음료수를 마시고 싶은 게 아니라면 말이야.' 물론 난 나중에 만나는 걸 선택했어. 결국 우리는 만났고, 그는 나에게 껌 한 통을 주었어. 그건 일종의 전통이 되어 버려서, 그 이후로 그는 매년 내 생일에 껌 한 통을 주곤 했어. 스물한 살 생일 때는 예외였는데, 그때는 스물한 통의 껌을 내게 줬거든. 어쨌든, 그 후 우리는 본격적으로 사귀기 시작했어."

나는 잠시 말을 멈추고, 떠오른 기억에 미소를 지었다.

"거기서 멈추지 마! 그다음엔 무슨 일이 있었는데?"

"그다음엔 진부한 일이 일어났지." 나는 대답하며, 자리에서 일어나 부산스레 차를 더 끓이기 시작했다. 차를 원한 것은 아니지만, 움직임이 필요했다. 이 이야기를 하는 동안 만큼은 진짜인 무언가를 해야 한다. 그리고 테틀리 티백은 그 무엇보다 현실적이다.

"나는 임신했어. 그리고 1999년에 아이를 낳았고."

이 말들은 매우 단순하게 들렸다. 그리고 이 이야기가 나의 이야기가 아니라, 다른 사람에 대한 것이라고 나 자신을 설득할 수 있다면, 아마도 그럴 것이다. 수백만 명의 여성들이 매일 아기를 낳는다. 그것은 평범한 기적이다. 생의 순환에서 전형적으로 볼 수 있는 일이다. 하지만 내가 말하고 있는 건 내 아기이다.

우유 한 방울을 찻잔에다 떨어뜨리는 순간 손가락이 떨려왔다. 바싹 경계하는 내 눈을 통해 보이는 우유의 하얀색이 불현듯 너무 생생하게 와 닿았다.

마이클은 침묵하고 있었다. 이건 그에게 너무나도 이례적인 일이었다. 진이 담긴 유리잔이 꼼짝없이 파수병 역할을 하는 가운데 그는 부엌 식탁에 앉아서 얼굴을 찌푸린 채 조심스러운 기미를 내보였다.

"1999년은…… 내가 태어난 해야. 제스 누나, 이거 낮에 텔레비전에서 해주는 드라마 이야기 중 하나야? 아니면 잡지에서 읽을 수 있는 이야기들 가운데 하나야? 설마 누나가 사실은 내 엄마고, 나쁜 소문을 피하려고 나를 우리 엄마에게 키우라고 준 거야?"

"아니야!" 나는 그의 생각에 진심으로 놀라며 단호하게 말했다. "그런 거 아니야! 마이클. 설령 그렇다 해도 난 널 믿을 수 없을 정도로 억눌린 늑대들의 손에 자라도록 내버려 두진 않았을 거야⋯⋯."

그는 안도의 한숨을 세게 내쉬며 고개를 끄덕였다.

"됐어, 그럼. 누나가 내 엄마였다고 해도 딱히 불만은 없었을 거야. 하지만⋯⋯ 그렇게 되면 일이 좀 복잡해졌겠지, 안 그래? 그리고 지금 잠시 멈추고 생각해보자면, 어쨌든 내 기억으론 우리가 봤던 카드는 한 여자애 앞으로 보내진 거였어. 그렇다면⋯⋯ 누나에겐 지금 딸이 없어. 그 말은 무슨 다른 일이 있었다는 뜻이고⋯⋯."

나는 창가에 서서 어쩌다 우리 집 정원으로 들어온 까치 두 마리가 버려진 감자칩 봉지를 놓고 아웅다웅하는 모습을 보았다. 한 마리는 슬픔, 또 다른 한 마리는 기쁨이라고 여긴다. 그리고 나는 그 두 가지를 다 알고 있었다.

나는 탁자로 돌아와 앉은 뒤, 가슴 위로 두 팔을 둘렀다.

"죽었어. 사고가 있었어. 이건 내가 아직 말할 수 없는 것 중 하나야, 마이클. 그래서 그 이야긴 이쯤에서 그만둘게. 현재로서는 말이야. 그러니 재촉하지 마."

"절대 안 그럴게, 제스 누나." 그가 한 손을 뻗어 내 손 위로 포개며 말한다. 갑자기 그의 눈에 눈물이 고이며 반짝 빛을 낸다.

"그리고 울지도 마. 나한테 너무 친절하게 굴지도 말고."

그는 자신의 손을 뒤로 빼내고는 눈물을 짜내기 위해 눈꺼풀을 눌렀다. 내가 하는 지시를 따르려고 애쓰는 그의 행동은 거의 우스꽝스러웠다. 나는 내가 말하는 대로 그가 따르는지를 보기 위해 '배를 문지르고 머리를 쓰다듬어'라거나 '뮤직비디오 〈보그(Vogue)〉에 나오는 마돈나 흉내를 최대한 잘 내봐'라는 식의 요청을 무작위적으로 하고 싶은 유혹을 느꼈다.

"그래⋯⋯ 근데 한 가지 물어볼 게 있는데, 그게 누나 치료사들이

권하는 거야? 아무 말도 안 하고 아무 일도 없었던 척하는 거 말이야. 왜냐하면 내가 전문가는 아니긴 해도, 그렇게 하는 게 썩 좋아 보이진 않는데⋯⋯."

"당연히 아니지! 우선, 그들의 가장 중요한 임무는 내가 기억하도록 하는 거였어. 날 보호하기 위해서, 안전한 환경 속에서 나를 안내하기 위해서 내 뇌가 차단해 버린 것들을 찾는 거였어. 슬픔을 인정하고, 상실감을 인정하고, 고통이 자연스럽게 그것만의 과정을 진행하도록 두는 거였어. 그 모든 것은 의심의 여지 없이 현명하고 합리적인 일이었어. 그리고 내가 이곳에 없었을 때, 내가 그들과 함께 있었을 때, 난 어느 정도는 그렇게 할 수 있었어. 그들이 말했던 모든 게 도움이 되고 말이 되는 것 같았어. 그렇다고 그 사람들이 여기 와서 함께 살 필요는 없잖아, 안 그래?"

나는 주변을 훑어본다. 부엌과 집의 깔끔함과 질서, 그리고 박물관 같은 상태를 본다. 감옥 같은 곳이다.

"그들이⋯⋯ 살아 있는 무덤과 같은 우리 집으로 올 필요는 없었어! 엄마는 정말 애를 많이 썼지만, 내가 여기로 돌아온 지 얼마 되지 않아 아빠는 심장 질환에 걸렸어. 그리고 난 아빠의 병이 모두 내 잘못인 것처럼 느껴졌어. 나를 상대하느라 받은 스트레스와 일어난 모든 일이 그런 결과를 초래한 것처럼 말이야. 모든 것이 너무 위태롭고, 너무 연약하게 느껴져서 나는 다시 잊기 시작했어. 일부러 그랬지. 부모님도 그랬어. 우리는 기억을 상자에 담아 다락방에 숨겼어. 감정적으로, 표면적으로, 또 물리적으로."

마이클의 시선이 내 시선을 따라 맞은편에 있는 상자 쪽으로 향한다. 상자는 순진하게 아무렇지 않은 모습을 하고 있었고, 먼지에 찍힌 우리의 지문이 고스란히 남아있었다. 옆면에는 신발이 어떻게 생겼는지 잘 모르는 사람을 위한 작은 삽화와 함께 남성 구두 한 켤레가 들어 있음을 알리는 색이 바랜 노란색 라벨이 붙어 있었다.

그는 손가락 하나를 들어 상자를 가리키며 말했다. "그러니까…… 사고가 있고 나서…… 누난 병원에 입원하게 된 거야?"

"바로 직후는 아니었어. 그게…… 아마 6개월쯤 지난 때였을 거야. 모두 내가 나아질 거라고 기대하고 있었는데, 오히려 난 점점 더 나빠졌고, 결국 무너져 내렸어. 모든 게 내 마음을 너무 멀리까지 가게 했고, 결국 난 망가졌어. 그리고 그 후 2년 동안 기본적으로 내 삶은 내 것이 아니었어."

내가 하는 말이 씁쓸하게 느껴졌다. 내 씁쓸함이 한편으로는 정당하면서도 또 다른 한편으로는 공정하지 않다고 생각했다. 내가 도움이 필요했다는 점에는 의심의 여지가 없었다. 사실, 도움을 받지 않았다면 나는 지금 여기 없었을 테니까.

하지만 나는 아직도 끓어오르는 분노와 배신감을 기억하고 있다. 내 작은 자멸적인 슬픔의 세상으로부터 억지로 떠나야 하는 것에 대한 분노와 나를 그 세상에서 멀어지게 하려는 대담한 시도를 하는 누군가에 대한 분노를.

나는 그 고통에 간절히 매달리고 싶었다. 그것이 그녀와 관련해서, 소중한 그레이시와 관련해서 남은 모든 것이었기 때문이나. 그녀가 더 이상 없는 고통. 내 가슴에는 아기 모양의 구멍이 뚫려 있었고, 그걸 잃고 싶지 않았다. 그것은 나를 조금씩 죽이고 있었지만, 그것만이 내 전부였다.

마이클은 이 모든 것을 마음속으로 곰곰이 생각하는 중인 듯하다. 아마도 그가 어렸을 때 내가 플라스틱 쟁반에서 음식을 먹고 아침에 먹는 주스로 약을 먹고 있었다는 사실을 알아차렸으리라. 어쩌면 자신이 그레이시를 만난 적이 있는지, 그리고 당시를 기억할 정도로 충분히 나이를 먹었었는지 궁금해하며, 자신의 기억을 꼼꼼히 살펴보고 있으리라. 그가 감히 묻지 못하는 질문들을 생각하고 있으리라.

"이 모든 일을 듣는 게 너에겐 이상한 일이겠지. 넌 그냥 장례식에만 참석하는 거로 생각했을 텐데. 그것만으로도 충분히 나쁜 일인데 말이야. 그러다 넌 결국 이 모든 폭로로 머리를 얻어맞게 되었으니……."

"응, 맞아. 이상해. 이상하고 끔찍할 정도로 슬퍼. 어렸을 때부터 누난 항상 내 인생에 있었어. 다른 사람들과는 달리 항상 내 말을 들을 준비가 되어 있었고, 절대 판단하지 않았지. 약해 보이거나 망가지거나 연약해 보인 적이 없어. 그리고 지금 우린 여기 앉아 있고, 나는 빌어먹을 저 신발 상자가 무서워. 그리고 나는 왜 누나가 저 상자를 보고 그렇게나 정신 줄을 놔버렸는지 모르겠어."

당연히 그는 모른다. 그가 어떻게 알 수가 있겠는가? 내가 이야기를 아직 다 끝내지 못했기 때문이고, 모든 사실과 날짜, 주요 정보들을 다 꺼내놓지 못했기 때문이다. 벌레가 꼬이고 구더기가 들끓는 진실의 마지막 부분을 아직 그에게 말하지 않았기 때문이다.

"있잖아, 마이클. 무엇보다도 오늘 같은 날에 이런 일이 없었으면 좋았을 텐데 싶어. 난 엄마를 애정으로 기억하고 싶었고, 엄마의 삶을 사랑으로 돌아보고 싶었어. 엄마가 완벽하지 않았다는 걸 알지만, 또 동시에 나를 위해 최선을 다했다는 사실도 아니까. 엄마 장례식 날에 그렇게 하고 싶었어……. 근데 글쎄, 그렇게 할 수가 없을 것 같아. 하지만 난 알아. 내 일부일지는 몰라도 여하튼 알아. 엄마가 한 모든 일이 엄마로선 최선이라고 생각했기 때문에 그렇게 했다는 걸. 나를 보호하기 위해 그렇게 했다는 걸 말이야. 하지만 엄마는 나에게 거짓말을 했고 아빠도 마찬가지였어. 두 분 다 나에게 거짓말을 했어."

그는 얼굴을 찌푸리며, 결국 마지못한 듯 물어왔다.

"뭐에 관해서? 뭐에 대해 거짓말을 했는데?"

8

2003년 여름

병원 밖에는 작은 정원이 있었다. 사실은 뜰에 가까운데, 작고 그늘진 공간에서 번성하지 못하는 덤불이 있고, 금이 간 포장용 돌들 사이로는 언제나 희망을 품은 잡초 싹들이 용감하게 하늘을 향해 솟아있었다.

이곳은 흡연 금지 구역임에도, 주로 흡연 구역으로 사용되었다. 직원들 역시 알면서도 모르는 척해주었다. 그래서 환자와 방문객 모두 여기로 몰래 빠져나와, 유일한 수양 버드나무가 만드는 커튼 아래로 숨어들어 담배를 피웠다.

제스는 금속 벤치에 앉아 있었고, 그 옆에는 그녀의 어머니가 함께였다. 어머니 루스는 트위드 스커트에 굽이 낮은 구두를 신고, 의상에 어울리는 핸드백을 들고, 스프레이를 뿌려 머리 모양을 잡아두어 완벽한 모습을 하고 있었다. 그녀의 회색 눈만이 그녀가 고통스러워하고 있음을 드러내고 있었다.

옆에 있는 제스는 자그맣고, 수척하고, 창백했다. 그녀의 머리는 납작하게 눌린 채 기름기가 번들대고 생기라곤 찾아보기 힘들었다. 또한 색이 바랜 조깅 바지에다 브래지어도 하지 않은 채 헐렁한 티셔츠를 입은 상태로 가운으로 몸을 감싸고 있었다. 날은 따뜻했지만, 제스는 항상 추위를 타는 것 같았고, 마치 뱀파이어가 밤마다 그녀의 침대로 몰래 들어와 모든 에너지를 고갈시키는 것처럼 허약한 상태로 항상 몸을 떨곤 했다.

루스는 주변을 둘러보다, 뜰 모퉁이의 황량한 콘크리트 벽에 얼굴을 대고 서서 큰소리로 혼잣말을 하는 여자를 발견하고서는 놀란 눈이 되었다.

"괜찮아." 그녀의 표정을 보고서 제스가 말했다. "마르티나라는 여자야. 안심해도 돼."

"넌 곧 다른 데로 갈 거야, 제스." 그녀는 쾌활하게 말하며 마르티나의 까닥이는 머리와 미친 듯이 휘저어대는 팔들로부터 시선을 회피했다. "널 위해서 더 좋은 곳을 찾았어."

제스는 그녀의 말을 이해했음에도, 속에서는 어떤 반응도 일어나지 않는다. 그녀는 여전히 주변 세계에 대해 어렴풋이 파악할 뿐이었고, 그것이 꿈이 아니라고 완전히 확신하지 못하는 상태였다. 모든 게 흐릿하고 비현실적으로 느껴졌으며, 모든 게 탈지면과 이상한 색깔들이 만들어내는 부연 안개를 통해 보였다.

때때로 그녀는 자신의 다리가 더 이상 움직이지 않는다고, 걸으려고 하면 바닥에 쓰러질 테니 침대에 가만히 있어야 한다고 생각했다. 때때로 그녀는 병동 벽 높은 곳에 놓인 텔레비전에서 재방송되는 〈프레이저(Frasier)*를 보고, 크레인 박사**가 자신의 정신과 의사라고 생각했다. 때때로 그녀는 아마도 자신이 유령이고 아무도 그녀를 볼 수 없다고 생각하기도 했다.

그녀가 거의 느끼지 못하는 감정은 속상함이었다. 그녀는 그 어떤 일에도 속상해하지 않았다. 그녀는 바쁘고 힘든 병동에서 모두가 꿈꾸고 원할 법한 환자였다. 그녀는 싸우지 않았고, 자해하지도 않았으며, 밤새 비명을 지르거나 공공장소에서 소변을 보지도 않았다. 간호사를 공격하거나 정부가 후원하는 약물 실험을 자신에게 수행한다며 그들을 비난하지도 않았다. 그녀가 가장 시끄럽게 내는 소리라고는 직원들에게 잘 들리지도 않을 정도로 '자기야, 사랑해'라는 가사가 반복되는 슬픈 노래를 조용히 혼자 부르는 것뿐이었다.

그녀는 이곳에 온 지 두 달이 되었고, 그녀의 집을 습격한 낯선 사람들에 이끌려 이곳으로 온 것에 대한 분노는 이미 사그라들었다. 모든 것이 퇴색했고, 그녀는 매일매일의 정해진 일과를 체념하며 받아들이게 되었다.

그녀는 약을 먹고, 의사의 말을 들으며 조용히 살아가고 있다. 그녀는 자신이 새로운 세계에 둘러싸여 있고, 그 세계는 자신을 너무 단단히 감싸서 예전 세계에 대한 기억을 거의 질식시켜버릴 정도이고, 당분간은 그게 최선일 수도 있다는 점을 받아들였다. 이전 세계는 너무나도 아팠으니까.

어머니는 매주 방문하는데, 그녀는 제스가 사용하지 않는 향수와 읽지 않는 잡지와 먹지 않는 간식을 가져오곤 했다. 어머니가 결코 가

---

*   NBC에서 방영한 시트콤
**   〈프레이저〉의 주인공으로 시애틀에 살며 라디오에서 상담 프로그램을 진행한다.

져오지 않는 것은 그녀가 반복적으로 묻는 질문에 대한 대답이었다.

"엄마, 조는 언제 날 보러 와요?" 제스는 '조'라고 말하는 순간, 근육에 새겨진 기억처럼 전에 사용했었던 단어의 익숙함을 느꼈다. 그녀는 이미 이 질문을 자신이 했던 적이 있음을 알고 있다. 어쩌면 몇주 전에 물어봤을 수도 있고, 아니면 몇분 전에 물어봤을 수도 있다. 확신할 수는 없다. 한 번도 물어본 적이 없을 수도 있고, 그냥 그랬다고 생각만 하는 것일 수도 있다. 어쩌면 그게 여러 해 동안 그녀가 말한 전부일 수도 있다. 지금 시간은 예전과 같은 방식으로 작동하지 않는 것 같다.

그녀의 물음에 루스는 입을 꽉 다문다. 그러자 립스틱이 입술 주변의 늘어진 피부에 생긴 작은 주름 사이로 파고든다. 그녀는 제스의 손을 꼭 잡는다.

"오, 내 이쁜 딸." 루스는 창백한 얼굴 아래로 길게 내리뻗은 그녀의 머리카락을 쓰다듬어 뒤로 넘기며, 다른 어머니들이 하는 대로 그녀를 살핀다. 눈의 멍함, 살이 빠지면서 툭 튀어나온 광대뼈, 두 번이나 주변 세계에서 말소된 사람의 느려진 눈 깜박임을 본다. "우리가 너에게 무슨 짓을 한 거니?"

제스는 그녀의 손길을 받아들이지만, 위로받지도 거부감을 느끼지도 않는다. 그녀는 마른 입술을 핥으며 다시금 말할 뿐이었다. "엄마, 조는 언제 날 보러 와요?"

그녀는 이 질문을 전에도 했다고 생각하지만, 여전히 확신하지 못한다.

그녀의 반복되는 질문에 어머니는 심각한 이야기를 들을 때면 보이는 특유의 '심각한 이야기용' 표정을 짓는다. 그녀는 어머니의 '심각한 이야기용' 얼굴을 알아볼 수 있어서 좋았다. 아니, 어떤 얼굴이라도 알아볼 수 있다는 것이 좋았다.

어머니가 처음 방문하기 시작한 때에는 지금보다 더 힘들었다. 모두가 슬프거나, 화가 나 있거나, 무서워했고, 다음으로 무슨 일이 일어날지 아무도 몰랐다. 어떤 날에는 제스가 자신의 어머니가 누군지도 알아보지 못했고, 또 어떤 날에는 알긴 해도 여전히 그녀에게 말을 하려 들지 않았다. 누구에게도 말을 하려고 하지 않았고, 모든 사람에게 여전히 화가 나 있었고, 그들이 그녀를 해치려 한다고 확신했다.

그녀는 담당 정신과 의사에게 이제 위태로운 지점은 어느 정도 지났고 지금부터 상황이 나아지기 시작할 것이라는 말을 들었다. 그녀는 나아지기 시작할 것이다. 하지만 해야 할 일이 많을 것이다. 의사는 그 말을 마치 제스가 단순히 더 부지런하고 더 열심히 노력하면 해결할 수 있는 무언가인 것처럼 계속해서 말했다.

그녀는 방문한 어머니를 보는 순간, 자신이 누구인지 깨달았다. 또한 그녀는 해야 할 일이 많다는 걸 알고 있고, 어머니가 자기에게 뭔가 중요한 걸 말할 거라는 것도 안다. 그녀는 자신의 느려지고 상처받은 마음을 깨우기 위해 주의를 기울여야 한다는 것도 안다. 어머니는 바로 그 '심각한 이야기용' 얼굴을 하고 있고, 그래서 그녀는 주의 깊게 들어야만 한다.

그리고 그 순간 제스는 얼마 전에 조를 본 것 같다는 생각이 들었다. 하루 전이거나 아니면 한 달 전일 수도 있다. 그녀는 그를 창밖에 있는, 그녀의 새로운 세계 밖에 있는, 안으로 들어오려고 기를 쓰는 그를 보았다고 생각했다. 쇠창살 문을 지키고, 도개교를 운영하고, 해자에 사는 악어들에게 먹이를 주는 덩치 큰 남자들에게 끌려 나가는 그를 보았다고 생각했다. 그렇게 생각했지만, 그녀는 확신할 수 없었다.

"그가 온 것 같아요, 엄마." 그녀는 수양 버드나무를 바라보며 단조롭게 말했다. "왔는데, 성안으로 들어오질 못한 것 같아요."

"아니야. 조는 오지 않았어, 제시카. 그리고 조는 오지 않을 거야." 어머니는 그녀가 이해하길 요구하듯 제스를 바라보며, 그녀의 눈을 똑바로 응시했다. 똑바로 앉고, 주의를 기울이자. 주의를 기울이자. 주의를 기울이자. 이건 '매우 중요한 소식'이다.

제스는 똑바로 앉으며, 가운의 푹신한 천에다 손가락을 찔러 넣었다. 그러고는 손을 따뜻하게 유지하기 위해 가운으로 몸을 감쌌다.

"그가 안 온다고요?" 그녀는 자신이 집중하고 있음을 증명하기 위해 되물었다. 자신이 착하게 굴고 있음을, 자신이 해야 할 일을 하고 있음을 증명하고자 했다. 만약 그녀가 늘 착하게 굴었다면, 여기, 이 장소에 있지 않았을 것이다. 안 그런가?

"안 와. 그는 떠났어, 제시카. 더는 지금 이 상황을 어떡해야 할지 모르겠다고 말했어. 미안하지만 자기는 새 출발이 필요하다고 말했어. 그는 런던으로 이사했고, 우리에게 다시는 연락하지 말아 달라고 했어. 그는 자신이 사라지는 게…… 모두를 위한 최선이라고 생각해. 우린 그가 사는 곳이나 새 전화번호를 몰라. 그리고 우리한테 너에게 작별 인사를 해달라고 부탁했어. 행운을 빈다고. 네가 곧 나아지기를 바란다고 했어."

제스는 온 신경을 집중해 듣는 새처럼 머리를 한쪽으로 기울였다. 그녀는 어머니의 말을 다시금 되뇌며 이해하려고 애쓰면서, 얼굴을 찌푸린 채 조금씩 몸을 앞뒤로 흔들었다. 그녀가 또 다른 질문을 던지기 위해 입을 떼려는 순간, 어머니는 그녀의 손을 와락 잡고서는 손가락을 세차게 문질렀다.

"다른 걸 물어봐도 소용없단다, 얘야. 난 답을 갖고 있지 않아. 그는 떠났고, 그게 내가 아는 전부야. 그는 돌아오지 않을 거야. 하지만 걱정하지 마. 난 여전히 여기에 있고 아빠도 있어. 우린 항상 널 돌볼 거야. 너도 알잖아, 안 그래?"

"조가 떠났다고? 조가 날 보러 안 온다고?"

"그래, 애야. 그는 미안해하고 있지만 돌아오진 않을 거야. 그는 영원히 떠났어."

제스는 큰 눈을 깜빡이며 어머니를 바라보았다. 그러고는 도저히 믿기지 않는다는 듯 천천히 반복해 말했다. "영원히 떠났어⋯⋯ ."

제스의 한쪽 눈에서 천천히 눈물 한 방울이 흘러내렸고, 이내 두 눈에서 하염없이 눈물이 흘렀다. 그러고는 온몸이 흔들리기 시작하며, 그녀는 가운의 플리스를 잡아채 당기며 비틀기 시작했다.

제스의 입술 사이로는 거의 휘파람 소리와도 같은 고음이 새어 나왔다. 잠깐씩 숨소리가 섞여들며 소리가 멈출 때면, 그녀는 깊게 숨을 들이쉬었다. 그녀는 공황 발작 상태였다. 이윽고 휘파람 소리가 더 커지며 몸의 흔들림이 너무나 발작적이어서, 그녀의 몸이 앞으로 기울어지더니 결국 벤치에서 떨어지고 말았다.

콘크리트 바닥에 드러누운 그녀의 긴 머리카락이 얼굴 주변으로 흩어진다. 누워있는 그녀의 다리가 더 크게 경련을 일으켰고 휘파람 소리는 외침으로, 그 외침은 곧 비명으로 바뀌었다.

루스는 일어나 팔다리와 머리카락, 눈물, 콧물, 통곡이 한데 어우러지며 몸부림치는 그녀의 몸을—자신의 딸을, 아직 어린 소녀인 딸을, 무너져내린 딸을—내려다본다.

루스는 뭘 어떻게 해야 할지 알 수 없었다. 특히 주변에 있는 다른 여자—마르티나였나?—가 통곡이 일종의 전염성 청각 질환인 양 울음에 동참하는 바람에 더더욱 그러했다.

그녀는 몸을 낮추어 제스를 붙잡기 위해—아니면 최소한 휙휙 움직이고 허우적대는 그녀의 머리를 보호하기 위해— 손을 뻗었다. 이어 두 명의 간호사가 도착하자 그녀는 밀려났다. 그들은 경비원처럼 보이는 회색 제복을 입고 있었고, 무거운 벨트에 밑창이 두꺼운 신발을 신고 있었다. 그들 중 한 명이 무게가 없는 사람이라도 되는 것처럼 가볍게 제스를 들어 올리며 간단명료한 목소리로 말을 건넸다. 그들은 마치 이전에 이 모든 것을 보았고, 그래서 벌어지는 일에 어떠한 영향을 받거나 놀라지 않는 듯, 일말의 당황하거나 겁에 질린 표정 없이 덤덤했다.

두 사람은 제스를 똑바로 일으켜 세운 뒤, 반쯤은 실어 나르고 반쯤은 걷게 해서 안으로 데리고 들어갔다. 그곳에서는 그녀를 검사하고 치료할 수 있고, 필요할 경우 묶어둘 수 있다.

"자, 가자, 제스. 넌 괜찮을 거야." 여전히 비명을 지르는 그녀를 문으로 끌고 가며 한 간호사가 말했다. "네가 너무 얌전하게 굴어서 믿기지 않았을 때, 알아봤어야 했는데……."

루스는 홀로 밖에 남겨졌다. 그녀는 굴욕감을 느끼며 몸을 떨었다. 하지만 속으로는 후회와 결심이 한가득 차올랐다. 이내 그녀는 자신의 핸드백을 챙기고 스커트를 정리하며, 모든 것이 괜찮을 거라며 자신에게 되뇌었다. 모든 게 잦아들 거야. 모든 게 결국 최선의 결과가 될 거야.

9

이 모든 사실에 마이클은 조금 놀란 눈치다. 그는 잔을 가슴에다 바싹 가져다 대고 있었는데, 그 모습이 마치 한 흑백 영화 속 노부인이 목사 아내에 대한 충격적인 소식을 들었을 때 진주 목걸이를 꼭 쥐던 장면을 떠올리게 했다.

"젠장." 그가 잠시 멈추었다가 다시 말했다. "그건…… 정말 나빴네. 내 말은, 난 항상 루스 이모를 아주 친밀하진 않아도 괜찮은 사람이라고 생각했거든. 알다시피 이모는 뽀뽀를 퍼부어서 애정 표현을 듬뿍 한다거나 페이스북에 가입하는 것과 같은 터무니없는 일을 벌이지는 않았어도, 이모는…… 나름 괜찮았어. 속마음은 그렇다고 생각했어. 흔히 '심성이 착한 사람'이라고 불리는 그런 사람 중 한 명으로 생각했어. 근데 지금 보니 이모는 약간…… 사악하네? 크루엘라 드빌*은 다정다감한 사람처럼 보일 정도의 사악함인걸?"

"음, 오늘은 네 이모의 장례식 날이니까, 나로선 그 말을 반박하고 싶은걸." 나는 최대한 침착하게 대답하려 했다. "존경이든, 사랑이든, 뭐 정확히 알 수 없는 그런 차원이라고나 할까? 오늘만큼은 그녀가 사악하지 않으면 좋겠어. 난 그녀를 다르게 기억하고 싶은데, 지금난 그러기가 힘들어. 심지어 합리적이기가 힘들어. 어쩌면 네가 도와줄 수 있을지도 모르지. 어쩌면 네가 이성적인 사람이 될 수 있어, 마이클."

그는 불편한 듯 코웃음을 치더니, 내 표정을 눈치채고는 눈을 크게 떴다.

"아! 진짜로 하는 말이군……. 알았어. 음, 좋아…… 아마도 그는 떠났고, 아마도 누나와 더 이상 엮이고 싶지 않다고 말했을 수도 있어. 루스 이모가 사악한 게 아니라, 정직한 걸 수도 있지."

"그러면 왜 그는 이 모든 카드랑 편지, 엽서를 보낸 거지?"

"마음이 바뀐 모양이지."

"그럼 왜 엄마는 그것들을 감춘 거야?"

"왜냐하면 누나 엄만…… 아마도 그녀는…… 아마도…… 모르겠지만, 악마여서?" 그는 패배한 사람처럼 두 손을 하늘을 향해 뻗으며 말했다. "아니야! 잠깐만! 아마도 누나 엄만 그게 최선이라고 생각했기 때문에 숨겼을 거야. 그가 누나를 한 번 떠났다면, 다시 누나를 떠날 테고, 누난 그런 일을 감당하기엔 너무 연약했으니까. 누나가 그가 절대적으로 필요했던 때에 누나를 버리고 갔으니까. 누나 엄만 그

---

* 〈101마리 달마시안(One Hundred and One Dalmatians)〉이라는 소설에 나오는 악역 담당 등장인물

가 믿을 수 없다는 것을 알았을 테고, 그가 다시 연락을 취했을 때 누나에게 그런 사실을 알리지 않겠다는, 일방적이지만 이해할 수 있는 결정을 내린 거 아닐까?"

나는 고개를 끄덕이고는 속으로 그러한 생각들을 곰곰이 따져보았다. 마치 슈퍼마켓에서 멜론을 살 때 하는 것처럼 그의 생각에 결함이 있는지 살포시 눌러보고, 쿡 찔러보고, 내구성을 시험하고, 세밀히 살폈다.

"정말 사악한 일은 아니었던 거겠지, 응?" 나는 동의하고 만다. "엄마는 그가 처음 떠났을 때 내가 어떻게 반응했는지, 그게 얼마나 큰 피해를 내게 입혔는지 보았고, 그래서 그런 일이 반복되지 않기 위해 나를 보호하겠다 마음먹었을 거야. 그게 벌어진 일이었던 것일 수 있어⋯⋯."

"단지⋯⋯." 마이클은 얼굴을 찌푸리며, 이 사이로 입술을 깨물며 말했다.

"뭐야? 단지 뭐? 난 '단지'라는 말이 싫어."

"단지 뭔가를 숨기기에는 아주 오랜 시간인 것 같은데, 안 그래? 누나가 다시 건강해지고 대처가 가능할 만큼 강해졌을 때 왜 이모는 누나에게 그 사실을 말해주지 않았을까? 누난 아버지의 죽음을 극복했어. 일도 하기 시작했고. 그 당시와 이모의 뇌졸중 사이엔 이모가 누나에게 그 사실을 말해 줄 수 있는 충분한 시간이 있었어. 그래서 내 생각엔, 아니 내가 궁금한 건, 왜 이모는 누나에게 이 상자를 건네주고 누나가 그것들에 대해 어떻게 느낄지 스스로 결정하게 하지 않았던 걸까? 이 질문에 대한 답은 많아. 이를테면, 이모는 그럴 계획이 있었는데 시간이 부족했을 수도 있지. 내 말은, 아무도 뇌졸중에 걸릴 거라고 예상하는 사람은 없잖아. 그래서 불시에 뇌졸중이 그녀를 덮쳤고, 제대로 진실을 전달할 수가 없었던 거 아닐까? 근데…… 모르겠어. 솔직히 말해서 왜 이모가 누나에게 말해주지 않았는지 여전히 의문이야. 그리고 우리가 이 상자를 싹 다 뒤지지 않았어도, 그 엽서나 편지의 숫자가 많아 보였다는 걸 알아. 그러니 질문은 이런 거지. 그는 얼마나 오랫동안 편지를 썼던 걸까?"

나는 마이클을 노려보았다. 그게 불공평하다는 것을 알면서도, 스스로 그에게 합리적인 사람이 되어 달라고 요청했다는 것을 알면서도. 뇌졸중이 온 후에도 어머니는 자신만의 제약된 방식으로 의사소통을 할 수 있었다. 특히 나하고는 어떤 방식이든 가능했다. 몸이 요구하는 일, TV 방송 일정, 통증 완화 요청 등 기본적인 것들이 주를 이뤘지만, 나는 그녀의 말을 충분히 이해할 수 있었으니까.

어쩌면 어머니 처지에서는 그렇게나 복잡한 일을 다루는 게 너무 어려웠거나, 아니면 뇌세포가 혈액에 굶주렸을 때 입은 손상으로 인해 기억조차 할 수 없었던 것인지도 모른다. 좌절감이 드는 대목은 내가 그걸 결코 알 수 없다는 것이었다.

"사촌 동생님, 당신은 '내 돌아가신 어머니가 사악한 사람이 아니었음을 확인시켜 줘'라고 하는 전선에서 크게 패배하고 있어."

"알아, 안다고……. 어쩌면 우린 이 일을 하거나, 이야기하거나, 생각하지 말아야 하는지도 몰라. 적어도 오늘만큼은 말이지. 그냥 술집에 가서 노래방 기계에 맞춰 노래나 해야 하는 건지도 모르겠어."

"오늘은 노래방의 밤이 아니야."

"그게 우리가 못 갈 이유가 되면 안 되지."

"난…… 난 쉽게 포기 못 할 거 같아. 내 생각엔, 아니 내가 알기론, 엄마가 무슨 일을 했든 간에, 적절한 이유라고 믿었던 걸 위해 했을 거야. 엄마는 나를 사랑했어. 그녀는 내 엄마였어. 비록 그게 잘못

된 것처럼 보여도, 설사 그게 잘못된 일이었다 해도, 엄마는 사랑이
이유가 아니라면, 혹은 적어도 사랑에 대해 가진 엄마의 이상한 생각
이 이유가 아니라면 그런 일을 하지 않았을 거야. 그러니 엄마는 사악
하지 않아. 내가 이 상자를 살펴보는 과정에서 무슨 일이 일어나든,
적어도 난 그 점을 기억하기 위해 노력할 거야."

"누나 말이 맞아. 당연히 누나 엄마는 누날 사랑했어. 하지만 우리
는 가장 이상한 방식으로 사랑을 하는 가족 출신이잖아, 안 그래? 그
들은 누나 삶에서 그라는 존재가 있는 걸 전혀 원치 않았던 것처럼 들
렸어. 누난 너무 어린 나이에 임신해서 그들이 옳았음을 증명했고. 그
러고 나서 그들은…… 음, 최악의 경우를 가정하면 그가 떠난 일에
대해 거짓말을 했거나, 최선의 경우에는 그가 다시 관계를 이어가 보
려 했을 때 그를 차단했어. 그들의 동기는 순수했을지 몰라도 최종적
인 결과는 똑같아. 누난 여기 앉아서 이 거지 같은 상황을 이해하려
고 애쓰고 있고, 그리고 그는 아마도……. 글쎄, 누가 알겠어?"

"두 가지 중 어느 하나도 좋아 보이진 않네, 그렇지?" 나는 상자
뚜껑에 한 손가락 끝을 대기 위해 손을 내밀며 물었다. 마음속에서
뻗어 나온 덩굴손이 조가 여전히 존재하고 있는 상상의 우주로 슬그
머니 미끄러져 들어간다. 그가 여전히 내 사람인 곳으로.

"그래, 특별히 그렇진 않지. 나 또한 누나 부모님이 어떻게 그런
일을 벌였는지 궁금해. 누나 엄마가 우체부에게 뇌물을 주기라도 한
걸까?"

"글쎄, 누가 알겠어? 우리 엄마가 우체부를 죽이고 나서 근사한 키
안티 와인 한 잔에다 누에콩을 곁들여 먹었는지도 모르지. 이곳에 있
는 난 지금 토끼굴에 빠진 것 같은 느낌이 들어. 난 그 어떤 것에도 놀
라지 않을 거야. 그건 너무 오래전 일이고, 그리고 그 당시 나는 제대

로 행동할 수 있는 사람이 아니었어. 그리고…… 나는 몇 번의 잘못된 시작을 했고, 모두 겉으로는 좋아 보이지만 항상 슬픈 냄새를 풍겼던 곳에서 머무르다 결국 집으로 돌아왔던걸. 하지만 변한 게 아무것도 없는 것처럼 보였던 걸 기억해. 난 여기 이 탁자에 앉아 있었어. 엄마는 차를 끓이느라 내 주변에서 분주하게 움직였고, 아빠는 내 여행 가방을 위층으로 옮겨주었고, 날 집에 데려다준 간호사는 날씨에 관한 대화를 정중하게 나누며 내가 정신 줄을 놔버리는 때를 대비해서 비상 연락용 전화번호를 알려주었지. 물론 이전에도 집에 돌아온 적이 있었지만 머물려고 온 게 아니었어. 그리고 딱 두 가지만 변한 것 같다고 생각하면서 여기에, 바로 이곳에 앉아 있었던 기억이 나."

"계속해. 궁금해 죽겠으니까." 마이클이 재촉한다.

"음, 헛간이 없어졌어. 정원에 있던 헛간 말이야. 원래 헛간이 있던 자리엔 풀이 자라고 있긴 했지만, 거기엔 정말 이상하고 어두운, 헛간 모양의 공간이 있었어. 엄마는 '작은 사고'가 있었다고 하면서 걱정할 거 없다고 말했어. 그리고 부모님은 집 밖에다 미국 영화에서나 볼 수 있는 우체통을 하나 장만했었어. 우체부가 거기다 편지를 넣어 두고는……."

"집으로는 직접 편지를 배달하지 않았다?" 마이클은 정원을 내다보며 나의 다음 말을 완성했다. 그리고는 무슨 일이 있었는지는 몰라도 완전히 회복되지 않은 풀밭의 짙은 부분을 응시했다.

"맞아, 정확해. 그 당시엔 별다른 의미가 없어 보였어. 나는 일단 머릿속이 안정될 수 있도록 유지하는 게 더 급선무였으니까. 얼마 후 내가 그 일에 관해 물었을 때 엄마는 우체부가 일찍 와서 나를 깨우는 걸 원치 않는다고 말했어. 내가 아직 회복 중이고 휴식이 필요한 때라고 하면서. 그게 중요한 일이라는 느낌은 들지 않았어. 부모님이 〈리더스 다이제스트〉 잡지와 가스 요금 청구서를 받는 방법보다 더 큰 문제가 나에겐 있었으니까. 근데 지금 보니…… 지금 생각해보니 좀 더 이해가 가. 나는 지난 몇 년 동안, 아마 그 전부터일 텐데, 확실히는 엄마가 아프신 이후로는 우편함을 매일 확인했고, 특별한 건 없었어. 그러니까 그가 보낸 편지나 카드, 그 밖의 모든 게 멈춘 것 같아. 그 이유를 난 모르겠어."

이제 마이클도 상자를 응시하고 있었다. 그는 내가 계속해서 말하기를 기다리며 때때로 내가 있는 쪽으로 곁눈질했다.

나는 조용히, 가만히 진정된 상태를 유지하려 했다. 그러면서 수천 가지 다른 가능한 결과들 사이를 헤쳐 나가며 호흡하려고 애썼다. 마치 내가 또 다른 내 앞에서 다른 모든 평행 세계가 폭발하는 것을 보는 사이키델릭한 70년대 공상과학 영화의 한 등장인물인 것처럼 느껴졌다. 결국 마이클은 더는 견딜 수가 없었는지 말을 이었다.

"우리가 알아낼 수도 있지. 저 상자를 열고, 모든 것을 꺼내서 날짜 순서로 정리하고, 그리고 우리가 어디까지 알아낼 수 있는지 확인하는 거지. 아니면, 매우 현실적이게 내가 저 상자를 가지고 올빼미 모양으로 생긴 루스 이모의 차통과 같은 무거운 걸 매달아서 운하에다 던져버릴 수도 있어. 그러곤 일어난 일을 잊어버리는 거지."

그의 말에 일정 부분은 나 역시도 동의한다. 모든 일을 아무것도 없는 무의 상태로 분류하고, 일어난 일을 잊어버리고 싶기도 하다. 질문과 미스터리와 남아있는 의심을 무시하고 싶은 마음도 있다. 나는 그저 한 여자일 뿐이고, 따분하고, 매일매일을 느릿느릿 살아가는, 조용한 삶을 사는 여자일 뿐이니까. 나는 모험을 떠나는 판타지 소설의 여주인공이 아니었다.

두 번째 선택지인 운하로 가는 것. 문자 그대로든 비유적으로든 그것은 분명히 우리 가족이 선호하는 행동 방침일 것이다.

어머니, 아버지, 로즈메리 이모와 사이먼 이모부, 그들은 나에게 두 번째 선택지를 강력히 권할 것이다. 나는 부엌을 메아리치는 그들의 목소리를 거의 들을 수 있었다. 오래된 문제를 되새겨봐야 얻을 수 있는 건 아무것도 없다. 어떤 것은 말하지 않는 게 제일 좋다. 잠자는 개는 가만히 내버려 둬라……. 모두 같은 마음가짐을 지지하는 진부한 말들이다. 침묵하라. 안전하게 있어라. 무엇보다도 점잖은 태도를 유지하라.

나는 나뿐만 아니라, 마이클 역시 우리가 양육된 방식으로부터 상처받지 않고 벗어날 수 있었을 거로 생각하지 않는다. 아마도 그래서 그가 그런 제안까지 하는 것이고, 나 역시 검토하는 중일 테니까. 우리 둘 중 그 누구도 곧장 상자를 가져다가 부엌 식탁 위로 내용물을 쏟아내고, 감정의 연회라도 열린 양 극적인 이야기를 마구잡이로 먹어 치우지 않았다.

"예전의 나는 훨씬 더 용감했었는데." 나는 마이클에게, 나 자신에게, 그리고 상자에다 대고 말을 잇는다. "당찬 정신이 있었어. 지금과는 아주 달랐어."

그가 손을 뻗어 내 손을 잡는다. 나는 그가 나를 진정시킬 때까지도 내 손이 떨고 있었다는 걸 깨닫지 못했다.

"난 누나가 여전히 용감하다고 생각해." 그가 상냥하게 말한다. "아직도 당차다고 생각해. 누난 지옥에서 돌아왔어. 아기를 잃었어. 연인을 잃었어. 아빠를 잃었어. 그리고 수년간 돌봐온 끝에 이제 엄마도 잃었어. 누난 여전히 용감해."

문득 그의 모습이 예전의 조를 생각나게 한다는 걸 깨닫는다. 그건 외모가 아니라 정확히 필요할 때마다 힘이 나게 하는 말을 전하는 방식에서 그러했고, 내가 나를 보는 방식과 다른, 그가 나를 보는 방식에서도 비슷했다.

조는 항상 나를 지지해준 사람이었다. 우리가 처음 만났을 때부터 항상 나를 보호해준 사람이었다. 세상이 나를 때리고 무너트렸을 때 그는 항상 나를 일으켜 세워주었다. 그는 내 중산층 특유의 불안함이나 자신에게서 인지하는 연약함을 절대 조롱하지 않았다.

우리가 처음 아파트로 이사했을 때, 그리고 임신했을 때, 나는 내 그림자가 무서웠다. 길거리 케밥 가게에 가는 것조차 심하게 두려웠다. 금요일 밤 테이크아웃 음식을 위해 줄을 서는 게 도심에서 벌어지는 전쟁처럼 느껴졌고, 길에서 축구를 하는 아이들은 매복부대처럼 보였다. 하지만 조는 나를 보며 웃는 대신, 어찌 됐건 내가 일을 해냈으므로 자랑스럽다고 말하곤 했다.

"제스, 자긴 밖으로 나가서 그 케밥을 사냥했잖아. 자기는 필요할 때면 언제나 맹렬하고 용감해. 그 누구도 자기가 그렇지 않다고 말하게 내버려 두지 마."

조는 언제나 아주 강인하고 세상 물정에 밝아 보였는데, 으스대며 걷는 법과 호랑이와 같은 매서운 눈을 유지하는 법을 모두 터득했고, 이것은 사람들이 항상 그를 건드리지 않고 내버려 둔다는 것을 의미했다. 나는 당시에는 그것이 뭘 의미하는지 정확히 이해하지 못했는데, 그건 '나한테 장난치지 마, 안 그러면 후회할 거야'라는 메시지를 전하는, 그가 발산하는 특유의 자질이었다. 나에게 그랬던 것처럼 그는 자신의 인생에서 중요한 모든 사람에게 친절했다. 그는 결코 만만한 사람이 아니었다.

한번은 내가 그의 자신감과 자기 확신이 질투 난다고 말한 적이 있었다. 내 말에 그는 약간은 슬픈 표정을 지어 보였다. 그리고 너무 어린 나이에 그런 걸 배울 필요가 없었더라면 좋았겠다고, 어쨌든 내가 잘못 이해하고 있다고, 정말 용감하다는 건 두려움이 없다는 게 아니라, 나와 케밥 가게의 경우처럼 두려움이 사는 방식을 지배하게 내버려 두기를 거부하는 거라고 말했다.

"이건……." 나는 상자를 가리키며 마이클에게 큰 소리로 말했다. "케밥 가게 같은 느낌이 들어."

"그래. 약간 케밥 가게 같단 말이지. 누나랑 케밥 가게랑 무슨 일이 있었는데?" 그가 혼란스러워하는 기색을 보이며 물었다.

"난 바보처럼 케밥 가게에 가는 것도 무서워했어. 그곳에 가기 위해 내가 지나쳐야 하는 사람들, 그곳에서 일하는 사람들, 줄을 서 있는 다른 사람들, 심지어 아이들까지도 무서웠어. 심각했어. 심지어 걸음마를 배우는 아이들도 내가 무리 뒤에 있는 약한 가젤이라는 걸 아는 것처럼 나를 쳐다봤거든. 하지만 난 몇 년 동안 매주 금요일 밤에 그 빌어먹을 케밥 가게에 갔어. 내가 처음 그곳에 살았을 때도, 임신했을 때도, 그리고 내가 더 이상…… 거기 살지 않게 됐을 때까지 말이야. 그렇게 케밥 가게 주인의 이름이 유수프라는 것도 알게 되었고, 내가 샐러드에 양파를 넣고 싶지 않아 한다는 걸, 조가 매운 칠리소스를 좋아한다는 것도 알게 됐어. 그리고 유수프는 머리 뒤편으로 소시지를 토끼 귀인 것처럼 흔들어서 그레이시를 웃게 만들곤 했지……. 그리고 사고가 있고 난 후 내가 깊고 어두운 우물 안에 있으면서 기억하는 게 거의 없었을 때조차, 실제로 유수프는 매주 금요일 우리 아파트에 찾아와서 우리에게 케밥을 공짜로 가져다줬던 걸 기억해……. 내가 그걸 어떻게 잊을 수가 있겠어. 그러고 보니 난 고맙다고 인사하러 간 적도 없네. 그는 너무나 친절했어."

나는 예전 기억을 떠올리고서 속 깊이 속상함을 느꼈다. 그것은 너무 오랫동안 인정받지 못한 아무런 의도 없는 순수한 친절이었다. 그리고 나는 다락방 상자의 내용물들이 공짜 닭고기 피타 빵*을 준 것에 대해 감사의 말을 하지 못한 것보다 잠재적으로 더 고통스럽고 더 유독한 다른 기억을 드러나게 할 것임을 알았다.

"괜찮아." 마이클이 부드럽게 말했다. "아직 늦지 않았어. 지금이라도 그에게 감사의 말을 전할 수 있어. 원할 때마다 내가 데려다줄게."

나는 그를 물끄러미 쳐다보며, 그의 현실을 나의 현실과 연결하려고 애쓰다 실패하고 만다.

"하지만 그는 은퇴했는지도 몰라. 아니면 이사했을 수도 있고. 아니면 죽었을 수도 있어. 그곳을 떠났을 수도 있고. 그럼 나는 그에게 무슨 일이 있었는지 결코 알 수 없을 테고, 그가 나에게 정말로 큰 힘이 됐었다는 말을 전하지 못할 수도 있어……."

"누나, 우리 아직도 케밥 가게 남자에 대해 이야기하고 있는 거야? 아니면 좀 더 큰 문제로 넘어간 건가?"

나는 고개를 끄덕이고 나서 그대로 고개를 숙였다. 그러자 머리카락이 얼굴 옆으로 치렁치렁 내려왔다. 아마도 이는 속상한 마음에 울 수도 있는 상황에서, 혹여라도 우는 모습을 그에게 보이지 않으려는 바보 같은 본능에서 나온 행동일 테다.

"그래, 더 큰 문제로 넘어가자." 나는 내색하지 않으려 애쓰며 그의 말에 동의했다. "케밥 가게 이야기의 교훈이 실제로 뭔지 나도 잘 모르겠네."

"사랑하는 제스 누나, 그 이야기의 교훈은 이거야. 비록 겁이 났지만 어쨌든 누난 그 일을 시작했고, 해냈고, 그 결과로 누난 새로운 친

---

*   가운데를 갈라서 다른 재료를 넣어서 먹을 수 있는, 길게 둥글넓적한 빵

구를 사귀었고, 그게 누나의 삶을 풍요롭게 했다는 거지. 케밥 가게의 이야기는 누나에게 용감해지라고 말하고 있어. 하지만 그건 또한 경고이기도 해. 용감한 행동에는 결과가 따르고 누날 울게 만들 수도 있다는 거지. 나는 비상한 시력을 갖고 있고, 그 더러운 금발 앞머리 아래로 무슨 일이 일어나고 있는지 볼 수 있거든요, 아줌마."

그의 말은 실제로 나를—비록 분명치 않은 코웃음이긴 해도—웃게 만들었다. 나는 머리카락을 얼굴에서 떼어내며 뒤로 젖혔다. 그중 몇 가닥은 들러붙는 실 가닥처럼 끝내 내 젖은 피부에 매달리려 했다. 아마 지금쯤 내 얼굴은 화장으로 얼룩덜룩해졌을 테고, 마스카라도 번져서 흘러내릴 것이 분명했다. 그리고 비벼대는 바람에 눈 역시 빨갛게 충혈됐을 것이다. 지금의 모습은 분명 내가 보여줄 수 있는 최선의 모습이 아니다. 마치 내 모든 추한 영광 속에서도 나 지금 여기 있노라 항변이라도 하는 것처럼, 나는 도전적으로 마이클을 응시했다.

"이야." 그는 나를 바라보며 꾸며낸 가짜 흠모와 함께 말한다. "지금처럼 누나가 예뻤던 적은 없었어! 게이 남자를 이성애자로 만들기에 충분해!"

그는 아주 희박한, 이를테면 약 7백만분의 1의 확률을 뚫고서 나를 미소 짓게 만들었다. 나는 즉흥적으로 그의 뺨에 뽀뽀를 하기 위해 앞으로 몸을 기울였다. 놀라면서도 몸을 움츠리지 않으려는 강철 같은 그의 의지가 느껴졌다. "마이클, 남자든, 여자든, 혹은 야수든, 살아가면서 널 가지는 존재가 있다면 그게 누가 됐든 아주 운이 좋은 사람일 거야. 이 모든 것에 대해 고마워. 나를 돌봐줘서. 내 말을 들어줘서. 하지만 이제 너도 집으로 돌아가야 할 시간이야."

그의 얼굴 위로 스쳐 지나가는 걱정스러운 감정이 느껴졌다. 나는 그의 걱정을 선제적으로 없애기로 마음먹는다. 나는 '케밥 가게를 이겨 먹은 사람'이고, 강한 사람이니까.

"난 괜찮아, 마이클. 아니면 적어도 엄마의 장례식에 막 다녀온 사람으로서는, 또 잠재적으로 인생을 바꿀 수 있는 결정에 직면해 있는 사람으로서 정상적인 범위 내에 있어. 너에게 장담하는데, 나는 신경쇠약의 위기에 처한 여자가 아니니까. 그냥 시간이 좀 필요할 뿐이야. 내가 무엇을 할 건지 생각해야 하고, 쉬어야 하고, 그 상자 안에 무엇이 들어 있는지 적어도 일부라도 살펴볼 필요가 있어. 내 걱정은 하지 않아도 돼, 알았지?"

"글쎄, 난 누나가 걱정돼." 그가 일어나 남은 진을 단숨에 마시며 말한다. "오늘은 장례식을 치르고 누나와 함께해주려고 왔어. 근데 나는 완전히 새로운 제스 누나를 소개받았어. 그것도 한 명이 아니라 여러 명이지. 나는 지난 한 시간 동안 내 인생을 통틀어 알아 온 것보다 더 많이 누나에 대해 알게 됐고, 그 어느 것도 안심할 만한 구석이 없어. 그래서 걱정이 돼, 알겠어?"

그가 걱정하는 건 당연하다. 지극히 합리적인 일이다. 숨겨진 가족 역사라는 메가톤급 핵폭탄이 그의 머리에 떨어졌으니까. 그리고 나는 여태껏 마이클에게 비밀을 숨겨왔고, 지금은 어머니의 침묵을 두고 그녀를 비판하지 않으려 애쓰고 있다. 나는 무의미하고 고통스러운 진실로부터 그를 보호하는 것이, 그를 멀리 떼어놓는 것이 옳은 일이라고 생각했지만, 어쩌면 그 생각이 어머니가 생각했던 것과 정확히 같은 것일 수 있었다.

"그래, 걱정해줘서 고마워. 하지만 난 괜찮아. 난 혼자서 숨을 좀 돌려야겠어."

그는 불만스럽다는 듯 코를 찡그렸지만, 논쟁해봐야 소용없다는 것을 알고 있었다.

"혼자 있길 원한다. 그래, 이해해." 그는 가르보*를 할 수 있는 한 최대한 비슷하게 흉내 내며 말했다. "하지만 나 역시 미칠 듯이 궁금하다고 하지 않는다면 거짓말일 거야…… 난 그 상자 안에 뭐가 들어 있는지, 어떤 질문에 대한 답이 나오는지, 어떤 답에 대한 질문이 생기는지, 그 모든 걸 알고 싶어. 나한테 말해 줄 거지, 그렇지? 그냥 그걸 치워버리고 아무 일도 없었던 척하지는 않는 거지?"

"안 그래. 약속할게. 왜 네가 그런 의심을 하는지 완전히 이해할 순 없긴 하지만. 자, 택시 불러줄게. 술 취한 너에게 피아트 500을 맡길 순 없잖아, 안 그래?"

내가 전화를 하는 동안 그는 유리잔과 컵들을 치웠다. 그러고 나서는 생각에 잠긴 표정으로 주방 카운터에 등을 기대었다.

"내 생각일 뿐이지만, 조는 완전 괜찮은 사람 같아."

---

*   유명 여배우인 그레타 가르보는 영화 〈그랜드 호텔(Grand Hotel)〉에서 "난 혼자 있고 싶어"라고 말한다.

10

마이클이 떠나자, 집은 내게 토라져 있음을 암시하는 일종의 긴장된 고요를 취하며, 쌀쌀맞은 침묵으로 대했다. 평소의 똑딱거리는 시계 소리조차도 베개와 담요 아래에 숨어 있는 듯 멀리 떨어진 것처럼 느껴졌다.

나는 내키진 않았지만, 억지로 음식을 조금 만들기로 하고 토스트 한 조각과 버번 크림, 그리고 차를 조금 더 준비했다. 허기를 느끼는 건 아니었다. 오히려 나는 먹어야 한다는 것에 필요성을 느끼지 못하는 사람이었고, 먹는 것에서 즐거움을 찾지도 않았다. 하지만 자각은 내가 안정을 유지하고, 건강을 유지하고, 통제를 유지하려면 몸에 필요한 음식물을 제공해야 한다고 명령하고 있었다.

음식을 먹은 다음에는 접시를 치우고, 집 아래층을 잠시 돌아다니며 청소해야 할 곳이 있는지 확인했다. 사실 청소를 해야 할 곳보다 많은 것들을 버리는 게 먼저였다. 나는 방을 돌아다니며 부피가 큰 가구와 낡아빠진 장식품들, 얼룩은 없어도 많이 닳은 카펫을 보며 사람을 고용해야겠다는 막연한 계획을 세웠다.

이 집의 어떤 것도 내 것이 아니었다. 그게 본심이었다. 물론 형식적으로는 내 것이었다. 이번 주에 가족 변호사를 만나야겠지만, 모든 것이 나에게 넘어올 것이다. 생명보험과 어머니 간병비를 제외하고도 남은 저축이 있을 것이고, 주택담보대출은 몇 년 전에 이미 다 갚은 상태였다. 만약 집을 판다면, 액수가 상당할 것이다.

나는 딱딱하고 격식 있어 보이는 아나글립타 벽지를 손가락으로 문지른다. 하지만 어떤 느낌이어야 맞는 건지는 도통 알 수가 없었다. 내가 이 집을 포기해야 하는지, 사랑을 더 많이 줄 가족과 함께 새로운 삶을 시작하게 해야 하는지, 아니면 남아서 나를 위해 고른 새 페인트와 줄무늬 마루판, 반짝이는 것들로 꾸며, 내 집으로 만들어야 하는지 알 수 없었다. 이케아 쇼룸에 있는 불가능해 보일 정도로 완벽한 생활 공간 중 하나를 재현할 수도 있었다.

하지만 그 어느 것도 지금으로서는 중요하지 않았다. 서두를 필요는 없었다. 어느 쪽이든, 나는 이제 진정한 금전적 걱정에서 벗어났고, 그것이 적어도 어떤 면에서는 나를 운 좋은 사람으로 만들기도 했다.

하지만 이 방에서 저 방으로 조용히 걸음을 옮기는 지금은, 금전적 이득을 삶의 어떤 확실성과 목적으로 되돌아가는 것과 바꾸고 싶었다.

어머니가 아플 당시, 나는 내가 해야 할 일을 정확히 알았다. 어머니는 나를 필요로 했고, 그래서 그녀를 밤과 주말에 정성껏 돌보았다. 내가 일을 하는 동안에는 간병인들이 그녀를 돌봐주었다. 학교에 있을 때도, 집에 있을 때도 나는 늘 바빴다. 하지만 지금은 나를 필요로 하는 어머니도 없었고, 검소하게 살면 풀 타임으로 일할 필요도 없었다. 자유로웠다. 하지만 여전히 갇힌 느낌이 들었다. 이 함정은 상상의

산물이다. 자신을 해방하려면 상상의 팔다리를 물어뜯어 내기라도 해야 하는 걸까?

나는 텅 빈 방에서 커튼을 닫고 불필요한 불을 켜면서, 내가 일을 충분히 미뤘음을 깨달았다. 나는 부엌으로 돌아갔다. 시간은 점점 더 늦어지고 있고, 낮의 햇살은 1년 중 이맘때 볼 수 있는 독특한 반쪽 빛으로 희미해지고 있었다. 새들은 저녁 수다를 떨었고, 집 바깥의 삶은 평소와 같이 계속되었다.

나는 평소 루틴대로 전구 스위치를 켜고, 커튼을 닫아 내가 다루기에 더 쉬운 작고 아늑한 세상을 만들었다. 그러고는 의자에 앉아, 상자를 더 바싹 끌어당긴 다음 뚜껑을 열었다. 나는 잠시 멈춰 숨을 내쉬고 나서 천천히 상자를 비우기 시작했다.

먼지로 뒤덮인 오래된 것들이 금방이라도 바스러질 듯했다. 하지만 상자와 포장지는 제 역할을 했고, 손에서 분해되는 건 아무것도 없었다. 어머니는 이 모든 것을 내다 버릴 수도 있었을 텐데, 그러는 대신 안전하게 보관해 두었다. 그러니 언젠가는 그것들이 세상에 다시 모습을 드러낼 거라는 것을 어느 정도는 알고 있었던 듯하다. 그것에 감사했다. 적어도 지금의 나는 그렇게 생각했다.

어머니는 생일 카드는 열어보았지만, 편지는 봉인된 채로 남겨두었다. 그리고 이것은 내가 결코 대답하지 못할 질문이다. 어머니는 왜 어떤 편지는 열어보고 어떤 편지는 열어보지 않았던 것일까. 어떤 이상한 도덕률이 그녀 행동의 기초가 된 것일까. 수수께끼 그 자체였다.

모든 것을 개봉해서 탁자 위에 펼쳐 놓자, 그저 내가 하고 싶은 일은 조의 손글씨를 쓰다듬고, 키스하고, 내 가슴에다 꼭 껴안는 것뿐이었다. 그렇게 하면 어떻게든 내가 그와 키스하고 그를 껴안을 수 있게 되리라, 마치 바랜 잉크를 만지다 보면 마법의 문이 열리리라, 그가 지금 어디에 있든, 지금 그가 어떤 사람이든 상관없이 조 앞으로 이동한 나 자신을 발견하게 될 것이리라, 생각했다.

그는 이미 결혼해서 여덟 명의 자녀가 있을 수도 있고, 티베트 수도원에 살고 있을 수도, 브라질 스트리트 댄스팀을 운영하고 있을 수도, 맥도날드에서 햄버거를 뒤집고 있을 수도 있다. 하지만 상관없었다. 그저 그를 다시 보길 원할 뿐이었다. 지금 단계에서는 그게 '원한다'이지만, 앞으로 '필요하다'로 바뀔 수도 있다는 점을 깨닫고는, 이내 두려워졌다.

나는 상자의 내용물을 분류하면서 약간의 평온과 질서를 되찾았다. 나는 적어도 표면적으로는 매우 지루한 사람이었다. 목록과 논리를 좋아하고, 알파벳 순서대로 정리하거나 색인을 만드는 것을 좋아하고, 올바르게 보관된 파일들을 좋아한다. 이는 내 안의 깊고 어두운 중심이 종종 감금에서 혼돈으로의 탈옥을 비밀리에 계획하고 있으므로 내가 필요로 하는 평정심을 갖는 데 도움이 되곤 했다.

처음에는 편지, 카드, 우편엽서 등 분류에 따라 정렬해서 무더기를 만들었으나, 금세 그 방식이 옳지 않을 수도 있음을, 날짜 순서대로 정리하는 게 더 좋을 수도 있음을 깨달았다. 그가 얼마나 오랫동안 편지를 썼는지, 어떤 내용을 썼는지 정확히 알지 못하지만, 5라는 숫자가 적힌 생일 카드를 언뜻 보기만 해도 몇 년이라는 기간은 훌쩍 넘는다는 것을 알 수 있었다.

나는 이 모든 것을 조심스럽게 다루려 했다. 당연한 일이었다. 어쨌거나 내 잃어버린 연인이 우리의 죽은 딸에게 쓴 생일 카드는 정서적인 가변성을 갖는 위험한 폭탄이기 때문에 그렇게 다루는 게 마땅했다. 대신에 나는 이것들을 초등학교에서 일하며 색깔이나 스티커로 표시하듯―물론 지금 내겐 그런 것들이 없긴 해도―서류 정리를 위한 일종의 프로젝트로 생각하기로 했다.

잠시 후, 나는 앞에 놓인 정보를 토대로 대략적인 타임라인을 형성할 수 있었다. 연락이 시작된 것은 2003년 6월로 내가 병원에 입원했을 때인 것으로 보인다. 그리고 2009년 말까지 다양한 방식으로 진행되다 2013년에 편지 한 통이 더 도착하고 나서는 완전히 끊긴 상태였다. 왜 끊긴 것일까 궁금했지만, 나는 그 이유에 대한 상상을 거부하고 대신 내가 가진 것에 집중하기로 했다.

생일 카드는 설명할 필요 없이 자명하므로, 언제 보냈는지 정확히 알 수 있었다. 딸이 네 살이었던 2003년부터 열 살이 되는 해까지 매년 10월에 보내졌다. 사랑하는 딸에게는 있을 수 없었던 생일을 축하하는, 일관되게 보내진 예쁘고 반짝이는 카드들.

나는 몇 초간, 열 살 때의 그레이스, 10년이라는 삶을 산 그레이스가 등장하는 상상 속으로 빨려 들어간다. 내 상상 속에서 그녀의 머리는 여전히 금발이었고, 미소는 눈부시게 아름다웠으며, 그녀의 마음은 여전히 두려움 없이 따뜻했다.

그녀는 6학년으로 아마도 우리 학교에 다니고 있을 것이고, 친구가 많고, 영어를 잘하고, 친절하지만 골목대장 노릇을 할 것이다. 그리고 나에게 강아지를 — 아마도 그녀가 공원에서 만나면 항상 좋아하던 검은 털의 래브라도일 것이다 — 한 마리 키우게 했을 것이다. 그녀는 언제나 그랬듯 찬란하고 빛나는 존재일 것이다.

나는 이러한 상상이 결국 고통스러울 거라는 걸 알면서도, 가능했을 수도 있을 그레이스의 모습들을 잠시 탐닉했다. 물론 이런 상상을 하는 게 처음은 아니었다. 생일 카드 없이도 나는 내 딸이 아직 살아있다면 어떨지 상상하곤 했다. 그것은 항상 표면 아래에 숨어서 존재했는데, 치료사들이 경고한 '미래 손실'이다.

나는 그녀가 성장하고 변화하고 번성하는 모습을 결코 볼 수 없다는 것을, 그녀가 사랑에 빠지고, 상심하고, 자신의 아들딸을 낳는 모습을 볼 수 없다는 것을 안다. 하지만 그것을 아는 건 쉬워도 받아들인다는 건 어려운 일이었다. 그리고 때때로 나는 이 모든 것들이 어떤 모습일까 하고 짧게나마 상상하는 일을 거부할 수 없었다.

그런 환상이 지속되는 동안 나는 따스함과 위안을 느꼈고, 기쁨으로 가득 찼다. 너무나 생생해서 손을 뻗어 그녀를 만지고, 그녀의 손을 잡고서 모든 게 잘 될 거라고 말해 줄 수 있을 것만 같았다. 이건 마치 내 앞에서 실제로 일어나고 있는 것처럼 현실적이었으니까.

하지만 그 일이 지나고 나면—내가 더 이상 환상을 지속할 수 없고 맨정신을 유지할 수 없을 때—나는 대가를 치러야 한다. 현실 세계로 돌아오는 순간, 세계 부딪치고, 아래로, 아래로, 아래로 곤두박질친다. 그리고 다시 빛이 있는 지상으로 올라오는 데는 꽤 오랜 시간이 걸린다.

나는 생일 카드들을 일렬로 똑바로 세워 정렬하며, 그 색깔과 생동감에 감탄했다. 살아있을 수도 있었던 그레이스가 이 카드들을 보았다면, 즐거워했을 거라는 생각이 들었다. 모든 카드 안에는 '우리 사랑하는 천사 그레이시를 위해. 세상에 맞서는 우리 세 사람. 난 두 사람을 사랑해. 언제까지나. 아빠 소 조 xxx'라는 내용의 문구가 서로 비슷하게 적혀있었다.

카드마다 거의 같은 내용이 적혀있다는 걸 알고 있음에도 불구하고, 나는 모든 카드에 새겨진 볼펜 글씨들 위로 손가락을 갖다 대며, 암송할 수 있을 때까지 그 글들을 큰 소리로 읽고 또 읽었다.

아마도 그녀는 열 살이 될 때쯤이면 그레이시라고 불리는 것을 좋아하지 않았을 것이다. 그리고 아빠 조 조는 그저 평범한 아빠일 테고, 아마도 그녀는 천사처럼 보이지 않을 것이다. 그녀는 시간 속에 얼어붙은 채, 불가능할 만큼 완벽한 모습으로 영원히 사랑받고 있었다.

몇몇 카드는 아직 봉투에 들어 있었다. 나는 봉투들과 내용물을 함께 보관했다. 모든 조각의 정보가, 모든 접촉점이 신성하고 소중했다.

생일 카드뿐만 아니라 두껍고 단단한 편지와 우편엽서도 있었다. 몇몇 봉투에는 작고 두툼한 물체가 우편엽서와 함께 들어있었는데, 날짜로 미루어보아 껌인 듯했다.

이 시점에서는 모든 것이 가치가 있었다. 조가 런던이나 더블린에서 엽서를 보냈다면, 그건 그가 거기에 있음을 내게 알려주는 것이다. 나는 그가 단지 나를 혼란스럽게 하려고 다른 여러 곳에서 편지나 엽서들을 보냈을 가능성은—그건 말이 안 된다—희박하다고 생각했다. 우표를 가로지르는 소인이 여럿 보였다.

우편엽서에는 대체로 두 가지 짤막한 메시지 중 하나가 포함되어 있어서 읽는 데 긴 시간이 걸리지 않았다. 어떤 우편엽서에는 조의 익숙한 필체로 '네가 여기에 있었으면 좋겠어.'라고 쓰여있었고, 어떤 것에는 '생일 축하해, 제스.'라고 적혀있었다. 한 우편엽서에는 더 많은 내용이 적혀있었지만, 너무 슬플 것 같아 읽는 대신 정리하는 일에 더욱 집중했다.

나는 우편엽서들을 탁자 위에 늘어놓고 각각의 이미지를 잠시 응시했다. 아일랜드 더블린 외곽의 성 스테판 그린 공원, 콘월주의 모래가 뒤덮인 만, 런던 타워. 조는 첫 번째 엽서의 해인 2004년 말과 마지막 엽서의 해인 2008년 사이 어느 시점에, 이 모든 장소에 있었다.

열어보지 않은 봉투가 더 무서웠다. 그 봉투들 중 일부는 종이로 가득 찬 무게가 느껴졌다. 몇몇은 좀 더 가벼웠지만, 여전히 손안에 그 무게감이 묵직하게 느껴졌다. 아마도 어머니가 이 편지들을 열어

보지 않은 이유일 것이다. 묵직한 편지의 무게만큼 그 안에 뭐가 들어 있을지 무서웠을 것이고, 또 그녀 자신이 얼마간 원인이 되어 초래한 고통이 두려웠을 것이다.

이 편지들은 어쩌면 앞으로의 내 삶을 바라보는 방식을 완전히 바꿔 놓을지도 모른다. 조는 슈퍼히어로가 아니라, 예전에 그가 나에게 느꼈던 것과 같은 한 인간이다. 그리고 그의 편지를 읽는 것은 무척이나 힘들 것이다. 괴로움과 후회가 있을 것이고, 아마도 분노 역시 있을 테다. 내가 아는 한, 그는 그 모든 세월 동안 내가 그를 무시하고 있다고 생각하고 있을 테니까.

바로 그런 이유로 당장은 봉투를 열어보지 않기로 했다. 나는 아직 그럴 준비가 되지 않았다. 대신 나는 몇몇 봉투들을 보고서 일부의 편지는 내가 처음 치료를 받았던, 지금은 폐쇄된 병원으로 보내졌다는 것을 확인했다. 그다음에는 분명 어머니에게 전달되었을 것이다. 아마도 그녀는 병원 직원의 도움을 받았을 것이다. 어쩌면 내가 그것들을 원하지 않았고 그래서 돌려주었는지도 모른다. 내 인생에서의 그 기간에 대해서는 완전한 명확성을 되찾기란 어렵지 않을까 싶다.

다른 편지들은 이곳 주소로 나에게 보내졌다. 아마도 내가 집으로 돌아오기 전에 배달되었거나 아니면 내가 돌아온 이후에는 바깥에 있던 이상한 우체통에 넣어져 있다가 다락방에 숨겨졌을 것이다. 우편을 통해 온 것도 있었고, 몇몇은 전면에 내 이름만 휘갈겨 써 있는 것으로 보아 직접 가지고 와서 건네준 것처럼 보이기도 했다.

나는 여러 봉투와 카드에 찍힌 소인과 낡은 우표들을 살펴보며, 어느 순간에는 심지어 '언젠가는 쓰임새가 있을 것 같아서' 계속 부엌 서랍에 꽂혀 있던, 아버지의 오래된 돋보기를 사용했다.

다행히 돋보기는 실제로 쓰임새가 있었고, 나는 봉투들 대부분에서 발송지와 날짜를 확인할 수 있었다. 일부는 얼룩이 져서 읽을 수 없었지만, 많은 편지가 맨체스터 지역에서, 다른 일부는 더 먼 곳에서 온 것으로 보였다. 카드와 엽서에 적힌 날짜와 장소들은 다양했다. 이는 나를 그에게로 데려가 줄 수도 있고, 그게 아니라면 적어도 그가 나 없이 걸어간 삶의 발자취를 따라가게 해줄 수 있는 그림의 한 조각들과 같았다.

나는 몸을 뒤로 젖혀 깔끔하게 정돈해 쌓아 올린 편지들을 찬찬히 들여다보았다. 요즘 사람들의 눈으로 보자면, 이 모든 게 너무나 구식으로 보일 것이다. 마이클 세대는 압도적인 디지털 기반에서 성장한 최초의 세대이지만, 나는 해변 사진을 인스타그램에 올리고 칵테일 사진을 페이스북에 올리는 것보다는 여전히 휴가에서 우편엽서를 보내던 일을 기억한다.

나는 아직도 우체국에서 연금을 수령하는 노인들 뒤편으로 줄을 서고, 우편함을 통해 실제 종이에 인쇄된 은행 명세서를 받는다. 사실 내 지갑 안에는 아직도 우표 한 줄이 들어 있다. 급할 때를 대비해서 항상 집에 우표를 두었던 어머니에게서 받은 영향 때문이다.

이 모든 것이 여기 내 앞에 있고, 내가 이 모든 것을 만지고 잡을 수 있다는 것, 조의 손끝도 이 모든 것을 만지고 잡았음을 상상해볼 수 있다는 것, 그리고 그것을 통해 우리가 서로를 만지고 붙잡은 모습을 상상해볼 수 있다는 것에는 실제로 놀라운 무언가가 있다.

이메일이나 문자로는 절대 알 수 없는, 적어도 나에게는 그렇게 느껴졌다. 이것은 가상 세계가 가지고 있는 일시적인 감각이 아닌 실제처럼 느껴졌다.

여러 해 동안 집에 발이 묶인 어머니와 아주 지루한 밤들을 보내며, 때때로 조는 어떻게 살고 있을지 궁금했고, 어느 날은 구글 검색을 통해 그를 찾아보기까지 했다. 하지만 조 라이언이라는 이름이 얼마나 흔한지를 알려줄 때마다 나는 항상 여러 복잡한 감정을 느껴야 했다.

나는 컴퓨터 화면을 닫고는 스스로 바보 같은 짓은 그만두라고 말하곤 했다. 다 지나간 일인데, 그에게 무슨 일이 일어났는지 알고 싶은 이유가 대체 무엇인지 되뇌었다. 그는 우리 딸의 죽음으로 인해 내가 병원에 있는 동안 나를 떠났다. 하지만 나는 그런 이유로 그를 미워하지 않았고, 그 역시 충분히 슬퍼했고 상처 입었다는 것을 이해했다. 그러나 내가 더는 상처를 받으면 안 되는 때, 그가 나에게 심한 마음의 상처를 입혔다는 건 부정할 수 없었다.

하지만 이제 그 사실은 바뀌었다. 모든 게 바뀌었다. 항상 그가 초래했다고 생각했던 그 여분의 상처는 그에게서 온 것이 아니었을 수도 있다. 혼자 보낸 여러 해는 필요치 않은 것이었을 수도 있다. 우리 사랑이 너무도 갑작스럽고 일방적으로 끝났기에 느껴야 했던 아쉬움 역시 헛수고였는지도 모른다.

나는 현관문을 잠그고 나서 집을 마지막으로 점검한다. 어머니가 돌아가신 지 일주일이 지났는데도 어머니 없이 이곳에 머무르고 있다는 게 여전히 이상했다. 나는 여전히 매일 밤 같은 일을 해야 한다고 느낀다. 간이 변기를 비우거나, 빨랫감을 세탁기에 넣거나, 다음 날을 위해 알약 상자를 채우거나, 그녀에게 말을 걸고, 그녀를 안심시키고, 우리가 함께 그녀의 침대로 발을 끌다시피 하면서 걸어가는 동안 떨리는 두 팔과 항상 차갑던 손가락으로 내 목에 매달리던 그녀의 품위를 지켜주려고 애쓰는 일 따위가 그런 것들이었다.

이제 신경 써야 할 사람은 나 자신뿐이다. 마이클에게 나는 괜찮다는 내용의 짤막한 문자를 보내고는 편지와 카드들의 날짜 순서를 지켜서 다시 상자에 담았다. 나는 유리잔에다 물을 따르려다 충동적으로 진이 남아있는 병을 거머쥔다.

휴대폰과 마실 거리, 상자를 챙긴 뒤 위층에 있는 침실로 올라간다. 높은 천장과 넓은 창문, 그리고 수십 년 동안의 추억이 있는 어린 시절의 바로 그 침실로.

어린 시절, 나는 이 침실에서 다과회를 열고 인형들을 줄을 세우며 놀곤 했다. 십 대 때는 친구들과 함께 큰 엉덩이에 대해 노래하는 서 믹스 어랏*의 노래를 들으며 웃거나, 영화 〈가위손(Edward Scissorhands)〉을 보며 한숨을 쉬었다. 나는 여기서 조를 그리워했다. 그를 만난 첫날부터 그랬고, 침대에 누워 그가 나에게 키스하고 나를 만지는 것을 상상하거나, 성관계를 한 번도 해본 적 없는 소녀만이 할 수 있는 이상적인 방식으로 그와의 밤을 상상했다. 그도 나와 같은 감정이기를 바랐다.

그리고 나는 지금 다시 이곳에 있다. 여전히 갈망하면서. 여전히 상상하면서. 여전히 바라면서.

나는 침대에 누워 면 베갯잇의 기분 좋은 시원함을 느끼며, 첫 번째 편지를 열어 읽기 시작했다.

---

* 미국 출신 래퍼

11

안녕, 밤비.

당신을 보러 안으로 들어갈 수가 없어서 이렇게 편지를 쓰고
있어. 달리 또 무슨 일을 해야 할지 모르겠어. 몇 번이고 들어가기
위해 시도했는데, 당신을 데려간 그곳의 경비원들을 통과할
수가 없어. 나는 당신과 가족 관계도 아니고 당신의 어머니는 내
전화를 받지도 않아. 아무도 내 말을 들어주지 않을 거야. 당신이
이 편지를 받아볼 수 있을지 모르겠지만, 시도는 해봐야겠지.

난 당신이 너무 보고 싶어. 그리고 그간에 일어난 모든 일 때문에
너무나도 미안해. 당신은 여전히 내 세상이라는 거, 알고 있지?
그렇지, 제스? 당신을 도울 수 없다는 게 너무 속상해. 내가 미리
알아차리지 못했다는 게 너무 속상해. 내 고통에 사로잡혀서
당신이 얼마나 멀리 가 있었는지 깨닫지 못했던 것 같아.

난 당신이 많이 슬퍼하고 살이 빠졌다는 걸, 사람들과

이야기하거나 아파트를 떠나야 한다는 사실을 힘들어한다는 걸 알고 있었어. 근데 그게 얼마나 심각한지는 이해하지 못했어. 당신이 악몽을 꾸고 공황 상태로 잠에서 깨어났을 때, 난 그게 정상적인 거라고, 다 지나갈 거라고 생각했어. 근처에서 몇 번인가 본 적이 있던 여자 경찰관과 이야기를 나눴었는데, 우리와 비슷한 경우를 본 적이 있고 시간이 지나면 당신도 나아질 거라고 내게 말해주었거든.

내가 핑계를 대고 있는 것처럼 들리겠지만, 그건 아니야. 당신을 지키고 돌보는 일은 내가 해야만 하는 일이었어. 그게 나의 가장 중요한 일이었는데, 난 당신을 실망시켰어. 변명의 여지가 없어. 나도 지치고 속상하고 화가 나 있었는데, 당신 기분이 더 나빠질까 봐 내색하지 않으려고 애썼어. 나는 계속 앞으로 나아질 거라고 스스로에게 말했고, 그렇게 순식간에 6개월이 흘렀어. 그레이스가 없는, 상황이 나아지지 않은 6개월이었지. 우리가 구급차를 불러야 했던 그 날은 내 인생에서 최악의 날이었어. 어떻게 해야 할지 몰라서 당신 어머니께 전화를 드렸지. 그래서 당신의 어머니는 의사와 직원들을 불렀고, 그들은 당신이 시설로 가야 한다고 결정했어.

난 그들의 결정이 옳았다는 걸 알아, 제스. 그리고 당신이 날 용서해주기를 바라. 그때 당신은 나를 붙들고 울며 손으로 문을 붙잡았지. 그리고 발을 차고 소리를 지르면서 나한테 그 사람들을 막아달라고 애원했어. 집에 있게만 해주면 나아질 거라고, 좋아질 거라고, 나와 그레이시와 함께 좋아질 거라고 하면서.

난 정말로 그렇게 하고 싶었지만, 당신 어머니가 옳다는 걸
알았어. 그렇기 때문에 어머니를 비난하고 싶진 않아. 당신이
가스를 모두 잠그지 않고 켜둔 건 그냥 사고였을 거야. 우린 모두
때때로 뭔가를 잊어버리니까. 그리고 당신이 그레이시와 함께
있고 싶다고 말했을 때, 우리가 그녀와 함께 살았던 곳을 말했던
거라고 난 확신해.

하지만 내가 알아차리지 않으려고 애쓰던 다른 일들도 있었어.
당신은 먹지도 씻지도 않고 아무것도 하지 않았어. 길에서 차
소리가 들릴 때마다 당신은 깜짝깜짝 놀랐고, 가끔은 내가
누군지 모르겠다는 듯이 나를 쳐다보기도 했지. 자기 자신의
세계에서 길을 잃은 것처럼 말이야.

나는 당신 어머니에게 전화해야만 했어, 제스. 그 누구보다 난
당신을 사랑하지만, 그때 당신에게는 어머니가 필요하다고
생각했어. 난 당신을 일어서게 할 수 없었고, 당신은 모든 뼈가
녹은 것처럼 부엌 벽에 기댄 채 아래로 미끄러지다가 바닥에
드러누웠어. 온종일 밖에서는 드릴로 하는 도로 공사가
이어졌고, 소음이 당신을 많이 괴롭혔어. 그리고 내가 케밥
가게에서 돌아왔을 때, 그 지경이 된 당신을 발견하고 말았어.
가스레인지가 켜져 있었지. 다시 말하지만, 난 그게 실수였다고
확신해.

그래서 난 당신 어머니한테 전화를 걸었어. 하지만, 다음에 무슨
일이 벌어질지는 몰랐어. 내 말을 믿어줘. 그들이 당신을 데려갈
줄은 몰랐어. 애초에 상황이 그렇게까지 나빠지게 내버려 둔
나를 절대 용서하지 못할 거야. 난 그저 언젠가 당신이 날 용서할

수 있기를 바랄 뿐이야.

당신이 굳건한 마음으로 버텨내길 바라. 그리고 그곳 사람들이
당신에게 도움이 되길 바라. 집에 있을 때 난 당신에게 도움이
되어 줄 수가 없었어. 그래서 나는 그들이 당신을 위해 그렇게
해줄 수 있기를 바라. 적어도 그들이 당신이 자해하는 걸
막아주길 바라.

내가 곁에 없다고 생각하며 당신 혼자 겁먹고 있을지도 모른다고
생각하면, 도저히 참을 수가 없어. 난 가까이 있어. 난 당신을
보기 위해 병원 밖에서 몇 시간이나 대기했어. 지금은 조금
긴장감이 높아진 상태야. 몇몇 직원은 나를 문제 삼지 않지만,
다른 직원들은 내가 사라져주기를 바라는 것 같아. 도대체 내가
왜 들어갈 수 없는지 모르겠어. 내가 들은 거라곤 당신이 지금
너무 아프다는 게 전부야. 그 사람들이 알아서 잘 처리할 테고,
곧 당신을 볼 수 있겠지. 그렇지 않으면 당신 어머니에게 직원과
이야기해보게 하거나 날 함께 데려가달라고 부탁할 거야. 곧
그렇게 되기를 바라. 당신을 꼭 껴안고 내가 아직 곁에 있다는 걸
알려주고 싶어. 내가 당신을 사랑한다는 걸 알려주고 싶어. 난
언제나 당신을 사랑할 거야.

2003년 6월 26일

조 xxx

✕ ✕ ✕

안녕, 밤비.

거기서는 어떻게 지내? 이 편지를 쓰면서 약간 내가 바보 같다는
생각이 들었어. 당신이 이 편지를 받아보고 있는지, 아니면
쓰레기통으로 들어가고 있는지 알 수 없으니까. 하지만 당신
핸드폰은 여전히 우리 집에 있고, 병원에 전화를 걸어도 통화를
할 수가 없으니 도통 모르겠어. 병원 직원들은 자기가 속한
병동의 환자들은 전화 사용이 허용되지 않는다고 말했어.
어쩌면 당신이 너무 아파서 나를 만나기 어렵다는 설명에 더해
더 많은 일이 일어나고 있는 건 아닐까 생각했어. 계속해서
방문을 허용하지 않는 게 정상적인 건 아니니까. 벌써 몇 주가
지났고 어쩌면 내가 일종의 블랙리스트에 올라 있는 것 같아.
내 인생 이야기 같지? 안 그래, 제스? 확실하진 않지만, 아마도
당신의 부모님이 날 들여보내지 말라고 요청했고, 그들이 상황을
통제하고 있는 것 같아.

우리가 했던 농담처럼 우린 그레트나그린*으로 도망가서
결혼식을 올려야만 했어. 그러면 아무도 당신을 나한테서
떼어놓을 수 없었을 텐데. 어쩌면 내가 그냥 피해망상증인지도
모르지. 당신은 내가 어떤 생각을 하는 사람인지 잘 알잖아. 난
정부 기관에서 날 잡아가려 한다고 생각하는 사람이잖아.

어쨌든, 내가 직접 당신을 보든 못 보든 상관없이, 당신의 상태가
나아지길 바라. 중요한 건 당신이니까. 그곳이 생기 넘치는
곳처럼 보이진 않던데, 내 생각처럼 꼭 그렇지만도 않은 것 같아.

---

* 잉글랜드와 접해 있는 스코틀랜드 마을로 과거 잉글랜드에서 혼인을 할 수 없던 커플
들이 찾아가 결혼식을 올린 곳으로 유명하다.

벨린다와 이야기할 기회가 있었어. 자기도 알고 있겠지만, 그녀의
엄마는 정신병원을 평생 들락날락했다고 했어.

벨린다는 정신병원이 우울해 보여도, 대체로 위기 상황에서는
효과를 발휘한다고 하더라고. 그래서 그와 같은 일이 당신에게도
일어나길 바라고 있어. 머지않아 당신은 병원을 나올 테고, 더
강해질 테고, 그럼 우리는 다시 함께할 수 있을 거야.

당신이 많이 보고 싶어. 아파트에 당신과 그레이스가 없으니 너무
조용해. 난 지금 일을 쉬고 있어. 차량 정비소의 빌은 사고 후에
시간 빼는 걸 너그럽게 봐줬는데, 지금은 다른 사람을 고용해야
할 상황이 됐거든. 내가 병원 밖에서 자기를 스토킹하는 데 너무
많은 시간을 보냈나 봐! 빌은 나더러 상황이 정리되면 돌아올 수
있다고 말했지만, 지금으로선 그도 믿고 맡길 만한 사람이 필요한
상황이야. 하지만 지금의 난 그런 사람이 아닌 것 같아.

그래도 걱정하지 마. 난 괜찮을 거야. 당신이 집에 올 때를 위해
모든 것을 준비하고 있어. 당신이 좋아하는 이상한 색상으로
거실을 칠했어. 오리알 색인가? 페인트 이름 치곤 얼마나 깜찍한
이름인지! 집으로 돌아왔을 때 이 모든 것들이 당신에게
도움이 되길 바라. 모든 곳을 깨끗하게 청소했고, 자선 가게에서
〈타이타닉(Titanic)〉의 멋진 포스터도 찾아냈어. 포스터를 보니
우리의 첫 번째 데이트 날 밤이 생각났어.

그때 우리는 그 영화를 보지 못한 유일한 사람들인 것만
같았잖아. 사실 고백할 게 하나 있는데, 나는 전에 그 영화를
봤었어. 그저 나는 당신과 어두운 방 안에 같이 있고 싶었고,
몰래 당신의 어깨에다 팔을 두르고 싶어서 안 본 척했을 뿐이야.

영화가 끝나고 나서 당신이 밖을 뛰어다니며 두 팔을 위로
향하고서 "나 날고 있어, 잭!"하고 외치는 모습이 정말 귀여웠어.
백만 년도 더 지난 느낌이야, 안 그래? 당신이 집에 돌아오면,
우리 그 영화 다시 보자. 우린 소파를 구명보트라고 생각할 거고,
그리고 함께 껴안은 채 당신이 좋아하는 토피 팝콘을 먹을 거야.
어쨌든 포스터가 당신의 마음에 들었으면 좋겠어. 다 큰 어른들이
그렇듯 액자에다 넣어두었거든!
알고 있겠지만, 제스, 난 그레이스의 물건은 하나도 치우지
않았어. 당신 역시 원하지 않을 거라는 걸 알아. 하지만 몇 가지는
상자에다 넣어두었어. 온종일 그것들을 보고 있는 건 너무
슬프니까.
어쨌든, 난 당신의 부모님에게 한 번 더 연락해볼 생각이야.
새로운 소식이 있는지도 알아보고. 힘내. 그리고 잊지 마, 내가
자기를 사랑한다는 걸.

2003년 7월 5일

조 xxx

✕ ✕ ✕

안녕, 밤비.
당신이 어디에 있는지 몰라서 집으로 편지를 보내. 병원 직원
중 한 명이 마침내 나를 불쌍히 여겼는지, 당신이 다른 곳으로
갔다고 말해줘서, 병원 밖에서 서성대는 건 그만두었어. 나는

확실히 거기에 너무 오래 있었어. 일전에는 빈 커피 컵을
두고서 앉아 있었는데, 누군가가 거기에다 잔돈을 던져 넣기도
했다니까!

당신 어머니는 당신이 날 만나기엔 아직 몸이 너무 허약하다고,
지금 당장으로서는 당신이 날 보고 싶어 하지도 않는다고 말했어.
내가 당신에게는 그레이스를 너무 많이 생각나게 한다고. 당신을
위한다면 당신을 만나려는 시도는 이제 그만둬야 한다고. 그래도
편지는 전달하겠다고 했어. 그게 내가 얻을 수 있는 최선인 것
같아.

어떻게 생각해야 할지 모르겠어, 제스. 나는 당신 어머니의
생각이 맞다고 보지 않아. 적어도 그렇지 않기를 바라. 어머니는
당신이 그레이스에게서 벗어나야 하는 것처럼, 그레이스를
잊어야 하는 것처럼 말하는데, 그건 사실이 아닐 거야, 안 그래?
난 당신이 기분이 좋아지고 회복해야 한다는 걸 알고 있어.
하지만 그렇게 할 수 있는 유일한 방법이 나를 당신의 삶에서
몰아내고, 우리 아기가 존재하지 않았던 척하는 거라고는
생각하기 싫어. 그런 생각은 당신의 생각이라기보다는 오히려
당신 부모님 생각처럼 들려.

하지만 내가 틀렸을 수도 있어. 당신은 한 사람이 감당하기에는
너무 많은 일을 겪었으니까. 그러니 당신이 살아남으려면 그렇게
해야만 하는지도 모르지. 그래, 괜찮아. 이겨내기만 해. 그게
중요한 거니까.

보고 싶고, 사랑해, 자기야. 이번에는 순서를 바꿔서 말했네. 조이

라몬이 보면 나한테 화내겠어*.

2003년 8월 1일
조 xxx

☓ ☓ ☓

안녕, 제스.

이 편지가 당신에게 정확하게 전달될 수 있도록 당신의 집에 직접 가져다 놓으려고 해. 지난번에는 우편으로 보냈는데, 혹시 제대로 전달이 안 됐을까 봐 걱정했거든. 문도 두드려보겠지만, 아마 당신 어머니는 집에 있더라도 대답하지 않을 거야. 난 당신 어머니가 좋아하는 사람이었던 적이 없었잖아. 어머니는 기본적으로 날 볼 때마다 십자가 표시를 그리시거든.

당신이 괜찮고, 나아지고, 강해지길 바라. 덜 밤비 같기를 바라(왜냐하면, 내가 자기를 계속 밤비라고 부르고 있다는 걸 최근에야 깨달았고, 그리고 그게 마지막으로 보았을 때 자기 모습처럼 다리를 휘청이는 허약한 자기를 떠올리게 해서 그래).

내겐 시간이 그리 많지 않아. 빌이 차량 정비소에서 내가 어떻게 하나 보려고 교대근무 자리를 여러 개 챙겨뒀어. 그래도 오늘이 당신 생일이어서 직접 와보고 싶었어. 올해는 생일날이 형편없네. 작년에는 재미있었는데, 안 그래? 그레이스가 당신 생일 케이크

---

* 조이 라몬의 노래 제목은 〈자기야, 사랑해(Baby, I Love You)〉로, '자기야'라는 말이 먼저 나온다.

만드는 걸 도와줬잖아. 그 짜내는 아이싱 재료를 사용해서 크게 웃는 얼굴을 케이크 위에다 그려 넣었었지. 어쨌든, 늘 하던 대로 껌 한 통을 넣었어. 내가 생일선물 안 했다고 말하면 절대 안 돼! 곧 우리 딸 생일이야. 당신도 알고 있겠지. 얼마 전 시청에서 편지를 받았는데, 학교 입학 신청에 관한 거였어. 정말 기분이 이상했어. 무슨 이유에선지 난 그걸 토스터기에다 넣어버렸고, 연기 탐지기가 울렸어.

많이 사랑해, 그리고 곧 당신을 볼 수 있길 바라.

2003년 9월 14일

조 xxx

× × ×

안녕, 제스.

당신이 이 편지들을 받고 있는지, 혹은 받았더라도 읽고는 있는지 모르겠어. 어쩌면 당신이 아직 충분히 강해지지 못했을 수도 있겠지. 지난번에 내가 당신 어머니에게 따져 물었을 때, 어머니가 말한 것처럼(난 당신 어머니가 우유를 챙기기 위해 문을 열고 밖으로 나올 때까지 집 근처 버스 정류장에 숨어서 기다렸어. 하하!). 내가 나타나면 어머니는 적어도 내게 말을 거는데, 당신 아버지는 나를 노려볼 뿐이야.

이렇게 편지를 쓰는 게 당신의 상황을 더욱 나쁘게 만드는 건 아닐까 걱정돼. 내가 이기적인 건 아닌지, 당신 부모님이 말하는 대로 내가 그만둬야 하는 건 아닌지, 걱정돼. 그러니 어쩌면 당신이 내 편지들을 받지 못하거나 혹은 읽지 않는 게 더 나은 건지도 모르지.

어쩌면 이건 나한테 하는 말일 지도 몰라. 뭐 나쁘게만 볼 게 아닐지도 모르겠어. 이건 나를 위한 일종의 치료법일 수도 있어. 근데 이 편지를 쓰는 행위가 이상하다는 생각이 들긴 해. 편지를 많이 쓰다 보니 손가락에 물집이 생길 지경이야. 난 펜보다 렌치가 더 편한 사람이잖아.

당신은 언제나 글쓰기를 좋아하는 사람이었어. 나는 뭔가를 직접 하는 걸 좋아했지. 지금 상황이 어려운 이유 중 하나는 그걸 고칠 수 없다는 거야. 나는 손재주가 있고 내 두뇌는 구멍이 난 자동차 라디에이터나 이상한 조립식 가구와 같은 문제 해결에 뛰어나. 하지만 문제는 내가 지금 쓸모없다고 느껴진다는 거야. 나 자신이 조립식 가구 같은 느낌이 들어. 나는 아무것도 해결할 수도, 고칠 수도 없어.

벨린다를 보러 갔었는데, 그녀는 아기를 돌보는 데다 일도 해야 하고, 컬리지에도 다녀야 해서 아주 바빠. 당신도 벨린다 아기를 봐야 하는데. 아기는 이제 아주 커! 당신이 그 아기를 마지막으로 봤을 땐 동그란 얼굴에 불과했잖아. 이제 그는 항상 웃으면서 이리저리 기어 다녀. 난 벨린다가 혼자서 어떻게 그 모든 걸 다 해내고 있는지 모르겠는데, 여하튼 잘 해내고 있어. 부양해야 하는 말라키가 있는 상황이라 그런지 그녀의 결의가 더 굳건해진 것처럼 보여. 그래서 그녀는 바쁘고, 지쳐 있어. 그래서 심지어 그날이 무슨 날인지도 잊어버린 것 같아. 그래도 괜찮아. 온 세상이 나를 중심으로 돌아가지는 않으니까.

그러고 나서 '크레이지 번치' 부부네 집에 들렀는데, 그곳은 평소와 마찬가지로 엉망진창이었어. 너무 많은 아이들 하며, 큰 소리로 켜져 있는 TV 하며, 사방에서 피어오르는 담배 연기까지 말이야. 그는 평소처럼 소리를 질러댔고, 그녀는 실제로는 가지고 있지도 않은 상상의 물건들을 이베이에서 판매하기 위해 가짜 계정을 만들고 있었어. 그들은 오늘이 무슨 날인지 확실히 몰랐고, 빌이 의심쩍은 차들을 취급한 적이 있는지 알아내는 데에만 급급했어.

그래서, 그렇게 됐네. 이제 1년이 지났는데, 기억하는 것만으로도 내가 모든 사람에게 골칫거리가 된 것 같은 기분이 들어. 하지만 나로선 어쩔 수가 없어. 작년 이맘때 우린 세 살이었던 딸과 함께 크리스마스를 준비하고 있었잖아. 세상에 맞서는 우리 세 사람. 우리 딸이 무슨 일이 일어나고 있는지를 진정으로 이해한 첫 번째 크리스마스였지만, 사실 당신이 더 흥분했었다고 생각해, 제스. 모든 게 좋았어, 안 그래? 당신은 컬리지로 돌아갈 생각을 하고 있었어. 난 처음으로 충분한 돈을 벌고 있었고. 우리 딸은 완벽했어. 통통한 볼과 보조개, 장난꾸러기 같은 성격까지. 그녀는 〈바니와 친구들(Barney the Dinosaur)〉* 에 나오는 공룡이 입는 레깅스와 빨간색 장화를 가지고 있었고, 자신이 〈도라도라 영어나라(Dora the Explorer)〉** 에 나오는 도라라고 생각했기 때문에 백팩 없이는 집 밖으로 나가지 않았지.

---

*   어린이용 TV 시리즈
**   어린이용 애니메이션

당신은 모든 장식을 판지와 은색 물감으로 만들었고, 천사
모양을 한 것들은 반짝이는 끈에다 묶어서, 하늘에 매달려 있는
것처럼 보이게 했지.

병원에서 집으로 돌아왔을 때 그 모든 것이 여전히 그곳에
있었는데, 마치 수백 명의 반짝이는 작은 천사들이 거실 주위를
날아다니는 것처럼 느껴졌었어. 당신이 여전히 병동에 있는 동안
나는 그것들을 치워놓았어. 당신은 그레이시와 함께 그것들을
만들었고, 그래서 당신이 병원에서 돌아왔을 때 그것들 때문에
속상해하는 걸 보고 싶지 않았거든. 정말 바보 같은 짓이었어.
당신은 은색 천사가 있든 없든 상관없이 언제나 속상했을 텐데
말이야.

우리는 그해에 크리스마스를 같이 보내지도 못했어. 난 아직 그때
선물들을 갖고 있어. 선물 포장이 되어 있지만, 받을 사람이 없네.
그레이스와 당신 거니까. 당신을 위해 준비한 건 정말 특별했는데
말이야. 언젠가는 당신에게 줄 수 있기를 바라. 만일의 경우를
대비해서 가지고 다니고 있어.

어쨌든, 1년이 지났어. 적어도 우리 둘은 아직 살아 있다고
생각해. 생명이 있는 곳에는 희망이 있잖아, 맞지? 당신은 오늘이
무슨 날인지도 모를 수 있을 것 같아.

당신에게 달력이 없을 수도 있으니까. 당신이 괜찮은지 모르겠어.
어쩌면 지금의 나보다 나을지도 모르겠네. 두 사람이 없으니 난
기분이 아주 우울해, 제스. 이렇게 외로웠던 적이 없는 것 같아.
올해 우리 아파트에는 장식이 전혀 없어. 장식을 해야 할 이유가
없으니까. 얼마나 비참한 일인지! 횡설수설해서 미안해.

당신에게 가장 필요 없는 게 내 넋두리를 듣는 일인데 말이야. 당신이 내 말을 듣고 있는지 모르겠지만, 한편으로는 못 듣는 게 나을지도 모르겠어. 내가 너무 한심하니까 말이야(내가 평소에 보이던 강한 남자의 모습이 아니지). 하지만 오늘은 그런 날이야. 나 자신이 너무 안됐고, 그리고 오늘 하루쯤은 그래도 되는 건지도 모르지.

함께하지 못해서, 서로에게 힘이 되지 못해서 아쉬워. 보고 싶어. 우리 아기가 죽은 지 1년이 지났다는 게 믿기지 않아. 난 매일 상황이 달랐더라면, 그때 우리가 그 자리에 있지 않았더라면, 하는 생각을 해. 이 모든 게 너무 무작위적이고 불공평하게 느껴져. 몇 분만 빠르거나 늦었어도 우리 삶은 계속되었겠지. 우리 딸은 이제 네 살이 됐을 거고, 우리는 함께 또 다른 크리스마스를 기대하고 있었겠지.

어쨌든, 마음 단단히 먹어, 제스. 생명이 있는 곳에 희망이 있는 법이니까. 우린 그걸 믿어야 해. 난 그냥 타임머신이 있어서 우리 모두를 위해 모든 걸 정상으로 되돌릴 수 있었으면 하고 바라. 언제나처럼, 자기야 사랑해.

2003년 12월 18일

조 xxx

✕ ✕ ✕

안녕, 제스.

제스, 있잖아! 나 지금 숙취에 시달리고 있어. 나만 그런 건 아닐 거야. 오늘은 새해 첫날이니까. 지난밤에 벨린다 집에 갔었어. 그녀는 오래된 지인들과 함께 있었고, 거기엔 어린 말라키도 있었어. 우린 몸에 안 좋은 짓을 좀 했어(벨린다는 예외야. 그녀는 평소와 같은 엄마였어!).

보드카가 많았고, 잭 다니엘도 분명 있었어. 카우보이 그림이 있는 술잔들로 하는 술 마시기 게임이 어렴풋이 기억나. 이 모든 게 실제보단 훨씬 더 재미있게 들리네. 근데 오늘 아침은 확실히 좋지 않아. 당신도 알지만, 난 평소에 술을 그렇게 많이 마시지 않잖아. 하지만 지나간 한 해가 형편없었던 데다 내 학교 친구들도 다들 거기 왔었어. 나로선 울적한 마음을 발산할 데가 필요했고. 게다가 난, 이건 다른 데서 얘기할만한 건 아닌데, 말라키와 함께 있는 벨린다를 보고 나서 이상한 느낌을 받았어. 질투심이 났어. 그녀가 아기와 함께 있는 것을 보았는데, 나도 내 아이를 원했고 질투가 났어. 이게 무슨 말도 안 되는 헛소리야? 나 약간 쓰레기 같은 인간 아닌가, 하고 생각하기 시작했어.

오늘 당신 어머니와 이야기했어. 정확히는 새벽 1시쯤에 당신 부모님과 이야기를 나눴지. 새해 복 많이 받으시라는 말을 전하고 싶었거든. 두 사람이 말했던 것처럼 난 너무 피곤하고 감정이 북받쳤던 것 같아. 바보 같았지 뭐야. 당신 아버지가 세 번째 전화를 끊었을 때 의도를 알아차렸어야 했는데. 하지만 나는 생각 없는 놈처럼 굴었어.

오늘 아침에 다시 전화해서 사과드렸는데, 당신 어머니는 이제

전화는 일절 그만하라고 하셨어. 찾아오는 것도, 당신을 보려는
것도 모두 그만두라고. 그런 일은 일어나지 않을 거라고 하셨어.
당신은 더 나아져야 하고, 그리고 보아하니 그 멋진 신세계에
내가 설 자리는 없는 것 같고, 또 그들을 굳이 괴롭힐 이유도 내겐
없으니까. 당신 어머니는 내 존재로 인해 나쁜 기억을 떠올리지
않아야 당신이 더 빨리 나을 것이라는 걸 당신이 알고 있고, 그게
당신이 원하는 거라고 말했어.

어머니의 말을 믿어야 할지, 확신이 서지 않아, 제스. 하지만
어쩌면 그건 그냥 희망 섞인 생각일 수도 있잖아. 내가 나를
속이고 있는 걸까?

내가 아는 거라곤, 내가 당신을 사랑하고 그리워한다는
것뿐이야. 당신이 보고 싶고 우리 딸이 보고 싶고 우리가
함께하는 삶이 그리워. 그런데 나는 당신을 본 지도, 이야기를
나눈 지도 벌써 6개월이 넘었고, 이 모든 편지와 카드에도
불구하고 답장 한 줄 받아보지 못했어.

나는 당신이 편지와 카드를 받아보고 있는 건지, 아니면
몸이 너무 허약해서 답장할 수가 없는 건지 모르겠어. 나는
지금으로선 계속 편지를 쓸 거야. 왜냐하면 내가 당신을 얼마나
사랑하는지 당신이 알아야 하니까. 내가 얼마나 당신을 위해
싸우고 싶어 하는지, 당신과 함께 싸우고 싶고, 당신이 낫도록
돕고 싶어 하는지 알아야 하니까. 얼마나 내가 당신의 옆에 있고
싶어 하는지 알아야 하니까.

어젯밤 벨린다는 내 불만 섞인 이야기를 듣더니 나더러 변호사를
만나봐야 한다고 말했어. 자기가 다니는 회사의 누군가가 도움을

줄 수 있을 거라고 말이야. 그녀는 내가 당신의 가족은 아니지만,
권리를 가질 만큼 충분히 오랫동안 당신과 함께 살았기 때문에
당신 부모님을 통해 당신이 어디에 있는지 알 수 있고, 내가
당신을 만나는 걸 허용하게 할 수 있다고 생각해. 그녀는 내가
법조계에 관련된 모든 사람을 불신하는 것을 멈추고, 나를
외부자로 보는 일을 멈추고, 행동을 시작해야 한다고 했어.
당신이 좋아하는 벨린다의 모습이지. 보통 사람에게 권력을!
이렇게 외치는 모습 말이야.
생각은 해보겠지만, 그게 맞는 건지 모르겠어. 제스, 당신이
정말로 많이 보고 싶어. 진짜로 그래. 하지만 난 당신 부모님이
그동안 내내 옳았던 건 아니지 않을까, 궁금해지기 시작했어.
내가 처음 당신을 만났을 때, 당신의 삶은 순조롭게 진행되고
있었어. 당신은 똑똑한 여자애였지. 근데 지금 당신을 보면,
때때로 모든 게 내 잘못이라는 생각이 들어. 첫날에 내가
당신에게 말을 걸지 않고, 당신 혼자서 바닥에 떨어진 화장품을
줍게 내버려 뒀더라면, 당신의 상황이 지금보다 낫지 않았을까,
하는 생각을 해. 당신은 창피를 당하고, 스트레스를 받았겠지만,
어쩌면 지금쯤 병원에 있는 대신 대학교를 졸업하고 놀라운
경력을 시작했을 수도 있어. 내가 당신을 혼자 내버려 뒀다면,
당신이 망가지지 않았을 것만 같아.
이건 정말 비참한 편지야, 안 그래? 난 참 재수 없게 침울한
놈이야. 어제 마신 술들이 한꺼번에 다시 몰려와서 날 괴롭히는
게 분명해. 어쩌면 난 좀 더 긍정적일 필요가 있어. 이제
2004년이야. 완전히 새로운 해야. 어떤 일이든 일어날 수 있어!

어쨌든, 잊지 마. 자기야, 사랑해—

2004년 1월 1일

술 취한 당신의 조 xxx

✕ ✕ ✕

안녕, 제스.

어젯밤 내 생일을 맞아서 사람들과 외출했어. 원래 내 계획은
종일 집에 있으면서 '이건 내 생일파티니까, 내 의지대로 비참한
놈이 될 거야'라는 분위기에 젖을 생각이었는데, 애들이 나를
술집으로 데려갔어. 시내 아치형 장식물 아래에 있는, 진짜
괜찮은 주크박스가 있는 술집 알지? 난 당신을 위해 노래를 몇 곡
틀었어. 거기엔 라몬즈 노래들도 있고, 그리고 펄프*의 〈디스코
2000(Disco 2000)〉도 있더라고. 벨린다는 술집 여기저기를
헤집고 다니면서 〈리듬은 마음속에 있어(Groove Is In the
Heart)〉**에 맞춰서 '날 봐, 난 유명 인사여야만 했어'라고 말하는
듯한 춤을 추었고, 맥주를 마시는 나이 든 남자들을 겁먹게 했어.
그러다 난 조금 슬퍼져서 〈아무것도 너와 비교가 안 돼(Nothing
Compares 2 U)〉***를 틀었어. 그건 제대로 된 파티 노래는
아니잖아.

그렇게 파티가 끝나고 집으로 돌아와서, 나는 당신이 아파트에

---

*   잉글랜드의 얼터너티브 록 밴드
**   뉴욕 기반의 댄스 및 하우스 뮤직 그룹인 디 라이트의 노래
***   아일랜드 출신 싱어송라이터 시네이드 오코너의 노래

있다고 생각하며 상상의 대화를 나눴어. 당신은 자기가 나를
얼마나 사랑하는지 말해 주었고, 치즈 토스트도 만들어줬어.
그리고 우린 소파에서 함께 잠들었어. 다만, 실제론 그러진
않았지만 말이야.

사랑해.

2004년 5월 8일

조 xxx

✕ ✕ ✕

안녕, 제스.

이상한 한 해였어, 안 그래? 우리가 그럴 수 없을 거라고 생각하는
때에도 삶은 계속 진행된다는 게 참 이상해. 우리가 그래서는
안 된다고 생각할 때도, 우리 자신의 존재에—지진으로 땅이
크게 갈라지고 항상 견고할 것이라 생각했던 건물과 물건이 모두
사라져서 커다란 구멍으로 빨려 들어가는 것과 같은—너무 큰
일이 일어나 모든 게 방해를 받았을 때도, 삶은 계속 진행된다는
게 참 이상해.

그러나 이 모든 일이 일어나고 있는 동안—자기 인생이 잔해
구덩이 안으로 빨려 들어가는 동안—당신 외에는 그 누구도 그걸
실제로 볼 수 없었어. 마치 그게 환각이나 대체 현실인 것처럼
말이야. 남들이 보기엔 당신은 그냥 평범해 보이거든.

영화에서 나온 시가 떠올라. 〈네 번의 결혼식(Four

Weddings》에서 나왔던, 모든 시계가 멈추는 것에 관한 시 말이야. 누가 썼는지 기억나지 않지만, 당신은 기억할 거라고 확신해. 시에서는 우리를 둘러싼 다른 사람들의 삶은 진행되고 있지만, 우리의 삶은 멈추었고, 비록 평범해 보일지라도 우리는 평범이라는 것에서 약 백만 광년 정도 떨어져 있다고 느끼잖아.

어쨌든, 내 상황은 좋지 않았어. 당신의 상황은 좀 나아졌기를 바라. 당신 부모님은 뭐 당연한 거지만, 이제 나와의 관계에서 막다른 골목에 다다랐어. 어쨌든 그들은 창고와 경찰과 관련된 일을 당신에게 분명 말해주겠지.

하지만 그건 내가 아니었어, 제스. 정말이야. 난 그런 짓을 하지 않아. 당신도 알잖아. 적어도 당신은 그걸 알기를 바라. 하지만 당신을 본 지 1년이 지났어. 난 당신이 변했을 거라고 확신하고, 그리고 나 역시도 변했어. 뭐 아주 많이는 아니지만.

아무튼 창고 관련 일은 내가 아니었어. 그건 크레이지 번치 부부네 집에 최근 들어온 위탁 아동들 가운데 한 명인 리엄이었어. 난 제정신이 아닌 상태로 거기에 갔고, 엄마 번치에게 불평불만을 늘어놓았어. 그다음에 일어난 일은 온 가족이 그 일에 달려드는 거였어. 그들은 전쟁 계획을 세웠고, 그건 미친 짓이었어. 그들이 어떤 사람인지 당신도 알잖아. 그들은 다른 사람이 목표물로 정해져 있지 않은 한, 서로를 죽도록 싫어하잖아. 그러다가도 공동의 적이 생기면 갑작스레 하나로 뭉치는 사람들이지.

불쌍한 리엄. 그 애는 이제 겨우 열다섯 살이야. 머리가 새빨간데, 아주 똑똑한 편은 아니야. 그가 그들과 함께 지낸 지는 몇 달밖에 되지 않았는데, 전형적인 '사람을 울고 싶게 만드는 사연'을 갖고 있었지. 개떡 같은 부모가 그 배경이야. 그리고 지금은 그 무리와 함께하고 있으니 해피엔딩이 될 가망성은 높지 않아.

그는 그들이 열을 내며 하는 말을 듣게 되었고, 당신 부모님에 대해 화가 잔뜩 났어. 그들은 상황을 거대한 계급 전쟁을 둘러싼 야단법석으로 바꾸었어. 내 생각엔 '보상'이라는 말도 나왔던 것 같아. 그리고 많이들 분노했어. 정말 이상하지만, 내가 99퍼센트 확실하게 말할 수 있는 건 그들이 실제로 나에 대해 전혀 신경 쓰지 않았다는 점이야. 그들은 지루했던 게 분명해.

그래서 이 불쌍하고 바보 같은 어린 리엄은 그날 밤 신념을 보여주기로 마음먹고는, 창고에 불을 질러 그 신념을 보여주었어. 확실히 당신 부모님은 그 신념이 뭔지 확인할 수 있었겠지, 안 그래? 내가 알기로는 그다음에 경찰이 개입했어. 당신 아버지는 청부 살인자를 고용할 준비가 되어 있었고, 당신 어머니는 전화상으로 눈물을 흘렸어. 결과적으로 모든 일이 그전보다 더 엉망으로 변했어.

그건 내가 한 일이 아니었어. 그리고 그 일이 일어났을 때 난 벨린다 집에 있었기 때문에 그럴 수도 없었어. 하지만 당신은 내가 경찰에 대해 어떻게 느끼는지 알잖아. 일이 있고 나서 경찰들이 우리에게 무례하게 군 건 아니었는데도, 그들이 문을 두드릴 때면 난 여전히 깜짝 놀라. 당신 아버지는 바보가 아니야. 비록 내가 범인이 아니었다 해도 그는 틀림없이 내가 관련돼 있다는 걸 알았어. 그는 언젠가 증명할 거라고, 내가 분명 그 모든 일을 계획한 거라는 사실을 증명할 거라고 말했어.

당신 아버지에게 범인이 누군지 말했더라면 차라리 모든 게 더 수월했을 텐데. 하지만 그런 식으로 리엄을 저버릴 순 없었어, 그렇잖아? 리엄은 어쨌든 내가 굳이 돕고 나서지 않아도 곧 곤경에 처할 거야. 하지만 나는 그를 밀고할 수 없었어.

난 리엄에게 크레이지 번치 부부와는 너무 얽히지 말라고, 그냥 음식과 잠자리를 얻기만 하고 그들이 하는 짓에 끌려들어 가지 말라고 경고하려 했어. 하지만, 그는 너무 어려. 좀 모자라기도 하고. 그는 단지 그들이 자신을 사랑하기를 원할 뿐이야. 그는 그들에게 그럴 능력이 없다는 걸 깨닫지 못해.

그러니 내가 어떻게 할 도리가 없어. 다른 한편으로 난 당신 부모님과 문제를 해결해보려 노력했지만—매우 놀랍게도(?)—난 그렇게 할 수가 없었어. 이미 벌어진 일에 정말로 속이 많이 상했어. 당신 어머니는 머그잔을 씻기 위해 부엌에 갔다가 정원에서 불이 난 것을 봤어. 당신 부모님들은 잠잘 준비를 하던 중이었던 것 같아(당신은 그 장면을 상상할 수 있을 거야. 퀼트 가운과 코코아에 더해 겨우 10시밖에 안 된 시각까지). 그녀는 겁에 질렸을 거야. 그런 일은 당신의 거주지에서는 일어나지 않으니까, 안 그래? 이곳이라면 금요일 밤에 차가 불에 타는 이상한 일이 발생해도 드문 일이 아니지만, 그곳은 그렇지 않으니까.

그래서 난 기분이 나빴어. 난 당신 부모님과 대화하려고 집으로 찾아갔지만, 당신 아버지는 현관 계단에서 나에게 소리를 질러댔어. 얼굴이 붉어졌고, 소리를 지를 때마다 침이 튀었어. 곧 폭발할 것만 같았어. 이웃 사람들이 무슨 생각을 할지 신경조차 쓰지 않는 것 같았는데, 그건 그답지 않은 거잖아.

솔직히, 나는 반박하거나 아니면 최소한 그들이 나에게서 당신을 떼어놓음으로써 얼마나 큰 피해를 주고 있는지 설명하고 싶었어. 하지만 나는 진심으로 당신 아버지가 아파 보인다고 생각했어. 쓰러지고 심장 마비를 일으킬 수도 있겠다고 생각했어. 그러고 나서 당신 아버지는 나를 인간쓰레기, 역겨운 부랑아라고 불렀고, 내가 당신의 인생을 망쳤다고 말했어. 그래도 여기까진 좋았어.

난 모든 게 진정될 줄 알았는데, 오늘 아침에 접근 금지 명령 통보를 받았어. 이건 별로 좋지 않아. 솔직히 말해서 당신 부모님과 떨어지는 건 어렵지 않아. 그들이 그게 당신의 선택이거나 당신을 위한 것이라고 나를 설득하려 들 때마다 나는 그들 말을 조금 더 믿게 돼. 그리고 그들을 믿는 게 날 힘들게 해. 그들 말을 믿는 건 내가 지진으로 생긴 구멍들로 삼켜지는 것 같은 느낌이거든.

창고와 관련한 일은 미안해. 내겐 가족과 다름없는 사람들이 그런 바보 멍청이라서 미안해. 욕해서 미안해. 자기가 여기 없어서 유감이고, 우리 딸 그레이시가 죽어서 유감이야. 모든 게 다 미안해.

하지만 당신을 사랑한 건 미안하지 않아.

2004년 6월 10일

조 xxx

✗ ✗ ✗

안녕, 제스.

생일 축하해. 껌 한 통도 넣었어! 당신이 어디에 있든 무엇을 하든, 잘 지내고 있기를 바라. 난 이 편지를 당신 부모님 집에 직접 전할 수가 없어. 성가신 접근 금지 명령은 여전히 강력하거든! 그래서 며칠 일찍 우편으로 보내. 당신이 제때 이 편지를 받았으면 해. 그게 아니라면 아예 받지 말았으면 해.

제스, 지금껏 생각을 좀 해봤는데, 아마 이것이 내가 쓰는 마지막 편지가 될 것 같아. 이건 당신에게 아주 큰 위안이 될 수도 있을 거야. 논리적으로 생각해보면, 당신이 이 편지들을 읽고 있으면서도 답장을 안 하는 건, 당신 인생에 내가 존재하는 것을 원하지 않기 때문일 거야. 그게 아니라면 당신이 편지를 받아보지 못하고 있는 거겠지. 이 경우라면, 루스와 콜린, 당신들이 이 편지를 읽고 있다면, 엿이나 먹어!!! 그리고 접근 금지 명령은 개나 줘버려! (확신하건대, 당신 부모님이 앞의 글을 읽는다면, 당신 아버지는 코웃음을 치며, 상스러운 언어는 상스러운 마음의 표시라며 소리치겠지. 그래서 반복할게. 엿이나 먹어!!!)

어쨌든. 당신이 편지를 보든 안 보든, 이제는 더 이상 계속할 수가 없어. 당신에게 하고 싶은 말이 너무 많은데, 그런 만큼 난 당신이 내 말을 듣고 있는 척해야 해. 시간이 지날수록 난 더 슬프고, 솔직히 말하면 다른 감정들도 느끼게 되거든. 마음이 아프고, 화가 나고, 외로워. 난 내 아기를 잃었고, 당신을 잃었어. 이 세계의 그 누구도 날 신경 쓰지 않는 것 같아. 나 버릇없는 놈처럼 들리지, 그렇지? 하지만 이 일을 계속할 순 없어. 그건 내게 좋지 않아. 그리고 변화가 좀 필요해.

나는 지금 집세가 밀렸어. 하지만 더는 신경 쓰지 않겠다는
결론에 다다랐어. 그곳은 우리 집, 나와 당신과 그레이시의
집이었어. 하지만 당신이 떠난 이후로는 더 이상 우리 집이
아니었어. 그냥 나 혼자 잠을 자고, 기다리고, 결국엔 모든 것이 잘
될 거라고, 나 자신을 설득하려고 애쓰는 곳일 뿐이었지.
그곳에서 하룻밤도 더는 보낼 수 없을 것 같아. 우리 소파에 앉게
되고, 우리의 음악을 듣게 되고, 부엌으로 들어가는 안전문과
전기 플러그에 한 특수 보호막, 우리 딸이 변기에 올라갈 때
사용했던 주황색 플라스틱 계단이 필요했던 날들을 기억하게
되니까. 나는 당신이 액자에 넣어둔, 우리 딸이 그린 그림을 계속
봐. 거기에서는 무지개 아래로 우리 세 사람이 있어. 난 거대한
거미처럼 보이고 당신의 미소는 실제 얼굴보다 더 크고, 또
우리에겐 검은 털 뭉치 래브라도가 있어(오히려 검정 민달팽이처럼
보인다고 해야 하나?).
그때는 모든 것이 너무 좋았어. 우린 너무 재미있었잖아. 나는
우리 딸이 단어들을 뒤섞는 방식을 좋아했었어. 그녀가 말을 할
때는 정말 진지해 보였거든. 그녀는 추울 때 우리가 라디에이터가
아니라 '라디오를 켜기'를 원했지. 그리고 그녀가 '노란색'을
'노난색'으로 말하는 것과 너무 길고 짜증 나는 베리 종류들의
발음을 모두 축약해서 말하는 것도 사랑스러웠어. 그래서 지금도
난 여전히 '스트로베리', '블루베리', 혹은 '라즈베리'를 '스트롭',
'블룹', '라습'이라고 말해. 그리고 그녀가 초콜릿 에끌레어가
실제로는 클레어라고 불리는, 초콜릿이 많이 들어간 케이크—
초콜릿 많은 클레어!—라고 생각한 건 또 어떻고. 며칠 전

슈퍼마켓에 갔을 때 에클레어 상자들을 보고 울음을 터트리고 말았어. 사람들은 내가 무슨 전염병에라도 걸린 것처럼 날 피해서 통로의 먼 곳으로 걸어갔지.

그녀가 우리 삶에 가져온 모든 웃음과 빛이 참 소중해. 그런 기억을 단 한 순간이라도 잊고 싶다고 말하는 게 아니야. 하지만 난 그녀의 장난감과 옷, 도라 백팩, 작은 라일락 침대, 그 토끼에 관한 책, 이 모든 것들의 한가운데에서 계속 살 순 없어.

그녀뿐만 아니라 당신도 마찬가지야. 난 당신이 너무 보고 싶고, 그래서 마치 그게 육체적인 고통처럼 느껴져. 누군가가 내 가슴 안으로 주먹을 넣고 내 심장을 손가락으로 움켜쥐는 것 같아.

난 당신을 너무 사랑해. 항상 그랬어. 당신이 내게 처음으로 말을 했을 때, '고마워'라고 했던 그 순간부터 난 당신에게 푹 빠졌었어.

그 후 첫 데이트를 하고 함께 밤을 보냈던 때, 그리고 아파트로 이사하고 그레이시를 낳았던 때, 고마워해야 할 사람은 바로 나였어. 나는 당신과 그레이시와 함께한 때가 가장 행복했어. 그렇게 누군가가 날 사랑하고, 원하고, 필요로 한다고 느껴본 적이 없어. 최악의 날들에도 늘 기쁨이 있었어.

하지만 지금은 누군가가 날 사랑하거나 원하거나 필요로 한다는 느낌이 전혀 없어. 가장 좋은 날에도 일말의 기쁨도 없어. 그레이스의 물건들처럼 당신의 일부는 여전히 여기에 있고, 난 그것 중 어떤 것과도 작별 인사를 할 수가 없어. 당신의 머리카락은 여전히 빗에 남아있고 당신의 립밤은 여전히 욕실에 있고, 당신이 만든 반짝이 천사는 여전히 침대 아래에 있어.

내가 한심하게 느껴질 때면 난 그 빗을 집어보고, 그 립밤 냄새를 맡아봐. 그건 당신의 일부니까.

우리가 딸을 잃은 순간, 모든 게 무너졌다는 걸 알아. 모든 것이 고장 났지. 하지만 당신이 끌려간 후, 상황은 더 나빠졌어. 처음에 나는 어떻게든 견뎠어. 당신이 집에 올 때를 위해 내가 강해지고 안정을 유지해야 한다고 생각했으니까. 심지어 난 우리가 다른 아기를 가질 수도 있을 거라고 생각했어. 그레이스는 영원히 대체할 수 없는 존재이지만, 우리는 어느 시점에는 그녀를 위해 남동생이나 여동생을 가지는 일에 대해 항상 이야기했었잖아, 안 그래?

하지만 지금은 당신이 병원에 간 지 1년도 넘었어. 그리고 난 당신이 집으로 돌아오더라도 이곳에 오지 않을 가능성에 대해서도 냉정하게 생각해야 해. 어쩌면 당신이 원하지 않거나, 혹은 그렇게 하는 것이 당신에게도 옳은 일일 수도 있겠지. 나는 당신이 어디에 있는지, 당신에게 무슨 일이 일어나고 있는지 더 많이 알아내려고 계속해서 노력했고, 편지를 썼고, 카드를 보냈고, 당신 부모님을 할 수 있는 한 최대한 압박했어. 지난주에 당신 어머니는 내게 전화로 당신의 상태가 괜찮고 나아지고 있지만, 여전히 치료가 필요하다고 말했어. 그리고 내가 당신 곁에 없다면 모든 일이 간단해질 거고, 그게 당신을 위해 좋을 거라는 말도 했어.

평소의 나라면 그 말을 듣고 반박했을 거야. 그런 말을 믿지 않았을 거야. 하지만 지금은 그게 사실일 수도 있다고 생각해. 내 안에 싸움을 계속할 만한 뭔가가 남아있지 않아. 나는 마치 터져버린 풍선 같아.

그래서 내린 결정은, 난 아파트를 내놓을 거야. 당신 물건들은 상자에 넣어 당신 어머니에게 가져가고 싶은지 물어볼 거야. 그레이시의 물건은 모두 상자에 넣어서 벨린다에게 보관해 달라고 할 거야. 벨린다는 말라키가 남자아이이긴 해도 몇 가지 물품은 사용도 할 거라고 했어. 그녀는 성별에 관한 고정 관념이 가부장적인 헛소리라고 생각하니까. 왜 작은 남자 인간이 분홍색을 좋아하면 안 되는 거지, 하고 묻는 사람이니까. 그녀가 어떤 사람인지 당신도 잘 알잖아.

그리고 난 짐을 싸서 이사를 나갈 생각이야. 아직 어디로 갈지는 100% 확신할 수 없지만, 더 이상 여기엔 남은 게 없어. 그러다 보니 세상은 넓고 어디든 갈 수 있겠지. 물론 그러고 싶지 않은 마음도 그만큼 크지만.

제스, 내 전화번호 갖고 있지? 혹시 가지고 있지 않거나 잊어버렸을 때를 대비해서, 이 편지 끝부분에 적어 둘게. 언젠가 당신이 원한다면 내게 전화할 수 있도록 말이야.

내가 여든 살이 될 때쯤이면, 모든 사람이 전화 통화가 마이크로칩을 통해 뇌세포로 직접 전달되는 새로운 기술을 사용하고 있을 거야. 하지만 난 여전히 작동이 가능한 노키아 핸드폰을 가진 유일한 사람일 테지.

어쩌면 언젠가는 노키아 핸드폰이 울리고, 나는 관절염에 걸린 손가락으로 핸드폰을 집어 들고 수화기 너머로 당신의 목소리를 듣게 될지도 모르지. 당신과 그레이스가 녹음해 둔 자동 응답기 메시지―당신은 진지한 목소리로 말하려 했지만

계속 킥킥거렸었지―말고 당신의 진짜 목소리를 다시 듣는다면
좋겠어.

당신이 이해해 주길, 상처받지 않길 바라. 그리고 언젠가 우리가
다시 만날 수 있기를 바라. 당신이 항상 알아주면 좋겠어. 자기야,
사랑해.

2004년 9월 10일

조 xxx

✕ ✕ ✕

안녕, 제스.

당신에게 마지막으로 편지를 쓴 지 여러 해가 지났네. 나에겐
그럴 만한 이유가 있었고, 당신에게 말하기 힘들 만큼 많은 일이
있었어.

나는 새로운 시작을 하려는 중이야. 내 인생을 완전히 바꾸려고
해. 내 마음속 깊은 곳에서 당신에게 마지막 편지 한 통을 보내지
않고서는 그렇게 할 수 없도록 막고 있는 것만 같아 편지를
써. 그동안 단 한 통이라도 당신이 편지를 읽었는지, 이 편지를
읽을지도 절대 알 수 없을 테지만 괜찮아. 당신이 듣고 있지
않다고 해도 난 작별 인사를 해야 해.

며칠 전 밤에 한 선술집에 있었는데, 당신과 너무나도 많이 닮은
여자를 보고는 그만 맥주잔을 떨어트리고 말았어. 맥주잔은
이미 내 손에서 미끄러져 부서졌고, 돌아선 그녀를 보자 당신과

완전히 다르다는 걸 깨달았어. 하지만 그때의 충격은, 그곳에서
당신을 본 충격은, 내가 떠나기 전에 한 번 더 편지를 써야 할
필요가 있음을 깨닫게 해줬어.

그날 밤 나는 깨어 있는 상태로 침대에 누워서 그게 당신이었다면
무슨 일이 일어났을까, 궁금했어. 어느 날 갑자기 우리의 길이
다시 교차한다면 무슨 일이 일어날까, 하고 말이야.

내가 내린 결론은 결국 날 슬프게 했지만, 그게 내가 필요로 하는
것일지도 모르지.

우리가 다시 만난다고 해도, 서로를 모를 수도 있을 것 같아.
우리가 헤어졌을 때 우린 아직 어렸고, 여전히 인생의 길을
더듬고 있었어. 그 이후로 당신에게 무슨 일이 일어났는지는 전혀
모르지만, 좋은 일만 있었길 진심으로 바라. 당신이 결혼했고,
여러 명의 자녀가 있고, 완전한 삶을 살고 있기를 바라.

나에겐 많은 일이 있었어. 나를 변화시킨 일들이야. 나는 예전의
조가 아니고, 당신도 예전의 제스가 아닐 거라고 확신해. 난
지금껏 당신을 사랑한 것처럼 다른 사람을 사랑한 적이 없어.
하지만 난 더 이상 그때의 남자가 아니야. 내가 본 것을 보지
않고, 내가 겪은 것을 경험하지 않고는 당신은 결코 새로운 나를
이해할 수 없을 거야. 내가 어떤 일들을 겪었는지 모르는 지금의
나를, 어떻게 당신이 사랑할 수 있겠어?

지난 몇 년 동안 나를 만든 최고점과 최저점을 당신에게 보여줄
수 있으면 좋겠어. 하지만 난 그럴 수가 없고, 그리고 앞으로도
그럴 수 없을 거야. 너무 많은 시간이 흘렀어. 너무 많은 일이
있었어.

그래서 나는 작별 인사를 하고 싶었어. 그리고 세상의
모든 근사한 것을 당신이 누리길 원하고, 나는 괜찮다고,
살아남았다고 말하고 싶었어.

지금 난 내 인생이라는 짐을 싸고 있어. 하지만 마지막 선물을
당신에게 보내고 싶었어. 이 소포에는 몇 가지 작은 메모가
들어 있어. 당신의 삶은 나에게 미스터리지만, 혹여 당신이
나를 필요로 한다면, 내가 할 수 있는 유일한 방법으로 당신의
인생 속에 있을 거야. 모든 봉투에는 표시가 되어 있고, 당신이
필요하다고 생각할 때 언제든지 열 수 있어. 난 당신이 조금이라도
이것들이 필요한 상황에 놓이지 않기를 바라지만, 이게 나의
마지막 마음, 나의 마지막 작별 인사라고 한다면, 의미 있는 걸로
만들고 싶어.

2013년 8월 20일

조 xxx

12

나는 오늘 아침 조가 보낸 자그마한 봉투들 —조가 보낸 진주처
럼 소중한 것들 —에 둘러싸인 채 일어났다. 개수로는 몇 개 정도가
되는데, 각각은 깔끔하게 포장이 되어 있고, 몇 가지 명확한 단어가
쓰여 있었다.

그는 〈이상한 나라의 앨리스(Alice in Wonderland)〉에서 일어날 법
한 일을 시도했는데, 모든 봉투에는 '슬플 때 읽어줘', '외로울 때 읽어
줘'와 같은 각기 다른 지시사항과 함께 다른 몇 가지도 더 있었다. 이
것들은 무덤 너머, 죽어서 묻힌 줄 알았던 연인에게서 온 것처럼 느껴
지는, 삶에 관한 작은 지침서다.

그가 말한 감정 하나하나가 나와 관련이 있는 것처럼 보였기에 한
꺼번에 다 열어보고 싶었지만, 나는 일부러 그렇게 하지 않았다. 전쟁
중에 먹는 오렌지처럼 하나씩 열어볼 작정이다.

정말 초현실적으로 느껴지는 건, 간신히 몇 시간 동안 괴로운 잠
을 자고 난 후 부어오른 내 눈에 가장 먼저 들어온 것이 '용감해져야

할 때 나를 읽어줘'라고 적힌 옅은 파란색 종이라는 점이다.

오늘 아침, 나는 용감하다는 생각이 들지 않았다. 지치고 화가 나고 혼란스러워서 일부는 그냥 포기하고 싶었다. 모든 것을 무시한 채, 점점 쪼그라드는 원들 속에서 삶이 평온하게 진행되도록 놔두고 싶었다.

나는 깨어나자마자 억지로 그가 편지에 휘갈겨 쓴 전화번호로 전화를 걸었다. 없는 전화번호라는 안내를 듣고서는 거의 안심하다시피 했다. 그가 실제로 응답했다면 어땠을까? 혹은 더 나쁘게 음성 메시지를 녹음하라는 그의 말이 나왔다면 어떻게 됐을까? 메시지를 남기기는 힘들었을 것이다. 나의 비겁함과 이 감정적인 전쟁터에서 퇴각하고 싶은 유혹에 경악했다. 그래서 나는 '용감해져야 할 때'가 적힌 옅은 파란색 봉투를 챙기고는 학교로 향했다.

나는 해파리 옷을 입은 여덟 살짜리 꼬마들에게 둘러싸인 채 학교 로비에 섰다. 시폰 레이스와 뒤따르는 리본이 많았다.

아이들 가운데 한 명이 울고 있었다. 엄마가 의상을 잘못 이해해 바다처럼 파랗게 칠해진 접시에 물고기 모양의 진짜 오렌지 젤리를 들려 보냈기 때문이다. 한 교사가 웃음을 참으려고 애쓰며, 그 여자애를 위로하려고 고군분투하고 있었다.

조례와 체육수업 시간에 이용하는 나무 광택제와 공예 접착제 냄새가 나는 근처 홀에서는 더 어린아이들이 상어 가면과 판지로 된 지느러미를 쓰고 있었고, 6학년 학생들은 세계에서 가장 지루한 선원들처럼 보였다.

나는 잠이 부족했고, 커피를 너무 많이 마신 탓에 다소 흥분한 상태였다. 나는 오늘이 학기 말 공연을 위한 드레스 리허설이 있는 날이라는 걸 잊고 있었는데, 이 물속 이상한 나라가 초현실적인 감각을 더

해주었다.

해파리가 내 주위에서 춤을 추고 있고, 밝은색 레깅스와 반짝이는 망토가 여러 색깔의 만화경을 이루고 있었다. 나는 두 팔을 허공으로 치켜든 채 그들과 함께 빙빙 돌았다. 그 모습에 그들은 킥킥거리며 손가락질을 했다.

"월쇼 선생님, 선생님은 해파리가 될 수 없어요! 당신은 너무 늙었어요!" 그들 중 한 명이 숨을 헐떡이며 말했다.

"누가 그래?" 나는 팔을 빙글빙글 돌리는 속도를 두 배로 늘려, 그 애를 뒤쫓으며 대답했다. "나는 여왕 해파리일 수도 있어!"

"여왕은 머리가 희고 항상 화난 것처럼 보여요. 그러니 선생님은 여왕이 될 수 없어요. 왜냐하면 선생님은 머리가 노란색이고 항상 행복해 보이니까요!"

그러고 나니 기분이 조금 좋아졌다. 나는 손을 흔들어 작별 인사를 건네고는, 교무실에 도착할 때까지 해파리 춤을 추었다.

내 뒤의 소음 — 수다와 노래, 발을 동동 구르며 질서를 지키라고 이따금 외쳐대는 선생님의 고함 — 은 내가 교감 선생님과 함께 쓰는 사무실을 향해 갈수록 점점 희미해졌다.

아이들의 데시벨 측정을 거부하는 왁자지껄함, 학교 식당에서 나는 냄새, 종소리, 의자 긁는 소리, 쉬는 시간 운동장에서 들려오는 야성적인 기쁨의 비명에도 불구하고 이곳은 집 같은 느낌이 들었다.

나는 병원에서 집으로 돌아오고 2년이 지난 후부터 자원봉사자로 일을 시작했다. 딸을 잃고서 거의 죽을 뻔했던 상황에서 아이들과 함께하는 건 이상한 선택이었다. 하지만 나는 그게 옳은 선택이라고 느꼈다. 어린애들이 가진 단순함과 즐거움에 대한 개방성은 전염성이 있는 데다 그때 내게는 약간의 단순함이 필요했으니까.

특별난 자격이 없었던 것에 더해, 일한 경험도 없고 더군다나 정신병원에서 두 해 정도를 보낸 나는 고용주가 탐낼 만한 인재가 아니었다.

당시 교장이었던 코비 부인은 내가 더 큰 세상에 있어야 할 필요성을 이해하는 친절한 사람이었고, 그녀는 내가 문해력 수업을 도울 수 있게 해주었다. 나는 아이들이 읽는 것을 들어주고, 글쓰기를 배울 수 있게 도와주었다. 나는 〈그루팔로(The Gruffalo)〉*를 한 3백만 번 정도 들었고, 아직도 암송할 수 있다.

그 일은 모금 행사를 돕거나 방과 후 활동을 조직하는 것으로 커졌고, 결국 채용으로 이어졌다. 현재 코비 부인은 은퇴했고, 나는 '학부모와 학교 간 연락 지원 책임자'로 일하고 있다(직책 이름이 길어서 발음이 쉽지 않다. 그렇지 않은가?).

나의 주된 일은 가족들, 선생님들, 그리고 학교 세계에 관련된 모든 사람과 모든 일이 더욱 잘 이뤄지게끔 노력하는 것이다. 난 내 일을 좋아한다. 이곳의 분위기도, 아이들도, 입학식에서는 조그마하던 아이들이 결국에는 세상으로 나아가는 모습을 보는 것도 좋았다.

나는 종종 그러한 아이들을 시내에서 마주치곤 하는데, 내 기억 속에서는 꾀죄죄한 네 살짜리 소년으로 기억되는—항상 콧물을 흘리고 한쪽 양말은 올라가 있고 다른 한쪽 양말은 내려와 있는 아이였던—누군가가 다 큰 어른의 목소리로 내게 말을 걸어올 때면, 내가 아주 오래된 사람처럼 느껴지곤 했다.

하지만 내 일에는(직업들 대부분이 그러할 것이라 생각되긴 하지만) 사람의 마음을 힘들게 하는 측면들도 있는데, 특히 아이들이 피해를 볼 정

＊　　어린이용 그림책

도로 가정이 무너지는 것을 볼 때면 참을 수 없이 슬펐다. 관계가 무너지고 자신을 챙기기 위해 고군분투하며 어린애들은 신경 쓰지 않는 부모를 봤을 때. 건강 문제. 정서적 문제가 있을 때 또는 누군가가 갑자기 사망할 때도 그렇다. 이곳은 살벌한 도심은 아니지만 그래도 여전히 많은 문제가 있었다.

학교의 많은 사람들은 당연히 오늘은 내가 집에 있을 것이라 예상했을 것이다. 어머니 장례식이 끝난 다음 날이니까. 하지만 나는 이곳에 와야 했다. 나를 향해 포효하며 다가오고 있다고 느끼는 거대한 변화의 쓰나미가 아니라, 일과 다른 사람들을 중심으로 돌아가는 다른 무언가를 해야만 했다.

나는 혼자 있는 시간을 이용해서 봉투를 꺼냈다. '용감해져야 할 때 나를 읽어줘'. 아이러니하게도 이 봉투를 열어보려면, 난 용감해져야 한다.

나는 나의 나약함에 역겨워하며 한숨을 내쉬고는 봉투를 열었다. 안에는 조의 글씨체로 채워진 작은 흰색 카드가 들어있었다.

제스, 당신은 내가 만난 사람 중에서 가장 용감한 사람이야.
당신은 나의 어려운 삶과 함께하기 위해서, 손쉬운 삶에서
떠나왔어. 그리고 당신을 겁에 질리게 하는 장소에서 나와의
새로운 삶을 꾸리기 위해 안전한 집을 떠나왔어.
당신은 아이에서 엄마로 변했고, 부모님과 맞섰고, 두려움을
절대 드러내지 않았어. 당신은 용감하고 강인한 힘을 가졌어.
용기를 내. 내가 그렇다고 말해서가 아니라, 그게 바로 당신이기
때문이야.

어느새 눈은 눈물로 그렁그렁해지고, 나는 그가 휘갈겨 쓴 글씨를 손가락으로 만지며 그의 말이 맞다는 것을, 내가 이 모든 것을 감당할 만큼 충분히 용감하다는 것을 확신하려 애썼다.

"괜찮아요? 뭘 읽고 있어요?" 뒤쪽에서 목소리가 들려왔다. 교감인 앨리슨이었다.

"아무것도 아니에요." 나는 카드를 다시 봉투에 넣으며 말했다. 아무도 이것을 보지 않기를 바랐다. 이 카드는 내 것이자, 나와 조의 것이다.

"일급 비밀이에요? 근데 학교엔 어쩐 일이에요?"

앨리슨은 나보다 30센티미터 정도 키가 작았고 훨씬 동글해서, 꼭 껴안고 싶게 만드는 할리우드 버전의 요정 대모처럼 보였다. 글래스고 억양이 강하고 빈정거리는 일에는 도가 튼 사람이었는데, 이것은 빙그레 웃는 웃음과 마법 가루를 기대하는 사람들을 혼란스럽게 했다.

"정리할 게 있어서요. 그리고 나는 루이스에 관한 회의 때문에라도 오고 싶었어요. 더불어 진짜 해파리와 함께 있는 그 여자애가 보고 싶었다고 할 수 있겠죠?"

앨리슨은 얼굴을 찡그리며 말했다. "가여운 사람……. 어쨌든, 루이스 일 말인데요. 부모님들이 와서 우릴 기다리고 있어요. 정말 괜찮겠어요?"

나는 고개를 끄덕이고는, 그녀를 따라 회의실로 주로 사용하는 무채색 페인트를 칠한 방으로 들어갔다. 오늘 우리는 루이스 미첼이라는 어린 소년과 그의 '학대적이고 파괴적인' 행동을 두고 제기된 불만을 논의할 참이다. 불만을 제기한 학부모 두 명이 학교를 찾아왔고, 우리는 그들을 맞이했다.

나는 앨리슨이 완벽하게 정중한, '우리는 당신들의 우려를 매우 진지하게 받아들이고 있습니다'라고 하는 표정을 짓는 걸 보았다.

나는 회의의 첫 번째 단계에서는 침묵하며 가만히 듣고 있었고, 대신 앨리슨이 상대방들이 하는 여러 불만 섞인 말들을 들어주며 회의를 이끌도록 내버려 두었다.

두 여자에 따르면 루이스 미첼은 사탄의 자식이다. 그는 무례하고, 욕을 하고, 아이들을 때리고, 발로 차고, 밀었다. 특히 그는 두 아이를 괴롭히는데, 그들은 루이스 손에 굴욕을 당한 뒤 눈물을 흘리며 집에 돌아왔다고 한다. 나로서는 이런 말을 덧붙여야겠다. 그래 봐야 고작 일곱 살밖에 되지 않은 루이스의 손일 뿐이다. 그가 사이코패스라고 한들 그저 아이에 불과하다.

두 여자가 자신들의 전략을 제대로 가다듬기 위해 사전에 모의했음을 암시하는 방식으로 서로를 돕고 상대방의 문장을 대신 완성해 주는 동안 내 눈은 탁자 너머 두 여자의 얼굴을 응시했다. 아마도 마을의 장인이 운영하는 고급 제과점 겸 커피숍이나 프랑스식 비스트로에서 만났거나, 아니면 마을 오른편에 있는 멋진 집들 가운데 한 곳에서 샤르도네 한 잔을 마셨는지도 모른다.

루이스 미첼의 엄마는 이곳에 없었다. 그녀는 지난주 말에 루이스보다 어린 두 자녀와 함께 어수선한 분위기를 풍기며 학교로 찾아왔다. 아마도 가지고 있는 옷 중에서 가장 비싼 것으로 추정되는 옷을 입은 채 울음을 참으려고 안간힘을 썼다. 그녀는 스파에서 한 달을 보내고 나서도 내니 맥피*의 방문이 필요한 사람처럼 보였다.

---

*　〈우리 유모는 마법사(Nanny McPhee)〉라는 판타지 영화에 나오는 마법을 쓰는 주인공

그녀는 몇 주 전에 어머니를 잃었는데, 남편은 같이 오지 않았다. 분명 그녀는 근사한 삶을 살고 있지 않았다. 그녀는 존 루이스 백화점으로 간단히 점심을 먹으러 가거나 세이셸로의 여행을 계획하지 않았다. 또한 학교까지 걸어서 2분이면 되는 거리를 레인지로버를 타고 오지도 않았다.

여자들 사이의 대조는 더 이상 강할 수 없었으며, 이곳 인근에서 살아가는 일의 이중성을 압축적으로 보여주었다.

"게다가요." 엄마 중 한 명이 아주 비밀스러운 무언가를 말하려는 듯 목소리를 낮추고는 우리 쪽으로 몸을 기울이며 말했다. "그 아이의 머리에 이가 있다는 이야기를 들었습니다. 나는 누굴 비난하고 싶지도 않고 분명 그 가난한 아이의 잘못도 아니지만, 조치가 필요한 지점은 분명 있으리라고 생각합니다."

결국 나를 자극하는 것은 그 거만하고 진실하지 못한 '가난한 아이'라는 말이었다. 내 손가락은 주머니 안에 있는 조의 카드—나를 용감해지게 하려고 그가 쓴 편지—를 꽉 쥐고 있었다.

루이스는 어린애고, 가난하다. 그리고 가난하다는 그 점이 궁극적으로 이 여자들이 문제 삼는 것이었다. 그는 불편한 지저분함으로 중산층 전원을 망치고 있는, 공영 주택단지 아이들 가운데 한 명이다.

나는 고개를 끄덕인 뒤 미소를 지으며 재빨리 내 사무실에 가서 뭔가를 가져오겠다고 정중하게 설명한 뒤 회의실을 나섰다. 그리고 돌아와 잠시 문밖에 서서 심호흡을 했다. 이것이 올바른 싸움인지 자신에게 물었다. 이곳이 용감해져야 할 올바른 장소인지 물었다.

뭐, 아닐 수도 있지만, 시작하기에 좋은 곳이라고 결론 내렸다. 나는 회의실로 들어선 뒤 우리 사이에 놓인 탁자 위에 접힌 쇼핑백들을 한가득 쏟아냈다. 그 모습에 앨리슨은 혼란스러워했고, 다른 여자들 역시 마찬가지였다.

"이게 뭘까요?" 나는 아래쪽으로 손짓하며 그들을 향해 조용히 물었다.

"음…… 쇼핑백이요?" 엄마들 가운데 한 명이 말했다. 그녀의 완벽하게 드라이한 단발머리가 까닥였다.

"네, 좋습니다. 어떤 종류인가요?"

"아…… 웨이트로즈* 쇼핑백 같은데요. 조합 쇼핑백도 두어 개 있고요. 이게 무슨 상관이 있는 건지 물어봐도 될까요?"

나는 앨리슨을 흘끗 보고, 그녀가 고개를 흔드는 모습을 보았다. 그녀는 그러지 말라는 기색을 확연히 내비치며, 눈을 가늘게 떠서 자신의 뜻을 전하려 했다. 하지만 나는 그녀를 보며 미안하다는 듯 씩 웃었다.

나는 하지 말라는 그 말을 시작할 참이다.

"음……." 나는 다시 앉으며 말을 이었다. "제가 책상 서랍에 보관하는 쇼핑백들이니 관련이 있습니다. 아침에 특정 아이들에게 주려고 보관합니다. 특히 이번 학기에는 루이스 미첼에게 주려고 보관해 왔습니다. 자, 그런데 루이스는 무료 학교 급식을 먹을 자격이 있습니다. 이게 여러분을 놀라게 할 일은 아니겠죠. 하지만 이건 충격적이지 않습니까? 이 현대 사회에서 루이스와 같은 아이들이 밥을 먹으려면 우리의 허락이 필요하다는 사실 말입니다."

나는 옆에 있는 앨리슨이 긴장하는 것을 느꼈고, 엄마들의 얼굴에서 보이는 이해할 수 없다는 표정을 보았다. 그들은 자신들이 모욕을 당하고 있다는 것을 어렴풋이 아는 듯했지만, 정확히 그게 뭔지는 모

---

* 슈퍼마켓 이름

르는 듯했다.

"하지만 루이스는 학교 급식을 좋아하지 않습니다. 그는 구내식당 분위기가 너무 압도적이라고 여깁니다. 루이스는 아직 진단을 받고 있는 중입니다. 루카스 부인, 올리가 난독증이라고 생각했을 때 받았던 검사 비용을 개인이 감당할 수 없다면, 진단에는 시간이 아주 오래 걸립니다. 올리는 난독증이 아닌 걸로 판명이 났죠. 어쨌든, 난 아마도 루이스가 ADHD* 진단을 받지 않을까 생각합니다. 그는 가만히 앉아 있질 못하고, 정신은 정처 없이 방황합니다. 때때로 수업 도중에 맘대로 일어나 연필을 깎기도 합니다. 안아주면 과하게 열광하고, 심심하면 그냥 딴짓을 해서 따분함을 해소하려고 합니다. 하지만 루이스는 또한 친절하고 배려심이 많습니다. 함께 어울리면 재미있습니다. 사실 그는 교사와 아이들 대부분에게 인기가 높습니다. 대부분은 그렇습니다. 하지만 어머님들 아이들은 아니죠?"

"네, 아니에요." 루카스 부인이 콧구멍을 살짝 치켜들며 대답한다. "그리고 문제가 있는 모든 아이에게 연민을 느끼지만, 그렇다고 해서 그게 우리 아이들을 괴롭혀도 된다는 걸 의미하진 않습니다!"

"그는 괴롭히지 않습니다. 그건 순 거짓말이에요." 내가 조용히 대답했다.

잠시 정지하는 순간, 두 사람은 헉하며 숨을 멈추었다. 앨리슨이 내 팔에 손을 얹는 걸 느꼈지만, 나는 팔을 살포시 빼내었다. 나는 용감하다. 나는 통제 불능이 아니다.

"완전히 개소리입니다. 왜냐하면 그 반에 애들을 괴롭히는 사람이 있다고 한다면 그건 올리와 조쉬이기 때문입니다. 진심입니다만, 나

---

*   주의력 결핍 및 과잉 행동 장애

는 우리가 아이들을 두고 이런 말을 해서는 안 된다는 것을 알지만, 그 애들은 둘 다 절대적으로 멍청이입니다. 아직 어리기 때문에 바뀔 시간이 있을 것 같긴 합니다만, 내가 당신들이라면 동네에 있는 고양이 실종 포스터에 신경을 쓰겠습니다. 지금부터 그들을 위한 법률 비용을 모으는 일을 시작할 겁니다."

엄마들이 나를 빤히 쳐다보며 아주 빠르게 눈을 깜빡였다. 앨리슨은 사과의 말을 하고는, 의자를 바닥에다 긁으며 뒤로 밀었다. 하지만 나는 꿈쩍하지 않고 그대로 앉아 있었다.

"자, 제가 말이 좀 심했죠? 솔직히 말해서 제 진심은 아닙니다. 올리와 조쉬는 그렇게까지 나쁘지 않습니다. 약간 버릇없고 자만심이 있긴 해도요. 루이스가 쉬운 목표이기 때문에 괴롭히는 겁니다. 저는 그들이 사악하지 않고, 연쇄 살인범이 되지 않을 거라고 90% 정도 확신합니다. 은행가나 정치인이 될 수도 있겠죠. 하지만 당신들의 아이를 비방하는 게 기분이 좋지는 않죠, 그렇죠? 루이스와 그의 엄마에게 여러분들이 한 것처럼, 이미 어려운 처지에 있는 사람이 비난을 받는다면, 그게 당사자에게 기분 좋은 일일 수는 없는 거 아니겠습니까, 안 그런가요? 루이스 어머니는 최선을 다하고 있습니다. 그리고 솔직히 난 당신들 같은 사람들이 떠드는 잘난 척하는 자기 만족적인 헛소리가 지겨워요. 당신들은 애들이 커서 사립학교에 갈 때 드는 거액의 돈을 모으기 위해 자녀들을 여기에 보내는 것뿐입니다. 당신들은 그녀가 가난하고 임대주택에 살고, 일상을 버텨내기 위해 고군분투하기 때문에 그녀보다 당신들이 낫다고 생각하지만, 그렇지 않습니다. 당신의 아이들도 마찬가지고요."

루카스 부인은 얼굴이 시뻘게진 채, 나를 목 졸라 죽이고 싶은 표정이었다. 울고 있는 다른 엄마는, 화가 나서 우는 것인지 뼈아픈 진실 때문에 우는 것인지 확신할 수 없었다.

앨리슨은 물리적으로 나를 탁자에서 문 쪽으로 밀기 시작했다. 팅커벨처럼 생긴 사람치고는 의외로 힘이 셌다. 앨리슨은 자리를 뜨면서 두 여자에게 사과했고, 나는 출입구 근처에 도착할 때까지 그녀에 손에 의해 순순히 떠밀리도록 두었다.

그러고는 출입구에 도착하기 전, 나는 돌아서서 앨리슨을 멈추게 하기 위해 그녀의 발을 밟으며 말했다.

"쇼핑백은 뭐야, 하는 생각을 하고 있으시겠죠. 루이스의 엄마는 아이 점심을 알디* 쇼핑백에다 담아서 보냈습니다. 당신의 아들들은 이번 학년 내내 그와 다른 두 명의 아이들을 괴롭혔습니다. 알디는 가난한 사람들이 이용합니다. 차브**, 공영주택 인간쓰레기, 복지혜택 사기꾼, 아버지가 실업 수당을 받는 패배자들이 그들이죠. 그래서 그런 가게 쇼핑백 중 하나를 사용하거나, 가치가 없다고 판단되는 다른 장소의 쇼핑백을 사용하는 모든 애들은 공개적으로 굴욕감을 느낍니다. 우리가 좀 더 일찍 이 문제를 처리했어야 했는데, 루이스의 엄마는 한 번도 학교에 와서 화를 내며 난리를 피우지 않았습니다. 아마 루이스도 말하지 않았을 겁니다. 하지만 나는 무슨 일이 벌어지고 있는지 알고 나서는 그를 보호하기 위해 내가 집에서 가져온 비싼 쇼핑백을 그의 것과 바꿔치기하기 시작했습니다. 그러니, 축하합니다. 연쇄 살인범을 키우지 않았을 수도 있지만 이미 속물을 키웠습니다!"

나는 회의실 밖으로 빠져나와 벽에 기댄 채 심호흡을 했다. 리허설이 있는 곳에서 노래하는 소리가 들려왔다. 인어와 일각고래, 마법의

---

*　　슈퍼마켓 브랜드 이름
**　　저급한 패션과 취향을 즐기는 일탈 청소년들, 또는 그 문화를 일컫는 말

섬에 관한 노래였다.

앨리슨은 부글부글 끓는 엄마들에게 곧 돌아오겠다고 약속하며 부드럽게 문을 닫았다. 내 앞에 선 그녀와 눈을 마주쳤다. 아마 그녀는 크게 화를 낼 것이다. 잘하면 해고 통보이고 최악의 경우에는 내 몸을 찢어발기겠다는 위협적인 언사가 있을 테지.

그런데 그녀는 내가 생각한 상황과는 반대로, 두 손을 입에 대고 웃음을 터뜨렸다. 그러고는 틀어막은 웃음소리가 들리지 않게 하기 위한 예방 조치로 몇 걸음 물러났다.

"세상에, 제스." 그녀는 눈가에 눈물이 어릴 정도로 재밌어하며 말했다. "이건 내가 본 가장 재밌는 장면 중 하나예요. 제스가 저 여자들에게 자기네 똥강아지들이 실제로 어떤지를 말했을 때 그들의 표정 말이에요! 대단했어요!"

"그들을 '똥강아지들'이라고 부르면 안 될 텐데요."

"그럼 안 되죠. '개소리'와 '헛소리'라는 말 역시 사용하면 안 된다고 생각하는데요. 이봐요. 제스, 괜찮아요? 저 안에서 당신은 예전과 너무 달랐어요."

"괜찮은지 모르겠어요." 나는 입술을 깨물며 솔직하게 말했다. "하지만 미안하지 않다는 건 알아요. 글쎄요, 당신을 저 안에서 무시한 건 미안해요. 하지만 내가 한 말에 대해서는 미안하지 않아요. 내 생각엔…… 학기 나머지 동안 좀 쉬어야 할 것 같아요, 앨리슨."

"진심이에요?" 그녀는 아치형 눈썹을 치켜올리며 말한다. "당신 말이 맞을지도 모르겠네요. 난 다시 회의실로 돌아가서 피해 관리 작업을 할 겁니다. 당신이 며칠 전에 어머니를 잃었고, 그래서 충격을 심하게 받은 관계로 휴가를 갔다고 말할 수 있겠네요……. 다 괜찮을 겁니다. 그래도 우리가 제대로 된 대화를 나눌 수 있도록 잠시만 기다려

줘요."

"좋아요. 어쨌든 해야 할 서류 작업도 있어요. 일이 잘 해결되길 바랄게요. 루이스를 위해서요."

"그는 괜찮을 겁니다. 그리고 난 정말로 그 알디 쇼핑백 이야기 이해 못 하겠어요. 당신은 이해해요? 거기엔 괜찮은 치즈가 있거든요."

그녀는 나를 향해 엄지손가락을 치켜세우고는 심호흡을 했다. 그리고 다시 암사자들의 굴로 들어가며 공손하고 경청하는 얼굴을 되찾는다.

나는 갈등이 빚어진 상황에 얼굴이 붉어진 채, 내 사무실을 향해 천천히 걸었다. 나는 용감했다. 나는 작은 잘못을 바로잡으려고 시도했다.

이제 나는 훨씬 더 용감해져야 한다. 그리고 오래전 조에게 그리고 나에게 행해진 훨씬 더 큰 잘못을 바로잡아야 한다.

이제는 쓰나미를 피하려는 시도를 멈출 때이다. 바닷속으로 뛰어들어, 파도를 타고, 물결이 나를 어디로 데려가는지 주시해야 할 시간이다.

나는 핸드폰을 집어 들고 마이클에게 전화를 걸었다. 그는 전화를 받으며 이렇게 말했다. "히맨과 쉬라*가 사는 고통의 집입니다. 뭘 도와드릴까요?"

"친애하는 사촌 동생. 나와 함께 자동차 여행 한번 떠나보는 거 어때?"

---

* 미국 애니메이션 주인공으로 영웅적 역할을 담당하는 여자와 남자를 말한다. 여기서는 마이클의 부모님을 빗댄 말이다.

13

"누나가 자동차 여행이라고 했을 때⋯⋯." 마이클은 차를 주차하며 불평을 늘어놓는다. "난 뭔가 이국적인 걸 생각했었어. 소프트톱*을 몰고서 캘리포니아 해안을 따라 달리거나, 아니면 토스카나 지방을 따라가는 여행, 몬테네그로의 비탈진 길을 지나갈 때 내 머리카락을 스치는 바람, 뭐 이런 거 말이야. 모스 사이드는 진짜 생각도 못했네. 내가 옷은 제대로 입었는지 모르겠네."

"앓는 소리 그만해." 나는 단호하게 말하며, 그를 보고 옅게 웃었다. "그리고 네 복장이 어울리는 곳은 어디에도 없어."

그는 불쾌하다는 듯 눈을 굴리며, 형형색색의 네온 야자수가 장식된, 눈길을 확 끄는 리넨 프린트 셔츠를 매끈하게 폈다. 그는 리넨 반바지에다 진한 분홍색 에스파드리유**를 신어 복장을 완성했다. 아마

---

*   지붕을 열 수 있는 자동차
**   끈을 발목에 감고 신는 캔버스화

그의 부모님은 절대 이런 복장을 본 적이 없을 것이다.

"기숙사 계약 기간은 언제까지야?" 나는 그가 차에서 긴 다리를 빼내는 모습을 보며 물었다. 그는 법대생으로서 마지막 해를 막 마쳤고, 기숙사에서 나와 부모님 집으로 돌아갈 예정이었다.

"기숙사 계약은 10일 전에 만료됐어. 그때부터 아는 애들 집 소파에서 자고 있어. 난 집으로 돌아갈 수 없어. 내 말은, 이런 멋진 옷들을 입을 수가 없잖아, 안 그래?"

"원한다면 나와 함께 지내도 돼." 나는 어깨를 으쓱하며 말했다. "하지만 경고해 두겠는데, 오전 9시 이전에 내 얼굴 앞에서 그런 복장을 하면, 우리 엄마가 쓰던 집게로 널 공격할 가능성이 매우 커."

그는 공포에 질린 듯한 표정을 지어 보이고는, 전화를 확인하는 나를 따른다.

"난 항상 그 집게가 무서웠어……. 관절염에 걸린 가학성애자들을 위한 일종의 고문 도구처럼 보였거든……. 하지만 고마워. 누나의 제안 받아들일게. 만약 누나가 아픈 척하거나 엄마의 죽음으로 인해 정신적으로 너무 힘들다는 척을 한다면, 모양새가 보기에 아주 좋겠지. 그럼 나의 관대한 마음에서 누나네로 이사한다고 말할 수 있을 테니까."

"부모님이 유머 감각이 없는 복제 로봇이라서가 아니고?"

"그것도 그렇긴 해. 우리 도착한 거야? 여기야?"

우리는 최근에 개조된, 큰 빅토리아 시대 건물의 테라스 앞에 도착했다. 벽돌들은 깨끗하고 깔끔하게 작업되어 있었고, 창문은 새것으로 정문은 원색 광택이 나는 선명한 색깔들로 칠해져 있었다.

모든 것이 꽤 화려해 보였다. 나는 많이 변한 맨체스터 지역의 모습에 깜짝 놀랐다. 단골 방문객은 아니었지만—이곳은 조의 양부모가 살았던 곳이었고, 우리 둘 다 그들을 만나는 게 달갑지 않았다 — 그래도 나는 변화를 알아차릴 수 있었다.

이곳 전체 지역은 수백 개의 테라스식 주택들로 둘러싸인 오래된 맨체스터 시티 축구장 가까이에 있었고, 활기찬 지역 문화와 운동복을 우습게 쳐다보면 얼굴에다 총을 쏠 것 같은 사람들이 이상하게 혼합되어 있었다. 갱단, 총기, 마약에 대한 평판 등은 이 동네를 대표하는 전부는 아니지만, 90년대 후반 처음 이곳에 왔을 때도 존재했었다.

구글이 알려준 바에 따르면 축구 클럽은 이제 사라졌고, 새 주택들과 학교가 들어선 모양이다.

테라스와 케밥 가게, 마권업자는 여전히 남아있었지만, 누군가가 내 얼굴에 총을 쏠 것 같은 느낌은 들지 않았다. 물론 아직 시간은 있었다.

우리 앞에 보이는 장식된 건물들은 다양한 커뮤니티 협회, 클럽, 기업체들의 중심지다. 폴란드식 카페, 정원과 유기농 식품과 관련이 있는 곳과 소말리아 센터가 있고, 창문에 카리브해 카니발 포스터가 나붙어 있는 또 다른 건물도 있었다.

우리가 찾아온 곳은 줄 한가운데에 위치한 밝은 빨간색 문이 달린 '비엘엠(BLM)과 동료들 법률사무소'라는 곳이다. 왜 여기서부터 시작하기로 마음먹었는지는 모르겠다. 아마도 찾기 쉬워서가 이유일 것이다. 어쩌면 그를 아는 사람과 먼저 이야기를 나눠봐야겠다고 생각했기 때문일 수도 있다. 그를 사랑한 사람과, 그가 지금 어디에 있는지 알 만한 사람과.

나는 어떤 환대를 받게 될지 예측하기 힘들었다. 약속을 잡기 위해 전화를 걸었을 때 접수원이 내 이름을 받아 적었고, 방문 목적을 '개인적'인 것이라고 말하자, 더 이상 자세한 내용을 묻지 않았다. 사실 그녀는 약속을 잡아 주고는 전화를 끊어버렸다.

한때는 말이 되던 많은 것들처럼, 지금 이 방문은 좋지 않은 결정처럼 느껴지기도 했다. 내가 거의 인지하거나 기억하지 못하는 이 동네에 서자, 신경이 날카로워지는 것을 느꼈고, 내가 마치 꼭두각시이고 누군가 내 줄을 끊은 것처럼 무릎이 덜덜 떨려왔다. 나는 시간과 공간을 통해 잊힌 땅으로의, 위험이 도사리고 있는 곳으로의 여행에 착수하는 중이다. 이 여행은 잘 풀릴 수도 있고, 기습공격을 당할 수도 있다.

물론 여기서 퇴각할 수도 있다. 마이클에게 집으로 데려다 달라고 부탁한 뒤, 집 앞 정원에서 축하의 의미의 모닥불을 피우고, 성가신 편지와 카드, 기타 종이로 된 영혼 고문 장치들을 모두 태워버릴 수도 있다. 나는 모든 것을 연기로 만들어 버릴 수 있고, 남은 생애 동안 십자말풀이 책 정도의 도전적인 일에만 집중할 수도 있다.

내 속의 일부는 그냥 그렇게 하고 싶다는 유혹을 느끼며, 두려움과 자기혐오, 용감해질 필요 때문에 목에서는 타는 듯한 신물이 느껴졌다. 어제 학교 회의에서 느꼈던 뜨거움과 분노를 조금이나마 불러낼 수 있으면 좋겠다고 바라지만, 마치 어른인 척하는 아이처럼 오히려 내가 나약하고 어리석은 느낌이 들었다. 과거는 과거일 뿐이다. 정확히 그대로 두는 편이 관련된 모든 이에게 좋을지도 모른다.

내가 패배를 인정하고 마이클에게 여기서 나가게 해달라고 요청하려는 순간, 비엘엠 법률사무소의 문이 열렸다. 스키니 진과 홀치기염색을 한 보라색 티셔츠를 입은, 키가 크고 건장한 여성이 가슴 위로 팔짱을 낀 채 계단 위에 서 있었다.

"무슨 일이야?" 그녀의 양쪽 입가에 옅은 미소가 걸려 있었다. "흑인 여자를 처음 보나 봐, 베이비 스파이스?"

14

사무실 내부는 깨끗하지만 어수선했다. 게시판에는 정치 집회부터 살사 강습, 명상 그룹에 이르기까지 온갖 포스터와 전단지가 붙어 있었다.

우리는 벨린다를 따라 주요 작업 공간인 방으로 들어섰다. 방에는 책상과 손님을 위한 작은 탁자가 놓여 있었고, 컴퓨터와 전화기, 그리고 이상하게도 엑스박스에 연결된 뒤죽박죽으로 돌돌 말린 전선들이 있었다.

모든 가구를 합친 것보다 더 비싸 보이는 커피머신이 있고, 반짝이는 녹색 잎을 가진 거대한 몬스테라도 있었다. 나는 몬스테라를 잠시 응시했다. 머릿속에서는 뭔가 이상한 점이 있다고 말하는 듯했지만, 그게 무엇인지는 인식할 수 없었다.

그다음 순간 나는 길게 갈라진 잎 몇 개가 학교 공예 시간에 사용하는, 흑백으로 된 희번덕이는 플라스틱 눈들로 장식되어 있음을 깨달았다.

"둥그렇게 뜬 플라스틱 눈들은 모든 걸 더 좋아 보이게 만들지."

나는 손을 뻗어 나뭇잎 중 하나를 만지며 말했다.

"좌우명이라고 할 만한 말이네." 훈련받은 바리스타처럼 우리에게 커피를 만들어주면서 벨린다가 대답한다. "네 티셔츠에다 인쇄해서 입고 다녀."

마이클은 창턱의 재떨이에 있는 작은 콘 향, 공연 티켓과 함께 게시판에 고정된 감사 카드, 찢겨 나온 신문 기사, 지역 테이크아웃 메뉴를 훑어보고 있었다.

책상은 바닥에 아무렇게나 쌓여있는 파일 더미들로 둘러싸여 있는데, 소규모 판지 눈사태가 일어나기를 기다리고 있는 것만 같다. 열려 있는 노트북의 뒷면은 무작위로 고른, 다양한 크기의 둥그렇게 뜬 플라스틱 눈 모양들로 장식되어 있어서, 마치 만화에 나오는 이상하고 보이지 않는 동물들이 우리를 감시하고 있는 것처럼 보였다.

마이클은 자신이 방문했거나 상상했던 어떤 법률사무소와도 닮지 않은 이곳에 매료된 게 분명해 보였다.

그의 아버지가 운영하는 법률사무소는 가죽으로 장정한 책들과 압지 패드, 불길한 침묵으로 가득 찬 차분하고 답답한 장소였고, 그곳에서 하는 모든 잡담은 경박하며 시간과 에너지를 낭비하는 것으로 간주되었다.

사무실로 들어서자 북유럽 데스메탈 밴드의 목소리가 벽을 흔들고 있었고, 벨린다는 고맙게도 우리의 예민한 귀를 위해 볼륨을 낮춰주었다. 하지만 여전히 음악은 재생 중이었고, 목이 찢어질 듯 비명처럼 '악마'라는 단어를 반복적으로 내지르는 소리를 듣자 마이클의 눈이 점점 커졌다.

"미안해. 내 종교적 신념이 널 화나게 한 건 아니었으면 좋겠는데?" 그녀가 그의 표정을 알아차리며 말한다.

"오! 음…… 아니에요. 당연히 아니죠! 악마숭배는…… 음, 그들은 항상 좋은 망토를 가지고 있는 것 같던데요?" 그는 말을 더듬으며 커피를 받아들었다. 그러나 곧장 커피를 손에다 쏟고 말았다.

"장난치는 거야, 마이클." 나는 자리에 앉으며 말했다. 그리고 내 말이 맞기를 바란다. 내가 그녀를 만난 이후 몇 년 동안, 그녀는 아마도 진보 쪽 성향으로 바뀌었을 것이다. 많은 시간이 흘렀다.

그녀는 어쩐지 예전과 똑같으면서도 또 다르게 보였다. 그녀는 조금 살이 쪘거나, 어쩌면 더 강해 보이는 것 같기도 했다. 콘로 머리는 짧게 자른 자연스러운 모습으로 대체되었는데, 곱슬한 머리카락을 너무 두피에 가깝게 바싹 잘라서 거의 면도를 한 것처럼 보였다.

"응, 맞아. 마이클." 벨린다가 확인해준다. 그녀는 내 맞은편에 앉으며, 내가 방금 그녀에게 한 것과 거의 같은 방식으로 나를 향해 시선을 던진다. "장난친 거야. 하지만 망토는 나한테도 잘 어울릴 거야."

그는 머무를지 말지 아직 결정을 내리지 못한 듯 우리 뒤를 맴돌았다. 벨린다는 의자를 가리켰고, 그는 잘 훈련된 강아지처럼 즉시 그 의자로 가서 앉았다. 우리가 처음 만났을 때 내가 그랬던 것처럼, 그가 실제로 그녀를 무서워한다는 걸 깨닫고 나는 웃음을 참으려 애썼다.

"그런데 비엘엠 법률사무소에서 비엘엠은 뭘 의미하는 거예요?" 그는 새로운 환경에 적응하려고 애쓰며 열감이 동반된 자각의 기미에 젖어 평소보다 약간 더 높은 톤으로 말했다.

"블랙 라이브스 매터(Black Lives Matter). 흑인 목숨도 소중하다는 뜻이야." 그녀는 진중하게 대답했고, 안전한 곳을 찾으려는 그의 시도를 좌절시켰다.

"그렇군요. 네, 물론이죠! 그런 거죠. 당연히."

"딱히 확신에 차 보이진 않는데." 벨린다가 대답하며 그를 향해 눈을 가늘게 뜬다.

그가 백인 죄책감*과 분노로 말 그대로 폭발하기 직전, 내가 끼어든다. "여전히 장난치는 거야, 마이클."

"맞아, 마이클." 그녀는 그의 표정을 보고 콧소리를 섞어가며 웃음을 터트린다. 벨린다의 웃음은 전염성이 강했고, 나 역시도 정말 그녀의 웃음에 동참하고 싶었다. 하지만 그녀의 가시 돋친 유머의 표적이 되는 게 그다지 재미있는 일이 아니라는 것을 나는 경험을 통해 알고 있었다.

"실제로는 약간 부끄러운 걸 의미해." 그녀는 인정했다. 아마도 자신이 얼마나 그를 어색하게 만들었는지 깨달아서일 것이다. "벨린다 러브즈 말라키(Belinda Loves Malachi), 다시 말해 '벨린다는 말라키를 사랑해'라는 말의 약자야. 말은 내 아들이야. 내가 처음 법률사무소를 시작했을 때는 생활용품 잡화점 위에 달린 지저분한 사무실이었어. 말은 아주 어렸고, 나에게는 같이 일할 동료도 없었어. 나는 이 말이 나를 더 있어 보이게 하고 더 진지하게 받아들여줄 수 있는 가능성이 있다고 생각했어. 널 긁어 먹어서 미안해. 여기 앉아 있는 베이비 스파이스처럼 너한텐 안 그러기가 힘드네."

"음, 누난 확실히 무서운 스파이스예요." 그가 반박하고 나서 잠시 생각해본 후 덧붙인다. "그리고 분명히 말하자면, 그건 누나가 흑인이기 때문이 아니라 누나가 무섭기 때문이에요."

"인정해." 그녀는 자신의 살인 미소 중 하나를 그에게 내보이며 말

---

* 백인이 행한 인종차별에 대해 백인이 느끼는 죄책감

한다. 그건 아무 생각 없이 보게 되면 언제나 사람을 무장 해제시키는 미소였다. 그녀는 나에게로 시선을 돌린다. 그러자 그녀의 눈에서 웃음기가 사라졌다.

"근데, 제스, 오랜만이야. 무슨 말부터 시작해야 할지 모르겠네. 네가 전화했을 때 너무 놀라서 접수 담당자 행세를 멈출 뻔했어."

"네가 접수 담당자 행세를 한다고?"

"응, 진짜 접수 담당자를 고용할 수 없으니까. 근데 접수 담당자 행세를 하는 사람은 사랑스러워. 케이트라는 이름의 매우 효율적인 여자야. 난 그저 약간 고급스러운 억양만 쓰면 돼. 그러면 다들 깜빡 속더라고! 근데…… 제스, 너 진짜로 여기 왜 왔어? 법률 조언을 받으러 온 건 아닐 거라는 생각이 드는데."

"응, 그래." 나는 입술에서 한숨이 새어 나오는 걸 느끼며 말했다. 해야 할 말도 많고, 설명할 것도 많았다. 이 모든 게 나에겐 힘든 일이었다. 나는 가장 중요한 부분부터 시작하기로 했다.

"최근에 우리 엄마가 돌아가셨어. 장례식 날 마이클과 나는 다락방에서 조의 편지들이 담긴 숨겨진 상자를 발견했고. 부모님은 내게 그가 이사했다고 말했어. 그는 할 만큼 했고, 그리고 더는 그 상황에 대처할 수가 없었다고. 그래서 런던에서 새 출발을 하기 위해 날 떠났다고 말했어."

"네 부모님이 그렇게 말했어?" 그녀는 짧은 손톱으로 탁자 상판을 톡톡 치며 말한다. 감정을 유일하게 드러내는 곳은 콧구멍인데, 살짝 벌어져 있었다. "조가…… 널 버렸다고?"

"그렇게 말했어. 난 이유를 모르겠고, 그들 중 누구도 물어볼 사람이 없어. 난 결코 알지 못할 거야. 하지만 넌 우리 부모님이 항상 그에 대해 어떻게 느꼈는지 기억하잖아."

"응, 기억해. 예전에도 그게 싫었고, 지금도 싫어. 그러니까, 편지들은 다른 이야기를 들려주었나 봐?"

"응, 맞아." 나는 최대한 침착하고 사실적이고 객관적인 태도를 유지하려고 노력하면서 대답했다. 나는 내 삶을 형성한 거짓말에 대해 가장 오래된 친구 중 한 명과 이야기하는 게 아니라 증거를 제시하는 법정에 있다고 상상했다. "그리고 이제 나는 그가 날 떠난 게 아니라는 걸 알아. 그리고 또 그가 그 모든 시간 동안 내가 그를 떠난 것인지, 아니면 적어도 그를 더는 원하지 않았던 것인지 궁금해했다는 것도 알아."

벨린다는 맹렬하게 그리고 리드미컬하게 손가락으로 손바닥을 긁어 댄다. 배경 음악은 고문하는 것 같은 기타 독주 소리로, 온 방을 휘감았다. 그녀는 창문을 바라본 뒤 문을, 탁자를 보고는, 마지막으로 나를 쳐다보았다.

"해야 할 이야기기가 너무 많네. 내 특별한 서랍의 도움이 조금 필요할 것 같군."

그녀는 서류 캐비닛으로 성큼성큼 걸어가 브랜디 한 병을 꺼냈다. 그러곤 자신의 머그잔에 제법 많은 술을 붓고는, 물어보지도 않고 나와 마이클을 위한 커피잔에다가도 부었다.

"젠장." 그녀는 브랜디를 크게 한 모금 들이켠 후 말했다. "엉망진창이군……. 그때 네게 무슨 일이 있었던 거야, 제스? 난 몇 년 동안 널 미워하지 않으려 애썼어. 난 네가 딸을 잃었다는 사실을 내내 상기했어. 나도 말을 잃게 된다면 무슨 짓이든 할 거라는 걸 알고 있으니까. 그래서 네가 아팠다는 사실을, 네가 망가졌고, 그 어떤 것도 네가 선택한 게 아니었다는 사실을 떠올렸어……. 하지만 조를 보는 건 힘들었어, 알아? 처음에 그는 강인하게 버텼어. 널 위해서 그래야만 한다고 그는 말했어. 하지만 시간이 지날수록 무너지기 시작했어. 네 부모님은 그를 차단했어. 그리고 법적 절차라면 그가 어떻게 생각하는지 너도 알잖아. 어렸을 때 있었던 모든 일들 때문에, 그는 누구도 믿을 수가 없었어……. 그래서 나는 그가 안에서부터 천천히 썩어가는 모습을 지켜봐야 했어……. 그는 항상 너에 대해 이야기했어. 널 얼마나 사랑하는지 말했고, 결국에는 모든 게 잘 될 거라는 말을 했고, 자신의 믿음이 얼마나 강한지 말했어."

그녀는 잠시 말을 멈추고는, 술을 조금 더 마셨다. 나는 그녀의 검은 눈에서 눈물이 빛을 내는 걸 보았다. 그런 그녀의 모습은 내게도 비슷한 자극으로 반응했다. 나는 그녀의 말을 듣는 게 싫었다. 그가 얼마나 고통을 겪었는지 듣는 게 싫었다. 하지만 나는 그에게 빚을 지고 있고, 그건 적어도 내가 가라앉은 그리고 느릿느릿 움직이는 안개 같은 세상 속에 사는 동안 그의 세계에 무슨 일이 일어났는지 듣고, 이해하고, 봐야만 한다는 것을 의미한다.

"하지만 결국 그도 계속해서 믿음을 지킬 순 없었어……. 네 엄마는 네가 그를 원하지 않는다고 말했어. 네 아빠는…… 음, 어떤 일이 있었는데, 너 알아? 경찰이 개입했었어. 접근 금지 명령이 떨어졌었지. 그리고 소위 그의 가족이라는 사람들은 그를 도와주지 않았어. 실제론 우리 중 누구도 그를 도와주지 않았어……. 우리는 모두 아직 어린애였어, 그렇지 않아? 아이들이 아이들과 함께했지. 아이를 잃는 문제에 대처하려고 애쓰는 아이들. 어른들에 의해 망가지고 있던 세상을 항해하려고 애쓰는 아이들. 맙소사, 상황이 달랐더라면 좋았을 텐데……. 그 당시에 내가 지금 가지고 있는 기술이 있었더라면 좋았을 텐데, 하는 생각이 들어. 그랬다면 모든 게 달라질 수 있었을 거야."

나는 탁자 건너편으로 손을 뻗어 그녀의 두 손을 손안에다 잡고, 그녀의 손가락을 꽉 쥐었다. 그녀는 후회의 구렁텅이로 빠져들고 있었다. 그녀를 그렇게 놔두는 건 공정한 처사가 아니었다.

"그건 네 잘못이 아니야." 나는 단호하게 말했다. "나도 이미 '만약에, 만약에' 하고 가정하는 게임을 했고, 그 게임에서 이기는 건 불가능해. 내가 더 강했더라면 좋았을 텐데. 내가 좀 더 빨리 도움을 요청했더라면 좋았을 텐데. 내 부모님이 그런 속물이 아니었으면 좋았을 텐데. 만약에…… 우리가 그 시간에 그 쇼핑센터 밖에 있지 않았더라면 좋았을 텐데. 이런 식의 게임 말이야. 그 어떤 것도 무언가를 바꿀 수 없고, 지금 현 상황에 영향을 미칠 수 없어. 아, 그리고 아까 네 질문에 대답하자면, 나는 그 시간 내내 병원에 있었어. 나는 의사들이 복잡한 형태의 슬픔이라고 부르는 것에 더해 PTSD 진단을 받았어. 건강을 되찾기까지는 긴 시간이 걸렸고, 많은 약물과 치료가 필요했어. 그건 내 삶의 아주 많은 부분을 가져갔어. 부모님은 날 사랑했지만, 결코 조가 내 곁에 있는 걸 원치 않았어. 그들이 그를 용인하게 만든 건 그레이시뿐이었어. 내가 자살을 시도할 정도로 취약했던 시기에 엄마는 날 보호하기 위해서 그런 일을 했다는 믿음을 가져야만 했어. 그건 옳지 않았지만, 난 그 일로 그들을 미워하면서 내 삶을 낭비하는 일을 더는 할 수 없었어."

나는 말을 하면서도 내 말의 진실성을 인식한다. 부모님은 혐오스러운 일을 했다. 하지만 그들을 미워하는 것은 내가 이미 겪어야 했던 엄청난 고통과 불행을 가중할 뿐이었다. 나는 그들이 그때 했던 일이 아니라, 지금 내가 할 수 있는 일에 집중해야 한다.

"우리 엄마도 미친 짓을 했어. 하지만 적어도 그녀는, 너도 알다시피, 실제로 미쳤었다는 핑계가 있으셨지……." 그녀가 반쯤 웃으며 말한다.

"어머닌 어떠셔?" 내가 물었다. 동시에 벨린다 어머니의 갑작스럽고 생생한 이미지가 마음속에 떠오른다. 그녀는 네온 핑크색 튀튀를 입고 그레이스를 품에 안은 채 〈라이언 킹(The Lion King)〉의 주제곡 〈생명의 순환(Circle of Life)〉을 부르며 그들의 작은 공영임대주택의 정원을 뛰어다녔다. 지금 와서 보면 그녀가 벌인 좀 더 센 정도의 미치광이 소동 중 하나였다. 나는 또 그녀가 며칠 뒤 이불로 몸을 싼 채로 거실의 창문을 통해 빗속을 응시하면서, 말도 하지 않고 조용히 침묵을 지키던 모습을, 완전히 혼자였던 모습을 기억한다.

"사실 아주 잘 지내." 벨린다가 활짝 웃으며 대답한다. "지난 수년 동안 약물 치료가 훨씬 좋아졌고, 적어도 이제 사람들은 조울증을 더 잘 이해해. 우리 엄마는 단순히 거리의 미친 여자가 아니야. 그녀는 재혼했고, 남편도 좋은 사람이야. 그리고…… 미안해. 네가 이런 말을 들어야 할 필요는 없는데. 미안해, 제스. 네 부모님이 돌아가신 거 말이야. 그들이 그런 멍청이라서 미안하고, 네가 그레이시와 조를 잃게 돼서 미안해. 우리가 널 찾지 못해서 미안해."

"날 찾았다면 무슨 일을 하려고 한 건데? 날 탈옥이라도 시키려고 했어?"

"응. 강도들 나오는 영화처럼, 우린 영리한 계획을 세우고 널 세탁 바구니에 담아서 몰래 빼냈을 거야……"

"웃긴 말처럼 들리겠지만, 병원은 내게 적합한 곳이었어. 적어도 시작하기엔 좋았어. 그리고 그곳은 그리 끔찍하지 않았어. 아무튼…… 네 어머니가 건강하시다니 기뻐. 정말이야. 그녀는 항상 친절했어. 말은 어때? 아니면…… 지금은 아이가 더 있어?"

"아니, 하나로 충분해. 그 애는…… 짜증 나. 그리고 멋져. 여름 방학 동안 어느 빌어먹을 고아원에서 일하겠다고, 인도로 갔어."

"아주 이기적인 놈이네." 나는 싱긋 웃으며 말한다.

"그러니까 말이야! 요즘 젊은이답지, 그렇지? 하지만 마음속으로는 기뻐. 그 애는 일찍 에이레벨(A-level)을 마쳤고, 원한다면 나중에 대학교에 갈 수도 있어. 그 애에겐 올바른 선택이었지만, 난 그 애가 떠나는 걸 보고 슬펐어. 난 항상 빈 둥지 증후군*이 시간이 남아도는 중산층 엄마들이 지어낸 신화라고 생각했었거든. 근데 일전에 내가 인터넷으로 식료품을 주문하다가 팟누들, 우유, 퀸 소시지 롤이 필요하지 않다는 사실을 떠올렸어. 그건 나를 더 슬프게 만들었고."

"알 것 같아." 나는 다음에 무슨 일이 일어날지 짐작하며 대답했다. 나는 그녀가 자신의 마지막 문장들을 곰곰이 생각할 것임을, 자신이 무신경했던 것에 대해 걱정하리라는 것을, 아이를 잃은 여자인 나와 같은 방에 앉아 있으면서 아이와 관련해서 처한 자신의 상황에 대해 불평했다는 것에 대해 걱정하리라는 걸 안다. 나는 그림자가 그녀의 얼굴을 가로지르기를 기다렸다가 재빨리 덧붙였다. "미안하다고 말하지 마. 난 괜찮아."

마이클은 우리가 대화하는 내내 침묵을 지켰다. 그러면서 우리가 대화하는 것을 지켜보며 한 사람에게서 다른 사람에게로 시선을 옮길 뿐이었다.

"알았어, 제스. 하지만 미안해. 난 네가 결혼도 하지 않았고, 아이들도 더는 없었다는 가정하에서 말하고 있었어. 구글에서 널 찾아보려고 했는데, 온라인에서 너의 존재감은 영에 가까운 것 같더라고."

"맞아, 난 특수작전 임무를 수행 중인 CIA 요원이거든."

---

* 자녀가 독립하여 집을 떠난 뒤 부모나 양육자가 경험하는 슬픔, 외로움과 상실감

"그건 아닐 텐데, 그렇지?"

"응, 아니야. 사람들이 나한테 연락하는 게 싫어서 그래. 그리고 난 바빴어……. 엄마가 돌아가시기 전에 오랫동안 아팠거든. 뇌졸중이셨어. 아주 심했어. 병 때문에 엄마는 본모습을 많이 잃으셨어."

"그건 정말 안 좋은 일이네. 브랜디 좀 더 줄까?"

그녀는 자기 잔에다 술을 더 따르며 묻는다. 나는 고개를 저었다. 마이클은 유혹을 느낀다는 걸 알 수 있었고, 적정량을 넘을 것인가를 두고 그의 내면에서 벌어지는 논쟁을 거의 들을 수 있었다. 하지만 그는 현명한 결론에 도달하며 머그잔 위로 손을 덮었다.

"오늘 우리 만남은 이상하고 슬프지만, 그래도 또 조금은 좋았어. 그런데 내가 실제로 널 위해 뭘 해줄 수 있을까, 제스?"

"난 조를 찾고 싶어, 벨린다. 그리고 네가 날 도와줬으면 좋겠어. 너는 그가 어디에 있는지 알아?"

그녀는 슬픈 듯이 고개를 가로젓는다. 그리고 나는 품고 있었는지조차 몰랐던 한 조각의 희망이 내 안에 있었음을 깨달았다. 비록 큰 희망은 아니었지만, 아주 작은 희망도 사람을 죽일 수 있다.

"아니, 몰라. 그를 찾는 건 내가 도와줄 수 있지만, 마지막으로 그와 이야기를 나눈 게 벌써 여러 해 전이야. 아마도…… 2008년쯤인가, 그랬을 거야. 그는 더블린에 있었고, 다른 장소들을 언급하기도 했어. 근데 뭔가 느낌이 달랐어. 더 경계심이 강해졌고, 마치 이곳에서의 삶을 잊으려고 하는 것 같았어. 난 메시지를 남겼고, 그가 실제로 전화도 했었어. 왜냐하면…… 내가 너에 관한 말을 했기 때문이었어."

그녀는 이 말을 한 후에 곧바로 일어났다. 나는 그녀가 핸드폰을 만지작거리는 소리를 들었다. 음악이 바뀌고, 데스메탈은 니나 시몬*의 노래로 대체되었다. 어떻게든 그녀가 나를 달래주려고 저러는 건가, 하는 생각이 들었다.

"나를? 왜 나에 대해 말했어?" 나는 그녀가 처음으로 다리를 꼬고 앉아 있다는 걸 알아차리며 물었다. 그녀의 팔은 접혀서 무릎 위에 얹혀 있었고, 그녀의 눈은 내 눈을 정면으로 보고 있지 않았다.

"내가 널 봤기 때문이야. 맨체스터 시티 센터에서 널 보았는데, 넌 킹스트리트에서 쇼핑을 하고 있었어. 그리고 넌…… 좋아 보였어. 정말로 좋아 보였어."

"어떻게 보이는 것만으로 알 수 있었어?" 나는 날짜와 장소들, 엽서와 편지들을 머릿속으로 짜 맞추며 말했다. 내 목소리는 의도했던 것보다 더 날카롭게 나왔다.

"당연하게도 난 알 수 없었어, 제스. 하지만 넌 괜찮아 보였어. 넌 네 엄마와 함께 있었고, 분명 병원에 있지 않았어. 그리고 넌 건강하고 활달해 보였어. 널 마지막으로 봤던 때, 네가 그레이스의 유아용 침대에서 자고 일주일 동안 아무것도 먹지 못했던 때의 너랑 비교하면 아주 많이 나아진 거였어. 그래서 난 내가 본 걸 그에게 말했어. 그는 마음속으로 그 모든 것을 따져보는 것처럼 잠시 침묵을 지켰고, 그러고 나서 그는 네가 좋아져서 기쁘다고, 전화를 끊어야겠다고 말했어. 그게 다였어. 다시는 그에게서 소식을 듣지 못했어. 그의 전화번호는 더 이상 없는 번호가 되었고, 그는 사라졌어. 나도 여러 해 동안 그를 생각해왔어. 그가 어디에 있는지, 내가 그를 찾아봐야 하는 건 아닌가, 궁금했어. 너에게 연락해야 하는 건 아닌가, 하는 생각도 했어.

---

*   미국의 흑인 재즈 가수

그렇지만…… 뭐, 변명처럼 들리겠지만, 내 인생도 바빴어. 내겐 엄마
와 말이 있었고, 일도 해야 했고. 나는 그 모든 일을 해야만―"

"괜찮아." 나는 그녀의 말을 잘랐다. "네 잘못이 아니야. 우린 네가
책임져야 할 사람이 아니야. 하지만 설명이 되는 부분이 있네. 그는 나
도 모르게 한동안 연락을 유지했어. 그해에는 내 생일에 껌 한 통과
함께 편지를 보냈어. 껌과 관련된 거 기억해? 어쨌든, 그는 우편엽서
를 편지와 함께 보냈고, 이전의 모든 엽서에는 '네가 여기 함께 있었으
면 좋겠어'라고 적었었어. 그런데 그 우편엽서에다가는 '자기가 여기
에 함께 있었으면 좋겠지만, 난 자기가 앞으로 그러지 않으리라는 걸
알아. 그래서 자기가 행복한 것으로 만족하려고 해'라고 적었어. 이후
그는 그레이스를 위해 두 장의 생일 카드를 더 보냈고, 한동안은 그걸
로 끝이었어. 난 왜 그의 생각이 바뀌었는지 몰랐는데, 지금 보니 알
겠어. 그는 내가 잘 지내고, 건강하고, 활달하다고 생각했고, 맨체스
터에서 보통의 삶을 살고 있다고 생각했었던 거야. 그런데도 내가 그
에게 연락을 안 했다고 생각했던 거야. 아마도 그동안 그는 내가 할 수
있다면, 그를 찾을 거라고 생각하고 있었을 거야."

우리 세 사람 사이에 침묵이 흘렀다. 니나 시몬은 실은 기분이 좋
은데도 불구하고 처절한 목소리를 성공적으로 내고 있었다. 우리 중
누구도 기분 좋은 사람은 없었다. 마이클은 조를 알지도 못하지만, 그
가 벌어진 상황의 의미를 파악했다는 걸 알 수 있었다. 그것은 마음의
상처, 실망감, 당신이 잊었고, 당신이 세상에서 가장 사랑했던 사람에
게 버림을 받았다는 사실을 발견하는 일의 외로움이다.

나는 그것이 어떤 느낌인지 정확히 안다. 그게 내게 일어난 일이었
기 때문이다. 나의 고통은 적어도 환경과 격렬한 의학적 관리로 인해
무뎌졌지만, 그는 혼자서 그런 것들과 맞서야 했다.

"오, 세상에." 나는 먼 곳 어딘가에 앉아 그 전화 통화를 하고 있었을 그를 생각하며 손을 가슴 위로 가져다 대었다. "가엾은 조."

벨린다는 고개를 끄덕였다. 그녀는 지금 그와 그의 고통, 그리고 그것을 야기한 그녀의 의도하지 않은 역할을 생각하며 대놓고 눈물을 흘렸다.

"난 그냥 그가 알아야 한다고 생각했어……. 왜 그랬는지는 모르겠어. 넌 좋아 보였고, 그리고 난 그게 그에게 위로가 될 것이라 생각했어. 그는 널 너무나 걱정했으니까. 난 바보야. 전혀 생각 못했어. 난 어디서 가십거리를 주워듣고 나서 그 결과를 생각해보지도 않고 남들에게 말하는 아이와 같았어. 정말 미안해. 우린…… 그를 찾아야 해."

나는 고개를 끄덕이고, 입술을 깨물며 내 눈물을 원망했다. 전혀 도움이 안 되니 니나가 입을 다물었으면 좋겠다고, 시간을 되돌릴 수 있으면 좋겠다고 생각했다. 내가 그에게 팔짱을 끼고 사랑한다고 말할 수 있다면, 항상 그를 사랑했다고 말할 수 있다면 좋겠다고 생각했다. 그를 사랑하는 걸 단 한 순간도 멈춘 적이 없다고 말할 수 있다면 좋겠다고.

"그를 찾을 거야." 나는 이 비통함을 적어도 붙들 수 있는 결심으로 바꾸며 말했다. "날 좀 도와줄래? 나한텐 편지와 카드들이 있어. 우리가 함께 뭘 알아낼 수 있는지 알아볼 수 있지 않을까? 그간의 상황이 말이 되는 건지 알아볼 수 있지 않을까? 난 그것이 얼마나 힘들든, 얼마나 오래 걸리든 상관없어. 난 그를 찾을 거야. 그래야만 해. 난 적어도 이걸 바로 잡으려고 노력할 필요가……."

"그래야지!" 그녀가 힘주어 대답한다. "백만 번이라도 그래야지! 내가 도와줄 수 있어. 내가 도와줘야지. 내게 사람들 연락처도 있고, 이런 일을 하는 법도 알아. 그리고…… 그래, 그렇게 해. 한 잔 더 할래?"

나는 일어서며 어지럼증이 물결처럼 다가오는 걸 느꼈다. 나는 의자 쪽으로 몸을 기대며 코로 숨을 들이마시고는 입으로 숨을 내쉬었다. 그리고 눈을 몇 번 깜빡여서 동공 앞에 형성된 모양들이 만드는 이상한 모자이크 형태가 사라지게 했다.

"아니, 괜찮아. 난 산책 좀 하러 갈게. 그러고 나서 다시 돌아와서 계획을 세우면 모든 게 나아질 거야. 벨린다, 우리랑 같이 가자. 조를 찾으러 가는 길 말이야. 마이클은 이미 나랑 같이 자동차 여행을 하기로 했어. 너도 같이 가는 게 어때?"

그녀는 사무실 주변을 둘러보고는, 둥그렇게 뜬 플라스틱 눈 장식들과 파일들, 몬스테라 식물을 바라본다. 그러고 나서는 결정을 내린 듯했다.

"사실 다른 때 같았으면 고민할 것도 없이 거절했을 거야. 난 항상 너무 바빴거든. 말 때문에, 그리고 일 때문에. 하지만 맡았던 큰 사건은 이제 막 마무리 지었고, 작은 사건들은 다른 회사 동료들에게 나눠줄 수 있을 거야. 또 말은 지구 반대편의 길거리 아이들을 구하고 있고, 우리 엄마는 괜찮으셔. 그리고 조는…… 조는 나에게 언제나 좋은 친구였어. 우리가 십 대였을 때, 살아있는 것조차 난처하게 느껴지던 때, 우리 엄마는 배트맨 옷을 입고 학교에 나타나곤 했어. 그게 아니면 우울감에 빠져서 식료품 사 오는 걸 잊어버리기도 했고. 그러면 내가 집에서 엄마 곁을 지켜야만 했어. 그때마다 그는 항상 내 편이 되어 주었어. 그는 아무도 날 괴롭히지 못하게 했어. 심지어 나 자신조차도. 난 그에게 빚을 졌어. 그러니, 그래, 같이 갈게. 이런 내 결정에 넌 행복할 거야, 그렇지, 마이클?"

"난 뷔페에 온 살찐 엘비스*처럼 흥분돼요." 그가 웃으며 대답한다.

우리가 운명적인 결정을 내린 것처럼, 뭔가 중요한 것을 결론지은 것처럼, 한꺼번에 일어서며 작은 원을 만들자, 공기 중에 약간의 윙윙거림이 생겨났다.

나는 가방을 집어 들고 차가운 브랜디 커피를 단숨에 들이켠다. 이는 온몸을 오싹하게 만들었다.

"우리 어디로 가는 거야?" 내가 자리를 뜨려고 하는 순간 마이클이 묻는다.

"우린 아무 데도 안 가. 넌 여기 남아서 벨린다랑 얘기 좀 해. 곧 돌아올게. 벨린다, 그들은 여전히 같은 곳에 있어? 크레이지 번치 부부 말이야."

처음에는 왜 조가 그의 양부모들에게 그렇게 재미있는 이름을 지어주었는지―마치 그들이 아주 재미있는 사람들이고 그들과 함께 사는 게 즐거운 일이었던 것인 양―이해할 수 없었다. 나중에 조는 그들을 조롱하는 것이 그들을 덜 무섭게 만든다고 설명해주었다. 그들을 별명으로 줄임으로써 그들이 그에게 가진 힘을 약하게 만들었다. 그 후 나는 그들을 다른 것으로 생각하는 것조차 거부했다. 왜냐하면 그들은 전혀 쓸모없는 존재로 전락할 만했기 때문이다.

그녀는 나를 보고 얼굴을 찡그렸다. 그리고 그들의 이름을 언급하는 것조차 더럽다고 느껴지는 듯 청바지에다 손을 대고 닦았다.

"그 사람들을 왜 보고 싶어? 그들은 널 돕지 않을 거야. 그들은 아무도 돕지 않아."

"알아. 그냥…… 그래야 할 일이 있어서. 같은 주소에 살아?"

---

* 엘비스 프레슬리는 말년에 과체중으로 죽었다.

"응, 그렇지. 물론 그쪽 거리가 약간 단장이 되긴 했지만. 정말 갈 거야? 내가 같이 가줄까? 옛날엔 이 주변을 돌아다니는 걸 무서워했잖아……."

나는 고개를 젓고는 가방을 움켜쥐며 대답했다. "글쎄, 지금은 옛날이 아니잖아. 난 달라. 이곳도 다르고. 난 이제 훨씬 더 용감해졌어. 어쨌든, 내가 잠시 너희 둘만 있게 해주고 싶은 또 다른 이유가 있어."

그녀는 눈썹을 완벽한 아치형으로 올렸고, 마이클은 내 옆에서 불편하게 몸을 움직였다.

"난 네가 마이클에게 무슨 일이 있었는지 말해 주면 좋겠어. 그레이스에 대한 일 말이야. 마이클은 그 이야기를 알아야 하고, 난 아직 그것에 대해 말할 수가 없거든. 아직은 아니야. 마치…… 모르겠어. 그 기억은 지탱해주는 벽이고, 내가 그걸 무너뜨리면 지붕이 무너져 내릴 거야. 그와 비슷한 일이 벌어질 거야. 하지만 마이클은 알아야 하고, 안 그래도 마이클도 알고 싶어 할 거라고 생각해."

"알고 싶어." 마이클이 자백하듯 두 손을 들며 말한다. "내가 고양이였다면, 난 이미 죽었을 거야."

벨린다는 불편한 듯, 손을 주머니에다 쑤셔 넣은 채 입술 한쪽을 씹었다.

"부탁이야. 넌 그 일에 대해 모든 걸 알고 있잖아. 조에게서 이야기를 들었고, 나한테서도 들었으니까."

"조는 몇 달 동안 다른 이야기는 일절 하지 않았어. 그는 그 일이 있기 전의 모든 순간, 네가 한 모든 말을 반복했어. 난 네가 부모님 집에서 뭘 먹었는지도 알아. 산타클로스가 술에 취했던 것도 알아. 그리고 그 망할 놈의 라디오에서 무슨 노래가 흘러나왔는지도 알아. 그는 그 일과 관련해서 너와 이야기를 할 수 없었어. 난 그가 모든 것을 이해하려고 노력했다고 생각해. 그리고 분명 자신을 탓할 방법을 찾고 있었다고 생각해. 그리고…… 몇 년 후 내가 변호사 자격증을 따고 난 다음 경찰 보고서를 읽고 난 뒤 알게 되기도 했어." 그녀는 마치 내 사생활을 침해한 것처럼 약간 무안해하며 말했다.

나는 이제 어른이 된 벨린다를 만난 것에 놀라지 않는다. 그녀는 항상 만만치 않은 사람이었다. 지금 역시 만만치 않고 거기다 숙련되기까지 했다. 물론 그녀는 정보를 캐고 다녔을 것이다. 그건 그녀의 본성이니까.

"그럼, 됐네. 넌 아마 나보다 그 일에 대해 더 많이 알고 있을 거야. 그러니 그에게 말해줘. 모든 걸."

15

2002년 12월 17일

"맹세코 나는 자기 엄마 친구 중 한 명이 '타르솔*'이 얼굴에 닿은
것 같다'라고 말하는 걸 들었어, 제스. 난 웃다가 오줌을 지릴 뻔했다
니까!"

"놀라 자빠지게 자기의 자메이카 억양으로 말했어야지. 있잖아,
그 맥주 캔** 발음처럼 말이야."

조는 꽉 막힌 도로 위에서 여전히 기적적으로 작동하는 낡아 빠
진 포드 피에스타를 몰며, 미소 지었다. 그는 방향 지시등을 켜면서
잠시 그녀를 쳐다보았다. 지독하게 추운 겨울, 어두운 저녁이었다. 제
스는 따뜻한 공기 송풍기 앞에다 손을 가지런히 모으고 있었고, 한

---

*   '타르'를 바르는 솔을 의미하는데, 흑인이나 인도 계통 사람을 깎아내리는 말로도 쓰
    인다.
** 비어캔(Beer can)을 자메이카 사람 억양으로 말하면 베이컨(Bacon)처럼 발음된다.

라디오 방송국은 '이번 크리스마스에 상심한 사람들을 위해' 감상적인 사랑 노래를 틀어주었다.

그들은 제스 부모님이 아버지 직장 동료들과 이웃들을 집으로 초대한 크리스마스 전 축하 행사에 참석해 오후 내내 고문을 받고 돌아오는 길이었다. 물론 제스가 보기에 '축하'라는 말은 그녀가 자란 집의 분위기에 맞는 올바른 설명은 아니었지만.

그녀는 '억압된 적대감'과 '숨 막힐 듯한 공손함'이 더 맞는 말이라고 생각했다. 조와 그녀, 그리고 부모 사이의 긴장감은 그가 아무리 노력해도 절대 해소할 수 없었다. 그래서 그런 만남은 언제나 어려운 일이었다.

고급스러운 집, 중산층의 안락함, 마을의 고요함. 이 모든 것은 그들이 사는 도심에서의 일상적인 삶과 극명한 대조를 이뤘다. 그녀가 생각하기에 그 모든 것이 어려운 도전 과제였다. 심지어 작은 아이들까지도 그런 점을 알아차렸다. 평소 생명과 빛과 에너지로 가득 찬 그레이스는 착 가라앉아 침묵했고, 그녀의 어린 사촌 동생 마이클은 나비넥타이를 맨 채 레고 장난감을 가지고 놀기만 했다. 그들은 시끄럽고 더러운 장난꾸러기 아이들처럼 행동해서 스테포드 아이들*로 변하는 건, 이곳에서 허용되지 않는다는 것을 아는 것만 같았다.

"다음엔 넬슨 만델라**를 석방하라는 문구가 적힌 티셔츠를 입어야겠어." 조는 이슬비가 눈으로 짙어지는 것을 보고 앞 유리 와이퍼를 한 단계 올리며 대답했다. "그리고 카나페와 셰리주가 나오는 중간에

---

*   〈스테포드 아이들(Stepford Children)〉이라는 영화에 나오는 등장인물들로, 자유분방한 아이들을 의미한다.
**   인종차별에 반대하는 운동을 벌이다 투옥된 남아프리카공화국 민권 운동가로 26년간 옥살이를 했고, 1990년 석방된 이후 남아프리카공화국의 대통령이 되었다.

림보 게임도 제안하고."

"정말 그런 걸 보고 싶어." 제스는 핸들에 놓인 그의 손 위에 자신의 손을 얹으며 대답했다. "그리고 내가 자기를 멋진 사람이라고 생각하는 거 알지, 그렇지?"

그는 답례로 그녀의 손을 짧게 쥐고는, 미소를 지어 보였다. 오래전 컬리지 등교 첫날 그녀의 마음을 녹인 그 미소가 여전히 똑같은 효과를 발휘하고 있었다.

"알아." 그는 시내로 진입하는 길에 시선을 집중하며 대답했다. "밤비, 넌 여전히 세상에서 가장 아름다운 여자야."

그녀는 아니라는 듯 콧방귀를 뀌며, 자신이 그다지 아름답게 느껴지지 않는다는 듯한 표정을 지었다. 그녀는 아이 몸무게만큼 살이 빠졌지만, 여전히 전보다는 약간 더 살이 찐 상태였다. 조는 그녀에게 그것이 당신을 더욱 아름답게 만든다고 말했지만, 그녀는 그것이 조금 더 우울하다고 생각했다. 그녀는 아직 허영심을 가질 만큼 충분히 어렸으니까. 그리고 그녀 역시 어쩔 수 없는 딸인지라, 어머니의 영향을 받지 않을 수 없었다. 그녀 어머니는 자신의 12 사이즈 바지가 몸에 맞지 않는다면, 완전히 공황 발작을 일으킬 정도로 뚱뚱해지는 건 자제력의 부족이라고 여길 정도였다.

"그러지 마." 그녀의 반응을 보며 그가 덧붙였다. "자신을 좋아하지 않는 것 말이야. 난 자기가 완벽하다고 생각해. 난 자기가 크리스마스 저녁 식사 후에 산타와 크기가 비슷해지거나, 대니 드비토* 얼굴로 바뀐다고 해도 완벽하다고 생각할 거야."

"어떤 사람들은 대니 드비토가 매우 매력적인 남자라고 생각할 수

---

* 푸근하고 땅딸막한 느낌의 미국 남자 배우

도 있어." 그녀는 대답한다. 옅은 미소가 그녀의 입술에 홈을 만들었다.

"자기 말이 맞겠지만, 그는 내 타입이 아냐. 어쨌든…… 자기의 신체적 결함에도 불구하고, (실은 그런 게 없는데도, 자기는 스스로 그런 게 있다고 확신하지만) 그리고 자기 부모님은 내가 타르솔을 접촉했을지도 모른다고 생각함에도 불구하고, 우리가 만든 결과물이 그리 나쁘진 않잖아, 그렇지? 우리는 의심할 여지 없이 아이들의 역사에서 가장 아름다운 애를 만들어냈어."

제스의 반쯤 웃는 표정은 고개를 돌려 뒷좌석에 있는 카시트에서 깊이 잠든 세 살배기 그레이스를 보는 순간 만개한 미소로 바뀌었다.

그레이스는 제스의 금발 머리와 조의 커다란 갈색 눈에 완전히 그녀만의 것인 쾌활한 천성을 가진, 정말로 세상에서 가장 아름다운 소녀였다. 그녀의 통통한 입술은 벌어진 채였고, 장밋빛 뺨에 곱슬곱슬한 머리 가닥들은 한쪽으로 뭉쳐져 있었다. 그녀는 그날 오후에 얻은 미니 마우스 피규어를 꽉 움켜쥐고 있었다. 제스는 비록 그녀가 잠이 들었지만, 만약 피규어를 빼내려고 한다면 그녀의 통통한 작은 손가락이 꽉 붙잡으리라는 상상을 하며 미소 지었다.

그들은 집으로 돌아오는 길에 제스의 부모님 집 근처에 있는 원예용품점에 들렀고, 동굴 같은 집에 있는 산타클로스를 방문했다. 눈이 내리는 가운데 모형 정원들 사이를 뛰어다녔고, 상점을 드나들었다. 은색 나일론 수염과 술집에서 너무 많은 밤을 보냈음을 말해주는 크고 빨간 코를 가진 산타는 그럴싸하지 않았지만, 적어도 그레이스는 다른 많은 아이처럼 무서워서 눈물을 터뜨리지 않았다.

"저 아이는 세상에서 가장 예뻐." 제스는 고개를 돌려 조를 보며 말했다. "그리고 문제가 되는 건 전혀 아니지만, 난 항상 자기가 그 무엇보다도 지중해 사람처럼 보인다고 생각했어. 있잖아, 섹시한 라틴

연인이랄까?"

"누가 알겠어? 크레이지 번치 부부는 항상 나를 검은 아일랜드인 이라고 불렀어. 그게 진짜 뭘 뜻하는 건지 모르겠지만. 내 이론으로는 내가 태어날 때 납치된 이탈리아 공작의 아들이라는 거야." 그가 어깨 를 으쓱하며 말했다.

"난 말이 된다고 생각해. 자기는 스파게티 볼로네즈를 정말 좋아 하잖아."

"그렇지, 태어날 때 납치된 거야. 우리 크리스마스 저녁으로 스파 게티 먹을까?"

"안 먹을 이유가 없지. 우린 우리가 원하는 걸 할 수 있습니다, 조 셉 공작. 근데 우리가 왜 바로 집에 가지 않고 시내에 와 있는지 다시 말해줄래?"

유리창을 통해 밖을 바라보는 그녀의 눈이 가늘어졌다. 온종일 하늘에서 쏟아지고 그치길 반복했던 눈발은 더욱 굵어지고 있었다. 조는 레인지로버 한 대가 나가면서 막 비게 된 주차 자리에 차를 세 웠다.

"주차의 신이 오늘 우리와 함께하네!" 그가 핸드 브레이크를 걸면 서 경건한 어조로 외쳤다.

"주차의 신? 그런 게 실제로 있어?"

"자기가 차를 조금이라도 운전해보면 알아. 당연히, 존재해. 그리 고 우리가 여기 온 이유는 내가 뭔가를 가지러 가야 하기 때문이야. 알았지? 저기 안에 있어."

그는 시내에 있는 작은 쇼핑센터 중 한 곳의 훤한 윤곽을 가리켰 다. 건물 아케이드와 창문에는 깜찍한 전구들과 크리스마스트리 장 식용 방울들로 장식되어 있었고, 입구에는 진짜 소나무로 된 크리스마스트리가 서 있는데, 가짜 양초들과 자연에서 볼 수 없는 자줏빛으로 물든 꽃들로 장식되어 있었다.

거리는 분주했고, 제대로 된 크리스마스를 보내기 위해 눈이 내려앉은 어깨를 사용해서 사람들을 밀쳐내는, 쇼핑백을 든 분주하고 피곤해 보이는 쇼핑객들로 북적였다.

"좋아. 더 이상 묻지 않을게. 만약 그게…… 깜짝 선물이라면 말이야! 조심해. 폭동 방지용 방패라도 있어야 할 것 같아!"

"깜짝 선물이야, 걱정하지 마. 난 괜찮을 거야. 난 림보 댄스를 추면서 가려고. 자기를 위해 히터는 켜 놓을게. 날 위해 세상에서 가장 아름다운 여자 두 명을 잘 돌봐줘."

그는 안전벨트를 풀고 제스의 얼굴 양쪽에 손을 얹으며, 키스하기 전 그녀의 눈을 깊이 들여다보았다. 그것은 간단한 작별 키스를 하려는 자세였다. 하지만 그 순간, 무언가가, 눈이, 크리스마스 불빛들이, 어쩌면 한 남자가 한 여자를 사랑할 때 벌어지는 일을 노래한 퍼시 슬레지*의 목소리가 둘 사이에 화르르 타오르는 불같은 감각을 일깨웠다.

그들이 마침내 떨어졌을 때, 제스는 입 모양만으로 '우아'하며, 눈을 크게 뜨고 숨을 몰아쉬었다.

"그렇지, 맞지? 우리에겐 아직 마법이 있어……." 조가 문밖으로 나가며 말했다. "그리고 잊지 마, 자기야, 사랑해!"

그는 차에서 멀어지며, 그녀에게 추파를 던지는 듯한 윙크를 보냈다. 그녀는 그에게 손을 흔들다 미소를 지으며 좌석에 다시 몸을 맡겼

---

* 미국 R&B 가수로. 〈남자가 여자를 사랑할 때(When a man loves a woman)〉라는 노래로 유명하다.

다. 그녀는 라디오를 만지작거리면서 아직 자고 있는 그레이스를 힐끗 돌아보았다. 이 순간이 정말이지 행복했다.

조는 길을 가로질러 쇼핑센터 로비로 발걸음을 재촉하다, 두 여자를 돌아보기 위해 보라색 꽃이 핀 거대한 크리스마스트리 옆에 멈춰 섰다. 제스가 아기를 쳐다보는 모습을 보며 그의 얼굴에는 저절로 미소가 피어났고, 이내 방금 한 키스를 떠올렸다. 그는 좋은 징조라고, 이번은 그들 모두에게 아주 좋은 크리스마스가 될 거라고 생각했다.

지난 몇 년 동안 사는 게 쉽지 않았다. 그녀의 부모님, 그의 사람들, 경제적인 걱정, 아직 어린 나이에 아기를 키우는 것 등 모든 것이 그랬다.

그는 적응해야 하는 쪽은 주로 제스라는 걸 잘 알았다. 그는 부족한 돈, 할인된 가격의 봉지 라면을 사는 것, 열악한 곳에서 사는 것, 도시 거리의 소란에 익숙했다. 양부모 집에는 항상 아기들이 들락날락했기 때문에, 그는 심지어 기저귀를 갈거나 배앓이를 달래는 데에도 시간을 써야만 했다.

하지만 이 모든 게 그녀에게는 새로웠다. 새롭고 또 무서웠다. 하지만 그녀는 부모님, 그리고 육체적 만족감을 주는 어떠한 것도 없는 상태에서 모든 것을 직면했다. 도전을 직면했다. 때때로 그는 그런 상황에 대해 죄책감을 느꼈고, 그들이 만난 이후로 그녀의 삶이 변한 것에 대해서도 죄책감을 느꼈다. 가끔 그는 그녀가 많은 것을 이룰 수도 있는 상황에서 그녀를 아래로 끌어내린 것은 아닐까 생각했다.

하지만, 가끔은 마법 같은 날들도 있었다. 어떤 이유에서인지 몰라도 그레이스가 첫 단어인 '곰'을 말하던 때. 그녀가 첫걸음을 내딛던 때. 그들이 돈을 모아서 산 새 침대와 침대 프레임을 동화 속에 나오는 전구들로 장식해 그 안에서 몇 시간 동안 서로를 껴안고 있었던 때. 토스트를 먹으며 방금 만난 것처럼 이야기하던 때. 그레이스가 그들 사이에서 잠든 때. 그럴 때면 천국에 와있는 것처럼 느껴졌다.

이렇게 마법에 걸린 것 같은 날은 사랑과 재미, 다이너마이트 같은 키스로 가득 찼고, 그래서 모든 게 완벽하게 느껴졌다. 힘든 모든 순간이 가치 있게 느껴졌다.

그는 서로를 단 한 번도 의심한 적이 없었기에 항상 흔들리지 않을 수 있었음을 안다. 세상 모든 사람들이 틀렸다고 아무리 말해도, 그들은 둘이 함께해야 한다는 사실을 절대 의심하지 않았다. 그리고 지금은 상황이 나아지고 있었다. 그레이스는 유치원에 다니며 잘 자라고 있고, 제스는 다시 학교로 돌아가는 걸 생각해 볼 수도 있는 상황이었다. 또 그 역시 괜찮은 수준의 돈을 버는 직장이 있다. 이대로라면, 내키지 않는 그녀 부모님의 도움을 받지 않고도 곧 이사할 수 있을 것이다.

그녀의 아버지는 도시에 사는 그들을 방문한 적조차 없었고, 그녀의 어머니는 끊임없이 비판할 거리를 찾고 있는 것처럼 보였다. 아기의 폐에 독을 퍼트릴 수 있는 곰팡이나 차를 몰고 가다 그녀를 죽일 수 있는 마약상, 좀비가 떼로 몰려드는 상황이 벌어질 수도 있는 늘 열려 있는 공동주택의 문 따위가 그런 예에 속했다.

부모님의 도움을 주겠다는 제의에는 항상 다른 의도가 있었고, 항상 단서와 경고와 조건이 따랐다. 일단, 그들은 부모님 근처에 살아야 하고, 그레이스는 '좋은' 학교에 다녀야 한다. 조는 보일러공 작업복과 철보강 신발 대신 정장과 넥타이를 매는 직업을 구해야 한다……. 제스는 항상 그런 제안을 거절하는 사람이었다. 조의 입장에서는 그러한 제안을 거절하는 것이 쉽지 않은 입장이었지만, 오히려 그녀가 나서 제안을 거절해주었을 때는 남몰래 기뻤고 그녀가 자랑스러웠다.

　그녀의 부모님은 제스를 자신만의 주관이 있는 성인 여자가 아닌, 어린 여자애로 대했다. 그녀만의 아이가 있는, 그녀만의 남자가 있는, 그녀만의 삶이 있는 여자라는 걸 무시했다.

　그는 그들을 한동안 더 바라보며 서 있었다. 그가 길을 막고 있는 통에 쇼핑객 무리가 그를 밀치며 지나갔지만, 그는 신경 쓰지 않은 채 미소를 지었다.

　이내 돌아선 그는, 쇼핑센터 사이로 난 길을 걸어 목적지인 마크스앤스파크스와 장난감 가게 사이에 있는 작은 보석상 가게에 도착했다.

　매니저가 그를 알아보고, 선물 상자에 포장하기 전 확인해볼 수 있도록 그에게 반지를 건네주었다. 반지에는 그녀의 탄생석인 사파이어가 박혀 있었고, 지구에서 발견된 것 중 가장 작겠다 싶은 다이아몬드로 둘러싸여 있었다. 평범한 여자애들이 자랑할 만한 반지는 아니었지만, 제스는 평범한 여자애가 아니라 최고의 여자였다.

　"행운을 빕니다." 조가 잔금을 치르자 카운터 뒤에 있는 남자가 말했다. "여성분이 승낙했으면 좋겠네요!"

　조는 그 말에 갑자기 긴장되기 시작하며, 자신이 엄청난 실수를 하는 건 아닐까 하는 생각이 들었다. 그는 그녀가 승낙할 거라고 99% 확신했다. 하지만 만약 틀렸다면? 만약 그녀가 너무 어리다거나, 준비가 되지 않았다거나, 생각할 시간이 필요하다고 말한다면? 이 모든 건 합리적인 반응으로 여겨질 것이다. 만약에 그런 일이 벌어진다면? 그렇다면 그다지 축제 분위기의 크리스마스가 될 수 없을 것이다. 안 그런가?

　그는 자신이 또 가만히 서서 다른 쇼핑객들에게 불편을 주고 있다는 걸 깨닫고는, 공상에서 벗어나기 위해 자신을 흔들어 깨우며 상자를 재킷 주머니에 안전하게 넣고, 두 군데를 더 들르기 위해 발걸음을 옮겼다.

먼저 장난감 가게로 용감하게 들어가서 분홍색과 회색으로 된 솜털 토끼를 샀다. 토끼 귀는 너무 길어서 큰 발에까지 가닿았고, 배는 크고 둥글고 아주 부드러운 솜털로 덮여 있었다. 그 모습이 약간 이상해 보였지만, 조를 웃게 만들었다. 이상한 토끼였지만, 그레이시가 아주 좋아할 것 같았다.

다음으로 막스앤드스펜서의 술 통로를 돌아다니며 그가 찾을 수 있는 가장 저렴한 스파클링와인을 한 병 샀다. 가장 저렴하다고 해도 이는 그들이 감당할 수 없는 사치였고, 크리스마스까지는 아직 일주일이나 남았지만, 그는 축하의 시간을 가질 필요성을 느꼈다. 그레이시가 잠자리에 들면, 그는 스파클링 와인을 개봉하며 제스에게 조금 일찍 선물을 줄 것이다.

다시금 두려움의 전율이 그를 관통했지만, 그는 이를 떨쳐내고 출구로 향했다. 그는 되도록 빨리 쇼핑객들의 광기에서 벗어나 자신만의 여인들에게로 돌아가고 싶었다.

그는 크리스마스트리에서 잠시 멈춰서, 상자가 마법처럼 사라지지 않았는지 확인하기 위해 주머니를 쓰다듬었다. 그러고는 주차된 차를 찾기 위해 사람들 사이를 훑어보았다.

그가 눈과 사람들의 물결을 헤치고 맨 앞으로 나서려는 순간, 한쪽 눈 귀퉁이로 자동차가 다가오는 것이 보였다. 빠른, 너무나도 빠른 차가.

그는 볼보 차량이 속도를 늦추지 않고 빠르게 다가오고 있음을, 운전자가 운전대 위에 몸을 숙이고 있음을 알아차렸다. 차가 돌진하는 방향에서 벗어나기 위해 사람들이 급하게 몸을 피하고 있다는 것을, 중요하게는, 그 차량이 그가 주차할 수 있어서 매우 기뻐했던, 그 주차 공간으로 향하고 있다는 것을 깨달았다.

그가 들고 있던 쇼핑백이 땅으로 떨어졌고, 이내 병이 깨지는 소리가 들렸다. 그는 몸을 낮춰 사람들을 옆으로 밀치고는 미끄러운 도로 길 위를 최대한 빨리 달리며, 치명적인 무기인 통제 불능의 볼보가 쌩하는 소리를 내며 내달리는 모습을 무기력하게 바라볼 수밖에 없었다. 그는 자신이 그곳에 도착해 어떻게 해야 할지 알 수 없었지만, 만약 제시간에 그곳에 도착하기만 한다면 차를 멈출 수도 있으리라 생각했다.

그는 주변에서 들려오는 비명과 고함, 무슨 일이 벌어질지 예상한 듯한 공포에 얼어붙은 행인들을 보았다.

그는 너무 가까이에, 그녀를 볼 수 있을 만큼 가까이에 다다랐다. 눈을 감은 채 잔잔한 미소를 내보이며 라디오를 듣고 있는 제스를 알아볼 수 있을 만큼. 그녀는 자신이 있는 쪽으로 끼익 소리를 내며 다가오고 있는 재난에 대해 아무런 낌새도 느끼지 못한 듯했다.

그는 더 빨리 움직이기 위해 최대한 팔을 쭉 뻗었다. 앞으로 박차고 나아가며 그는 거의 넘어질 듯했다. 그는 있는 힘껏 가닿으려 애썼지만, 결국 성공하지 못했다.

볼보는 엄청난, 으께지는 소리—금속이 금속과 부딪히고, 유리가 깨지고, 수 톤에 달하는 둔력이 서로 충돌하면서 내는 소름 끼치는 비명—와 함께 그의 차에 부딪히고 말았다. 두 대의 차는 춤을 추는 것처럼 보였다. 더 큰 차는 피에스타를 빙빙 돌려가며 인도로, 가로등 기둥 쪽으로 이동시켰다.

그것들은 강철과 페인트가 뒤엉킨 덩어리가 되어 멈췄고, 자동차 경적은 혼란 속에서 단 하나의 일관되고 애도하는 음표로 비명을 내지르고 있었다.

조는 그곳에 도착하자마자 볼보의 보닛 위로 허우적대며 기어올라 비틀린 범퍼 쪽으로 기어가다시피 했다. 들쭉날쭉한 앞 유리에 손과 무릎을 베고, 그들에게 닿기 위해 미친 듯이 뜨거운 금속 위를 가로질렀다.

제발 그들이 무사하게 해주십시오. 그는 신에게 기도했다. 그는 지금 신에게 무엇이라도 희생할 마음이 있었다. 제발 그들이 무사하게 해주십시오. 내 여자들이 무사하게 해주십시오. 내 두 팔로 안을 수 있게 해주십시오.

피에스타의 옆면은 거인의 손에 쥐어짜인 콜라 캔처럼 구겨져서 안쪽으로 들어갔고, 파고들며 찌르는 쐐기가 된 볼보의 앞부분은 납작하게 짜부라졌다.

그의 주변으로는 광기의 세계였다. 누군가는 소리쳤고, 누군가는 그와 함께 차 위로 기어올랐고, 휘발유와 연기와 그을린 고무의 코를 찌르는 듯한 냄새가 떠돌았다. 가로등이 자동차들 위로 구부러진 채 기울어지며, 전구는 하염없이 눈이 내리는 하늘을 비추었다.

그는 갈 수 있는 데까지 최대한 가서, 피에스타 창문의 깨진 유리를 긁어내기 시작했다. 손가락의 피부가 베이는 순간조차 아드레날린과 두려움이 고통을 차단했다.

제스는 안전벨트가 뒤엉킨 채 무언가에 낀 상태였고, 비명을 지르고 있었다. 그녀는 좌석에 앉은 채로 몸을 비틀며 안전벨트를 찢기 위해 애쓰며 그레이시의 이름을 계속해서 외쳤다. 그는 차 뒤편의 어린 딸을 바라보았다. 너무나 작은, 가만히 있는 딸을.

"조! 그레이시를 도와줘! 그레이시를 꺼내! 조!" 제스가 그를 발견하고는 소리쳤다. 그녀는 몸을 빼내기 위해 미친 듯이 몸을 비틀었지만, 부서진 자동차의 괴물 같은 금속 고치가 그녀를 붙잡은 채 놓아주지 않았다. 그녀의 손톱은 부러지고 피가 나고 있었다. 그는 그들에게 손을 내밀기 위해 앞을 가로막는 것들을 뚫으려 했다.

그의 시선에 그녀와 그레이시가 보였다. 그는 깨진 창문을 기어서 통과하기 시작했다. 이 순간, 만약 그들에게 가닿을 수 있다면 어쩌면 모든 걸 다시 바로잡을 수 있을지도 모른다. 어쩌면 그레이시를 다시 온전하게 만들 수 있을지도 모른다.

그때, 한 남자가 그의 다리를 붙잡고는, 그를 뒤로 당기기 시작했다.

"이봐요, 안 돼요! 그러면 안 돼요! 위험해요! 어서, 물러나요······! 소방대가 오고 있으니, 소방관들이 그들을 꺼내줄 거예요! 불이 나서 위험해요!"

조는 그가 누군지, 자신을 도우려는 것임을 신경 쓰지 않은 채 그에게 발길질하기 시작했다. 조에게 그의 행동은 그저 그가 제스에게, 그레이스에게 가는 것을, 그들을 구하는 것을 방해하는 짓일 뿐이다.

그는 단단한 손들이 자신의 어깨를 움켜쥐는 걸 느끼며, 물리적인 힘에 의해 뒤로 이끌린다. 하지만 그의 손은 차창의 프레임을 움켜쥔 채, 필사적으로 버티려 했고 필사적으로 도우려 했다.

"이제 그만해요, 젊은 친구! 당신은 상황을 더 악화시키고 있어요."

그는 숨을 몰아쉬며, 주변에 벌어진 참상을 바라보았다. 이제 막 도착한, 빨간색 소방차의 번쩍이는 파란 불빛들. 구급차가 다가오며 들려오는 사이렌 소리. 군중들의 흐느낌과 외침.

그는 제지하는 힘에서 벗어나 차의 반대편으로 돌진했다. 그곳은 차가 가로등의 구부러진 돌출부 아래 인도 쪽으로 찌그러지면서 벌어져 있었다. 그는 몸을 웅크린 채 안을 들여다보았다. 제스는 여전히 몸이 뒤틀린 상태였고, 마치 두 동강이 난 것처럼 보였다. 그레이스는 아무런 움직임이 없었고, 바닥에는 그녀가 손에 꼭 쥐고 있던 미니 마우스가 내동댕이쳐져 있었다. 그녀는 마치 구겨진 인형처럼 보였다. 작은 머리의 금발은 빨갛게 빛이 났고, 뒷문의 금속은 카시트의 측면을 파고들어 박혀 있었다.

그는 다시 끌려가기 전 손으로 유리창을 붙잡으며, 제스의 이름을 한 번 더 비명처럼 내질렀다. 부서진 유리 조각들 위로 그의 피 묻은 손자국이 남겨졌다.

사람들은 소방관들이 그들을 도울 수 있도록 조를 다른 곳으로 데려갔다. 그러고는 그에게 진정해야 한다고, 그들은 믿을 만한 사람들이 구할 거라고, 다 괜찮을 거라고 말했다.

하지만 조는 그렇지 않을 거라는 걸 알았다. 다시는 그 어떤 것도 괜찮지 않을 거라는 것을. 그는 상처를 입고 피를 흘리며 망가진 채로 주저앉고 만다. 사람들이 그를 구급차로 데려가 담요로 감싸주었다.

구급대원은 제스와 대화를 시도하며 절단 장비를 꺼냈고, 그동안 다른 구급대원이 그녀에게 산소마스크를 씌워 주었다.

누군가가, 어딘가에서 울고 있었다. 조일 것이다.

한 경찰관이 그에게로 걸어와 조금 전에 산 솜털 토끼를 내밀었다. 그는 속절없이 흐느끼면서 와인에 젖은 토끼의 몸을 품 안으로 꽉 껴안았다.

16

목적지는 걸어가기에 멀지 않았다. 나는 걸어가며 법률사무소에서 벌어질 장면을 상상했다. 벨린다가 사촌 동생에게 전할 슬픈 이야기를. 내가 그곳에 남아 증언하고, 수년간 차단하려 했던 사건의 재현을 억지로 들었어야 했나.

그렇게 했다면 그건 고상한 일이 되었을 것이다. 강인한 일이 되었을 것이다. 하지만 나는 아직 그럴 준비가 되지 않았다. 지금 일만 해도 충분히 어려운 과제였다.

근처에 도착하자 벨린다가 말한 것처럼 약간은 단장된 거리가 보였다. 하지만 어떤 것들은 항상 그대로 유지된다.

그들의 집에는 여전히 차도 벽돌 위에 차가 세워져 있었고, 앞 정원에는 녹슨 장난감들이 있었고, 시대극에서 부랑아 역을 맡은 조연들처럼 보이는 아이들이 모여있었다.

개도 아직 있는데―언제나 개가 한 마리 있었다―긴 사슬에 매인 채 집 측면에 자리하고 있었다. 이번 개는 나이가 든 독일 셰퍼드

혼종처럼 보였다. 다가가자 개는 냉담하게 나를 올려다보았다. 이 개가 집을 지키려고 들지 궁금하지만, 솔직히 말해서, 그럴 만한 힘을 가진 것처럼 보이진 않는다. 개는 다리 사이에 꼬리를 감추고 귀를 쫑긋거리며 나에게로 터벅터벅 걸어왔다.

나는 개가 냄새를 맡을 수 있도록 조심스럽게 손을 내밀었다. 그러고는 개의 몸을 긁고 쓰다듬었다. 개는 내 손가락을 핥고 나서 그늘을 최대한 활용하기 위해 다시 벽돌 벽에 기대 누웠다.

나는 벽돌 위에 주차된 차 옆을 지나갔다. 누군가는 이미 내가 방문한 것을 알아차렸을 것이고, 감시용 탑들에는 무장한 사람들이 배치될 것임을 알고 있다. 그들 눈에는 내가 비교적 똑똑하고 품위가 있어 보일 테니, 내가 집주인 남자와 관련이 있을 수도 있다고 생각할 것이고, 범죄와 관련한 건 뭐가 됐든 숨기기 위해 미친 듯이 치우는 중일 것이다.

내가 노크하려는 순간 때맞춰 현관문이 열렸다. 현관문 앞에는 콘크리트 경사로가 있었는데, 곧 휠체어를 탄 번치가 보였다.

그가 경사로를 내려오는 것을 보며 나는 뒤로 물러섰다. 그리고 우리는 서로를 찬찬히 훑어보았다. 세월이 그를 친절하게 대하지 않은 듯, 그는 예전보다 훨씬 더 나이 들어 보였다. 그의 머리카락은 니코틴 얼룩처럼 보이는 누런 회색으로 줄무늬가 나 있었고, 20년은 더 어린 남자에게나 어울릴 법한 느슨한 포니테일 형태로 묶여있었다.

그의 청바지에는 얼룩이 묻어 있고, 데님 셔츠 앞주머니에는 언제나처럼 벤슨앤헤지스 담뱃갑이 들어가 있었다.

나는 이 남자를 혐오한다. 그때도 혐오했고, 지금도 혐오한다. 나는 그의 장애와 부패, 그리고 그가 숨 쉴 때 어려움을 겪는다는 사실을 받아들이면서 그를 응시했다. 하지만 그를 향한 동정심은 없었다.

그가 좀 더 착한 사람이었더라면, 이런 일은 없었을 것이다.

그는 내 시선을 되받았다. 앞마당에서 놀고 있던 아이들은 뭔가 새롭고 흥미로운 일이 일어나고 있음을 깨닫고는 침묵했다. 나는 휠체어 바퀴들이 돌아가는 것을 보았고, 그의 흐린 눈은 나를 위아래로 훑었다. 순간 그는 내가 누군지 알아챈 듯 미소를 지었고, 그 미소를 본 순간 위장이 오그라드는 것을 느꼈다.

"이런 젠장!" 그가 웃으며 말했다. 내가 그를 마지막으로 본 이후 또 다른 치아가 빠진 모양이다. "완벽한 공주 아냐! 우린 네가 죽은 줄 알았어!"

"실망하게 해서 미안하네요." 나는 뒤로 물러서지 않으며 대차게 대답했다. 이런 인간에게 약점을 보여줄 수는 없다. "아직 생생하게 살아 있고, 다리도 움직여요."

그는 아이들에게 그만 처다보라고 소리치고는, 담배에 불을 붙였다. 언제나처럼 그는 내 얼굴에다 대고 담배 연기를 내뿜는 걸 즐기는 듯했다.

"그래서, 어쩐 일로 황송하게도 우릴 찾아온 거야?" 그는 눈을 가늘게 뜬 채 담배 연기 사이로 나를 올려다보며 말했다. "우리 조를 찾고 있다면, 그는 떠난 지 오래야."

나는 그들이 조를 자신의 소유인 양 '우리 조'라고 부르는 게 싫었다. 그가 어린 시절 대부분을 이 집에서 살았을지 몰라도, 그는 결코 그들 중 한 사람이 아니었다. 내가 그를 만났을 때, 그는 이미 여기를 벗어나기 위해 다른 사람들의 집 소파를 전전하고 있었고, 다른 길을 걷기 위해 싸우고 있었다.

처음으로 내가 조의 맨몸을 보았을 때, 이 남자의 벨트가 남긴 흉터들을 보았다. 그의 등 전체에 학대와 방치의 추악한 그림을 그리고 있던, 붉게 부풀었다 옅어진 자국들. 내가 볼 수 없었던 상처들은 더 심했다.

나는 이상주의적인 세계관에 근거해서, 어떻게 그들이 양육을 계속할 수 있도록 허가를 받았는지 항상 궁금했다. 이제 나이와 경험을 통해, 나는 아무도 불평하지 않는다는 것을 더 명확하게 이해한다. 그들은 불평하기에는 너무 무서웠고, 크레이지 번치 부부는 매력적이고, 자상하고, 자기희생적으로 보이는 법을 알았기 때문에 필요할 때면 쇼를 할 수 있었다.

내가 일하는 학교의 몇몇 아이들 역시 위탁 양육을 받고 있고, 그 아이들의 새로운 가족들에게 위탁 양육은 직업이 아니라 소명이어서, 그들은 사랑하게 된 아이를 돌려주며 받게 되는 마음의 상처나 고통은 고려하지 않는다. 나는 위탁 양육 시스템에 있는 사람들 대부분이 이와 같기를, 아이들에게 두 번째 기회와 안정을 기꺼이 주는 현실 세계의 천사이기를 바란다.

나는 크레이지 번치 부부에게 여전히 화가 났다. 조 때문에 화가 났고, 그 이전에 왔었던 아이들과 버려진 빨래 건조대와 썩은 방수포 조각으로 요새를 만들고 있는, 지금 여기 있는 아이들 때문에 화가 났다.

"알아요." 나는 어떤 감정을 드러내는 순간 그에게 만족감을 줄 것을 알기에 최대한 담담하게 대답한다. "그를 찾고 있는데, 당신이 날 도와줄 수 있을지 궁금해서요."

그는 눈썹을 치켜올리고, 내가 한 말을 생각하며 연기를 내뿜는다. 배수관 옆에는 빗물받이용 통이 있는데 분명 친환경적인 리모델링 설비로 설치된 것이었지만, 이 주택 소유자에게는 의미가 없었다. 이미 윗부분은 대충한 톱질로 잘려 나갔고, 그가 던진 담배꽁초가 그 안에 가득했으니까. 담배꽁초는 지저분해 보이는 물의 표면을 떠다녔다.

"내가 왜 그래야 하지?" 그가 내 대답에 진심으로 관심이 있다는 듯한 표정으로 물었다. 나는 순간적으로 내가 액션 영화의 멋진 여주인공들─라라 크로프트*나 블랙 위도우**─중 한 명이 되어 그를 땅에 쓰러뜨리고 내가 요구하는 바를 따르지 않으면 그를 죽여버리겠다고 위협하는 상상을 했다.

하지만 난 액션 영화에 나오는 악당을 혼내주는 여주인공이 아니었다. 나는 그저 학교 관리자일 뿐이고, 주짓수도 할 줄 모르니까 말이다. 더욱이 그를 만지고 싶지도 않았다. 대신에 나는 적어도 그가 관심을 둘만 한 방식으로 대답한다.

"가진 게 많지는 않지만, 돈을 줄게요. 그의 친부모의 이름을 알려준다면요. 주소까지 찾아주면 더 좋고요."

"그들은 더블린으로 돌아갔어. 말해주고 싶어도 그들이 어디에 있는지 말해 줄 수가 없어. 하지만 그들의 이름은 기억해. 얼마나 줄 거야, 공주님? 네겐 돈이 좀 있겠지. 크고 화려한 집이나 그런 것들 말이야. 지금 넌 특별한 사람이 되었겠지, 안 그래? 변호사야? 의사? 회계사?"

"아뇨, 난 그냥 학교 사무실에서 일해요. 나에겐 지금 50파운드가 있고, 다시는 당신을 귀찮게 하지 않을 거예요."

그는 곰곰이 내 제안을 따져보더니, 예상했던 대로 더 많은 액수를 불렀다. 나는 그가 마음속에서 우러나온 선함으로 내게 정보를 알

---

* 〈툼 레이더〉 시리즈의 여주인공
** 마블 영화의 여자 슈퍼 히어로

려줄 거라고는 단 1초도 생각해 본 적이 없다. 왜냐하면 그는 마음도 선량함도 없는 사람이니까. 그 역시도 한때는 달랐을 것이다. 그도 순진한 아이였을 때가 있었을 테고, 나는 그의 잔인함과 다른 사람들에 대한 무시 뒤에 슬픈 이야기가 있고, 그 역시 자신만의 상처가 있을 것이라 생각했다. 하지만 알고 싶지 않았다.

우리는 결국 한 숫자에서 합의를 보았고, 나는 오는 길에 현금 인출기에서 뽑아 온 지폐를 건넸다. 아이들은 여전히 관심 있게 지켜보고 있었고, 개는 게으르게 한쪽 귀를 쫑긋 세우고 있었다.

"어머니 이름은 모나였어." 그는 나를 믿을 수 없다는 듯 아주 천천히 현금을 세면서 말했다. "모나 패럴. 아버지 이름은 라이언이었고. 패트릭 라이언. 하지만 100% 확실하진 않아. 어쨌든 패디라는 애칭으로 불리는 이름이었어. 그런데 그게 왜 너에게 도움이 될 거라고 생각하는지 모르겠네. 그들은 조가 네 살이었을 때 포기하고 위탁을 보냈어, 맞잖아? 우리가 개입할 수 있어서 잘된 일이었지. 부모와 같은 책임감이나 뭐 그런 것들 때문에라도 말이야."

왜 그 이름들이 나에게 도움이 되리라고 생각하는지, 나 자신도 알 수 없었다. 하지만 어떤 정보라도 도움이 될지 모른다. 나는 그들이 더블린에서 왔고, 조가 거기로 갔다는 걸 이미 알고 있었다. 그가 햇볕 사이로 나를 올려다보는 동안, 나는 왜 이곳을 방문해야 했는지를 깨달았다. 나는 조가 살았던 곳이 어떤 곳인지, 그가 성장하는 동안 직면했던 것이 무엇인가를 상기할 필요가 있었다.

"우리가 아는 것처럼, 조가 훌륭하게 성장한 건 절대적으로 기적이에요." 나는 자리를 뜰 준비를 하면서 조용히 말한다.

"그래, 그래. 주님께 감사할 일이지. 자, 이제 꺼져. 난 〈레이싱 포스트〉*을 읽어야 하니까."

그는 다시 안으로 들어가기 위해 휠체어를 이리저리 움직였고, 나는 휠체어에 정강이가 부딪히지 않도록 뒤로 물러났다. 그는 문을 열어둔 채 집 안으로 사라졌다.

나는 잠시 서서, 정신을 가다듬으며 차오르는 메스꺼움과 싸워야 했다. 조의 부모님은 그를 여기에 두고 떠났다. 이런 곳에서 견디도록 내버려 두었다. 우리 부모님은 내가 사랑하는 남자와 이어진 생명줄을 끊음으로써 나를 보호했다. 나는 내가 어떤 부모가 되었을지 알 기회를 결코 얻지 못했지만, 그래도 혹여 그런 일이 가능했다면 조나 내 부모님들보다는 나았기를 바라고 또 바랐다.

나는 아이들이 빗물받이용 통에서 물과 담뱃불을 퍼내어 서로에게 던지면서 내지르는 비명과 고함을 들었다. 그들 중 한 명은—일곱 살 정도로, 분명 학교에 있어야 할 나이로 보인다—고개를 한쪽으로 젖힌 채 서서 나를 쳐다보았다.

그는 내 쪽으로 다가오고 싶지만, 자신이 없는 듯 반쪽짜리 미소를 지어 보였다. 그는 분명 더 어린애들을 돌봐야 할 책임을 지고 있으리라. 그 생각을 하자 마음이 아파왔다. 나는 핸드백을 뒤져서 펜과 오래된 영수증을 찾아내, 그 위에다 내 전화번호를 휘갈겨 적었다.

그러고는 소년에게 십 파운드짜리 지폐와 전화번호가 적힌 영수증을 건넸다. 소년은 수줍은 표정으로 받았다.

"만약 내 도움이 필요한 때엔, 나에게 전화해도 돼. 내 이름은 제스야. 그리고 그 돈으로 아이스크림 차가 오면 아이스크림 사 먹어. 알았지?" 나는 웃으며 말했다. 하지만 그가 놀랄까 봐 더 가까이 가지

---

*   경마, 스포츠 도박 등을 전문으로 다루는 신문

는 않는다.

그는 고개를 끄덕이며, 초조하게 창문을 쳐다보다가 재빨리 양말 속에 현금을 숨긴다. 너무 어린데, 또 머리가 좋았다.

나는 아이와 작별 인사를 했다. 개는 게으르게 꼬리를 콘크리트 바닥에다 두드렸다.

나는 언젠가 이 개를 위해 다시 이곳을 찾으리라 결심했다.

17

우리가 더블린으로 가는 데는 며칠이 더 걸릴 듯했다. 나는 가족 변호사를 찾아, 어머니가 남긴 유언장과 재정에 대한 기술적인 부분을 상담받았다. 그리고 변호사는 어머니가 내게 쓴 편지를 건네주었다. 나는 여전히 어머니에게 화가 났지만, 한편으로는 여전히 그녀가 그립기도 했다. 혼란스러운 감정이 뒤섞인 상태에서 도저히 어머니의 편지를 읽을 수 없을 것 같아, 언젠가를 위해 따로 넣어두었다.

벨린다는 '조를 찾아서'라는 이름으로 모인 우리에게 큰 도움이 될 것이다. 벨린다는 마이클과 함께 조사를 하기 시작했다. 마이클은 그녀와 함께 있을 때면 두려움과 흠모 사이에서 괴로워하는 것처럼 보였고, 벨린다는 그에게 무자비하게 장난을 치면서 즐기는 듯했다.

내가 법률사무소로 다시 돌아왔을 때, 마이클은 나를 와락 껴안았다. 충돌 사고가 있었던 그날 밤에 대한 이야기를 듣고 여전히 충격을 받은 상태인 것처럼 보였다. 그는 분명 그 일에 대해 나와 이야기하고 싶어 했지만, 그럴 수 없었다. 나를 치료해주었던 치료사들이 보았

다면 뒷걸음질이라고 생각할 테다. 하지만 지금 이 순간 살기 위해서
의도적으로 기억을 차단해야만 한다.

마이클은 우리 집에 머물렀다. 여기서 그는 항상 시끄럽고, 밝고,
무질서하지만 새로운 삶의 감각을 불러일으켰다. 그가 없었다면, 이
임무가 없었다면 나는 아마도 지금쯤 휑뎅그렁한 큰 집에 홀로 남아
앞으로의 내 삶을 어떻게 해야 할지 고민하며 지냈으리라.

조는 나에게 또 다른 선물을 주었다. 그것은 바로 목적의식이다.

우리는 리버풀에서 더블린으로 가는 연락선을 탔다. 벨린다는 뱃
멀미를 했는데, 평소의 그녀답지 않게 약점을 표출한 일을 두고 자신
에게 분노한 것 같았다. 우리는 성 스테판 그린 공원 근처의 작은 호텔
에 머물기로 했다.

이 지역은 사람들로 북적거렸고 아름다웠다. 그래프턴 거리의 상
점들은 분주해 보였고, 지역 주민들과 관광객들, 학생들 위로 햇볕이
내리쬐고 있었다.

우리는 그린 공원에 있는 연주대 근처에서 점심으로 피크닉을 즐
겼다. 우리 주변으로도 피크닉을 즐기는 많은 사람들이 보였다. 우리
앞에는 종이와 노트, 도시 지도와 내 백팩이 펼쳐져 있다.

그건 아이의, 사실 내 아이의 백팩이었다. 벨린다가 친절하게도
일부러 이 백팩을 나에게 갖다주었고, 나는 그런 그녀의 행동에 감동
했다.

그녀는 그레이스의 소지품으로 가득 찬 상자를 자신의 다락방에
다 보관하고 있었다. 나는 언젠가는 그 상자를 찬찬히 훑어봐야 할 것
임을 알고 있다. 하지만 현재로서는 탐험가 도라 백팩만 있어도 충분
했다. 나는 떨리는 두 손으로 백팩을 잡았고, 그 순간 예쁜 내 딸에 대
한 기억이 가득 차올랐다. 공원으로 갔던 여행들, 그녀의 유치원까지

걸어갔던 일, 가게들을 방문했던 일…….

그건 그저 작은 플라스틱 배낭일 뿐이지만, 기쁨과 고통이 담긴 귀한 물건들을 품고 있다. 작은 솔빗, 부드러운 빗의 털 속에 여전히 얽혀 있는 연약한 금빛 머리카락들, 빈 건포도 상자들, 〈토이 스토리(Toy Story)〉의 카우걸 제시의 작은 조각상, 그녀가 닷새 밤 동안 〈굿나잇 문(Goodnight Moon)〉을 읽은 후 우주에 있는 우리 세 사람을 그린 그림…….

나는 그녀의 세계가 행복한 세계였음을 떠올린다. 그녀는 아주 많이 사랑받았고, 소중하게 여겨졌으며, 단 하루도 슬픔을 알지 못했다. 나는 언제나 그녀가 더 오래 살지 못했다는 사실에, 우리가 그녀와 더 오래 함께하지 못했다는 사실에 화가 날 것이다. 하지만 이미 우리가 가진 모든 것이 소중하다.

나는 자꾸만 손을 뻗어 배낭을 쓰다듬거나 무릎 위에 올려놓곤 하는 나 자신을 발견한다. 백팩은 성인인 내가 제대로 매기엔 너무 작았지만, 한쪽 어깨에 걸칠 수는 있었다. 그렇게 하면 그녀를 내 가까이에 둘 수 있을 테니까.

벨린다는 우리가 밥을 먹고 수다를 떨고 북쪽으로의 여행을 계획하는 와중에 나의 행동을 알아차린 듯했다. 마이클은 햇빛 아래 길게 누워있었다. 선글라스를 끼고 있었는데, 아마도 몰래 이 지역의 섹시한 남자들을 확인하는 모양이다.

"난 이곳이 좋아." 그가 동경하듯 말한다. "여긴 너무 아름다워. 카지노도 있고, 또 가게들도 있고, 고고학 박물관도 있어. 그리고 우리가 율리시스의 발자취를 밟아볼 수 있었던 그 선술집, 데이비 번스*

＊　제임스 조이스의 유명한 소설 〈율리시스(Ulysses)〉에 실제로 등장하는 선술집이다.

도 있고……. 남자라면 뭘 더 바랄 수 있겠어?"

"옷에 대한 좀 더 나은 취향?" 벨린다가 그의 하와이안 셔츠를 향해 얼굴을 찡그리며 말했다.

"누난 그냥 질투하는 거야." 그가 침착하게 대답했다. 분명 햇볕을 쐬니 대담해진 것이다. "모든 사람이 이런 복장을 할 수 있는 건 아니야. 벨린다 누난 사회적인 전사 유니폼을 계속 입는 게 좋을 것 같네."

그녀는 자신이 사회적 전사임을 상징적으로 보여주는 닥터마틴 신발로 그를 부드럽게 발로 찼고, 그는 비명을 질렀다. 다시 학교로 돌아온 기분이었다. 나는 우리가 가져온 것들을 챙기기 시작했다. 우리에겐 할 일이 있으니까.

벨린다는 조의 생년월일과 부모님의 이름을 이용해서 출생 증명서를 추적했고, 그 결과 한 주소를 알아낼 수 있었다. 하지만 이미 알고 있듯이, 이 주소는 최근의 것이 아닌 오래된 정보였다. 그들은 조가 어렸을 때 잠시 맨체스터로 이사했고, 조는 적어도 다시 돌아오지 않았다.

우리는 그들을 기억하는 한 이웃을 찾을 수 있었지만, 딱히 좋은 기억을 가지고 있진 않았다. 그리고 그녀는 모나의 고향이라고 여겨지는 쿠룩이라는 지역을 우리에게 가르쳐주었다. 그 정보를 바탕으로 우리는 온라인 데이터베이스를 구독했고, 모나 패럴을 찾아낼 수 있었다. 마침내 우리는 오늘 오후 그 특별한 마법사를 만나러 간다.

마이클은 나이를 먹어 고루한 우리 두 사람에게 좌절한 모양이다. 그의 계획은 마지막으로 조가 있었다고 알려진 곳으로 곧장 가서 일을 시작하는 것이었다. 하지만 나는 반대였다. 나는 처음부터 시작해서 끝까지, 그 과정을 거쳐나가고 싶었다.

"이유가 있어." 나는 연락선 항구에서 차를 몰고 오는 길에 그에게 말했다. "그의 마지막 편지가 런던에서 왔고, 그가 곧 이사할 거라고 말했기 때문이야. 그러니 우린 건초 더미에서 바늘을, 더 이상 거기에 있지 않을 수도 있는 바늘을 찾아야 할 거야. 하지만 적어도 더블린에서는 우리에게 기회가 있어. 그는 아마 부모님을 찾으러 왔을 거야. 그래서 우리가 그들을 찾아내면 그의 흔적을 찾을 수 있는 거지. 게다가 다른 이유들도 있어."

"한 가지는 제스가 이미 그와 너무 오랫동안 떨어져 있었다는 거지." 벨린다가 덧붙였다. "삶이 그를 어떻게 대했는지, 그날 이후 그에게 실제로 무슨 일이 일어났는지 전혀 몰라. 제스는 한동안 그의 입장이 되어 봐야 해. 같은 길을 걸을 필요가 있어. 그래야 우리가 마침내 그를 찾았을 때, 제스가 이해할 수 있으니까. 제스는 따라잡기를 하고 있는 거야."

나는 고개를 끄덕였고, 그 외 말을 덧붙이거나 하지 않았다. 또한 나는 그의 마지막 편지에서 가슴을 아프게 했던 말을 떠올렸다. 마지막 편지에서 그는 우리가 다시 서로를 이해하기에는 너무 많은 시간이 흘렀고, 너무 많은 일이 있었다고 말했었다. 나는 그가 틀렸다는 것을 증명해야 한다. 나는 벨린다가 말한 대로 그가 걸었던 길을 걸을 필요가 있었다. 그의 처지가 되어 보는 것.

마이클은 자신이 소셜 미디어를 통해 아직 조의 위치를 파악하지 못했다는 사실에 당황하며, 이 상황을 불만족스러워했다. 인간이 소셜 미디어 없이 기능할 수 있다는 사실을 그는 완전히 믿을 수 없는 듯 보였다.

우리는 멋진 곳을 뒤로 하고 차로 돌아가, 쿠록으로 차를 몰았다. 나는 이곳에 와 본 적이 없다. 관광객들조차도 이곳에 와 본 적이 없을 것이다. 하지만 마이클이 구글에서 검색한 결과에 따르면, 이곳은 그가 들어본 적 없는 영화 〈커미트먼트(The Commitments)〉의 촬영 장소였다. 그래서 벨린다는 가는 내내 〈무스탕 샐리(Mustang Sally)〉*를 불렀다.

마침내 그녀를 찾기까지는 몇 가지 시작 단계에서의 실패가 있었다. 그녀는 우리가 아는 주소에 사는 것이 아니라, 조금 떨어진 1층 아파트에 살고 있었다. 이곳 전체가 70년대의 왜곡된 시간 속에 갇혀 있는 하나의 큰 주택단지처럼 보였다. 우리가 마주치는 사람들에게서는 친절함―부드럽고 경쾌한 억양으로 우리를 돕고, 심지어 쇼핑백에서 꺼낸 칩을 우리에게 내밀기까지 한다―과 노골적인 적대감이 묘하게 혼합되어 있었다.

우리가 실제 그녀가 사는 곳을 찾았을 때, 마이클은 상류층 영국 부인, 흑인 여성, 게이들은 이곳에서 적합하고 자연스러운 환경을 찾지 못했을 것이라는 우려의 목소리를 내기 시작했다. 그는 오늘 아침에 본 더블린을 갈망하고 있는 게 분명하다.

우리가 주차하자마자, 그는 즉시 '자기들이 차를 지켜봐 주길 바라느냐'고 묻는 한 무리의 아이들에게 둘러싸였다.

마이클은 혼란스러워 보였고, 이러한 상황과 관련해서 베테랑인 벨린다는 우리가 다시 밖으로 나올 때까지 양쪽 백미러가 온전하고 타이어에 구멍이 뚫리지 않을 것을 기대한다는 엄한 표정으로 5유로짜리 지폐를 건네주었다. 나는 만약을 위해 도라 백팩을 챙겼다.

문을 열고 나온 여자는 한 백 살쯤은 되어 보였다. 우리가 잘못 찾아온 것일까. 우리가 가지고 있는 PDF 파일 형태의 출생 증명서에 따르면, 모나 패럴의 나이는 겨우 예순이다. 흔히 내 주변의 예순인 사

---

*   영화 〈커미트먼트〉에 나오는 노래

람들은 활기찼고, 여전히 일하고 있거나, 활발한 은퇴를 기대하고 있거나, 유람선 여행을 하고 있었다.

하지만 모나의 세계에서 예순은 문간에 선 저승사자를 보는 걸 기다리는 시간처럼 느껴졌다.

높은 광대뼈가 눈에 띄는 수척한 얼굴 뒤로 그녀의 힘 없는 머리카락이 빗어서 넘겨져 있었다. 그녀는 한때 헤로인에 중독된 사람처럼 너무 야위었고 내면이 텅 빈 듯한 표정을 하고 있었다. 그녀는 키가 크지만 수척하고 구부정했고, 어깨가 말려 있어서 마치 다음번에 넘어지면서 받을 충격을 준비하고 있는 듯했다. 그녀의 눈, 크고 갈색이며 빛을 내는 눈만이 조를 떠올리게 했다.

우리가 밖에 서 있는 동안 그녀는 혼란스러워하며 우리를 쳐다보았다. 나도 그녀를 쳐다보았다. 그리고 그녀가 나를 위아래로 훑는 순간, 나를 알아는 보지만 정확히 어떻게 알게 된 사람인지는 모르겠다는 듯, 그녀의 눈이 가늘어지는 것이 보였다.

이상한 느낌이 들었다. 이 사람은 조의 어머니다. 그를 세상에 나오게 한 여자이자 그를 버린 여자이다. 그녀는 그레이스의 친할머니이고, 우리는 피와 상실을 통해 연결고리를 공유하지만, 여기에 있는 지금 나는 그녀에게 무슨 말을 해야 할지 전혀 알 수 없었다.

"패럴 씨?" 그때 벨린다가 말했다. "모나 패럴 씨 아니신가요?"

"그럴 걸요." 그녀는 오목한 가슴을 가로질러 팔짱을 낀 채 거칠어 보이려고 애쓰며 대답한다. "그러는 당신들은 누구요? 뭔가를 팔러 왔다면, 운이 없으시구먼."

"조의 어머니이신가요?" 불쑥 꺼낸 내 말에, 그녀의 태도가 즉각적인 변화를 불러일으킨다. 뻣뻣했던 태도가 누그러지고, 두 손은 꼭 쥐어지고, 눈이 휘둥그레진다.

"조는 괜찮아요? 당신들, 경찰은 아니죠, 그렇죠?" 그녀가 다급하게 물었다.

"아니에요, 경찰이 아닙니다." 나는 그녀의 반응이 놀라우면서도 한편으로는 감격스러웠다. 우리는 여기에 왔다. 조의 어머니와 함께 있다. 그를 찾기 위한 여정의 첫 번째 단계에 와있다. "제 이름은 제스입니다. 우린 한 번도 만난 적은 없지만, 조와 나는…… 우린 함께 지냈습니다. 그리고 우리에게 아이가 있었습니다. 그리고…… 지금 전 그를 찾고 있습니다."

그녀의 냉담한 얼굴 위로 감정들이 춤을 추었고, 나는 그녀가 감정을 추스르려고 애쓰는 것이 느껴졌다. 결국, 그녀는 뒤로 한 발짝 물러서며 말했다. "그럼, 들어오는 게 좋겠군요."

아파트는 작지만 놀라울 정도로 깨끗했다. 거실은 거대한 평면 TV가 차지하고 있다. 그녀가 차를 끓이겠다며 총총걸음으로 자리를 뜨자, 나는 주위를 둘러보았다. TV가 있긴 해도 이곳은 소박하고 기본적인 것만 갖춘 것처럼 느껴졌다. 달랑 한 개의 사진만이 액자에 넣어져 있었는데, 그 사진을 보는 순간 마음에 쩍하고 금이 가는 것만 같았다.

나는 액자가 서 있는 창턱으로 걸어가서 사진을 집어 들었다. 조와 그레이스가 찍힌 사진이다. 그레이스의 세 번째 생일파티 때 찍은 것이었다. 그다지 대단한 파티는 아니었다. 그날은 우리 세 사람이 공원으로 소풍을 갔던 날로, 나는 그날을 생생하게 기억한다. 10월이었지만 이상하게도 따뜻하고 맑은 날이었다. 나무들은 금빛으로 변하고, 나뭇잎들은 길 위로 수북이 쌓여갔다. 우리는 담요와 그레이스의 인형 전부를 가지고 갔고, 그것들을 잘 진열했다. 모든 인형에는 초콜릿으로 만든, 아주 작은 조각으로 자른 애벌레 케이크가 담긴 종이

접시를 줬고, 조는 그들 모두에게 케이크를 먹여 주는 일을 맡았다.

우리는 케이크를 먹고, 생일 축하 노래를 부른 다음, 나뭇잎 사이로 서로를 쫓기도 하고 적갈색과 황갈색, 구릿빛 낙엽 더미들을 발로 걸어차기도 했다.

이 사진은 내가 찍은 것인데, 아마도 그레이스를 찍은 거의 마지막 사진 중 하나일 것이다. 나는 사진을 가슴에 안았다. 사진 속 두 사람이 너무 보고 싶은 나머지 몸이 아플 지경이었다. 이런 감정의 고조는 사탕처럼 달콤하지만 유해하다. 그리고 나는 이러한 것에 대비해야 한다는 걸 깨닫는다. 조의 행적을 뒤따르는 건 그들 두 사람을 기억하는 고통과 즐거움에 나 자신을 개방하는 것을 의미한다. 내가 차단한 시간들을 다시 방문할 수 있도록 나를 허용하는 것을 의미한다. 그건 정신건강과 안전을 이유로 폐쇄했던 산책로를 걷는 일이다.

하지만 가치가 있는 일일 것이다. 그때, 모나가 문간에서 지켜보는 걸 느꼈다. 그녀는 잠시 멈춰 서서 조심스럽게 바라보다가 이내 차를 내어주었다. 그러고는 내 쪽으로 걸어와서 액자를 받아 들었다.

그녀는 사진을 바라보더니, 이내 나를 보며 웃었다. 슬퍼 보이긴 해도, 미소가 그녀를 변화시켰다. 수십 년이라는 시간을 얼굴에서 빼앗아 갔다. 나는 삶이 그녀를 변화시키기 전에 그녀가 얼마나 아름다웠을지 언뜻 생각했다.

사진을 원래 있던 자리에 다시 내려놓은 그녀의 옹이진 손은 위안을 찾으려는 듯 목에 걸고 있는 십자가로 옮겨갔다.

"그가 어디 있는지 아세요?" 난 조심스럽게 물었다. 나는 그녀로 인해 힘든 삶을 산 조를 생각하며 그녀를 미워할 것이라 예상했지만, 여기에 있는 나는 그럴 수 없었다. 어떤 비판적인 생각도 그녀 삶의 투명한 슬픔, 방에서 방으로 옮겨 다니는 그녀를 뒤따르는 후회의 구름에 의해 누그러지고 말았다.

"아니요, 난 몰라요. 미안해요. 그 애는 몇 년 전에, 2004년인가 2005년에 여기에 있었어요. 내 기억력이 대단하진 않지만요. 그가 문간에 나타났을 때 믿을 수가 없었죠. 다 큰 어른이었어요. 나는…… 그 많은 시간이 지났는데도 여전히 그를 알아봤어요. 그의 눈, 언제나 사람 마음을 녹이는 눈을 알아봤죠. 그는 잠시 이곳에 머물렀지만…… 음, 그땐 내가 제정신이 아니었어요. 정신머리나 몸뚱이 모두 다 말이에요. 나는 그를 떠나보냈다는 게 부끄러웠고, 나라는 사람이 부끄러웠고, 나란 사람이 그의 엄마로서 자격이 없다는 걸 알았어요……. 내가 그에게 줄 수 있는 세상이 그에겐 온당치가 않았어요."

그녀는 처음 그를 떠났을 때와 최근의 일을 동시에 이야기하고 있는 듯했다. 그녀의 말에는 상처받은 세계가 있고, 그녀의 눈에 맺힌 눈물로 그 세계가 빛을 반짝이고 있었다.

그녀는 눈물이 어리는 걸 제지하는 듯 눈을 깜빡거렸고, 그러고는 나를 슬프게 바라보았다.

"그 애는 나에게 당신에 관한 모든 걸 말해줬어요. 제스. 꼬마 그레이시에 대해서도 말해줬고요. 그리고 그 사진을 보관하라고 줬죠. 그는 당신을 매우 사랑했고, 그리고 그의 가엾은 마음은 일어난 그 일에 상처를 받았어요. 그는 당신을 몹시 그리워했지만, 그는 떠나야만 한다고 말했어요. 당시에 당신은 그가 곁에 있는 것을 원하지 않았고, 그가 당신 곁을 떠나고 그가 없는 상태에서 당신이 건강을 회복하는 게 두 사람 모두에게 낫다고 말했어요."

"그건 사실이 아니었어요." 나는 그녀의 팔을 만지려고 손을 뻗으며 재빨리 말했다. 버썩 마른 그녀의 피부를 통해 뼈가 만져졌다. 그녀는 살짝 몸을 떨었다. 문득 누군가가 애정이나 사랑의 손길로 그녀를 만진 게 얼마나 오래됐을까 하는 생각이 들었다.

"제가 너무 아파서 제 생각을 말할 수 없을 때, 부모님이 저를 위해 그런 선택을 했습니다. 어머니가 최근에 돌아가셨는데, 저는 그 사실을 이제야 알았어요. 전 질대 그를 떠나보내지 않았을 겁니다. 저도 그를 사랑했어요."

그녀는 고개를 끄덕이고는, 부엌에서 가져온 등받이 없는 작은 의자에 앉는다. 이 아파트에는 작은 1인용 소파가 하나밖에 없다.

"난 당신을 믿어요." 그녀가 대답했다. 그러고는 차를 홀짝이다 입술을 데어 얼굴을 찡그렸다. "그리고 지나간 일은 지나간 일이죠. 당신 어머니는 최선이라고 생각하는 일을 했을 거라고 생각해요. 조도 그런 일을 당할 이유는 없었지만, 그 불쌍한 녀석은 운이 좋은 경우가 별로 없었어요, 그렇죠? 우리가 그를 세상에 나오게 한 건 좋은 시작이 아니었어요. 그건 확실해요."

"그의 아버지가 아직 살아 계시나요?" 벨린다는 거의 눈에 보일 듯한 감정의 소용돌이에 면역이 되었는지, 현재 상황에 집중하며 묻는다. "그에게 무슨 일이 있었는지 그가 알고 있을까요?"

"그는 오래전에 죽었어요. 약물 과다복용이었죠. 우리가 살아온 삶은…… 유독한 삶이었어요. 우리가 조를 맨체스터로 데려갔을 때, 그게 우리에겐 새로운 출발이어야만 했어요. 하지만 그러질 못했어요. 그건 그저 다른 장소에 있는 똑같은 오래된 것들이었죠. 마약, 돈을 얻기 위해 아등바등하기, 나쁜 사람들…… 조를 거기에 남겨둔 일, 그게 어떻게 보일지 알아요. 하지만 맹세코 그를 위해 그게 더 나을 거라는 게 내 생각이었어요. 그의 아버지는 망상이 있었고, 항상 현금을 절실히 필요로 했어요…… 있잖아요, 어렸을 때 조는 작은 창문으로 들어가 쓸모 있는 사람이 될 수 있었어요. 그러고 나서 상황이 더 나빠진 적이 있었고, 집안에는 어린 남자애를 다른 면에서 유용할 것으로 본 사람들이 있었어요……."

그런 환경에 갇혀 있는, 그레이시보다 나이가 많지 않은 조를 생각하니 속이 얼어붙는 듯했다. 나는 모나가 내 표정을 보는 걸 원하지 않아서, 앞에 놓인 찻잔을 응시했다.

"난 그의 엄마였어요." 그녀는 이런 유의 생각의 길을 여러 번 밟았고 모든 각도에서 검토했음을 암시하는 간결한 어조로 말했다. "그리고 그를 보호하는 게 내 일이었어요. 하지만 그러지 않았어요. 그럴 수가 없었어요. 나 자신이 너무 엉망진창이었으니까요. 그러니 내가 다른 사람을 비난하고 있다고 생각하거나 책임을 벗어나려 한다고 생각하지는 말아요. 난 지난 몇 년 동안 그런 생각을 감내해왔어요. 약을 끊는다는 건 생각만큼 대단한 게 아녜요. 그것은 내가 얼마나 사악했는지를 더 분명하게 알 수 있다는 걸 의미하거든요."

나는 고개를 끄덕이고는 조의 어린 시절 모습을 억지로 머릿속에서 지워버리려 했다. 피해는 내가 그를 만났을 때 이미 발생한 것이었고, 지금은 미래를 생각할 시간이니까.

"어느 날 밤 이웃들이 경찰을 불렀고, 경찰이 그를 데려갔어요. 우린 심지어 그 사실을 알지도 못했어요. 약에 심하게 취해있었거든요. 그리고 우리가 그 사실을 알아차렸을 때 난 우리가 없는 편이 그에게 더 낫다고 결론 내렸어요. 그 이후로 난 매일 그 결정을 후회하고 있어요. 하지만 적어도 그는 좋은 가족에게 갔고, 그들과 함께 좋은 삶을 살았어요."

마이클은 크레이지 번치 부부를 만난 적이 없다. 하지만 벨린다와 나는 그녀의 말에 똑같이 놀란 표정을 지었다. 그 어떤 우주 세계라 해도 조의 어린 시절은 좋은 시절로 묘사될 수 없었고, 그 번치 가족은 '좋은' 가족으로 묘사될 수 없었다. 나와 벨린다는 조가 거짓말을 했을 것임을 동시에 깨달았다. 그는 망가진 그녀가 훨씬 더 심하게 망가지지 않도록 아름다운 허구를 꾸며냈음이 틀림없다.

오늘 나는 여러 슬픈 일들을 듣고 보았는데, 나를 울게 만드는 건 이 대목이다. 조는 그가 경험한 모든 것과 그에게 행해진 모든 것에도 불구하고, 깜짝 놀랄 정도로 동정심과 품위를 유지했다.

"글쎄요, 사실은……" 말을 꺼낸 벨린다의 얼굴에는 분노가 어려 있었다.

"좋은 사람들이었습니다." 그녀가 더 많은 이야기를 하기 전에 나는 그녀의 말을 가로막았다. "맞아요, 그는 괜찮은 삶을 살았습니다."

벨린다의 노려보는 시선이 느껴졌지만, 기꺼이 무시한다. 조는 모나가 더 이상 고통받는 것을 원하지 않았고, 우리 역시 그의 생각을 존중해야 한다고 굳게 믿었다.

"그가 어디로 갔을지 혹시 아세요? 우린 그가 한동안 더블린에 있었다는 걸 알고 있습니다." 나는 질문의 기회를 적당히 엿보다 물었다.

"확실히는 몰라요. 난 상태가 좋지 못했어요. 그때까지 재활원에서 여러 번 기회가 있었지만, 여전히 벗어나질 못했어요. 그 당시 나는 이 세상과 다른 세상을 들락날락했었습니다. 그는 도와주려고 했어요. 좋은 녀석이니까요. 하지만 그도 불길한 징조를 감지했을 겁니다. 난 그가 시내의 고급 호텔 중 하나에서, 아주 큰 호텔 중 하나에서 일했다고 들었어요. 거기에 가보면 알 수 있지 않을까요?"

그녀는 우리를 도와주려고 애썼고, 나는 벨린다와 마이클의 얼굴에서 분노를 읽었다.

나는 더 이상 여기서는 할 일이 없다고 판단하며 일어섰다. 그러자 다른 사람들도 따라 일어섰고, 우리는 다 함께 방을 가득 채우고서 작은 원을 이루며 어색하게 서 있었다.

"고맙습니다, 어머니." 나는 차분하게 말했다. "그렇게 해볼게요."

그녀는 고개를 끄덕이며, 우리를 문까지 안내해주었다. 벨린다와 마이클이 먼저 걸어 나갔다. 그리고 벨린다는 거리에서 어슬렁거리는 아이들과 농담을 주고받았다.

"조를 찾으면." 십자가를 다시 쓰다듬으며 모나가 말했다. "내가 그를 위해 기도한다고…… 지금껏 항상 그랬고 앞으로도 그럴 거라고 전해주겠어요?"

"물론이죠, 그러겠습니다." 그녀를 안아주고 싶지만, 그녀가 편하게 받아들이지 못하리라는 것을 알기에 그만두었다. 그녀의 삶은 포옹하는 삶이 아니었다.

"그리고 미안해요, 제스 양. 그레이시에게 일어난 일도 그렇고. 당신에게 일어난 일도. 그레이시를 만날 수 있었더라면…… 그 애에게 할머니가 되어 줄 수 있었으면 좋았을 텐데요. 하지만 어쩌면 난 그것마저도 개떡같이 망쳐버렸을 거예요."

그녀의 비속어가 충격적이고 잔인하게 들렸다. 그리고 그녀의 얼굴은 자기혐오의 그림과도 같았다. 나는 우리가 여길 방문한 일이 다시금 그녀가 탈선하는 계기가 되지 않기를 바랐다. 중독의 파도가 그녀의 발치에 와 부서져 그녀가 꼭 붙들고 있는 그 어떤 횃대로부터 그녀를 끌어내리지 않았기를 바란다.

"그건 모를 일이죠. 그리고 우리가 그를 찾으면, 아마도 그를 여기로 데려와서 두 사람이 다시 이야기할 수 있을 겁니다. 아직 너무 늦은 건 아니에요."

그녀가 희망이 도박의 가치가 있는지 가늠해보려 애쓸 때, 그녀의 얼굴 위로 깜박이는 무언가가 스친다. 그녀는 고개만 끄덕인 채 돌아섰다. 나는 차가 출발하기 전, 그녀가 창가에 서서 조와 그레이시의 사진을 바라보는 모습을 보았다.

18

"아휴." 시내로 돌아가며 마이클이 말했다. "불쾌한 경험이었어. 뜨거운 모히토 욕조에 몸을 오랫동안 담그고 있어야 할 것 같은 기분이 들어."

벨린다는 유난히 조용했다. 나는 그녀가 내 뒤통수를 응시하고 있음을 느낄 수 있었고, 결국 항복하고 만다.

"하고 싶은 말 해." 나는 그녀를 돌아보았다. 긴 비난의 말을 예상했지만, 내게 돌아오는 건 슬픈 미소뿐이었다.

"모나를 위해 네가 한 일은 잘했어. 조 엄마한테 크레이지 번치 부부에 대해, 그리고 그녀가 여기서 마약을 하는 동안 조에게 실제로 일어난 일에 대해 말하지 않은 거 말이야. 난 말해주고 싶었거든……. 난 너무 화가 났어. 하지만 나를 제지해줘서 고마워. 그게 조 역시 원하는 거였을 거야. 그가 어떤 배경에서 자랐는지와 관계없이, 그는 나보다 훨씬 더 나은 사람이 됐네."

"맞아." 운전석에 앉은 마이클이 덧붙인다. "왜 그런 거지? 내가 조에 대해 들었던 모든 건 그가 완벽하다고 말하고, 그의 어린 시절에 대한 모든 건 그가 괴물이 되어야 한다고 말해주니까 말이야."

"그가 완벽한 건 아니었어." 나는 미소를 지으며 대답한다. "나도 잘 모르겠는데, 그는 그냥…… 자신만의 도덕적 나침반을 가지고 있는 것처럼 보였다고나 할까? 난 그 사람들이 그를 또 다른 크레이지 번치 패거리의 일원으로 만들려고 했다는 걸 알아. 하지만 그는 그럴 만한 자질을 하나도 갖고 있지 않았어. 대신 연민을…… 아주 많이 갖고 있었어, 내가 보기엔."

"그랬지." 벨린다가 슬픈 목소리로 말했다. "어렸을 때, 그들은 그에게 도둑질해오라며 내보냈어. 처음 몇 번은 그렇게 했지. 하지만 그 다음에 기분이 너무 안 좋아져서 다른 사람들한테 모든 걸 줘버렸어. 약간 로빈후드 흉내를 냈었던 거지. 그 후에 그는 도둑질하는 걸 거절했고, 그에 해당하는 대가를 치러야만 했어."

나는 그의 몸에 있는 흉터들을 보았고, 그리고 그녀가 말하는 사실에 대해 정확히 알고 있다. 순간 다시 화가 치밀었지만, 벨린다가 분노의 작은 거품들을 터뜨려주었다.

"어쨌든, 네가 모나에게 진실을 말하지 않아서 다행이야. 너도 좋은 사람이야, 제스. 조처럼."

나는 그녀의 말에 감동하며, 무슨 말을 해야 할지 모른 채 그녀를 향해 허공에다 키스를 날렸다. 이에 마이클은 크게 웃더니 말했다.

"감동적인 순간이네. 막 작은 기적을 목격한 것 같은 느낌이 들어. 자, 이제 누가 고급 호텔 목록을 만들 거야? 조 어머니의 '고급'이라는 개념에 YMCA가 포함되지 않을까 하는 의구심이 들긴 하지만……."

벨린다와 나는 단서를 찾기 위해 부킹닷컴(booking.com) 웹사이트를 샅샅이 뒤지며, 2004년 당시에도 운영되고 있었던 호텔을 확인했다. 시내로 돌아올 때쯤 우리는 세 군데의 호텔로 구성된 1차 목록을 완성했다. 그리고 세 군데에서 단서를 찾지 못할 때를 대비해서 몇 군데를 후보지 목록에다 올려두었다. 나는 혼자 보낼 수 있는 30분 정도의 은밀한 시간을 위해 각자 하나씩 맡자고 제안했다.

우리는 묵고 있는 덜 고급스러운 호텔에 피아트를 세워 둔 채, 각자의 길을 나섰다. 나는 쉘버른 호텔에서 완전히 실패하고 말았지만, 로비의 대리석 기둥과 인상적인 샹들리에를 즐겼다. 직원들은 예의가 바르며 도움을 주려고 했으나, 그렇게나 오래된 일을 기억하는 사람은 없었다.

나는 근처의 다른 호화스러운 숙박 시설에서 비슷한 실패를 겪고 나오는 벨린다와 마주쳤다. 그녀는 나보다 호텔을 즐기지 못한 듯했다. 그녀는 너무 호화로운 곳에 있을 때면 언제나 "네, 부인, 감사합니다, 부인"이라고 말하며 카나페를 날라야 할 것 같은 느낌이 든다고 말했다.

그녀와 나는 마지막 호텔로 가서 그곳에 마이클이 있으면 합류하기로 했다. 그녀는 혹시 마이클이 그곳에 간 이유를 잊고 호텔로 바로 직행했을 때를 대비해서 한 번 더 조에 대한 정보를 확인해보자고 했다.

"그건 공정하지 못해." 나는 그랜드 서클 호텔의 계단을 오르며 말한다. "걔는 아주 양심적인 애야."

호텔 로비는 정말로 웅장했다. 이국적인 식물과 화분에 심긴 야자수들이 구석구석 배치되어 있고, 고맙게도 에어컨의 시원한 바람이 얼굴을 씻겨주었다. 벨린다는 칵테일 라운지 표지판을 발견하고는 그쪽으로 걸음을 옮겼다. 우리가 스테인드글라스 문을 통해 들어가자마자 마이클의 웃음소리가 들려왔다.

그는 말발굽 모양의 바 가장자리에 있는, 등받이가 벨벳으로 된 의자 위에 앉아 있었는데, 그의 손에는 수상쩍게도 모히토처럼 보이는 음료가 들려있었다. 그는 바 뒤에서 일하고 있는 훨씬 나이가 많아 보이는 여성과 이야기를 나누고—아니 노닥거리고—있었다. 몇 명의 다른 고객이 주변 테이블 자리를 차지하고 있었지만, 마이클은 그녀의 관심을 온전히 독차지하고 있었다.

나는 벨린다가 나에게 보여주는 '거봐, 내가 뭐랬어' 하는 표정을 무시한 채, 사촌 동생에게로 가서 합류했다. 사실, 지금 모히토 한잔 정도는 크게 문제 될 게 없다. 내가 마이클 옆에 자리를 잡고 벨린다가 내 건너편에 앉는 순간, 그는 또 한 번 웃음을 터뜨렸다.

"저 사람 마시는 거랑 같은 걸로 주세요!" 나는 누군가가 영화 〈해리가 샐리를 만났을 때(When Harry Met Sally…)〉에 나온 대사에 대한 언급을 알아차릴지 궁금해하며 말했다.

"오, 그건 내가 가장 좋아하는 영화 중 하나예요!" 여자 바텐더가 풍만한 가슴에다 마른행주를 갖다 대며 외쳤다. "영화가 끝날 무렵에 나오는, 신년 파티에서 그가 그녀의 코 위에 생긴 작은 주름이 좋다고 말하는 부분이잖아요? 난 그 장면을 볼 때마다 울어요!"

이름표가 알려주는 그녀의 이름은 버나뎃이다. 60대 중반은 넉넉히 되어 보이는 그녀에겐 여전히 소녀적인 면이 있었다. 그녀의 머리는 검은색으로 염색되어 있고, 크게 쪽이 지어져 있으며, 눈은 짙은 검정 아이라이너로 완벽하게 스모키 화장을 하고 있었다. 나는 그녀가 전성기에 꽤 파티를 즐기는 소녀였고, 어쩌면 지금도 나에 비하면 파티를 엄청나게 즐기고 있을지도 모른다고 생각했다.

그녀는 자리를 뜨면서 마이클의 손목을 톡톡 치고는, 모히토를 만드는 데 필요한 재료들을 모으기 시작했다.

"그래서." 나는 화가 난 것처럼 바 상판을 손가락으로 두드리며 말한다. "열심히 하고 있는 거지?"

"아니면 그냥 술을 마시거나?" 벨린다가 덧붙인다.

그는 가장 오만한 표정으로 나와 그녀를 바라보고는, 다시 내게로 시선을 돌린다.

"술을 마시면서도 동시에 열심히 일할 수 있지." 그가 진지한 듯 대답했다. "그건 단순히 멀티태스킹의 문제야. 우리 세대는 펍에서 하는 퀴즈 시간 도중에 핸드폰으로 구글 검색을 하고 답을 찾아내는 그런 일에 숙달되어 있어. 자, 친애하는 어머님들, 저녁 식사도 안 했는데 잠자리에 들라고 날 들여보내기 전에 제가 말 좀 해도 될까요?"

벨린다가 그의 갈비뼈를 콕 찔렀음에도 그는 계속 말을 잇는다. "버나뎃은 1982년부터 이 호텔에서 일했어. 그녀가 '내가 지금 이름이 기억나지 않는 작은 아일랜드 마을 미인 대회' 우승자로 지명된 지 얼마 되지 않았을 때였어. 그녀는 흥미로운 삶을 살았지만, 누나들이 가장 관심을 가질 만한 부분은 그녀가 조를 기억한다는 거야. 더군다나 그녀는 그에 대해 이야기하는 걸 좋아해."

그는 우리의 놀란 표정을 보고 의기양양하게 미소를 지으며, 이렇게 덧붙였다. "고맙긴요."

버나뎃은 주문한 술과 땅콩이 담긴 작은 그릇을 냅킨과 함께 우리 앞에 내려놓았다.

"여긴 내가 말했던 사촌 누나 제스예요." 그는 견과류 한 줌을 집으며 내 방향으로 고개를 끄덕인다.

그녀는 나를 보고서는 즉시 싱긋 웃어 보였다.

"오! 그럼 당신이 그 운 좋은 여자애군요, 그렇죠? 조가 여전히 흠모하고 있던 그 사람?"

나는 고개를 끄덕이고는, 30대 후반에 여자애라고 불리는 게 이상하다고 생각했다. 그리고 바로 이 건물에서 나를 생각했던 조를 떠올리는 것은 더 이상했다.

"조, 그는 멋쟁이였어요. 그는 당신과의 사이에 뭐가 잘못됐었는지 우리에게 말하지 않았지만, 항상 약간 슬퍼하는 듯 보였어요. 아파하는 모습에 신비한 느낌이 묻어나기도 해서, 우리 여자애들을 약간 당황하게 했었죠. 나는 그의 어머니뻘 정도로 나이가 많았고, 실제로 그에게 약간 모성애를 느끼기도 했지만……. 끼를 부릴 대상은 전혀 아니었어요. 나는 숙취에 시달리며 프랑켄슈타인 신부처럼 보이는 모습으로 이곳에 일하러 오곤 했는데, 그는 여전히 좋은 말을, 나를 격려할 방법을 찾아냈어요. 손재주도 좋았어요. 그게 그가 일자리를 얻어낸 방법이잖아요, 안 그래요?"

나는 그녀의 마지막 말에 순간적으로 어안이 벙벙해졌다. 짓궂은 버나뎃이 말하는 방식으로 볼 때, 그가 소위 '해피엔딩'을 전문으로 하는 안마사로 일했다는 건가.

"그는 유지보수 팀에서 일했어요, 아니에요?" 그녀는 좀 더 상세한 설명을 덧붙이며, 옛 기억에 눈을 반짝이고는 행복하게 유리잔을 닦는다. "그는 여기에 오래 있진 않았어도 인상을 남기는 그런 사람이었어요. 그는 나에게 반지도 보여줬는데, 정말 예뻤어요."

그녀는 내 손가락을 흘끗 본다. 내가 그 반지를 끼고 있는지 확인하는 게 분명하다.

나는 조가 며칠 동안 나에게 프러포즈하기 위해 준비했다는 걸 벨린다에게 들어서 알게 되었다. 그녀는 내가 무너지지 않을까 조심스러워하며 그날 밤, 사고가 있던 날 밤에 그가 어떻게 프러포즈하려고 했는지 말해주었다. 그날 밤이 더 슬플 수는 없을 것이라 생각했었는데, 가능하다는 걸 이제야 깨닫는다.

그날 나는 그가 예정대로 계획을 추진하기에는 신체적으로나 정신적으로나 적합한 상태는 아니었다. 의심의 여지 없이 그 역시 마찬가지였다. 그는 현장에서 베인 상처와 화상에 대한 치료를 받았고, 나는 진정제가 투여된 상태로 병원에 입원해 있었다. 나는 뒷좌석에 앉은 그레이시를 붙잡으려다 어깨가 탈구되었고, 충돌의 충격으로 슬개골 중 하나가 손상되었다. 무슨 일이 일어났는지 기억할 만큼 머리가 명료해질 때마다 내가 히스테리를 일으키고 몸부림치기 시작한 것도 도움이 되지 않았다.

내가 집에 올 수 있을 만큼 신체적으로 건강해졌을 무렵, 장기적인 영향이 나타나기 시작했고, 나머지는 매우 슬픈 과거사다.

이상하게도 여러 해가 지난 지금, 나는 모히토를 마시며 한 번도 본 적 없는 약혼반지에 대해 전혀 모르는 사람과 이야기하고 있었다.

"네, 확실히 그래요. 그는 항상 훌륭한 취향을 가지고 있었고, 내가 뭘 좋아하는지 정확히 알고 있었어요." 나는 이 밝고 경쾌한 여자가 그 비극에 대해, 손재주가 좋으면서 바에서 일하는 직원들의 기운을 북돋웠던 조를 이 호텔로 이끈 비극적인 일에 대해 전혀 모른다는 것을 상기하며 내답했다. "그가 여길 그만둔 후 어디로 갔는지 아세요?"

그녀는 바에다 팔꿈치를 대고, 손으로 얼굴을 받치며 몸을 앞으로 기울였다. 그러고는 기억을 떠올리려는 듯 얼굴을 찌푸렸다.

"글쎄, 아까도 말했듯이 그는 인기가 많았고 일도 잘했어요. 그는 여기서 성공할 수 있었지만, 계속 머물 생각은 없었던 것 같아요. 얼굴에서 그런 게 보였어요. 무슨 뜻인지 알죠? 방황해야만 하는 사람인 것처럼 보였거든요. 다친 마음을 치유해야 하는 사람인 것처럼요.

하지만 그건 아마도 내가 과도하게 낭만적인 사람이어서 그런 것일 수도 있어요. 이게 내 많은 결점 중 하나라고 사람들이 말하거든요."

"과도하게 낭만적인 게 어디 있겠어요." 마이클이 끼어들고는, 손을 뻗어 그녀의 빰을 쓰다듬는다. 그녀는 그의 관심에 꽃처럼 해사해진다. 나는 그녀가 조와 함께한 시간을 얼마나 많이 즐겼을지 상상할 수 있었다. 조는—적어도 내 생각에는 무릎이 떨릴 정도로—잘 생겼고, 그리고 여자가 자기 자신에 대해 좋게 느낄 수 있게 하려면 뭘 말해야 하는지 잘 알고 있었다.

"복이 내리길. 다음 잔은 내가 살게요." 그녀가 말했다.

나는 이 단계에서 약간 조급함을 느꼈다. 중요한 무언가를 거의 발견하게 된 듯했고, 이 사실이 참을 수 없을 정도로 흥분됐다. 하지만 나는 조급한 마음을 억눌렀다. 마이클의 추파와 매력 덕분에 우리는 현재까지 상당한 정보를 얻어냈다.

"내 생각에는, 웩스포드주였던 거 같아요." 그녀는 졸린 생각을 환한 빛으로 끌어들이는 것처럼 천천히 말을 이었다.

나는 크게 한숨을 내쉬었다. 참을 수 없었다. 우리는 2005년 10월 그레이시의 생일 카드에 찍힌 소인과 그 직전의 내 생일 편지, 그리고 다른 우편엽서 몇 개 덕분에 이미 그 정도의 정보는 알고 있었다. 나는 더 많은 것을 바랐다.

"그가 옮겨간 데는 펍이었을 거예요, 아니에요?" 그녀는 내가 당최 답을 알 수 없는 내용을 되물으며, 말을 이었다. "맞아요, 그랬었어요. 여기에서 일하던 한 부부, 제럴딘과 애드리언이 있었어요. 성이 기억나진 않는데, 도움이 된다면 주변에 물어봐 줄 수는 있어요……. 어쨌든, 그들에겐 두 살쯤 된 제이미라는 어린 소년이 있었어요. 제럴딘은 여기 바에서 일했고 애드리언은 레스토랑 매니저였어요. 예상 가능하겠지만 근무 시간이 길었고, 그들은 종종 다른 시간대 교대근무를 했어요. 음, 줄여서 말하자면, 그들은 이곳을 떠나기로 했어요. 소문을 듣자 하니, 그들 중 한 명이 다른 사람 몰래 바람을 피우고 있었고, 그래서 그들에겐 새로운 시작이 필요했거든요."

그녀는 자신의 음료수를 홀짝이며 조금 더 생각하더니 말을 이었다. "오래전 일이고 그들을 잘 알지도 못하지만, 그들이 간 곳은 웩스포드에 있는 펍이었던 것 같아요. 싸게 매입을 한 거였는데, 새롭게 시작한 거죠. 그리고 조는 그들과 함께 갔어요. 정확히 언제인지는 기억나지 않지만, 그린 공원에 수선화가 피었었어요. 나를 위해 한 송이를 훔쳐 왔었기 때문에 그 사실을 알아요! 말썽꾸러기죠. 그러니까 봄일 거예요. 아마도?"

벨린다는 눈살을 찌푸린다. 그리고 내가 느끼는 것만큼이나 혼란스러워하는 표정을 지으며 묻는다. "그가 왜 그들과 함께 갔을까요?"

"조가 손재주가 아주 좋았기 때문이죠, 아니에요? 그 펍은 듣자하니 약간 허름한 곳이었는데, 그는 변화가 필요했어요. 그리고 그들은 그가 그곳에서 함께 살 수도 있고 건물 관련한 일을 하는 대가로 임금을 줄 수도 있다고 말했어요. 이해가 가죠?"

그녀는 그것이 완벽하게 이치에 들어맞고, 그녀가 약간 멍청하다고 말할 수 있는 사람들을 제외하고는 누구에게나 절대적으로 명백한 것인 양 말한다.

"그렇죠." 나는 고개를 끄덕이며 말한다. "그러니까, 웩스포드주에 있는 펍이란 거죠. 제가 보기에 거기엔 그런 펍이 꽤 많이 있을 것 같은데요?"

버나뎃은 길게, 마음껏 웃으며 내 추측이 맞는다는 걸 확인해준다. "하늘에 있는 별만큼이나 많죠!" 그녀는 여전히 재미있어하며 대답했다. "난 지금 이름을 떠올려보려고 최선을 다하고 있는데, 잘 떠오르질 않아요……. 선원들과 관련된 이름이었어요. 아니 보트였나. 아니 바다였나. 물고기나 돌고래일 수도 있어요. 뭔가 항해와 관련한 것이었는데, 좋은 거였어요."

그녀는 그 말을 하면서 마이클에게 뻔뻔해 보이는 듯한 윙크를 했고, 마이클은 즉시 노래를 불렀다. "술 취한 선원을 어떻게 해야 할까요?"*

"물건 크기에 따라 달라요!" 그녀가 소리를 내지르고, 두 사람은 킥킥댄다. 나는 그 농담이 말이 안 된다고 생각한다. 선원이 아니라 술 취한 어부라면 이 농담이 더 잘 통하지 않을까? 나는 이내 고개를 흔든다. 그런 건 별로 중요하지 않으니까. 결국 나는 내가 전혀 재미가 없는 사람이라서 그렇다고 결론 내린다.

"자!" 그들이 진정하자 마이클이 말했다. "사랑하는 버나뎃. 정말 대단히 즐거운 시간이었어요. 당신은 정말 큰 도움이 되었어요. 여기 이 냅킨에 내 전화번호를 적어둘 테니 계속 연락하고 지내요, 알겠죠? 혹시 인스타 계정 있으세요?"

"인스타보다는 페이스북을 하는 쪽이야. 계정 아이디를 적어 두면 친구 신청 보낼게."

"좋아요. 우릴 위해서 다른 직원들에게 물어봐 줄 수 있겠어요? 펍 이름이나 제럴딘과 애드리언의 성을 기억하는 사람이 있는지, 혹은 아직도 그들과 연락을 주고받는 사람이 있는지 말이에요."

"물론이지. 널 위해서라면 뭐든지 해야지. 자기."

---

*   1830년대 이후 선원들이 부르던 〈술 취한 뱃사람(Drunken Sailor)〉이란 민요의 가사다.

그녀는 나를 돌아보며 이렇게 덧붙인다. "이제 가서 당신의 잘생긴 조를 찾으면 내 부탁을 하나만 들어주겠어요? 버니*가 사랑을 보낸다고 전해줘요."

나는 그렇게 하겠다고 약속했다. 그리고 그녀는 우리가 마신 칵테일에 대한 값을 받지 않고 거절했다. 이 여행이 끝날 때쯤이면 조에게 사랑을 보내고 싶어 하는 많은 사람들로 채워진 길고 긴 목록을 갖게 될 것임을 깨달았다. 거기엔 나 자신도 포함된다.

---

* 　버나뎃의 애칭

19

아일랜드의 동남부는 숨이 멎을 정도로 아름다웠다. 아일랜드해, 켈트해, 대서양, 성조지 해협 등 끝없이 펼쳐진 바다와 끝없는 전망, 거친 길들과 숨겨진 작은 만들이 있어서 마치 세상의 끝자락에 있는 것 같은 느낌이 들었다.

마이클이 대자연이 우리에게 줄 수 있는 모든 고양감이 필요하다고 주장하는 바람에, 결국 경치 좋은 길을 따라 운전해 갔다. 점심을 먹으러 커라클로에 있는 작은 해산물 식당에 들른 순간, 나는 그의 생각에 동의할 수밖에 없었다.

태양은 빛나고, 아이들은 뛰놀고, 갈매기는 선회한다. 내가 여기 있는 이유를 잊어버린다면, 지금이 완벽한 순간처럼 느껴질지도 모르겠다.

본격적인 관광 가이드 역할을 수행 중인 마이클은 영화 〈라이언 일병 구하기(Saving Private Ryan)〉가 이곳에서 촬영되었다고 알려주었다. 벨린다는 부츠를 벗고 물장난을 치고 돌아왔다. 마이클이 오늘 밤을 위해 예약한 별장으로 향하면서, 나는 다음에 무슨 일이 일어날지 궁금해지려는 것을 참았다.

앞에 있는 탁자 위에는 우편엽서들이 놓여있고, 나는 손끝으로 우편엽서에 적힌 글을 따라가며 더듬는 것에 집중했다. 혹시나 해서 스캔한 사본도 있지만, 원본을 만지는 건 조와의 유대감과 그를 찾으려는 결심을 굳건하게 만들었다.

우리에게는 흑백 줄무늬가 있는 후크 등대를 찍은 우편엽서가 있는데, 한쪽에는 '웩스포드에서 전하는 안부 인사'라는 문구가 인쇄되어 있었다. 날짜는 2005년 3월로, 수선화에 대한 버나뎃의 기억과 일치했다.

그레이시의 여섯 번째 생일 카드에는 웩스포드주 소인이 찍혀 있다. 2005년 10월에 보낸 것으로, 새끼 코끼리가 코로 '생일 축하해'라는 말풍선을 부는 모습이 들어가 있는, 특히 예쁜 카드였다.

우리에게는 같은 해 9월에 보낸 에니스코시 성 우편엽서와 내 생일 카드에 들어가 있는 유통기한이 훨씬 지난 껌 한 통도 있다. 봉투의 소인은 얼룩이 져서 알아보기 어려웠지만, 존 에프 케네디의 증조부의 출생지인 케네디 저택이 나와 있는 우편엽서도 있다. 2006년 1월에 발송된 것으로, 시간상으로도 맞는다.

시간상으로 맞지 않은 것은 2005년 12월 북아일랜드에 있는 자이언트 코즈웨이에서 온 엽서였다. 마이클은 우리가 갑자기 숙소를 나와서 다시 북쪽으로 차를 몰아야 하는 건 아닌지, 걱정하는 목소리로 조가 단순히 관광을 위한 여행을 떠났을 가능성이 크다고 지적했다.

나도 그의 의견에 동의했다. 모든 징후가 그가 이곳에, 세상의 다른 곳이 아니라 이 인근에서 1년이 채 안 되는 시간 동안 머물렀음을 말해주었다. 2006년 초, 그가 콘월로 옮겨가기 전까지 그 사실은 바

꺼지 않은 것으로 보인다.

우리의 지정 인터넷 전문가가 된 마이클은 이 지역의 펍에 대한 정보를 파헤쳐왔다. 이곳에 펍이 하늘의 별만큼이나 많다고 했던 버나뎃의 말은 상당히 정확했다. 그럼에도 다행인 건 그녀가 예상과 달리 조가 함께 일했다던 부부의 성을 찾아내서 알려주었다는 것이었고, 불행한 건 그들의 성은 '도일'이고, 그 이름은 이 근처의 펍만큼이나 흔하다는 것이었다.

하지만 나는 이곳에서 단서가 잘 풀릴 거라는, 이 장소에 풍부하다고 알려진 고대 영혼이 우리 편일 거라는 기이한 믿음을 느꼈다. 지금으로서는 햇빛을 받으며 해변에서 노는 아이들을 바라보는 데 만족하기로 했다.

해변에는 초등학생 나이대의 아이들 열다섯 명 정도가 소규모 그룹을 이루고 있었는데, 모두 '스마일즈 썸머 클럽(Smilez Summer Club)'이라고 적힌 노란색 티셔츠를 입고 있었다. 철자법 교육에는 도움이 안 될 것 같지만*, 그들은 모래성을 쌓고, 게를 잡아 서로를 쫓아다니고, 구멍에다 양동이로 물을 채우며 매우 즐거워 보였다.

"이상하게 행복해 보이네, 누나." 마이클이 선글라스 너머로 나를 쳐다보며 말했다. "사실 누난 이번 여행 내내 이상하리만치 행복해 보였어. 바륨**을 먹고 있는 거야?"

나는 웃으며, 집 화장실에 다양한 의약품이 상당히 많이 구비되어 있다고 말을 해줄까, 하고 생각했다. 긴장을 이완하는 약. 불안장애 관련 약. 잠들게 하는 약. 그것들은 어두웠던 시간으로부터 외면당

---

*   'Smilez'가 철자법상 오류임을 지적하는 내용
**   신경안정제의 일종으로 기분을 좋게 만드는 약물

한 채, 아마도 지금은 모두 유통기한이 지났을 것이다.

"맞아." 나는 그를 바라보고 미소 지으며 말했다. "이상하지, 그렇지? 난 최근에 엄마를 잃어버렸어. 그리고 잃어버린 사랑을 추적하고 있어. 나는 내 죽은 딸에 대해 지난 몇 년 동안 생각했던 것보다 지금 훨씬 더 많이 생각하고 있어. 원칙적으로 보자면, 나는 고장이 나 있어야 해. 근데 난 안 그래……. 모르겠어, 내가 실제로 뭔가 긍정적인 일을 하고 있다는 느낌이 들어. 내 인생이 너무 오랫동안 보류됐었던 것처럼, 하지만 지금은 그렇지 않은 것처럼 느껴져."

그는 응응, 하는 소리를 내고, 몇 분 동안 그것에 대해 생각한다. 벨린다는 〈가디언〉지를 읽고 있는 것처럼 보이지만, 실은 우리 말을 듣고 있다는 것을 안다.

"그게 웃기긴 해도 그대로 또 말이 된다는 걸 알겠어." 그는 선글라스를 벗어서 머리 위로 얹으며 인정한다. "속내를 털어놓는 김에, 내가 그동안 궁금해했던 다른 것을 물어봐도 될까?"

나는 고개를 끄덕였다. 벨린다 역시 흥미를 느끼는지 고개를 들었다.

"누나의 직업 선택과 관련된 거야. 내 말은, 누나의 인생이 중단되었고, 그래서 대학에도 못 갔어. 그런데 왜 학교에서 일하는 거야? 그레이스 일이 있고 난 이후로 항상 아이들에게 둘러싸여 있는 게 힘들지 않아? 아이들을 보면 그레이스가 생각나지 않아?"

나는 모래사장에서 노는 어린애들을 바라보며, 그들이 느끼는, 해가 화창한 날에 살아 있고, 달리고, 거칠고 자유롭게 놀 수 있다는 단순한 기쁨을 잠시 만끽한다.

"이유 중 일부는 저거야." 나는 아이들을 가리키며 말한다. "저 설렘. 어린애들은 재미로 가득 차 있어서 주변에 있으면 즐거워. 하지만 그래, 이상하게 보일 수 있다는 거 이해해. 처음에는 그저 뭔가를 해야 했기 때문이었어. 병원에서 퇴원한 후 겉으로 보기엔 괜찮았지만 실제로는 그렇지 않았던 끔찍한 시간들이 있었어. 난…… 금이 간 곳이 아물긴 했어도 여전히 정신적으로 상처가 나 있는 상태라고 느꼈어. 그리고 넌 우리 부모님을 잘 알잖아. 훨씬 재미가 없으신 분들이시니까."

"변비가 온 대장만큼 재미있지. 죽은 사람들을 나쁘게 말해서 미안."

"아니야, 네 말이 맞아. 그래서 난 몇 년을 그저 허둥대며 보냈어. 결국 지루함이 불안을 물리쳤고, 학교에서 봉사활동을 시작하게 됐지. 아이들과 함께 책 읽기. 거기서부터 시작했어. 난 그 시간이 참 즐거워. 첨엔 좀 어려웠어. 사람들이, 다른 엄마들이 내게 아이가 있을 거로 여겼기 때문이었어. 내가 적당한 나이이고 학교에서 일하기 때문에 그들은 종종 이렇게 물었어. '자녀가 있으세요?' 그들에겐 어떤 해를 끼칠 의도는 없었지만, 처음부터 그런 질문을 받는 건 항상 나를 당황하게 했어. 어떻게 대답해야 할지 전혀 모르겠더라고. 무슨 말인가 하면, 그들에게 진실을 말하는 건 대화 분위기에다 찬물을 끼얹는 거니까, 안 그래?"

"그래서 어떻게 대답했어? 난 학교라는 세계를 알고 있어. 가십 축제가 벌어지는 곳이잖아." 벨린다가 신문을 읽는 척하던 행동을 그만두고 물었다.

"좀 그렇지. 게다가 가끔은 그들이 잠 못 이루는 밤이나 학교로 걸어가는 동안 유모차에 발목이 차이는 것 따위에 대해 불평하는 소리를 들으면 짜증이 났어. 나는 그들에게 소리를 지르고, 그런 문제가 있는 게 얼마나 운이 좋은 건지 말해주고 싶었어. 깨어 있게 만드는 아기가 있다는 게 얼마나 행운인지 말해주고 싶었어. 하지만 어느 날 누군가가 나에게 아이가 있는지 물었고, 나는 침묵했고, 그다음엔 다른 엄마 중 한 명이 끼어들어 주제를 바꿨던 걸 기억해. 다음 날 그녀가 어린 아들을 데리러 왔을 때 나는 그녀에게 다가가 이야기를 나눴고, 그녀는 몇 년 전에 백혈병으로 큰아이를 잃었다고 말했어. 그리고 오랜 세월이 지난 지금도 사람들이 그녀의 아이에 관해 물으면 한 명만 남았는데도 두 명이라고 말하고 싶다고 했어……. 그게 내게 깨달음을 준 것 같아. 내게 일어난 일은 끔찍했고, 내 인생을 바꿔 놓았어. 하지만 많은 여성이 질병, 유아 돌연사, 유산 등으로 자녀를 잃어. 그리고 몇몇 여성은 아이를 전혀 가질 수 없게 되기도 해. 우리 모두에게는 손실이 있어. 우린 그게 삶 전체를 압도하지 않도록 노력해야 해."

두 사람은 지금 내가 옷을 벗고 탁자 위에서 마카레나 춤이라도 춘 것마냥 놀란 눈을 하고 나를 바라보았다.

"우아, 그건…… 정말 꽤 심오하네." 마이클이 조용히 말한다.

"내 최고의 순간이었어. 그리고 네 턱에 마요네즈 묻었어."

"그건 순간보다 짧았어." 그가 냅킨을 낚아채 얼굴을 닦으며 말한다.

우리는 계산을 치르고, 어쩌면 세상에서 가장 광범위하고 가장 덜 술에 취하는 날이 될 수도 있는 펍 순례에 착수했다. 마이클은 자신이 운전하는 것에 대해 불평을 늘어놓았고, 벨린다는 다음 날 운전하는 데 동의했다.

나는 운전을 할 수 없어서 전혀 쓸모가 없었다. 내 나이의 사람에게는 이례적이었지만, 정상 참작이 가능했다. 나는 망가진 차 잔해에 갇힌 채 한 시간 이상을 보냈고, 솔직히 말해서 기꺼이 차에 올라타는 데까지도 몇 년이 걸렸으니까.

앞 좌석에 앉은 처음 몇 번은 겁에 질려 안전벨트를 움켜쥐었고, 모든 근육이 긴장한 채 창밖을 내다보며 잠재적인 위험을 살피곤 했다. 자동차 경적에도 여러 번 깜짝 놀랐고, 쿵 하는 큰 소리에도 매한가지였다. 심지어 자동차 도어가 유난히 세게 쾅 닫히는 소리에도 창백해지고 땀을 흘렸다.

트라우마를 겪었을 때, 사람의 뇌는 그것을 상기시키는 은밀한 방법을 찾아낸다. 아마도 뇌는 당사자를 보호하고 잠재적인 위협에 대해 경고한다고 여길 것이다. 가장 일상적인 소리, 냄새 또는 감각이 신경계를 속여서 여전히 근처에 위험이 도사리고 있다고 생각하게 만드는 것이다. 트라우마를 겪게 되면, 실제 현실과 마음이 경고하는 현실 사이의 균형을 맞추기 위해 끊임없는 싸움이 일어나는 데, 이는 사람을 참으로 지치게 만든다. 식은땀, 아드레날린 분출, 근육 경련. 이 모든 것이 조심하라고 외쳐대니까.

수년간 외래 환자로서 받은 치료는 그런 상황에서 일정 부분은 나만의 해결 방법을 찾는 데 도움이 되었다. 적어도 요즘에는 평범한 사람인 척 할 수 있었다. 하지만 아직까지는 여전히 극도로 경계하고 있고, 대기 시간과 관계없이 주차된 차 안이라면 절대 앉아 있고 싶지 않았다.

마이클은 아마도 이런 상황을 일부 짐작하는 듯했고, 그리고 일단 도로 위를 달리기 시작하자 불평이 조금 줄어들었다.

처음 두 개의 펍은 실패로 끝났다. 십스캐빈*과 세일러스레스트**는 수십 년 동안 주인이 바뀌지 않았고, 도일 부부에 대해서는 아무

---

*   '배의 선실'이라는 뜻
**   '선원의 휴식'이라는 뜻

것도 기억하지 못했다.

세 번째 펍인 더머메이드*는 문을 닫았고, 몇 킬로미터 주변으로는 아무것도 없어서 그 누구에게도 물어볼 수 없었다. 또 워크더플랭크**라는 곳은 젊은이들에게 인기 있는 파티를 위한 바인 것 같아서 배제되었다. 앵커앤드필그림***이라는 곳에서 막 술 한 잔을 마셨을 때쯤에는 우리 모두 약간은 지겨워진 상태였다.

"이건 고문이야." 다시 차로 돌아오며 마이클이 말했다. "펍이 이렇게나 많은데, 술을 거의 안 마시다니."

"그러게." 똑같이 낙담하는 어조로 벨린다가 동조했다. "다이어트 콜라를 너무 많이 마셔서 잠을 못 잘 것 같아. 좋은 점이라면 '아일랜드 펍 화장실에 대한 대략적인 안내서'를 쓰는 새로운 경력을 가질 수 있다는 거야."

"제대로네. 벨린다 누난 자신만의 유튜브 채널을 시작해야 해. 채널 이름은 '벨린다의 화장실에서 거대한 빵 굽기 콘테스트' 어때?"

"뭐라고?"

"알아, 말이 안 된다는 거. 그냥 아무 말이나 해본 거야."

우리가 차에 올라타자마자, 마이클은 자신의 핸드폰을 확인하더니 비명을 질렀다.

"로또에 당첨됐어?" 벨린다가 창문을 내리며 물었다.

"아니, 내 좋은 친구인 바텐더 버니가 보낸 거야. 바텐더 버니! 둘 다 비읍으로 시작하는 멋진 두운법이야! 어쨌든 그녀는 호텔 레스토랑에서 애드리언과 함께 일했던 옛날 동료 중 한 명과 이야기를 나눴

---

*   '인어'라는 뜻
**   '판자 위를 걷다'라는 뜻
***   '닻과 순례'라는 뜻

대. 그는 더 이상 호텔에서 일하지는 않지만, 우연히 술을 마시기 위해 들른 거였다네. 그리고 그가 그 펍의 이름을 기억하고 있대."

그 말을 끝으로 마이클은 버니가 보낸 여러 줄의 이모티콘을 스크롤 하며, 그녀가 하는 농담 중 하나에 킥킥대고 있었다.

"좋아, 이름이 뭔데?" 그의 행동이 못마땅한지 벨린다가 약간 위협적인 어투로 물었다.

"더카앤드시맨*." 마이클은 자신의 어깨에 얹은 벨린다의 손을 찰싹 때리며 날카롭게 대꾸한다.

"아니야, 그건 아니야."

"응, 그래, 아니야. 스머글러스뷰**라고 불리는 곳이야. 항해와 아주 관련이 큰 건 아니지만, 충분히 가깝긴 하네. 번개처럼 빠른 구글 검색에 따르면, 그런 이름을 가진 유일한 장소가 1시간가량 떨어진 곳에 있고, 킬모어 부두라고 불리는 장소에서 몇 킬로미터 정도 떨어진 곳에 있어. 지금 바로 출발하면 벨린다 누나는 다시 화장실을 사용할 수 있게 될 거야."

버니가 보내 준 장소에 도착하자, 멋진 전망이 눈에 들어왔다. 가파른 언덕 위에 서면, 조각보 형태의 초록색 들판을 가로지르고 바다를 건너 카리브해의 작은 살티 섬까지 볼 수 있는 파란색의 탁 트인 파노라마가 나타난다. 이 주변에는 교통량이 거의 없는 편이고, 휘감기는 파도와 바닷새, 그리고 이따금 떠다니는 곤충이 유쾌한 소리를 만들어냈다.

단 한 가지 문제는, 위성 내비게이션의 지시를 따랐음에도 불구하

---

*   '수탉과 선원'이라는 뜻인데, 칵(cock)은 수탉이란 뜻 외에도 남자의 성기를 의미하기도 한다.

**   '밀수업자의 전망'이라는 뜻

고 잘못된 펍에 도착했다는 것이었다. 마이클이 다시 한번 더 확인했지만, 내비게이션에서 가리키는 주소는 이곳이 맞았다. 하지만 우리 앞에 있는 펍의 이름은 오그래디스 톱 오브 더 힐*이었다.

어디서부터 잘못된 것일까. 그렇게 잠시 펍을 보고 서 있는데, 벨린다가 아일랜드에 있는 동안 적어도 기네스 한 잔은 마셔야겠다고 선언하며, 펍으로 들어갔다.

나는 실망감을 느끼며 그녀의 뒤를 따랐다. 이곳에서 바로 조를 찾을 수 있으리라고는 생각하지 않았지만, 그래도 그와 함께 살았던 사람은 찾을 수 있으리라 생각했다. 그래서 그에게 조에 대해 물어보고 이야기하다 보면, 조의 사진을 보게 될 수도 있고, 소름 끼치는 생각이긴 하지만 조가 머물렀던 방도 볼 수 있지 않을까 상상했다.

하지만 세련된 느낌으로 페인트칠이 되어 있는 완벽하게 관리된 건물을 보니, 그 모든 가능성이 사라지는 듯했다. 우리가 알고 싶은 건 오래전 일이다. 하지만 지금의 건물로 보아하니, 술집 이름과 소유자가 바뀌었을 가능성이 컸고 혹은 우리가 알고 있는 술집 이름 자체가 잘못된 걸지도 모른다는 생각이 들었다. 문득 피곤함이 몰려왔다. 이건 나의 선택이었다. 무턱대고 조를 찾아보겠다는 것도, 그의 옛 발자취를 따라가 보겠다는 것도. 그러니, 어떤 상황에서도 실망하게 될 수 있다는 사실을 감당해야만 했다.

결코 쉬운 일은 아닐 것이다. 여기까지 온 것만 해도 우리에겐 행운이다. 여기가 막다른 길이라면, 나는 앞으로 몇 달 동안 목적 없이 콘월 지역을 차를 몰며 돌아다니거나, 아니면 열여섯 살인 조의 사진과 함께 하단에는 "이 사람을 본 적이 있나요?"라는 문구가 적힌 거대

---

*   '오그래디의 언덕 꼭대기'라는 뜻

한 광고판을 세울 것이다.

나는 두 사람을 따라 펍 안으로 들어갔다. 내부는 생각보다 더 어두웠고, 외부의 밝은 햇빛에서 내부의 어두운 곳에 눈이 적응하는 데는 약간의 시간이 필요했다. 벨린다와 마이클은 바에서 기네스를 주문하며 주인이 있는지 물었다.

젊은 바텐더는 주인이 곧 돌아올 거라고 말했다. 그리고 두 사람이 2005년에 이곳에 있었던 스머글러스뷰라는 펍에 관해 묻자 혼란스러워하는 기색을 내비쳤다.

바텐더는 어깨를 으쓱하며, 2005년이라면 그 당시 자신의 나이는 겨우 세 살이었다고 말하며, 관심 없다는 듯 핸드폰을 들여다보았다. 마이클은 발끈하며 젊은 세대에 대해 논평했고, 벨린다는 그의 말에 크게 웃고 말았다. 마이클 안에는 십 대와 심술 궂은 할아버지가 묘하게 섞여 있나 보다.

나는 잠시 마음을 가라앉히고는, 반쯤 비어 있는 펍을 돌아다니며 구석구석을 조사했다. 오래된 돌담은 하얗게 칠이 되어 있고, 기둥이 있는 천장은 새로 복원한 듯했고, 거대한 벽난로는 불에 타지 않는 통나무들로 가득 차 있었다. 멋지게 꾸며져 있었다.

근처 어촌과 관련이 있을 것으로 추정되는 고풍스러운 풍경과 섬들을 찍은 사진은 액자에 넣어 벽에 걸어두었다. 나는 지도와 말과 수레, 배와 그물, 덥수룩한 턱수염을 기른 적갈색 피부의 어부를 찍은 사진들을 죽 훑어보았다.

한 모퉁이에 18세기부터 다양한 형태로 이곳에 존재한 것으로 보이는 이 펍의 역사를 보여주는 섹션이 마련되어 있었다. 해적 행위에 대한 적나라한 설명들도 있었고, 1920년대의 펍에 관한 색이 바랜 흑백 인쇄물도 있었다. 자료에 나와 있는 모든 사람이 창백하고 불분명한 얼굴로 이상하고 부자연스러운, 시간이 흘러도 변하지 않는 표정을 짓고 있었다.

살펴보던 중 최근 전시물에서 지금의 펍이 2000년대 초반에 거의 버려지다시피 한 펍을 되살려낸 것임을 알게 되었고, 맥박이 빨라지기 시작했다. 상세한 설명이 기재되어 있지는 않았지만, 2006년에 현재 소유자가 사들여서 이듬해 이름을 바꾼 뒤 다시 펍을 열었다는 메모가 고풍스러운 서체의 타자기로 기록되어 있었다. 그중 작업 중인 모습을 찍은 사진이 한 장 있었는데, 사진 속에는 산더미처럼 쌓인 돌무더기 자루 앞에 세 사람이 서서 웃고 있었다. 한가운데 매력적인 검은 머리의 여성이 서 있고, 양쪽에는 두 명의 남자가 그녀에게 팔을 두르고 있었다.

한 남자는 불에 타는 듯한 빨간 머리였고, 그리고 다른 한 남자는…… 조였다. 가운데 여자는 조를 향해 약간 더 몸을 기울이고 있었는데, 옆에 있는 다른 남자보다 조를 더 편하게 느낀다는 걸 말해주는 몸짓이었다.

나는 조의 얼굴을 발견하자마자, 꼼짝도 하지 않고 서서 그의 얼굴을 덮고 있는 유리 표면을 만지기 위해 손을 뻗었다. 클로즈업해서 찍은 사진도 아니고, 인물보다 배경을 보여주기 위해 찍은 사진이라 선명하진 않았지만, 분명 조였다.

그는 싱긋 웃고 있었다. 얼굴은 육체노동으로 얼룩져 보였고, 많이 자란 머리카락은 산들바람에 뒤로 날리며 어깨를 스치고 있었다. 그는 진흙투성이 부츠와 공구 벨트가 달린 카고바지를 입고 있었고, 그의 팔은 여자의 허리를 감고 있었다.

그의 갈색 눈이 나를 향해 빛을 발했다. 그러자 당장에라도 그가 입을 떼고서 나에게 말을 걸어 올 것만 같은 이상한 순간을 경험했다.

다시 한번 "사랑해"라고 말하며, 자신이 어디에 있는지, 자신의 삶이 어땠는지, 그리고 모든 것이 잘 될 거라고 말해 줄 것만 같았다.

"저기 괜찮아요? 어린 친구가 당신이 나를 찾고 있다고 말하던 데요."

나는 벽에 걸린 액자 속 조와의 시간을 방해받고는, 다소 화가 난 몸짓으로 몸을 돌리다 말을 건 상대방과 몸을 부딪치고 말았다. 그는 키가 크고 덩치가 컸으며, 허리띠 위로 부풀어 오른 배가 인상적이었다. 얼핏 보기에 그는 40대 초반 정도인 듯했고, 펍에서의 일이 으레 그렇듯 술과 사람을 지나치게 좋아하는 사람의 전형적인 모습과 같이 얼굴이 불그스름했다.

그는 내가 넘어지지 않도록 내 어깨를 붙잡은 채, 상냥하면서도 묘한 미소—내가 전에 여러 번 본 적이 있는 그런 유형의 미소—를 지어 보였다.

"오! 감사합니다! 여기 이 사람들, 그들에 대해 말해 줄 수 있을까요?" 나는 흥분된 감정을 내보이지 않은 채, 사진을 가리키며 아무렇지 않은 듯 물었다.

그는 내가 가리킨 사진을 응시하고는, 눈에 약간 주름이 진 채 가늘어졌다. 안경을 써야할 것처럼 보였다. "별것 아니에요. 예전에 아버지에게 이곳을 판 사람들이에요. 나는 그때 이곳에 없었고, 지구 반대편을 탐험하고 있었죠."

그의 억양은 우리가 아일랜드에 온 이후로 들은 것 중 가장 강했다. 마치 이제 고향으로 돌아와 더 아일랜드사람처럼 보여야 한다는 듯, 자신이 아일랜드를 떠난 것을 만회하려는 듯했다.

"난 아버지가 돌아가시고, 어머니가 이곳을 운영하는 걸 돕기 위해 돌아왔습니다. 그래서 그들에 대해 많은 걸 기억하지는 못합니다.

무슨 일인지 물어봐도 될까요?"

마이클은 스릴러 작가로서의 자신의 미래의 삶을 위해 연습이라도 하는 것처럼, 정보를 찾는 우리의 탐구에 대한 가짜 이유들을 생각해 내는 일을 매우 즐겼었다. 그의 이야기 속에서 내 역할은 스파이, 상속인과 상속녀를 찾는 TV쇼의 조사원, 자신의 과거 이야기를 어떻게든 짜 맞추려고 애쓰는 기억 상실증에 걸린 여성 등 다양했다. 그것들 가운데 그 어떤 것도 진실과 관련 있어 보이는 것은 없었다.

"저기 있는 저 남자는, 내 인생의 사랑이에요. 난 그를 17년 동안이나 보지 못했고, 지금 그를 추적하기 위해 애쓰고 있어요." 내가 조를 가리키며 말하자, 그의 눈이 커지며 흥미롭다는 듯 조를 바라보았다.

"지금으로선 쉽지 않은 일이겠군요, 안 그래요? 내가 기억하는 건 스캔들이 있었다는 것뿐이에요. 그 부부는 함께 운영하기 위해 술집을 사기로 되어 있었지만, 당황스러운 일이 있었어요……. 불륜이었던 것 같은데, 아무튼 그 비슷한 일이었어요. 어쨌든 그들은 이곳을 개조한 다음 넘기기로 했고, 그래서 결국 오그래디스가 생겼어요. 아버지 파일들에 기록이 좀 남아있을지도 몰라요. 찾아보는 동안 기다리겠어요? 아, 내 이름은 션입니다."

나는 고개를 끄덕이며, 고맙다는 뜻으로 그의 팔에 손을 살포시 얹었다. 살짝 얼굴을 붉힌 그의 모습이 꽤 귀여웠다. 그는 곧 돌아오겠다며 사라졌고, 나는 핸드폰을 사용해 몇 장의 사진을 찍고는 테이블에 앉아 있는 벨린다와 마이클에게 합류했다.

"누나에게 팬이 생긴 것 같네." 마이클이 바 뒤에서 젊은 바텐더와 이야기를 나누며 나를 지켜보는 션을 가리키며 말했다.

"바보같이 굴지 마." 나는 마이클의 말을 무시하며 알아낸 내용을 그들에게 말해 주었다. 벨린다는 내가 그저 상상한 것이 아니라는 걸 확인하듯 사진을 직접 훑어본 다음 내 옆에 앉아 고개를 끄덕이며 말했다.

"조 맞아."

"그러니까!"

"그리고 조가 저 여자랑 좀 친해 보이는데, 안 그래? 제럴딘이 틀림없어. 여기 주인이 스캔들이 있었다고 하지 않았어? 누군가가 바람을 피웠다고?"

벨린다의 말투에서 그녀가 생각하는 게 무엇인지 알 수 있었다. 확실히 사진 속에는 무언가가 있었다.

"그렇게 말했어. 근데 잠시 이상한 생각은 하지 말아 줄래? 네가 무슨 생각을 하고 있는지, 그리고 그게 아름답지 않다는 걸 알겠거든."

내 말에 그녀는 방어하듯 두 손을 들어 올리며 대답한다.

"내 말은, 버니가 그들을 불행한 커플이라고 묘사했었잖아. 조는…… 글쎄, 그는 나에게 단짝 이상은 아니었지만, 조가 인물이 빠지는 건 아니잖아, 안 그래?"

"전혀 아니지." 마이클이 덧붙인다. 나는 그를 쏘아보았다.

"그건 아무 의미가 없어. 그건 그렇고 또…… 그래서 뭐? 난 그가 2003년 이후로 다시 태어난 처녀처럼 살길 바랐던 게 아니야. 나 또한 그러지 않았는데 뭘. 그렇다고 바뀌는 건 아무것도 없어."

두 사람 모두 내 말에 충격을 받은 듯했다. 어쩌면 내가 좀 과장했을 수도 있다. 정확히 말하자면—이 말은 해둘 필요가 있다—그렇다고 내가 틴더*를 집착할 정도로 한 건 아니었다. 하지만 그들이 이러

_____

* 연애나 데이트를 목적으로 한 애플리케이션

한 내용까지 알 필요는 없을뿐더러, 어쨌든 조와 제럴딘 사이에 무슨 일이 있었는지 알 수 없기 때문에, 우리에게는 판단할 권리가 없다.

하지만 조가 지금 제럴딘과 결혼했거나, 혹은 다른 사람과 결혼했다는 사실을 알게 된다면, 어떤 기분일지 모르겠다. 공개적으로 인정하기는 싫지만, 어쩌면 나는 이 모든 것에 대해 이미 어떠한 환상을 구축했던 건지도 모르겠다. 허구의 해피엔딩을 말이다. 분명 다른 여자가 그 해피엔딩을 방해할지도 모르지만, 지금 당장은 불확실한 사실 때문에 궤도에서 이탈할 수는 없었다.

"정말? 누나한테? 남자들이…… 있었다고?" 마이클은 캐묻듯 물으며, 눈을 크게 뜬 채 앞으로 몸을 기울여 깊은 관심을 보였다.

"맙소사, 마이클, 나도 인간이야! 당연히 다른 남자가 있었지……."

내 격앙된 말투가 벨린다의 잘 갈고 닦은 탐지기를 작동시켰고, 그녀는 나를 손가락으로 가리키며 물었다.

"정확히, 몇 명이나 돼?"

나는 분노를 억제하려고 애썼지만, 갑자기 모든 것이 우스꽝스럽게 느껴졌다. 이 두 사람에 의해 거의 존재하지 않는 내 연애 생활이 파헤쳐지는 것이, 일주일 전만 해도 서로를 알지도 못했던 두 사람이 지금은 한패가 되어 나를 공격하는 것이.

"좋아." 나는 웃으며 대답했다. "한 사람 있었어. 몇 년 전이었고. 난…… 시도해 봐야 한다고 생각했어. 다른 사람과 함께하는 거 말이야. 그래서 난 가짜 이름을 사용해서 인터넷으로 한 남자에게 연락했고, M62 고속도로 가에 있는 트래블로지 모텔에서 만났어. 그리고 우리는 섹스를 했고, 난 그곳을 빠져나왔어."

"우아, 거의 참을 수 없을 정도로 관능적으로 들리는걸." 마이클이 고개를 저으며 말했다.

"음, 그렇지 않았어. 쓰레기 같았어. 하지만…… 난 해야만 했어. 조가 아닌 다른 사람과도 같은 감정을 느낄 수 있는지 확인해야 했으니까. 그런데 아니더라고. 어색하고 불편하고 당황스러웠어. 그 이후로는 한 번도 시도해 보고 싶은 유혹은 없었어."

"어떤 가짜 이름을 썼어?" 벨린다가 물었다. 그녀의 탐지기는 정말 성능이 뛰어나다. 나는 얼굴이 약간 붉어지는 것을 느꼈고, 그녀의 호기심 어린 시선을 억지로 마주했다.

"벨린다. 정확히는 벨린다 666."

"그럴 줄 알았어! 왠지 그럴 것 같았다니까!"

다행스럽게도 그녀는 기분이 상하기보다는 오히려 재미있어했다. 우리는 기네스를 마시며 웃고 말았다. 이윽고 션이 다시 돌아왔다. 그는 내가 앉으라고 손짓할 때까지 불안하게 우리 곁에서 서성댔다.

그는 다른 두 사람을 향해 고개를 끄덕이며, 종이 한 장을 높이 들었다.

"이게 내가 가진 전부예요. 우린 제럴딘과 애드리언 도일 씨에게서 펍을 샀어요. 거기에 전화번호가 있지만, 지금도 연락이 되는지는 알 수 없어요. 그들은 주소를 이곳으로 기재했기 때문에, 그건 별 도움이 되지 않고요. 어머니께도 전화를 드렸더니 분명 뭔가가 있었다고는 했는데, 어떻게 표현하셨더라……. 아, 외도가 얽힌 쓰레기 짓거리라고 하셨어요. 남편 쪽이었는데, 어머니는 그와 관련해서는 더 이상 모른다고 하시더군요. 하지만 얼마 지나지 않아 아내와 아이가 콘월로 이사한 건 기억하고 계세요. 별 도움이 안 될 것 같긴 하지만."

나는 그가 내미는 종이를 받으며, 진심으로 고마워했다. 그는 다시 얼굴을 붉히며 덧붙였다. "걱정하지 마세요. 거기에 내 전화번호도 적어놨어요. 혹시 인근에 머무르면서 현지 가이드가 필요할 수도 있으니까요."

그는 다시 일하러 가야 한다고 말하며 자리를 떴고, 마이클이 테이블 위로 몸을 기울이며 속삭였다. "현지 가이드라면, 거창한 아일랜드식 섹스를 의미해. 누나도 알지?"

나는 그를 향해 맥주잔 받침을 던지고는 선이 적어 준 정보를 응시했다. 물론 이 정보는 핵심적인 것도 아니었고, 또 우리가 이미 알고 있는 정보보다 더 많은 걸 제공하지도 않았다. 하지만 나는 사진을, 조를 보았고, 그가 내가 앉아 있는 이 사랑스러운 오래된 건물을 복원하는 데 도움을 주었다는 것을, 그가 콘월로 이사했다는 것을 알게 되었다.

하지만 콘월은 넓은 곳이었고, 다음으로 무엇을 해야 할지 전혀 감이 오지 않았다. 그저 모든 것이 거대하고 압도적으로 느껴질 뿐이었다.

"담배 좀 피우러 나갔다 올게." 나는 백팩을 집으며 말했다.

"누나 담배 안 피우잖아." 마이클이 눈치 없게 지적한다.

"그건 나 혼자만의 시간이 필요하다는 암호야." 나는 자리에서 일어나 문 쪽을 향해 걸어가며 대답했다.

나는 밖으로 나와 언덕 가장자리 근처의 적당한 장소를 물색했다. 반짝이는 바다를 내려다보며 햇살을 받을 수 있는 지점에 앉아 계획을 세워보려 했다. 하지만 아름다운 풍경만 존재할 뿐, 답은 보이지 않았다. 새로운 지역으로 가서 다시금 처음부터 시작해야 한다는 현실을 깨닫자, 모든 것이 벅차고 극복하기 어려운 상황처럼 느껴졌다.

나는 백팩을 집어 들고 그 안에 담긴 소중한 물건을, 조가 내게 남긴 '포기하고 싶을 때 읽어줘'라고 적힌 봉투를 꺼냈다.

자기야, 아기가 태어나고 병원의 간호사들이 여러 가지로
도와주려고 했던 거 기억해? 모유 수유, 목욕, 옷 갈아입기 같은
것들 말이야. 그들은 친절하게 대해주었지만, 당신의 표정에서
당신이 겁에 질려있다는 걸 알 수 있었어. 당신은 스스로 뭘 하고
있는지 전혀 몰랐고, 아무도 도울 수 없을 거라고 생각했지.
우리가 아기와 함께 집에 돌아왔을 때, 상황은 훨씬 더 무서웠어.
나는 당신이 숨기려고 했던 눈물과 좌절을 보았고, 아기가 울거나
안기지 않을 때마다 자기 스스로 실패한 사람인 것처럼 느끼던
걸 알고 있어.
하지만 어느 날 내가 직장에서 집으로 돌아왔을 때—그녀가
태어난 지 몇 달이 지난 때였지—소파에서 자는 두 사람을
보았어. 그녀는 당신의 어깨에서 곯아떨어져 있었고, 두 사람
모두 너무나도 평화로워 보였어. 참 푸근했어. 그 기억은 내
인생에서 항상 소중하게 간직하고 있는 순간이자, 앞으로도 그럴
거야. 아기는 배불리 먹고 행복했고, 당신은 마침내 편안해졌고
자신감을 가질 수 있게 되었어. 당신은 마침내 엄마가 될 수
있다고 믿기 시작했어. 처음에 당신이 고군분투했던 모든 것들은
당신의 또 다른 천성이었어. 당신은 자기 자신을 무너뜨리겠다고
위협했던 모든 도전을 극복했어. 당신은 엄마였고, 훌륭히 그
일을 해냈으니까.
당신은 우연히 겁에 질린 소녀에서 엄마 곰이 된 게 아니야, 제스.
당신의 노력과 인내와 결단력으로 그렇게 된 거야. 그리고 당신은
결코 포기하지 않았고, 무너지지 않았어. 그러니 당신이 무엇이든
할 수 있는 사람이란 걸 잊지 마.

나는 쪽지를 접고는, 눈을 감은 채 피부에 와닿는 햇살을 느꼈고, 벌레가 윙윙거리는 소리와 갈매기가 꽥꽥하고 우는 소리를 들었다. 엄마가 되고 얼마 지나지 않았던 날들을, 그게 얼마나 힘들었는지를, 하지만 얼마나 즐거웠는지를 떠올렸다.

그의 말이 맞다. 그건 아주 힘든 일이었다. 하지만 그만한 가치가 있었다.

나는 자리에서 일어나 청바지에 묻은 풀을 털어내고, 다시 펍 안으로 들어갔다.

"자자, 콘월로 갈 사람?" 나의 말에, 두 사람은 맥주로부터 고개를 들었다.

20

콘월은 지구 반대편에 있는 것처럼 멀게 느껴졌다. 연락선과 붐비는 고속도로에 이어 매연이 자욱한 주유소에서 먹은 형편없는 음식은, 긴 여정 속에서 우리를 더욱 짜증 나고 피곤하게 만들었다.

더군다나 우리가 도착했을 당시 곳곳에는 수많은 사람들로 꽉꽉 들어차 있었다. 학령기 자녀를 둔 가족 대부분이 이곳으로 휴가를 온 게 아닌가 싶을 정도였다.

하지만 이곳에 처음 와본 나조차도 왜 이렇게 수많은 인파로 가득한지 알 수 있을 정도로, 이곳의 풍경은 완벽한 그림 같았다.

조가 보낸 카드와 편지들을 통해 우리는 그가 약 2년 동안 이 지역에 머물렀다는 것을 알게 되었다. 그레이시를 위한 생일 카드 두 장, 나를 위한 껌 두 통, 그리고 정보라고 하기엔 빈약한 우편엽서들이 있었다. 하나는 성 아이브스에서 온 것이고, 다른 하나는 틴타겔에서 온 것이지만, 다른 소인들은 모두 북쪽 해안의 부드 지역에서 온 것으로 보였다.

우리는 유일하게 빈방이 남아있는 민박집에 머물기로 하고, 와이드마우스 베이라고 불리는 곳에 도착했다.

우선 가장 먼저 선거인 명부를 살펴보자는 마이클의 아이디어로 인해 도서관을 찾아가 봤지만, 사서로부터 명부가 거리별로 작성되어 있어서 더 구체적인 정보가 없는 한, 몇 주가 걸릴 것이라는 답을 들어야 했다. 부드에는 거리가 아주 많았다.

우리는 제럴딘이 전에 하던 사업을 지속했을지도 모른다는 가정 하에 시내의 바와 펍, 카페를 온종일 돌아다녔지만, 그 어떤 것도 알아낼 수 없었고, 얻은 거라고는 아픈 발과 크림 차에 대한 평생의 증오뿐이었다.

어느덧 태양이 바다 수면을 향해 미끄러졌고, 마지막 남은 서퍼 몇 명만이 조용해진 해변을 독차지하고 있었다. 우리는 낙담한 마음으로 다음 단계를 고민하며 와플과 크레이프를 파는 판잣집 옆의 작은 돌담에 앉아 있었다.

가족들이 짐을 꾸려 떠난 밤의 분위기는 사뭇 달랐다. 파도가 모래 위로 부딪히며 거품을 내는 소리가 들려왔고, 개를 산책시키는 사람들과 많은 커플들이 보였다. 마치 대프니 듀 모리에*가 묘사한 시절이 떠올랐다.

공중에 떠 있는 햇빛은 물에 반사되어 유령 같은 느낌을 주었고, 하늘을 나는 바닷새의 일관되지 않은 윤곽이 기류를 서핑하는 영혼처럼 시야에 보일락말락 흐릿하게 잡혔다. 짭짤한 소금 냄새가 났다. 나는 해변을 바라보며 이곳에 있었을 조를 상상했다. 그건 어렵지 않았다. 눈을 가늘게 뜨면 그가 젖은 모래의 능선을 따라 걷는 모습과

---

*　영국의 여류 소설가이자 극작가

258

파도가 그의 발에 거품을 일으키는 장면이 떠올랐다.

민박집으로 돌아가야 했지만, 쉽사리 발걸음이 떨어지지 않았다. 특히나 마이클은 민박집의 약한 와이파이 신호 때문에 눈물을 흘릴 지경이 됐다. 벨린다와 내가 조용히 앉아 풍경을 감상하며 혼자만의 생각에 빠져 있을 때, 그는 와플 오두막집의 온라인 신 덕분에 진정한 신자의 열정으로 SNS와 인터넷 검색을 하느라 바빴다.

"누나들은 이 지역이라면." 그의 손가락이 핸드폰 위를 날아다녔다. "제럴딘 도일이 훨씬 적을 거로 생각했겠지, 안 그래? 그리고 누나들이 옳아. 난 단 하나도 찾을 수가 없네. 어쩌면 우리가 틀렸을 수도 있어⋯⋯. 어쩌면 우리가 콘월의 잘못된 지역에 있는 것일 수도?"

"그럴 수도 있지." 나는 체념하며 대답했다. 그리고 그 문제를 곰곰이 생각해보았다. 조가 이곳에 살았던 건 맞는지, 심지어 그가 제럴딘과 함께였던 건 맞는지 우리는 확실히 알지 못한다. 그는 다른 곳에 거주하며 부두에서 일했을 수도 있고, 혹은 그가 잠시 이곳을 방문했을 때 우편엽서를 보냈을 수도 있다. 아니면 달로 가서 '평온의 바다'에서 멧돼지를 키울 수도 있다.* 우리는 그 어떤 것도 알지 못했다.

그때 몸이 좋은 두 청년이 몸에 꼭 맞는 잠수복을 입은 채 지나가자, 정신이 팔린 마이클은 잠시 말을 멈추었다가, 뭔가가 생각난 듯 머리를 한쪽으로 기울였다. 그는 약간 스패니얼 강아지 같아 보였다.

"애 이름이 뭐였지? 제럴딘과 애드리언의 아들 말이야. 버니가 말해줬었는데, 기억이 나질 않네." 마이클이 물었다.

"그건 네가 모히토를 일곱 잔이나 마셨기 때문이지." 벨린다도 서

---

* 캐나다 여류 소설가인 에밀리 세인트 존 만델이 쓴 소설 〈평온의 바다(Sea of Tranquillity)〉에 나오는 이야기를 빌려온 것이다.

핑하는 청년들을 시선으로 쫓으며 대답했다. 나는 이러한 남자들이 그녀가 원하는 이상형이라고 생각해 본 적이 없었다. 하기야, 내가 아는 게 뭐가 있겠는가. 그녀가 말을 임신했을 때 우리 중 누구도 말의 아버지를 알지 못했다. 그녀가 크레타에서 휴가를 보내던 중 만난 사람이었다고 들었지만, 그녀가 그동안 그와 연락을 유지했는지, 그가 그동안 말라키의 삶에 관여했는지조차 모른다.

"제이미, 제이미였어. 크레타에서 만난 말의 아버지와 아직도 연락해?" 나는 마이클의 물음에 답하며, 벨린다에게 물었다.

마지막 말을 덧붙인 이유를 나도 모르겠다. 그녀는 곁눈질로 나를 쏘아보았고, 마이클은 쉬지 않고 주절대기 시작했다. "오! 이 이야기는 첨 듣네. 누구야? 말의 아빠는? 아니면 하룻밤 불장난이었나? 아니면 영화배우인가? 아니면 그리스의 억만장자이자 요트 소유주? 그 중 하나를 미혼모 아빠로 두는 건 정말 쿨한 일일 거야!"

"미혼모 아빠?" 그녀가 얼굴을 찌푸리며 으르렁대듯 말했다. "미혼모 아빠? 그게 고정 관념적이고 인종차별적인 용어라고 생각하지 않아? 그게 나 같은 사람들이 벌이는 일이기 때문이고, 어떤 흑인 남자가 나를 임신시켰다고 생각하는 거야?"

마이클의 입이 쩍 벌어졌다. 그는 부끄러워하면서도 겁에 질린 듯했다. 그는 그녀를 응시하고는 조심스럽게 말했다. "또 날 갖고 노는 거지? 누난 그냥 날 갖고 노는 거야, 그렇지?"

"아니야! 난 진심으로 모욕을 느껴!"

"오, 음, 세상에, 미안해, 그런 생각을…… 난 누날 모욕할 생각이 없었어, 난…… 난……."

"괜찮아." 그녀는 먹잇감을 가지고 노는 암컷 호랑이처럼 웃으며 말했다. "사실은 너한테 장난친 거야. 넌 너무 쉽게 속으니까. 그리고 그래, 제스, 맞아. 난 그에게서 아무것도 기대하지 않았어. 그건 단지 휴가를 즐기기 위한 행동이었어. 하지만 실제로도 괜찮았어. 그는 연락을 유지했고, 그가 할 수 있는 부분에서는 도움을 주었고, 내 불평불만을 들어주었고, 말과 함께 지내기도 했어. 그는 지금 의사고, 런던에 살고 있어."

벨린다와 늘 함께하는 감정적 롤러코스터에 여전히 당황한 마이클은 와플의 마지막 조각을 모래 위에 던져버렸다. 그 즉시 흰 갈매기 떼가 떨어진 와플로 달려들었다.

마이클은 계속해서 핸드폰을 검색했고, 잠시 후 뭔가를 찾은 것 같다고 선언하며, 셜록 홈스의 목소리를 흉내 내며 말했다. "아하! 게임은 아직 끝나지 않았어!"

"뭔데?" 벨린다가 벽 쪽에 있는 그에게 가까이 다가가며 물었다. "뭘 알아낸 거야?"

"제이미 도일. 그는 지금 열여덟 살이야. 한 컬리지 웹사이트에서 찾았어. 그는 미술상도 수상했어. 영리한 소년이군. 컬리지는 지역 단위이니까 그가 여기 있다고 추정할 수 있지. 잠깐만…… 좀 더 파볼게……. 벨린다 누나, 배고픈 곰처럼 숨을 내쉬면서 내 목을 압박하지 않으면 내가 이 일을 더 잘할 수 있을 거 같은데! 누나의 목울대가 느껴질 정도야!"

그녀는 그를 찰싹 때리고 싶었지만, 마이클이 검색 작업을 계속하는 동안 참으려 애쓰고 있었다. 나는 마이클의 핸드폰 화면 속에서 페이스북 페이지가 획 지나가고 트위터 화면에 나오는 작은 파랑새가 짹짹거리며 지나가는 것과 지역 신문 웹사이트처럼 보이는 페이지와 트립 어드바이저에 나오는 올빼미를 보았다. 로고들의 세계. 우리는 결국 이 모든 것들을 해냈을 테지만, 확신할 수 있는 건 실제로 마이클이 우리보다 훨씬 뛰어나다는 것이었다. 나는 스스로가 오래된 사람처럼 느껴졌다.

"좋아!" 그가 잘난 체하듯 웃으며 말한다. "음, 분명 나는 천재야. 찾았어. 제이미의 예술적 재능은 가족이 운영하는 사업장, 다시 말해 언덕 위에 있는 레스토랑의 벽으로 둘러싸인 정원에 벽화를 그리는 데까지 확장했어. 근사해 보이네. 농장에서 식탁까지 재료를 직송하는 유기농 음식점 중 하나인 것 같아. 약간 떨어져 있긴 해도 평점이 높아. 그리고 제럴딘은 찾기가 어려웠던 이유가 있었어. 그녀의 성은 더 이상 도일이 아니야."

"바뀐 성이 뭐야?" 벨린다가 물었다. 분명 나와 마찬가지로 도일이라는 성을 라이언으로 바꿨는지 궁금해하는 것일 테다.

"베넷이야. 재혼했나 봐. 조가 아닌 남자랑. 그 역시도 성을 바꾸지 않았다면 말이지. 그랬다면 정말 이상한 일이겠지만. 그리고—"

"지금 거기로 가면 되겠네." 내가 끼어들었다. 시계를 보니 오후 9시가 막 지난 참이었다. "많이 늦지 않았어. 특히나 레스토랑은 그렇지. 게다가 그건 한동안 못된 계모가 있는 민박집으로 돌아갈 필요가 없다는 뜻이기도 하고. 그녀는 분명 우리를 위해 독이 든 사과를 잔뜩 준비해두었을 거야."

내가 마지막으로 지적한 사항이 그들에게 공감을 불러일으켰다. 레스토랑인 셀틱 키친까지는 차로 약 20분이 걸린다.

달빛이 비추고 있는 레스토랑은 낮에는 무성한 초록으로 우거질 게 분명한, 완만한 곡선미를 뽐내는 들판의 한구석에 고요히 자리 잡고 있었다. 이 주변의 시골은 해안만큼 아름답고, 고립되어 있어 절대적인 고요함과 평온함을 주었다. 여기로 오는 길에만 해도 마주친 차량이 한 대뿐이었고, 주차장은 텅 비어 있었다.

건물은 내 예상과는 다르게 오래된 느낌보다는 현대적이고 북유럽스러운 느낌을 주었다. 천장부터 바닥까지 내려오는 대형 창문과 밤에도 숨이 멎을 듯한 전망을 감상할 수 있도록 바다를 향해 열려 있는 테라스와 출입구 주변과 처마에는 모든 걸 마법처럼 보이게 하는 꼬마전구들로 장식되어 있었다.

제이미가 그린 바다 풍경의 벽화를 지나 입구에 들어서자, 만삭의 임산부가 우리를 맞아주었다. 그녀의 미소는 진실해 보였다. 그녀는 지금은 문을 닫았고, 내일 예약이 가능하다고 설명했다.

그녀는 나이가 들어 보였고—나보다 열 살 정도 많아 보인다—검은 머리카락의 사이사이마다 은색으로 물들어 줄무늬처럼 보였다. 초록빛 눈 주변으로는 잘 살아온 삶을 방증하듯, 웃을 때마다 생기는 주름들이 보였다. 그녀는 분명히 우리가 찾고 있는 제럴딘이었다.

"고맙습니다. 하지만 우린 밥을 먹으러 온 것이 아닙니다." 나는 어떠한 위협적인 기색도 내비치지 않기 위해 최대한 미소를 지으며 말했다. "내 이름은 제스이고, 이 사람들은 내 친구들이에요. 저희랑 이야기 좀 할 수 있을까요? 조 라이언에 대해서요."

나의 말에 그녀가 빠르게 눈을 깜빡이며, 모든 걸 맞춰보려는 듯 한동안 나를 강하게 응시했다. 그리고 그녀의 눈에 갑작스레 눈물이 고였다. 그녀는 손을 내밀어 내 팔을 움켜쥐었고, 우리는 잠시 어색한 몸짓을 취하고는 그녀와 함께 안으로 들어섰다.

이어 키가 큰 청년—내 생각에는 제이미다—이 나타났고, 그는 엄마의 반응을 보고서는 약간 방어적인 느낌으로 우리를 경계했다.

"괜찮아요?" 그가 제럴딘의 어깨에 손을 얹으며 물었다.

"괜찮아." 그녀는 그의 손가락을 쓰다듬으며 대답했다. "가서 차와 커피 그리고…… 젠장, 부쉬밀도 한 병 가져다줄래?"

"위스키 마시면 안 돼요, 엄마!"

"나도 안다, 우리 아가. 하지만 냄새라도 좀 맡아야 할 것 같아……. 이 사람들은 조의 친구들이야."

조의 이름을 듣자마자 그는 입을 살짝 벌린 채 흥미로운 시선으로 우리를 바라보았다. 그는 조가 이곳에 살았을 당시 대여섯 살 정도였지만, 그를 기억하는 게 분명하다. 문득 이런 생각이 들었다. 조가 2008년 이후로 여기에서 우편엽서를 보내지 않았다고 해서, 그가 다른 곳으로 이사한 것처럼 보인다고 해서, 그것이 그들이 서로 연락하지 않았다는 것을 의미하지는 않는다고. 그들은 가장 친한 친구가 되었을 수 있다. 아니, 어쩌면 조는 위층에서 넷플릭스를 시청하고 있을지도 모르지 않는가.

"우리의 조 말이에요?" 제이미가 혼란스러워하며 물었다.

"그래, 제이미. 우리의 조. 그리고 저 사람들의 조이기도 해. 그러니 이제 착한 청년처럼 행동해. 우리에게 음료수 좀 갖다 줘……. 식사는 했어요?" 그녀는 우리를 향해 몸을 돌리며 물었다.

"아, 그럼요. 와플과 아이스크림 그리고 대충 7,000잔 정도의 크림 차를 마셨어요." 마이클이 배를 움켜쥐고는 얼굴을 찡그리며 대답했다.

제럴딘은 우리의 음식 선택에 비위가 상한 듯 잠시 얼굴을 찡그렸고, 온실 유리로 지어진 작은 방으로 우리를 안내했다. 다이아몬드 형태의 흑백 타일로 덮여 있는 바닥과 푹신하고 편안한 소파까지, 방은 예쁘게 꾸며져 있었다.

그녀는 한동안 나를 유심히 쳐다보았고, 나는 테라스에서 밖을 내다보거나 화분에 심은 식물을 칭찬하는 척하며 그녀의 시선을 내버려 두었다.

"분명 당신은 이제 나이가 들어 보이네요." 잠시 뒤 그녀가 말을 꺼냈다. "하지만 난 여전히 당신을 알아볼 수 있어요. 그는 어디를 가든 당신과 그레이시의 사진을 가지고 다녔거든요. 그건 그렇고, 그 사람이 이 온실을 지었어요."

그녀의 말에 나도 모르게 손을 뻗어 창유리를 쓰다듬었다. 그것은 의식하기도 전에 자동적으로 나온 반응이었다. 그와의 연결을 시도하고 그의 손길이 담긴 곳에 내 손끝을 얹는 것. 조는 이 온실을 만드는 걸 즐거워했을 것이다. 평소 아름답고 기능적인 것을 만드는 걸 좋아했으니까.

"무슨 일이 있었던 거예요, 제스? 조가 그 일에 대해 말해주긴 했지만, 나는 항상 더 많은 사정이 있을 거라고 생각했어요."

그녀는 내 대답을 기다리며 늘어난 드레스 천 위로 두 손을 꼭 잡았다. 그녀의 모습이 마치 친절한 부처처럼 보였다.

"많은 일이 있었어요. 난 그레이시 일이 있고 난 후 오랫동안 아팠어요. 그리고 그를 잃었죠. 이제 나는 그를 되찾으려 하고 있고, 당신이 도와줄 수 있기를 바랍니다."

그녀는 슬프게 고개를 저으며 대답했다. "난 그가 어디 있는지 몰라요. 미안해요. 그는 몇 년 동안 나와 제이미와 함께 여기에 있었습니다. 제이미는 여전히 그에 대해 이야기해요. 그는 제이미에게 잘해주었고, 대체로 아이들에게 잘했습니다……. 이미 알고 있겠지만요. 제이미도 그를 찾아본다고 했었거든요. 부디 행운을 빕니다. 그리고 찾게 된다면, 우리에게도 알려주길 부탁드려요."

그녀의 말에 실망감이 무거운 돌처럼 배 속에서 가라앉는 것을 느꼈다. 하지만 우리가 점점 가까워지고 있다는 사실을 스스로에게 상기시켰다. 내가 알게 되는 모든 것, 내가 만나는 모든 사람은 조가 불가능하다고 생각했던 것에, 즉 그가 어떤 사람이 되었는지를 이해하는 데 분명 도움이 될 것이다.

"그럴게요. 하지만…… 그에 관한 이야기를 좀 해주겠습니까? 이곳에 머물던 당시 그의 삶에 관한 이야기 말이에요. 오래전 일이라는 것도 알고, 그리고 당신은 분명 다른 인연이 시작된 것 같지만요……."

그녀는 웃고 나서 자신의 배를 가리켰다.

"배 속의 아이를 의미하는 건가요? 이건 깜짝 놀랄 일이었어요. 그건 확실해요. 난 마흔일곱 살이고 인생에서 이 과정은 지난 줄 알았어요! 하지만 지금 날 봐요. 축복받은 거죠. 그리고 네, 오래전 일이지만 모든 것을 매우 명확하게 기억해요. 조는 지옥 같았던 한 해에 유일하게 좋았던 존재였어요. 그때는 인생에서 말 그대로 잘못될 수 있는 모든 것이 잘못되던 그런 시기였거든요."

나는 고개를 끄덕였고, 그녀의 말을 이해했다.

그녀가 잠시 말을 멈추자, 우리 주변을 감싸고 있는 바람이 거센 밤의 어둠을 응시했다. 잠시 후 그녀가 말을 이었다. "하지만 당신이 그 이야기를 원한다면, 그게 도움이 될 것이라고 생각한다면, 당신을 위해 말해 줄 수 있습니다."

21

밸런타인데이, 2006년 2월

제럴딘은 딱딱한 플라스틱 의자에 앉아, 몸 전체를 꽉 쥔 주먹처럼 당기고 있었다. 제이미는 오래된 나무 주판을 가지고 놀고 있었다. 밝은 색상의 공들을 서로 부딪치게 해서 소리를 내거나, 공들을 굴리고 비틀면서 킥킥대며 웃었다. 아이들을 위해 따로 마련된, 대기실 내 작은 공간이 있었는데, 아이들이 이런 곳에 발을 들여놓아야 한다는 것 자체가 그녀의 마음을 아프게 했다.

이곳은 아이들을 위한 곳이 아니었다. 그녀의 아이를 위한 곳도, 인생의 황금기인 그녀를 위한 곳도 아니었다. 골판지로 된 밸런타인 하트들로 장식된 이 방은 그녀의 미래가 너덜너덜해진 채로 앉아 있으면 안 되는 곳이었다.

그녀는 손가락이 떨리기 시작하는 것을 느꼈다. 조는 아무런 말 없이 손을 뻗어 그녀의 손을 잡아주었다. 그녀는 자신의 인생이 산산

조각 나기 시작한 순간, 그녀의 삶으로 그를 데려온 운명의 변덕스러움에 놀라는 한편 감사한 마음으로 그를 올려다보았다.

작년 이맘때, 그녀는 애드리언의 불륜에 대해 알게 되었다. 어쩌면 여러 번의 불륜 가운데 하나를 알게 된 것일 수도 있었다. 그는 모든 게 끝났다고, 아무런 의미가 없었다고, 그녀를 사랑한다고 맹세했다. 그는 그녀를 위해, 자신을 위해, 어린 제이미를 위해 그들의 결혼 생활을 지킬 수 있다면 무엇이든 하겠다고 약속하며, 두 번째 기회를 달라고 간청했다.

그녀 역시 여전히 그를 사랑했고, 제이미 곁에 아버지가 함께하길 원했기 때문에 그에게 두 번째 기회를 주었다. 그렇게 그녀는 앞으로 어떤 세계가 펼쳐질지도 모르는 무모한 선택을 하면서, 더블린에서의 삶을 정리하고 웩스포드주의 야생 그대로의 환경으로 옮기는 데 동의했다.

이사를 하기로 선택한 건 현명한 일인 것처럼 보였다. 애드리언은 유혹에서 멀어질 것이고, 늘 과도하게 작동하던 그녀의 의심스러운 마음도 멀어질 수 있을 테니 말이다. 그들은 저축한 돈으로 언덕에 있는 버려진 술집을 사들였고, 그녀는 그곳에서 상처가 치유될 수 있을 정도로 바쁘게 일할 수 있기를 바랐다.

조에게 그곳으로 함께 가자고 요청한 건 그녀의 생각이었다. 조는 한동안 호텔에서 함께 일했고, 문제가 발생하면 늘 찾게 되는 사람이었다. 물이 새는 수도꼭지가 있다거나, 탁자 다리가 불안정하다거나, 혹은 마음의 상처가 있을 때도 조를 찾았다.

모두가 그러했다. 조는 늘 일을 잘했고, 기꺼이 다른 이들에게 도움이 되고자 했으며, 항상 미소를 지으며 이야기를 나눌 준비가 되어 있었다. 즉 함께하는 게 즐거운 사람이었다.

그녀는 그가 자신의 제안을 받아들일 거라곤 전혀 생각하지 않았다. 그저 그와 나누었던 대화를 통해 그가 여행하는 남자라는 사실을 알게 되었고, 그가 무언가로부터 도망치거나 혹은 무언가를 향해 달려가는 것처럼 불안한 기운을 풍긴다는 것을 알았다. 그래서 그녀는 갑작스러운 이사를 생각할 무렵, 그가 함께 가고 싶어 할 수도 있지 않을까 궁금했다. 그가 곰곰이 생각해본 뒤 제안을 수락했을 때, 그녀는 내심 깜짝 놀랐다. 그로서도 상처를 치유하는 데 어떠한 도움이 필요한 건 아닐까, 하고 추측할 뿐이었다.

애드리언은 다른 사람이 합류하는 것에 그다지 열성적이지 않았다. 그는 분명 모두가 좋아하는 잘생기고 젊은 조에게 경쟁의식을 느끼는 듯했다. 애드리언은 그녀가 강하게 주장하기도 했고, 또 여전히 도덕적 고지를 점령하고 있었기 때문에 마지못해 동의했다. 그리고 조가 앞으로 몇 달 동안 값싼 노동력이 될 것임을 알았기 때문이기도 했다.

비록 애드리언은 나쁜 놈이었지만, 적어도 조가 함께하는 것만큼은 허락했고, 그것은 그녀에게 일어난 가장 운 좋은 일이었다.

그들은 웩스포드에 오래 머무르지 않았다. 더 나은 남편, 더 나은 아빠, 더 나은 남자가 되겠다는 애드리언의 약속이 먼지처럼 허공으로 사라졌기 때문이었다.

그는 인근 건축 자재 창고에서 일하는 여자와 함께 살기 시작했다. 여전히 로맨스 코미디가 현실이고 모두가 해피엔딩을 맞으리라는 것을 믿는 이제 막 십 대의 티를 벗은 어린 여자였다. 아마도 그들은 콘크리트 혼합기와 모래주머니 근처에서 시시덕거리거나 붐비는 목재 마당을 사이에 두고 서로 시선을 교환했을 것이다.

제럴딘은 그 사실을 알았을 때—삼 톤의 표토에 대한 영수증에 사랑의 하트와 키스가 휘갈겨져 있는 것을 보았을 때—화도 나지 않았다. 그녀가 처음 애드리언의 외도를 알게 되었을 당시에는 평생 울만큼 충분히 울고 소리도 질렀다. 하지만 애드리언은 말싸움에 능숙했다. 그는 논쟁에서 이기는 방법을 알고 있을 뿐만 아니라, 모든 것이 그녀의 잘못인 양 만들었다.

하지만 그녀는 이번만큼은 상황이 달라지기를 바랐고, 침착하게 통제력을 유지하고 싶었다. 그래서 자신의 의심을 확인하기 위해 애드리언과 막 걸음마를 배운 아기를 데리고 자재 야적장으로 향했다. 그녀는 새 네일 건을 요청한 후 기다렸고, 계산대 뒤에서 그녀가 애드리언을 향해 얼굴을 붉히며 몸을 꼬아대는 모습을 지켜보았다.

그녀는 그날 오후 새 네일 건을 들고 집으로 돌아왔고, 너무 늦기 전에 자신의 갇혀버린 삶에서 탈출해야겠다고 결심했다.

그녀가 조에게 이 사실을 말했을 때(그를 여기로 데려온 게 그들이었으므로 그는 알 자격이 있었다), 그는 분노했다. 그녀는 그날의 모습을 아직도 생생히 기억했다. 그는 '애플렉의 궁전'이라는 곳에서 구한 헐렁하고 낡은 티셔츠를 입고, 페인트가 여기저기 묻어 있는 철보강 부츠를 신은 채 바깥에서 일하고 있었는데, 땅으로부터 스며드는 매서운 추위를 느끼지 못하는 것 같았다.

그는 이야기를 다 듣고는, 애드리언에게 네일 건을 사용할 준비가 된 사람처럼 화를 냈다. 그리고 너무나 슬퍼 보였고, 너무나 혼란스러워 보였다.

"그를 이해할 수가 없어요." 그는 먼 회색빛 바다를 바라보며 조용히 말했다. "그가 어떻게 이렇게 많은 것을 가졌으면서도 모든 걸 버릴 수 있는지 이해할 수가 없어요. 그에겐 아름다운 아내와 아이가 있잖아요. 그건 남자들 대부분이 바랄 수 있는 것 이상이에요."

"당신이 그 사람이 아니기 때문에 이해하기가 어려운 거죠." 그녀는 대답했다. 그녀는 산산이 부서진 건 자신의 삶인데도 이상하게 그를 위로하고 싶었다.

"네, 이해 못 해요. 그러니, 내가 뭘 하면 좋을지, 어떻게 하면 도움이 될 수 있을지 말해줘요." 그가 대답했다.

그게 불과 1년 전 일이었고, 그 이후로 그는 정확히 자신이 말한 대로 그녀를 도와주었다. 그녀는 애드리언에게 관계를 끝내고 싶다고 말했고, 애드리언은 그녀가 예상한 대로 과장된 가짜 히스테리를 부린 후에야 그녀의 제안에 동의했다.

그녀는 여러 번이나 포기하고 싶었다. 당장에는 그러는 편이 더 쉬웠을 테지만, 그것이 결국에는 자신의 행복에 대한 사형 집행에 서명하는 일임을 알고 있었다. 그녀 어머니 역시 그런 결혼 생활에 볼모로 잡혀 있었고, 그녀의 어린 시절은 아침 식사 시간에 펼쳐지는 감정적인 장면들, 저녁 식사 자리에서 흘리는 눈물, 교문에서 정신이 나간 표정을 짓고 있던 엄마처럼 늘 롤러코스터와도 같았다. 그녀는 제이미를 위해, 그리고 자신을 위해 그런 건 원하지 않았다.

그래서 그들은 리노베이션을 마친 뒤 생각보다 좋은 이윤을 남기고 펍을 팔았고, 다른 곳으로 이사했다. 그녀는 자신과 제이미만이 남을 것이라 생각했지만(그건 두려우면서도 해방감을 주는 것이었다), 그녀와 제이미 그리고 조까지, 세 사람이 함께했다. 그것은 그녀에게 더 많은 용기를 주었다. 현재의 자리를 완전히 떠나 더 멀리 새로운 출발을 바라볼 수 있는 용기였다.

그들은 이곳 콘월에서 친숙하면서도 멀리 떨어진 레스토랑을 찾아냈다. 작은 해변과 만은 그녀에게 웩스포드를 떠올리게 했지만, 생활 방식은 매우 달랐다. 건물은 일부 손볼 필요가 있었지만, 조는 지역 사람들의 도움을 받으면 충분히 작업이 가능하다며 그녀에게 확신을 주었다. 그곳에는 약간의 땅도 있었는데, 거기에 채소를 재배하거나 닭을 키워 신선한 달걀을 얻을 수도 있었다. 그곳은 만에서 반짝이는 바다와 울창한 녹색 삼림 지대를 전망으로 가지고 있었다. 잠재력이 충분한 곳이었다.

지난 몇 달 동안 그곳은 집이 되었다. 세 사람은 캐러밴에서 살면서 레스토랑을 꾸몄고, 지역 사람들과 교류했으며, 그들이 할 수 있는 일에 대한 비전을 세웠다.

제이미는 생각보다 아빠를 그리워하지 않았다. 어떤 부분에서는 그가 아직 어리고 적응력이 뛰어나기 때문이었고, 어떤 부분에서는 애드리언이 그렇게 열정적인 아버지가 아니었기 때문이었다. 그리고 그녀는 그것이 어떤 측면에서는 조 때문이라는 사실을 인정했다.

조는 몇 시간 동안 그와 즐겁게 놀아주었고, 그를 어깨에 태우고 그들의 제국을 돌아다녔다. 조가 그를 떨어뜨리는 척할 때마다 제이미의 오동통한 손이 조의 검은 머리카락을 움켜쥐었고, 그럴 때면 그는 낄낄대며 웃었다. 조는 장난감 도구 세트를 들고 제이미를 따라다니며 그가 플라스틱 못을 박고 나무를 측정하는 것을 도왔다. 또 그들은 숲속으로 가서 식량을 찾아다녔고, 조는 그들과 공간을 공유하는, 온순한 동화 속 동물들에 대한 생생한 환상을 만들어냈다.

그녀가 항상 피곤함을 느낄 때마다, 조는 그녀 대신 밀린 일들을 해주었다. 그는 걱정스러운 눈으로 그녀를 바라보았고, 제이미를 데리고 모험을 떠났다. 그는 그녀가 잘 먹고 있는지 확인하며 비타민을 사주기도 했다. 두 사람 모두 그녀가 피로를 느끼는 것에 대해, 결혼 생활이 끝나면서 받은 스트레스와 이사, 그리고 새로운 사업의 시작으로 인한 힘듦 때문이라고 단순하게 추측했다.

매일 아침 녹초가 된 느낌이 들고, 밤에 잠을 잘 수가 없고, 아주 작은 일에도 우울해지고 수동적으로 변하며 평소 보이던 에너지가 고갈되는 모든 이유가 그녀가 지쳤기 때문이라는 타당한 이유가 되었을 것이다.

그러나 그 이유 중 어느 것도 해당하지 않았다. 진짜 이유는 얼마 지나지 않아 발견된, 왼쪽 가슴의 손길이 닿지 않은 긴 부분에 자리 잡은 혹 때문이었다. 그녀는 처음에 그것을 무시했다. 그저 감염이나 모유 수유의 흔적이나 혹은 조가 하는 건축 작업을 도우려다 생긴 것이라고 여겼다.

하지만 결국 시간이 지나도 혹이 사라지지 않자, 그녀는 조에게 말해야 했다. 그녀의 말에 조는 그녀를 엄숙하게 쳐다본 다음 꼭 안아주었다. 그러고는 모든 게 잘 될 거라고, 무슨 일이 있어도 그가 그녀와 함께 있겠다고 말해주었다.

그는 지역 보건의와 약속을 잡았고, 그녀는 유방 검진 센터로 보내졌다. 그녀는 생체검사 결과를 듣기 위해 끝없는 날들을 기다리는 게 어떤 느낌인지 알 수 있었다. 어울리지 않을 정도로 밝은 붉은색 머리를 가진 엄숙한 표정의 여성이 결국 결과를 알려주었을 때, 그것은 그녀가 두려워했던 결과와 정확히 일치했다.

그녀는 낯선 곳에 있는 자신을 발견했다. 막 시작된 사업과 함께, 야생 숲의 캐러밴에 살면서 남은 돈도 거의 없었다. 남편도 없었고, 가족도 없었고, 하물며 그녀에게 전적으로 의존하고 있는 어린 남자아이도 돌봐야 했다.

그나마 그녀를 온전한 상태로 만들어주는 건, 조가 유일했다. 오랫동안 알지도 못했던, 그녀보다 어리지만 어쩐지 그녀보다 나이가 많은 듯한, 1인 안전망이 된 조.

그녀는 대기실에 앉아 첫 화학 요법 과정을 시작할 준비를 하고 있었다. 그녀의 의사들은 낙관적이었지만, 그녀는 자신이 죽으면 제이미에게 무슨 일이 생길지 걱정하느라 바빴다. 지레짐작할 수밖에 없는 육중한 슬픔의 무게가 그녀를 짓눌렀다. 상식이나 격려의 말, 의학적 기적에 굴복하지 않는 미래에 대한 참을 수 없는 불안에 짓눌리고 있었다.

그녀는 겁에 질려있었다. 그녀는 제이미가 주판을 가지고 노는 것을 지켜보았다. 그는 하늘에서 모루가 떨어져 그의 삶의 작은 즐거움을 파괴하려는 걸 알지 못한 채 너무나도 순진하고 고분고분했다. 그 모습을 보는 내내 그녀의 뺨을 타고 눈물이 흘러내렸다.

조는 그녀를 끌어당겨 꽉 안아주었다. 그녀는 자신을 감싸고 있는 그의 강한 팔과 자신의 머리카락 사이에서 편안함을 주는 손가락, 이마에 닿은 부드러운 키스를 느꼈다.

"다 괜찮을 거예요." 그는 계속해서 말했다. "약속할게요, 제럴딘. 모든 게 괜찮을 거예요. 난 여기 있고, 두 사람이 날 필요로 하는 한 아무 데도 가지 않을 겁니다. 모든 게 다 괜찮아질 거예요."

간호사가 클립보드에 적힌 목록에서 그녀의 이름을 불렀다. 그녀는 조에게서 떨어졌고, 그는 그녀의 얼굴에 남은 눈물을 닦아주었다. 그는 그녀를 가만히 붙잡고, 그녀의 눈을 깊이 들여다보며 말했다. "당신은 생각보다 강해요. 당신은 극복할 겁니다. 당신은 살아야 할 이유가 너무 많아요."

그녀는 고개를 끄덕이며, 그를 믿어보겠다고 결심했다. 그러고는 불안정하게 자신의 운명을 향해 걸어갔다.

22

그녀의 이야기가 끝나자, 우리는 모두 부쉬밀을 꿀꺽 마셨다. 다만 제럴딘은 그리워하듯 술잔을 바라보기만 했다.

"그의 말이 옳았다고 봐야겠군요." 나는 감정이 우리 모두를 엄습하면서 생겨난 애처로운 침묵을 깨며 말했다. "왜냐하면 당신은 여전히 여기 있고, 분명 잘 지내고 있으니까요."

그녀가 미소를 짓자, 눈가에서 행복이 피어났다.

"네, 맞아요. 그가 옳았습니다. 치료는 잔인했고, 그가 없었다면 이겨낼 수 없었을 겁니다. 제이미를 돌보고, 이곳 레스토랑을 잘 운영하고, 날 병원에 데려갔다 집으로 데려오고, 내가 아파할 때 나를 돌봐주었습니다. 이런 실질적인 일들뿐만 아니라 정신적인 측면에서도 마찬가지였습니다. 그는 내가 계속해 나갈 수 있게, 나를 강하게 해주었어요. 내가 구토를 할 때는 머리를 뒤로 잡아주었고, 침대에 눕혀주었고, 절대 외롭다는 생각이 들지 않게 해주었어요. 단 1초도 그러지 않았습니다. 난 의사만큼이나 그가 내 생명을 구했다고 생각합니다. 지금 돌이켜보면 내가 어떻게 대처했는지, 어떻게 그 모든 걸 이겨낼 수 있었는지 궁금할 정도예요. 정말 끔찍한 한 해였습니다. 그러나 그런 생각에 대한 답은 조가 내 옆에 있어 주었기 때문에 가능했다는 거예요. 그는 내 가장 친한 친구였고, 제이미에게는 아빠 대신이었고, 가정부였고, 간호사였어요. 그 모든 게 하나로 합쳐진 사람이었습니다. 그는 정말…… 특별했어요."

나는 마이클의 놀란 표정을 보았고, 벨린다의 시선과 마주쳤다. 그녀는 고개를 끄덕였고, 나는 미소를 지었다. 그렇다, 조는 언제나 특별했다.

"물어봐도 괜찮을지 모르겠습니다만, 당신과 조 사이에…… 더 많은 무언가가 있었나요?" 벨린다가 몸을 앞으로 숙이며 물었다.

제럴딘의 시선이 나에게로 옮겨왔고, 나는 재빨리 덧붙였다. "그렇다고 해도 괜찮습니다. 나는 그가 성인처럼 살았으리라 기대하지 않았고, 또 그렇다고 해도 완벽하게 이해할 수 있는 일이니까요."

내가 한 말의 대부분은 진심이었지만, 내 안에 숨어있는 부인할 수 없는 작지만 고통스러운 으르렁거림이 느껴졌다. 이 모든 일이 일어나고 있었을 무렵, 나는 회복을 향한 험난한 길을 가고 있었다. 우리는 둘 다 불확실한 길을 걷고 있었다. 그리고 내가 아무리 친절한 말을 한다고 해도 질투하는 나의 아주 작은 부분에 대해서는 좋아하거나 존중할 수가 없었다.

"아니요, 없었어요." 그녀는 대답하며, 한숨을 쉬고는 배를 문질렀다. "하지만 그런 생각을 전혀 하지 않았다고 한다면 거짓말이겠죠. 조는…… 음, 그는 나의 영웅이었습니다. 그리고 그는 매력적이었고, 누구든 그걸 알 수 있었습니다. 그는 나보다 어렸지만, 그런 느낌을 받은 적은 없었어요. 그는 나이 든 영혼을 가진 사람 중 하나죠, 그렇지 않나요? 나이는 어리지만, 인생 경험은 그렇지 않은 거죠."

그녀는 심호흡을 하고는 계속 말했다. "당신과 나에게 완전히 솔직해지자면, 난 약간, 혹은 그 이상으로 그와 사랑에 빠졌었어요. 난 그가 제이미 곁에 머물고, 함께 제이미를 키우고, 영원히 함께 행복하게 사는 세계를 상상했던 것 같아요. 그러나 그건 결코 그가 원한 삶은 아니었어요. 어느 날 밤…… 적어도 당분간은 검사 결과가 깨끗하다는 말을 들은 날이었어요. 우리는 축하했고, 술을 몇 잔 마셨고, 제이미가 잠자리에 든 후 늦게까지 깨어 있었어요. 그날 밤, 난 그에게…… 키스했어요. 그건 끔찍했어요."

그녀는 우리를 올려다보았고, 우리의 표정을 보고는 웃었다.

"결과적으론 키스가 아니었어요! 그는 매우 예의 바르고 친절했지만, 기본적으로 나를 그런 식으로 사랑할 수 없다고 말했어요. 그의 마음은 여전히 당신과 함께하고 있고, 미안하지만 아마도 항상 그럴 거라고 하더군요."

나는 별이 반짝이는 하늘을 바라보며 입술을 깨물었다. 그리고 의자 팔걸이에 손을 얹으며 몸을 고쳐 앉았다. 의자를 꼭 붙들고 있어야 할 것만 같았다. 그러지 않으면 내 몸이 느슨하게 풀려나와 지상의 계류장을 벗어나 잃어버린 헬륨 풍선처럼 달빛에 흠뻑 젖은 밤공기 속으로 사라질 것 같았다.

그가 나에 대한 기억을 붙잡고 있었다는 사실은 슬프고 비극적이었다. 하지만 한편으로 그것은 천연의 행복감과 고양감, 그를 찾겠다는 이 과정이 옳다는 믿음의 갱신으로 나를 자극했다. 나는 조를 찾고 있고, 그리고 멈추지 않을 것이다.

"그는 한두 번 정도 연애를 했던 것 같아요." 그녀가 재미있다는 듯 말했다. "그는 서핑하는 여자애들에게 인기가 많았어요. 진지한 관계는 아니었지만, 이따금 짧은 연애를 했다고나 할까요? 그는 여자들이 시시덕거리고 싶어 하는 타입의 남자였고, 그는 그런 것에 매우 능숙했어요. 그들이 몇 살이든, 그들의 상황이 어떻든 상관없이 그는 그들을 기분 좋게 만들 수 있었어요. 나는 그가 어느 날 오후 시내에서 기동성 스쿠터를 타고 있는 노부인과 이야기를 나누고 있던 장면을 기억해요. 그 노부인은 얼굴을 붉히고 낄낄 웃으며 재빨리 자리를 뜨더군요! 그녀는 마치 십 대 소녀처럼 보였어요."

나는 그 장면을, 그를 애틋하게 바라보는 햇볕에 탄 소금기 밴 피부를 가진 서핑하는 소녀들을 상상할 수 있었다. 그리고 정말로 나는 그런 일로 그를 못마땅하게 생각하지 않았다.

"그래서 무슨 일이 있었나요? 그는 왜 떠난 거예요?" 마이클이 간절하게 물었다.

"여러 일이 겹친 결과였어요. 그날 밤 키스한 이후, 그는 나와 있을 때면 좀 더 조심스러워했어요. 처음으로 상황이 어색하게 느껴졌어요. 나는 그걸 되돌리고 싶었지만, 분명 그럴 수 없었어요. 내가 상황을 복잡하게 만든 것만 같았어요. 내가 만든 상황이 그를 편안하게 만들지 않은 거죠. 이유가 뭐든, 그 이후에는 항상 긴장의 저류가 있었어요. 그는 더…… 조심스러워했어요."

"그러기엔 너무 의미가 컸기 때문일 거예요." 나는 왠지 몰라도 내 의견에 확신하며 말했다. "스쳐 지나가는 관광객과의 가벼운 연애는 아무런 의미가 없었을 겁니다. 하지만 당신이라면요? 그건 달랐을 겁니다. 이상하게 들린다는 건 알지만, 난 내 의견에 확신합니다. 그는 의미 있는 무언가를 할 준비가 되어 있지 않았고, 그리고 당신은 분명 의미 있는 사람이었을 겁니다. 어떤 면에서 그는 이미 너무 깊이 빠져들었기 때문에 뒤로 물러났을 겁니다. 말이 되는 건지 모르겠네요?"

그녀는 고개를 끄덕였고, 우리 사이에는 완벽한 이해의 시선이 오고 갔다.

"당신 말이 맞아요. 그는 친구로서 최선을 다했지만, 당시 그의 인생에서 그 이상은 감당할 수 없었을 겁니다. 그는 여전히 자신만의 극심한 고통 속에 빠져 있었을 테니까요, 그렇죠? 그리고 내가 우정보다 더 많은 걸 원한다는 걸 그가 알아차렸을 때, 그는 뒤로 물러났어요. 음, 아니면 그저 나 같은 나이 든 여자를 좋아하지 않았는지도 모르죠!"

"그건 아니었을 거라고 확신해요." 나는 그녀의 눈을 바라보며 대답했다. "당신은 지금 아름다운 여성이고, 그때도 그랬을 거라고 확신하니까요."

"고마워요. 하지만 당시에 난 어쨌든 최고의 상태는 아니었어요……. 많은 사람 중에서도 당신에게 이런 이야기를 하는 건 참 이상하네요, 제스. 어쨌든 우린 한동안은 함께 지냈고, 레스토랑 운영 역시 성공적이었어요. 그리고 나서 난 댄을 만났어요. 댄은 시의회 소속 건물 감독관 중 한 명으로 우리 가게를 방문해서 점검을 시행하곤 했어요. 그는 차 한 잔과 잡담을 하러 들르기 시작했고, 그의 점검은 좀 더 우호적으로 변했습니다. 그리고…… 그렇게 됐죠. 우리는 2011년에 결혼했고, 내가 품고 있는 이 작은 깜짝 선물은 그의 첫 아이입니다."

그녀가 댄에 대해 말하는 순간, 애정 어린 편안함이 느껴졌다. 이는 그녀가 그와 함께 행복하다는 것을, 그녀가 그들이 함께 만든 삶에 만족한다는 것을 의미했다.

"갑작스럽다거나 극적이지는 않았어요." 그녀가 덧붙였다. "그는 처음부터 친구가 되었어요. 조는 그를 정말 좋아했고, 그 자신이 우리 곁에 없으면 상황이 더 발전할 수도 있다는 걸 알았던 것 같아요. 사실 그건 좀 이상했고…… 조금 슬프기도 했습니다. 마치 댄에게 나를 믿고 맡길 수 있겠다고 생각하고 자신의 길을 가기로 한 것 같았어요. 처음에는 행복하지 않았어요. 심한 말도 했어요. 그에게 난 한 남자에게서 다른 남자에게로 전달되는 소포가 아니라고 말했을 거예요……. 물론 그건 온당하지 않은 말이었어요. 하지만 난 상처를 받았고, 무서웠고, 그리고 그가 없는 삶을 걱정했었어요."

그녀는 분명 이 부분에 대한 자신의 기억을 좋아하지 않는 듯 보였다. 그녀의 말에 나는 대답했다. "이해돼요. 어쩌면…… 당신은 그럼에도 불구하고 그가 머무르길 바랐던 건 아닐까요? 그리고 그게 최선이라는 걸 알면서도 그가 당신을 넘겨주고 싶어 하는 것 같아서 화가 난 건 아니었을까요?"

"아마 당신 말이 맞을 겁니다. 나는 그가 영원히 머물지 않을 것임을 내심 언제나 알고 있었어요. 그가 여전히 안절부절못하고, 그에게 아직 끝내지 못한 일이 있다는 걸 알고 있었어요. 그리고 너무 오랫동안 그를 붙잡아두었다는 죄책감도 느꼈던 것 같아요. 그는 너무 괜찮은 사람이어서 내가 그를 가장 필요로 할 때 나를 버릴 수는 없었던 거죠. 애드리언은 완전 쓰레기였지만, 그 이후로 조와 댄 같은 남자들이 내 인생에 있었으니, 난 운이 좋았어요."

나는 곁눈질로 댄을 바라보았다. 그는 옆방에서 탁자를 치우며 때때로 우리를 바라보았다. 그는 나무만큼이나 큰 키에, 단정한 금발 머리가 돋보였다. 그는 나에게 조그마한 손짓을 보냈고, 그 모습에 나는 미소 지었다.

"그가 떠난 후에도 계속 연락했나요?" 나는 점점 더 쪼그라드는 그에 대한 정보에 조금이라도 더할 만한 것이 있기를 바라며 물었다.

카드와 편지에 따르면 다음 정거장은 런던이었고, 그 정도 크기의 도시에서 그를 찾는다는 건 분명 훨씬 더 어려운 일일 테니까. 런던과 같은 도시에서는 항상 사람들이 사라지고, 야수 같은 대도시의 뱃속으로 삼켜지곤 하니까.

런던은 모든 것이 끔찍하게 잘못될 수 있는 곳이지만, 아직은 그런 가능성을 직시하고 싶지 않았다. 차라리 여기, 심금을 울리는 땅에 있는 조용하고 온화한 장소에 앉아, 한때 분명히 조를 많이 사랑했던 여성과 이야기하고 싶을 뿐이었다.

"한동안은 그랬어요." 그녀는 고개를 끄덕이며 말했다. "그는 줄행랑을 친 게 아니에요. 그는 그런 사람이 아니었어요. 그는 때때로 전화를 걸어 내 건강을 확인하고, 제이미에 관해 물었어요. 또 레스토랑 운영은 어떤지, 내과 댄과 어떻게 지내는지 확인했어요……. 그는 런던에 있었고, 내가 아는 건 그 정도였습니다. 하지만 2008년 어느 날 내가 알던 그의 전화번호가 없는 번호로 바뀌었어요. 내가 댄을 잘 만나고 있다는 대화를 한 다음이었는데, 이후 오랫동안 궁금해했습니다……."

"그게 그가 연락을 끊은 이유였나 하고요?"

"네. 이건 오만한 생각처럼 들리네요. 어쨌든, 난 그게 사실이 아니라고 확신해요. 그는 진심으로 기뻐하는 것 같았거든요. 안도하는 것 같기도 했고요. 나는 그를 결혼식에 초대할 생각으로 그를 추적해보려 했지만, 멀리 나아가진 못했어요. 도움이 된다면 내가 알아낸 걸 건네주고 싶어요."

나는 그녀에게 그렇게 해준다면 도움이 될 거라고 말했다. 그리고 우리는 모두 침묵했고, 어색한 순간이 찾아왔다. 우리를 하나로 묶는 유일한 것은 조였고, 2008년에 대해서라면 그녀보다 우리가 더 많은 것을 알고 있었다. 그때는 벨린다가 시내에서 나와 어머니를 보았고, 그걸 조에게 말해 준 때였다.

그가 그동안 계속 희망을 품고 있었는지, 내가 다시 건강해지면 그의 삶으로 돌아올 거라고 일말의 기대를 품고 있었는지는 알지 못한다. 하지만 그가 그 말을 들은 뒤 변한 건 맞았다. 벨린다와 제럴딘이 가지고 있던 그의 전화번호, 그가 나에게 보낸 편지에 적힌 전화번호, 그가 대답할까 봐 반쯤 겁에 질린 상태로 걸어본 그의 전화번호는 연결이 끊긴 상태였다. 조라는 사람과의 모든 연결이 끊어진 것만 같았다.

"그가 지금 당신을 보면 많이 기뻐할 거예요, 제럴딘." 나는 그녀가 소파에서 자세를 바꾸는 모습을 바라보며 말했다. "그런 모습을 보면 그가 무척 행복해할 것 같아요. 그리고 제이미가 성장하고 잘 지내는 것을 보는 것도요. 그는 자랑스러워할 겁니다."

"당신 생각이 옳다고 믿고 싶네요. 그래서…… 이제 어떻게 할 건가요? 그리고 물어봐도 괜찮을지 모르겠는데, 왜 그를 더 빨리 찾으려고 하지 않았나요?"

"스스로 가장 잘 안다고 생각하지만 실제로는 그렇지 못한 사람들에 관한 길고도 슬픈 이야기예요." 나는 고개를 저으며 대답했다. "하지만 우리가 그를 찾을 수 있기를 희망하고, 그렇게 된다면 당신에 대한 모든 걸 그에게 말해줄게요."

"그래 주면 너무 좋겠네요. 언젠가 그를 다시 만나고 싶어요……. 그가 한 모든 일에 대해 제대로 감사 인사를 전하고 싶어요. 어쨌든, 그건 미래의 일이네요. 참, 숙소는 어디예요?"

우리는 그녀에게 묵고 있는 민박집의 이름을 말해주었고, 그러자 그녀는 우리가 잉글랜드 남부 전역에서 가장 나쁜 민박집을 찾았다는 의심을 확인시켜 주는 듯한 표정을 지었다.

"그건…… 불행한 일이네요. 이곳에 머무는 건 어때요? 우리에겐 아직 캐러밴이 있습니다. 집 뒷산 으슥한 곳에 숨겨져 있지만요. 제이미가 반항의 시기를 겪을 때 사용했었죠. 음…… 난 어쩐지 그걸 떠나보내고 싶지 않았어요. 최고의 시절과 최악의 시절의 발자취 같았으니까요."

벨린다와 마이클은 동시에 나를 쳐다보며 내 결정을 기다리는 듯했다. 나는 결정을 내리기 전, 잠시 생각에 잠겼다.

두 사람은 다음 날 일찍 나를 데리러 오겠다고 약속하며 차를 몰고 떠났고, 나는 이곳에 남았다. 제럴딘은 내게 몇 가지 필수품을 빌려주었고, 야생 꽃과 빽빽한 참나무, 개암나무가 있는 곳 사이로 손전등을 들고 나를 안내했다. 그들의 낙원인 숲의 한적한 곳에 낡아빠진 캐러밴이 있었다. 제이미는 캐러밴에 페인트칠도 해두었는데 — 손전등 불빛으로는 명확히 보이지 않았지만 — 밝은 노란색과 파란색, 그리고 녹색으로 칠해져 있는 듯했다.

"그건 바다예요." 그녀가 문을 열고 캐러밴 안으로 안내하며 설명했다. "제이미는 어떻게 하면 페인트칠을 새롭게 해볼까 하고 계속 연구하고 있어요. 때가 되면 해군에 입대할 줄 알았는데……."

나는 주변을 둘러보았다. 허름하지만 깨끗한 소파 커버와 접이식 테이블, 오랫동안 사용하지 않은 듯한 주방이 눈에 들어왔다. 그녀는 팔을 크게 벌린 다음 할 수 있는 한 세게 나를 안아주며 말했다. "저쪽이 그의 방이었어요. 이렇게 당신을 만나게 돼서 정말 기뻐요, 제스. 드디어 조의 잃어버린 반쪽을 찾은 것 같아요. 그레이시도 볼 수 있었더라면 참 좋았을 텐데요."

나는 그녀에게 잘 가라며 손을 흔들어 주었다. 그녀가 떠나고 손전등 불빛 속에 조용히 앉았다. 이곳의 밤은 숲속 동물들이 내는 소리와 멀리서 들려오는 파도 소리를 제외하면 너무나도 고요했다. 나는 아무리 애를 써도 이곳에 있었을 조의 모습을 상상할 수 없었다.

나는 펍에서 발견한 사진을 보며 콘월에서의 그의 삶을 상상했다. 그리고 이내 집에 있던 내 모습을 상상했다. 우리는 모두 각자의 방식으로 많이 외로웠겠구나 싶었다.

그때 조의 편지가 떠올랐다. 그의 편지는 응급처치를 위한 약과도 같았다. 나는 그중 '외로울 때 읽어줘'라고 적힌 옅은 분홍색 봉투를 찾아 꺼냈다. 손전등을 켜자 황금빛이 편지 위로 쏟아졌다.

자기야, 우리가 만난 지 한 달 정도 됐을 즈음 내가 아팠던 때,
기억해? 독감 같은 거였지. 나는 내 차에서 자고 있었고 당신은
차 한 병과 꿀, 레몬, 그리고 열을 내려주기 위해 냉장고에
보관해 두었던 아기용 물티슈를 가지고 왔었지. 난 그때를
생생히 기억해. 내 인생에서 외롭지 않다고 느낀 건, 그때가
처음이었거든. 처음으로 사랑받는다고 느꼈어. 그건 기적이었고,
내가 전혀 예상하지 못한 순간 난데없이 나타났어. 당신이 지금
외롭다고 느낀다면, 두 가지를 기억해. 하나는 내가 언제나
당신과 그레이시를 사랑할 거라는 것이고, 그다음으로는
우리는 운이 좋은 사람이라는 거야. 서로가 있고, 비록 짧은
시간일지라도 그레이시가 있었으니까. 어떤 사람들은 그런 마법
같은 일을 경험하지 못한 채 평생을 살아가니까. 그리고 그건
전혀 기대하지 않을 때 갑자기 찾아오는 기적과도 같은 일이야.
그러니 외로워하지 마. 희망을 품어.

나는 카드를 다 읽은 뒤 다시금 분홍색 봉투 안에다 접어 넣으며, 그때를 떠올렸다. 병을 옮길까 봐 내가 찾아오는 것을 원하지 않았던 그. 그리고 상관하지 않았던 나. 내가 그의 머리를 쓰다듬으며 차를 마실 수 있도록 도와주던 순간, 조는 슬픈 갈색 눈으로 마치 자신이 보고 있는 지금의 현실이, 자신이 받고 있는 친절이 믿기지 않는다는 듯 나를 바라보았었다.

나는 편지 봉투를 손에 든 채 그의 방으로 들어갔다. 그가 잠을 자던 작은 침대는 깔끔하게 정돈되어 있었다. 그가 떠난 다음, 아마도 이 침대는 제이미나 그의 친구, 혹은 다양한 방문객들을 맞이하며, 침대 시트 역시 수십 번 이상 세탁되었을 것이다. 조는 이미 이곳을 떠난 지 오래되었으니까.

그가 머물렀던 침대에 누워 시원한 면 이불 속으로 미끄러져 들어갔다. 베개 위에 그의 편지를 올려두었다. 창문의 블라인드는 달빛이 뿌리는 은색 페인트를 향해 열려 있었다. 나는 여기 이곳에 그와 함께 있는 장면을 상상했다. 나는 그 상상 속 존재에 매달리며, 언젠가 그것이 현실이 되기를, 내가 또 다른 기적을 발견할 수 있기를 소원했다.

23

사무실 게시판에는 실종자들의 사진이 핀으로 꽂혀 있었다. 일부는 가족사진이었고, 일부는 수배 포스터처럼 보이기도 했다. 하지만 그들 모두가 슬픈 이야기를 들려주고 있음은 분명했다.

우리는 기다리는 동안 사진들을 바라보았다. 크리스마스 파티에서 웃고 있는 얼굴들, 학교 행사에서 포즈를 취하고 있는 인물 사진에 이르기까지 모든 연령대와 모든 피부색의 얼굴이 나를 응시했다. 그들은 어떠한 시간에 갇힌 채 침묵하며, 적어도 표면적으로는 안전했던 그 순간에 고정되어 있었다.

그들 중 행복한 결말을 맞이한 사람이 있을까. 그들 중 많은 사람들이 그랬길 바랐다. 그렇지 못한 경우라면 참을 수 없을 정도로 비극적일 테니까. 그 생각을 하니 영혼이 짓눌리는 느낌이었다.

어느덧 문이 열리고, 호스텔의 매니저인 이완이 우리를 반갑게 맞아주었다. 오십 대인 그는 덥수룩한 갈색 머리에 미소를 띠고 있었다. 그의 몸짓을 통해 그가 어떤 일이든 할 준비가 되어 있다는 걸 알 수 있었다. 나는 그가 평생 다른 사람들의 고통의 언저리에서 무엇을 보았는지, 그저 상상만 할 수 있을 따름이다.

이곳은 제럴딘이 알고 있는 바에 따르면, 조가 머물렀던 마지막 장소였다. 그는 그녀의 도움을 거절하고서 적은 돈을 지닌 채 콘월을 떠났다. 그는 그녀가 그럴 만한 여유가 없다는 사실을 알고 있었기 때문에, 자신은 괜찮을 거라며 고집을 부렸다. 그는 자신이 아일랜드인의 행운을 가지고 있다며 그녀를 안심시켰고, 걱정하지 말라고 당부하며 배낭을 꾸렸고, 기차역에서 그녀와 제이미에게 작별 인사를 했다. 다시 홀로 여행하는 사람이 되어 길을 떠났다.

우리는 미리 전화를 걸어 이완과 면담 약속을 잡았다. 이완이 우리를 직접 만나겠다는 말을 들었을 때는 우리의 제안이 터무니없어 놀랄 것이라 예상했다. 하지만 나는 고통스럽도록 강렬한 게시판을 보고 난 뒤, 그가 헌신적인 사람이라는 것을, 아마도 이 방에서 수많은 눈물의 모임을 주최했으리라는 것을 깨달았다.

"우선 말해두자면." 그가 의자에 등을 기대고는 우리를 흘끗 쳐다보며 말했다. "그 당시 나는 여기에 없었고, 그래서 당신들이 찾고 있는 사람에 대한 직접적인 기억은 없습니다. 그 당시에 대한 디지털화된 기록도 없고요. 잘 아시겠지만, 이곳 서비스를 사용하는 많은 사람이 실명을 밝히지 않습니다. 주변 사람들에게 물어보니, 오래된 사람들 가운데 한 명이 그를 기억할지도 모른다고 하더군요. 비록 심각한 알코올 중독으로 인해 그 기억의 신뢰성은 조금 참작해야겠지만 말입니다."

나는 그의 말을 이해하고는 고개를 끄덕였다. 화려한 런던에서 백만 킬로미터 정도 떨어진 것처럼 느껴지지만, 실제로는 몇 킬로미터 밖에 떨어져 있지 않은 수도의 한 지저분한 구석에 위치한 이곳의 로비를 배회하는 사람들은 햇볕에 그을린 전사들처럼 보였다. 조는 제럴딘에게—아마도 그녀의 걱정거리를 덜어주기 위해—이곳이 유스호스텔이라고 말했지만, 사실은 그렇지 않다. 이곳은 노숙자들이 잠을 자는 곳, 직원들이 그들의 삶의 수많은 문제를 해결하도록 도와주는 곳, 중독자를 위한 지원 그룹이 마약 중개상과 나란히 함께하는 곳이다.

마이클은 여전히 게시판을 응시하고 있었고, 그의 얼굴에서 혼란스러움이 묻어났다.

"왜 다들 여기로 오는 거예요? 런던의 거리에서 사는 것보다 나은 선택들이 얼마든지 있을 텐데요." 마이클이 도통 이해되지 않는다는 표정으로 물었다.

"그들 중 많은 사람이 선택권이 없어요." 이완은 친절하게 대답했다. "아니면 적어도 그들은 그렇다고 생각하지 않아요. 그들은 길에 금이 깔려있다고 생각하며 모험을 위해 집을 떠날 수도 있고, 그렇지 않은 경우라도 집으로 돌아가기에는 너무 창피하다고 생각해요. 학대하는 가족이나 관계에서 도망칠 수도 있고요. 최근 몇 년 동안 우리는 재정적 이유로 점점 더 많은 사람이 집에서 쫓겨나는 것을 보았습니다. 일부는 임신했다거나 게이라는 이유로, 혹은 어떤 식으로든 가정의 도덕규범을 위반했다는 이유로 부모에 의해 쫓겨납니다. 집으로 돌아가는 것이 그들에게 항상 옳은 선택인 건 아닙니다."

마이클은 고개를 끄덕였다. 그는 자신의 삶과 비교하며 상대적으로 따져보는 듯했다. 또한 그는 자신이 그의 가족의 도덕률을 분명히 위반하고 있음을 알았다. 로즈메리 이모와 사이먼 이모부는 그가 커밍아웃을 한다 해도 그를 거리로 내몰지는 않을지 모르지만, 그 누구도 환영하지는 않을 것이다.

"음, 신의 은총이 없다면 누구라도 그런 상황에 부닥칠 수 있는 거겠죠." 그는 무릎에 손을 얹은 채 슬프게 중얼거렸다.

"저기 저 사람들을 찾는 사람들이 있긴 하나요?" 나는 게시판을 가리키며 물었다.

"자주는 아니지만 가끔은 찾습니다. 여기에서의 삶은 힘들 수 있습니다. 그들이 여기 왔을 때 술을 마시거나 마약을 하지 않는다고 해도 종종 그들은 곧 위험한 상황에 빠지기도 하고, 다른 위험들도 있습니다. 날씨, 건강 문제, 포식자들과 같은 여러 위험들이죠."

그의 말에 조금씩 몸이 떨려왔다. 조는, 내가 아는 조는 강하고 유능한 사람이었다. 그는 포식자들 사이에서 자랐다. 하지만 다치지 않았을 뿐만 아니라 완전히 자신의 모습을 지키면서 그들 사이에서 빠져나왔다. 그는 인간 정글에서도 자신을 안전하게 지켜줄 수 있는 일종의 세상 물정을 알고 있었다. 나는 적어도 그가 그랬길 희망했다.

"하지만 사실 지난주에, 우리는 성공담을 경험했습니다. 프리샤라는 젊은 여자애였어요. 그녀는 소위 '금이 깔린 거리' 범주에 속했고, 2년 동안 그녀를 찾는 가족이 있었습니다. 그녀는 운 좋은 사람 중 하나였습니다……." 이완은 미소를 지으며 말했다.

"일이 잘 풀리는 걸 보는 건 기분 좋은 일이겠군요." 벨린다가 대답했다.

"네, 그럼요. 아주 가끔이지만, 큰 힘이 됩니다. 이 일에서는 때때로 승리가 필요해요. 하지만 거기엔 다른 승리도 있습니다. 가족 상봉만이 유일한 해피엔딩은 아닙니다. 우리는 사람들이 자신의 집을 구하고, 일자리를 찾고, 삶을 영위하도록 돕습니다. 때로는 그건 지는 싸움처럼 느껴질 때도 있지만, 우리는 계속해서 도전하고 있습니다. 이곳 일은 충분히 이야기한 것 같네요. 혹시 조에 대해 나에게 말해

줄 수 있는 다른 사항이 있습니까? 그럼 내가 당신들의 다음 목적지에 대한 힌트를 줄 수 있을지도 모르죠."

"음, 그는 당신의 어떤 범주에도 맞지 않습니다." 나는 신중하게 대답했다. "그는 맥주를 좋아했지만, 음주 문제는 없었고 실제로 약물을 사용한 적도 없습니다. 그는 영리하고, 친절하고, 쓸모가 있는 사람이었습니다. 그는 손재주가 좋았습니다. 조가 여기에 머무는 것을 알고 있던 친구는 그가 여기에서 일종의 도우미 역할을 했다고 말해 주었습니다. 유지보수, 설치 및 분류, 장식과 같은 일들 말이에요."

그는 내 설명에 눈썹을 치켜올리며 얼굴을 찌푸렸다.

"글쎄요, 이미 말했듯이 내가 오기 전에 있었던 일이에요. 하지만 지난번 매니저로부터 내가 이곳을 인수했을 무렵 약간의 개조 작업이 있었다고 들었습니다. 조가 능력이 있었다면 그들은 그에게 기회를 주었을 겁니다. 일종의 훈련 프로그램을 만들었을 수도 있고요. 다시 한번 주변 사람들에게 물어보겠습니다. 그 당시 우리는 다양한 사업체들과 파트너십을 맺고 있었고 우리가 적합하다고 생각하는 사람들을 추천했었습니다. 조는 그 범주에 해당했을 것 같은데요?"

나는 격려하듯 고개를 끄덕이며 덧붙였다. "사진도 몇 장 가지고 있습니다. 당신이 언급한 남자에게 사진을 보여줄 수 있겠습니까? 그를 기억하는지 확인할 수 있도록요."

"그게 좋겠네요. 그는 지금 여기 있습니다. 그리고 괜찮다면 그에게 돈을 주지 말라고 부탁하고 싶습니다. 돈을 주면 주류판매점으로 미친 듯 달려갈 거고, 〈오 나의 사랑, 클레멘타인(Oh My Darling Clementine)〉을 밤새 불러댈 겁니다. 그리고 난 그런 걸 참을 수가 없거든요."

우리는 이완을 따라 복도로 나갔다. 서로 경쟁하는 저음들, 웃음

소리, 함성, 발걸음 소리가 여러 가지 소음으로 뒤섞여 함께 만들어내는 음악처럼 들렸다. 그 모든 게 이상하게 축제처럼 느껴졌다.

나는 가방에서 사진 한 뭉치를 꺼낸 뒤, 가장 최근 사진을 맨 위에 올려놓았다. 벨린다가 조를 마지막으로 찍은 사진은 2004년으로, 펍에서 함께한 생일파티 자리에서 그가 술을 마시고 있을 때 찍은 것이었다. 그는 당구 채를 들고 노래를 부르고 있었고―듣기에 곤욕스러운 〈원더월(Wonderwall)〉*을 부르는 중이라고 그녀가 말해주었다―코러스 가수인 친구들이 그를 둘러싸고 있었다.

제럴딘도 몇 장의 사진을 더해주었다. 그 사진들은 조금 더 나이가 든, 더욱 성숙해진 조를 보여주었다. 그는 대체로 작업복을 입고 있었고, 가끔씩은 청바지와 후드티를 입고 있기도 했는데, 내가 그와 공유한 적이 없는 순간이 포착되어 있었다. 그는 웃고 있지만, 여전히 슬퍼 보였다. 나는 토스트와 잼 냄새가 풍기는 구내식당으로 향하면서 멍하니 사진 속 그의 얼굴을 쓰다듬었다.

우리가 이야기를 나누게 된 남자는 빅 스티브라고 불리고 있었고, 약 150센티미터의 키에 단식투쟁 중인 참새의 몸집을 닮았다. 그의 두상은 거칠고 헝클어진 회색빛 머리카락으로 둘러싸여 있었고, 그의 얼굴은 거친 수염이 지배하고 있어 빛나는 파란 눈 외에도 거의 드러나지 않았다. 그는 마흔 살로 보이기도, 혹은 여든 살로 보이기도 했다.

이완이 우리를 소개하자, 그에 대한 응답으로 빅 스티브가 곰팡이에 감염된 자신의 손톱을 보여주었다. 나는 마이클의 공포에 질린 표정을 보며 웃음을 참았다. 그리고 우리가 빅 스티브로부터 큰 도움을

---

* 밴드 오아시스의 노래

받을 수 있을 것 같진 않았다.

그는 내 손에 있던 캐러밴 계단에서 차를 마시고 있는 조의 사진을 가져가서는, 이를 갈며 사진을 응시했다.

"모르겠습니다. 다른 사진 있으세요?"

나는 그에게 펍에서 찍은 사진을 건네주었고, 그는 다시금 사진을 응시했다. 나는 숨을 참으며 마침내 그가 말할 때까지 기다렸다. "확실하지 않습니다. 술을 한잔하면 내 기억이 살아나지 않을까 싶습니다만?"

그는 희망에 찬 얼굴을 하며 고개를 들었고, 이완은 상황을 진정시키기 위해 개입하며 빅 스티브에게 지금쯤이면 규칙을 똑바로 알아야 한다고 설명했다.

"애를 쓰고 있는 사람한테 뭐라고 하다니……." 그는 다시 사진을 보며 중얼거렸다.

"부인, 그 사람일 수도 있지만, 확실하게 말씀드릴 수는 없습니다. 오래전 이곳에 한 남자가 있었는데, 아일랜드인이었나 아니면 스코틀랜드인이었나, 아무튼 그랬습니다. 어쩌면 그냥 북쪽에서 온 사람일 수도 있는데, 확실히 이곳 주변 사람은 아니었습니다. 도구를 잘 다뤘죠. 나는 그 당시 카트를 가지고 있었고, 테스코에서 1파운드 주고 구한 거였습니다. 바퀴가 잘 맞지 않았는데, 그 친구가 날 위해 고쳐주었습니다. WD40*를 바르기도 했고, 다른 여러 가지 작업도 함께 해주었습니다. 그다음에는 몰고 다니기에 최고로 좋은 카트로 변했습니다. 근데 제인 폰다와 데이트했던 어느 날 밤 잃어버렸습니다."

그는 나에게 윙크하며 덧붙였다. "그녀는 꽤 남자를 밝히는 여자

---

*   윤활 방청제 브랜드 이름

였는데, 내 돈을 보고 날 따라다녔던 것 같습니다."

우리는 그에게 도와줘서 고맙다고 작별 인사를 하면서 실망감에 휩싸였다. 입주자들의 시선을 받으며 우리가 문에 다다랐을 때쯤, 빅 스티브의 큰 목소리가 들려왔다. "그는 항상 바나나를 가지고 있었습니다! 그리고 크고 즙이 많은 오렌지도요!"

별 의미 없이 던진 말처럼 들렸지만, 순간 이완의 얼굴에 번쩍 무언가가 떠오른 듯했다.

"뭔가요? 뭔가 생각이 난 건가요?" 그의 모습에 내가 물었다.

"어쩌면요." 그가 턱을 문지르며 말했다. "그때 우리가 함께 일했던 사업체 중 하나가 과일채소 장수였을 겁니다. 그들은 시장에 배달을 했었습니다. 이름이 기억나진 않는데, 내가 여기 책임자로 왔을 즈음에는 그 일이 중단된 상태였습니다……. 무언가와 아들들이라는 이름이었는데요. 아일랜드 무언가와 아들들이었어요."

그는 잠시 더 기억을 더듬더니 이내 힘들다는 듯 고개를 저었다.

"미안해요. 기억나질 않네요. 전화번호를 남겨주시면 주변 사람들에게 물어보고, 또 혹시 아는 사람이 더 있는지 알아보겠습니다."

나는 접수대에서 내 전화번호를 적어준 뒤, 지갑에서 지폐 뭉치를 꺼내 그에게 건네주었다. 많지는 않지만(50파운드도 안 되는 돈이었다) 기부함에 넣어달라고 요청했다. 그 역시 돈이 필요했기 때문에 거절하지 않았다. 그는 웹사이트에서 세금 공제와 역사 등에 대한 정보를 찾을 수 있으니, 시간이 있을 때 웹사이트를 확인해달라고 말했다.

밖으로 나오니 아늑한 여름 저녁이 서늘해져 있었고, 케밥 가게와 인도 레스토랑의 냄새와 버스 연기가 우리를 감쌌다. 붐비는 교통 체증에 갇힌 차에서 쿵쿵 올리는 댄스 음악이 울려 퍼졌고, 고르지 않은 깃털을 한 비둘기 떼가 버려진 소시지 롤을 놓고 싸우고 있었다.

우리가 더 이상 콘월에 있지 않음을, 확실하게 느꼈다.

"제인 폰다라……. 도대체 그 여자는 누구야?" 마이클이 눈을 치켜뜨며 말했다.

그때 벨린다가 더는 못 참겠다는 표정을 하고는, 차를 향해 터벅터벅 걸어가며 말했다.

"빨리 와. 가자고. 난 호텔에서 하룻밤을 더 보내는 건 못 참겠어. 그러니 앤드류 집으로 가."

24

알고 보니 앤드류는 말라키의 아빠였다. 그는 베이커가 근처에 있는, 아주 깔끔한 조지 왕조 시대를 본떠 만든 테라스형 주택에 살고 있었는데, 밝은 빨간색 정문에는 꽃이 만발한 꽃바구니가 걸려 있었다.

주로 주거지역인 이곳의 도로는 조용했다. 한쪽 모퉁이에는 제과점이 있었고, 상상할 수 있는 한 가장 협소한 주차 공간이 집들을 따라 줄지어 있었다. 만약 모든 차를 치운다면, 셜록 홈스와 왓슨 박사가 이곳을 배회하는 모습을 상상하기 어렵지 않을 듯했다.

앤드류는 중간 지향적인 남자였다. 중간 정도의 키에 중간 정도의 체격을 가졌고, 중간 길이의 은은한 갈색 머리를 하고 있었다. 그가 미소를 짓는 순간, 비로소 더 잘생겨졌고, 따스함과 안정감을 발산했다. 나는 그가 능력과 연민이 적절하게 조합된, 훌륭한 의사일 것이라 생각했다.

그는 우리 모두를 환영해주었고, 벨린다를 안아주었다. 그리고 우리가 자리를 잡는 동안 와인을 따라주었다. 높은 천장과 함께 세련된 장식이 있는 거실을 둘러보던 중, 나는 액자 속에 든 말의 사진을 보고 감탄했다. 그를 마지막으로 보았을 때만 해도 작은 아기였는데, 지금의 그는 키가 크고 깡마른 청년이 되어 있었다.

"최근에 연락했어?" 벨린다가 앤드류에게 물었다. 누구에 관해 묻는지는 굳이 이야기하지 않아도 알 것 같았다.

"어제." 그는 그녀에게 와인을 건네주고는, 자신의 잔을 그녀의 잔에 부딪히며 대답했다. "콜라 한 병을 마셨는데, 밑바닥에서 민달팽이를 발견했다더라고."

벨린다는 웃음을 터뜨렸고, 눈을 번뜩이며 말했다.

"지구를 구하고 싶어 하더니 제대로 대접을 받았네. 말은 고아원에서 지내는 아이들과 함께 찍은 사진, 그리고 수천 마리의 개처럼 보이는 사진을 보냈어. 난 그 애가 그것들을 여행 가방에 넣어서 몰래 집으로 데려온다고 해도 놀라지 않을 거야. 집으로 온다는 걸 가정해서 하는 말이지만."

"돌아올 거야." 앤드류가 안심시키듯 대답했다. "분명 자기 몸을 세탁하고 싶어 할 테니까."

그들은 얼마간 그런 분위기의 편안하고 재미있는, 일상적인 농담을 주고받았다. 마이클은 그들이 대화하는 모습을 관심 있게 지켜보았다. 이내 나와 눈이 마주치자 나를 향해 눈썹을 치켜올렸고, 나는 미소 지었다.

흥미로웠다. 나도 동의할 수밖에 없었다. 두 사람은 결혼한 적도 없고 적절한 부부 관계를 유지하고 있지도 않았지만, 행복한 결혼 생활을 하는 것처럼 보였다. 어쩌면 그것이 좋은 관계를 유지할 수 있는 비결인 걸까. 누가 알겠는가.

우리는 앤드류에게 지금까지의 일을 들려주었고, 우리의 이야기를 경청하던 그는 호스텔에 관한 부분에서는 안타깝다는 듯 혀를 찼다. 병원에서 정신없이 바쁜 사고 응급 부서에서 일하는 그는, 빅 스티브와 같은 사람들에 대해 잘 알고 있었다.

그는 우리에게 자신이 시작한 자원봉사 클리닉에 대해 말해주었는데, 말이 가진 봉사에 대한 기질이 어디에서 나온 것인지 분명해졌다. 벨린다의 법률 사무소와 앤드류의 소명에 대한 명확한 헌신 사이에서 태어난 말이, 은행가가 되고 싶어 했다면 그게 더 놀라운 일일 것이다.

정말이지, 긴 하루였다. 그래서 나는 벨린다와 앤드류의 수다를 듣는 것만으로 만족했다. 마이클은 소파에 몸을 기대고 앉아 핸드폰에 눈을 고정한 채 중간중간 웃어 보였다. 아마도 그 웃음은 재미있는 글이나 고양이와 관련된 동영상 때문이리라 추측했다.

앤드류는 몇 잔의 와인을 더 마신 다음 자리에서 일어났다. 그러고는 '나는 이만 잠을 자러 가겠습니다'라는 분명한 메시지를 전하듯 몸을 쭉 펴고는, 벨린다를 향해 웃으며 물었다.

"아직 싱글이야?"

"아직 싱글이야." 그녀는 미소를 지으며 대답했다.

"그럼 같이 가." 그의 말에, 그녀는 그를 따라나섰다.

마이클과 나는 두 사람이 낄낄거리며 계단을 올라가는 소리를 들으며, 혼란스러운 표정으로 서로를 바라보았다.

"우아, 벨린다 누나도 결국엔 사람이었어. 그들에겐 분명…… 어떤 합의가 있겠지?" 방문이 닫히는 소리가 들리자, 마이클이 말했다.

"분명 그래 보이네." 나는 어깨를 으쓱하며 대답했다. "그리고 그게 그들에겐 잘 통하는 것 같고. 너도 자고 싶으면 자러 가. 난 조금 더 조사를 해봐야겠어."

"아니야, 나도 안 자고 도울게." 그는 대답하고는 벌떡 일어나 소파 위 내 옆으로 와서 앉는다. "난 이상한 느낌이 들어. 그 얼굴들 가운데 몇몇은 마음에서 지울 수가 없어. 게시판에 있던 애들 말이야. 난 게이라는 이유로, 자기 자신이 되는 것 외에 어떤 범죄를 저지른 것도 아닌데 집에서 쫓겨나는 일에 대해 계속 생각하게 돼. 그리고 그게 유일한 선택이 되는 것에 대해서도. 그리고 빅 스티브와 그의 검은 발가락 가까이에서 자는 것도."

그는 몸을 떨더니 미소를 지으려 애썼다. 그가 그 일에 대해 많은 영향을 받았음을 알 수 있었다.

"정말 슬픈 일이야." 나는 그의 손을 토닥이며 말했다. "하지만 넌 그럴 일이 없을 거야. 네 엄마, 아빠와 무슨 일이 있더라도 언제나 네겐 내가 있어, 마이클."

"정말 고마워, 누나. 하지만 그건 내게 생각해 볼 수 있는 계기가 됐어. 나는 지금껏 숨는 일이 너무 쉬웠어. 나는 용감해질 필요가 없었고, 그들에게 맞선 적도 없었어. 솔직히 나는 위선자일 뿐이야. 그리고 그게 다가 아냐. 나는 동성애자 권리 운동에 내가 필요하다고 생각할 만큼 오만하지 않아. 그건 그냥…… 그건 이 모든 거야. 우리가 모두 그럭저럭 지내기 위해 서로에게, 우리 자신에게 하는 모든 거짓말 말이야. 누나 엄마는 그 모든 편지를 숨겼고, 우리 엄마는 내가 열다섯 살 이후로 여자애를 집에 데려오지 않았다는 사실을 무시하고 있지. 제럴딘은 자기의 결혼 생활을 구할 수 있다고 자신을 속였어. 이 모든 게 그냥…… 끔찍하게 느껴져. 비록 사람들이 선의로 행동한다고 해도, 모든 일이 엉망이 되는 것 같아."

"항상 그런 건 아니야." 나는 그가 우울감에서 벗어났으면 좋겠다는 마음으로 말했다. "그리고 누군가를 사랑하는 건…… 그건 저주가 아니야. 그건 축복이야. 그냥 항상 그렇게 느껴지지 않을 뿐이야."

"난 사랑에 빠진 적이 없어." 그가 선언했다. "제대로 된 사랑 말이야. 누군가에게 반했던 적은 있어, 맞아. 하지만 누나와 조가 한 사랑 같은 건 아니었어. 그리고 나는 부모가 된 적이 없으니 누나 엄마가 왜 그렇게 행동했는지 이해하는 척도 할 수 없어. 하지만 지금 내 느낌으론, 문제없이 사는 게 가장 안전한 방법 같아."

나는 그가 한 말을 곰곰이 생각했고, 그리고 이해했다. 그의 관점에서 볼 때 그것은 논리적이었지만, 인생은 논리적이지 않다. 확실히 감정은 그렇지 않으니까. 그리고 사랑은 모든 이성적인 시도를 거부한다. 조가 나를 사랑했다는 것도, 어머니가 나를 사랑했다는 것도 알고 있다. 하지만 사랑을 표현하는 방식에 있어서 두 사람은 매우 달랐다.

"엄마가 보낸 편지가 있어." 나는 가방으로 손을 뻗으며 말했다.

"누나 엄마?"

"응. 변호사를 통해 남겼더라고. 자기가 죽고 나면 개봉하라고 말하면서."

"뭐라고 쓰여 있어?"

"몰라. 도저히 읽을 용기가 나지 않았어. 난 엄마한테 화가 나지만…… 그래도 엄마가 보고 싶어. 엄마는 오랫동안 내 삶의 중심이었어. 그 사람은 내 엄마였어. 너랑 벨린다와 함께 이곳에 있는 게, 결코 찾지 못할 수도 있는 누군가를 추적하는 일이 내가 감정의 절벽 가장자리에서 추락하는 걸 막았어. 내가 그 편지를 읽는 게 옳은 일일까?"

나는 가방에서 봉투를 꺼낸 뒤, 마치 편지가 니트로글리세린으로 만들어지기라도 한 것처럼 조심스럽게 손에 쥐었다.

그는 얼굴을 찌푸리고는 말했다. "당연히 그래야 한다는 적절한 비유를 제시하고 싶은데, 난 지금 아주 피곤해. 그래, 난 누나가 편지를 읽어야 한다고 생각해. 편지를 읽지도 않고 지니고 다니기만 하는 건 이상하잖아. 읽어야 하는 걸 읽지 않는 시간은 이제 사라졌어. 안 그래? 누나 엄마는 누나에게 상처를 줄 수 없어. 그녀는 죽었어. 그녀는 분명히 누나가 그 편지를 읽기를 원했을 거야. 그러니 그렇게 해. 그 망할 편지를 읽어."

나는 고개를 끄덕였고, 이내 깔끔한 흰색 봉투에서 편지를 꺼내 펼쳤다. 완벽하게 단정한, 완벽하게 절제된 어머니의 손글씨가 나를 올려다보고 있었고, 그 순간 눈물이 핑 돌았다.

마이클이 내 어깨 너머로 편지를 들여다보았고, 우리는 함께 편지를 읽기 시작했다.

25

제시카에게,

이 모든 게 조금은 극적으로 느껴져. 마치 네 아버지가 일요일
오후에 보곤 했던 스파이 영화 중 하나에 나오는 일처럼 말이야.
네가 이 편지를 읽고 있다면, 나는 더 이상 너의 곁에 없는 거겠지.
네 아버지는 몇 달 전에 돌아가셨고, 그래서 난 변호사 사무실을
방문해서 내 일들을 정리해야 했어.
내가 무슨 말을 하고 싶은지는 정확히 모르겠지만, 핵심은
이거야. 너를 사랑한다는 것. 넌 내 인생의 기쁨이었고, 밝고
상상력이 풍부한 소중한 내 딸이었어. 난 항상 더 많은 아이를
원했지만, 그렇게 되지 않았어. 하지만 내가 단 한 명의 아이만
가질 수 있다고 했을 때, 적어도 그 아이가 내가 바랄 수 있는
최고의 아이라는 사실이 나를 위로했어.
널 너무 사랑한단다. 우린 사랑한다는 말을 거의 하지 않았지.

그 사실이 나를 슬프게 해. 우리에게 가장 중요한 걸 말할 기회를 너무 많이 놓쳐버린 거니까.

더불어서 이 일과 다른 많은 일에 대해 미안하다고 말하고 싶어.

넌 네 외조부모를 잘 몰랐지. 물론 지금은 죽은 자를 파헤칠 때가 아니지만, 로즈메리 이모와 난 아버지의 말이 법인 가정에서 자랐고, 그걸 위반하면 심하게 처벌을 받았어. 난 엄마로서 부족한 게 많았지만, 너에게 한 번도 손을 대지 않았고, 네 아버지도 그건 마찬가지였어. 내가 어린 시절에 그런 걸 너무 많이 경험했기 때문이었어.

예전에는 전혀 이상하지 않은 일이었어. 알다시피 너의 할아버지는 군인이었고, 우리는 우리만의 어두운 비밀을 안은 채 가족이 단위가 되어 기지에서 기지로 옮겨 다녔어.

어쩌면 로즈메리 이모와 내가 통제력이 강한 남자와 결혼한 건 우연이 아닐 거야. 네 아버지는 결코 폭력적인 사람은 아니었지만, 항상 자신이 옳다고 믿었어. 그리고 아마도 그게 내게 안정감을 줬던 것 같아.

하지만 넌 달랐어. 넌 정반대를 원했어. 흔들리고 싶어 했고, 자극받고 싶어 했고, 우리가 널 위해 계획한 작고 안전한 세상보다 훨씬 더 많은 걸 원했어. 조를 고른 네 안목이 우연이라고 생각하지 않아. 조는 너만큼이나 거칠고 자유로웠고, 네 아버지와는 정반대였으니까. 넌 항상 매우 용감했고, 그게 나를 두렵게 만들었어. 세상이 얼마나 잔인할 수 있는지 잘 알기 때문에, 널 보호하고 싶었어.

이제 내가 사과해야 할 일에 대해 말할게. 지금쯤은 네가 찾았을 수도 있고 아닐 수도 있겠지. 우리 집 다락방에 상자가 하나 있어. 아버지의 오래된 신발 상자 중 하나야. 거기엔 우리가 네게 전해 주지 않은, 조가 보낸 편지와 카드들이 보관돼 있어.

네 아버지는 그것들을 모두 없애버리자고 주장했고, 우리는 그것들이 네 손에 들어가는 것을 막기 위해 노력했어. 아버지는 조의 모든 흔적을 없애고 싶어 했어. 사실 나는 네 아버지에게 그것들을 모두 불태웠다고 말했지만, 태우지 못했어. 정말 태우려고 했는데, 내 안의 무언가가 가로막았거든. 그건 그저 소심한 반항적 행동이었을 뿐, 칭찬받아 마땅한 용감한 행동은 아니었다는 걸 잘 알아.

나는 더 용감했어야 했어. 더 열심히 싸워야 했어. 그를 너에게서 멀어지게 하지 말았어야 했어. 그런 점에서 정말 정말 미안해. 아마도 내가 양육된 방식 때문에 널 안전하게 지키려고 너무 많은 걸 요구했고, 아마도 내가 살아온 방식 때문에 보호라는 목적을 위해 잘못된 길을 선택한 것 같아. 네가 나로 인해 마땅히 받아야 할 행복과 기쁨을 포함해서 모든 것으로부터 멀어졌다는 걸 깨달았어.

변명의 여지가 없어. 네 아버지는 늘 그렇듯이 자신의 말이 옳다고 확신했어. 그리고 그 당시 나도 네 아버지 생각에 동의했기 때문에, 죽은 사람의 유령 뒤에 숨지 않을 거야. 우리는 네가 조를 만난 후 네 삶이 걷잡을 수 없이 통제 불능으로 빠지는 걸 지켜봤어. 재정적 어려움과 지저분한 아파트가 그 예였지. 우리에겐 네가 조를 위해 미래를 팽개치고 꿈을 버리는 것으로 보였어. 넌 안정과 편안함을 포기했고, 조를 위해 너 자신이었던 것과 네가 될 수 있었던 많은 것을 포기했어.

물론 가장 인정할 수 없었던 건 네가 무척이나 행복하다는 사실이었어. 나는 알고 있었지만 무시했어. 넌 모든 규칙을 어기고 있었고, 내 인생에서는 항상 규칙을 따르는 것이 중요했으니까.

그레이스가 죽은 후, 네가 많이 아팠을 때 조는 나에게 도움을 요청했어. 그의 반항적인 자부심을 생각해 볼 때, 그가 도움을 요청할 당시 어떤 마음이었는지 난 상상만 할 따름이야. 그리고 그 대가로 우리는 그를 지워버렸어. 우리는 그를 차단했고, 너에게서 떼어놓았고, 그가 보낸 편지들을 숨겼어.

나는 그게 옳은 일이라고 자신에게 말했어. 널 그와 연결해주는 그레이스가 없으니 네가 자유로워질 수 있다고 생각했지. 넌 나아질 수 있고, 학교로 돌아갈 수 있고, 심지어 다른 사람을 만날 수도 있다고. 더 나은 삶을 제공할 수 있는 사람과 함께 더 많은 아기를 낳을 수도 있다고 말이야. 그가 없으니 너무나 황폐해진 너와 그런 일을 반창고 떼는 일에 비유하는 네 아버지를 보며 그런 생각들과 씨름하던 게 기억나.

그 순간 나는 네 아버지에게 반항할 뻔했어. 하지만 난 그렇게 하지 않았어. 왜냐하면 내 안의 일부가 그 생각에 동의했기 때문이었어. 조는 위험했고 네 정신건강을 위협한다고 생각했으니까. 그가 없다면 우리의 어린 딸을 되찾을 수 있을 거라고 스스로 확신했었거든.

물론 지금은 우리가 옳지 않았을 수도 있다는 걸 이해하기 시작했어. 넌 지금 집에 있고, 학교에서 일하고, 나와 함께 살고 있어. 하지만 난 여전히 내 딸을 온전히 돌려받지 못했어. 너의 일부는 영원히 사라진 것 같아. 그레이스와 조에게 작별 인사를 했을 때, 너의 일부도 죽은 것 같아. 길들지 않은 자연스러움과 상상력, 기쁨, 그런 모든 것들이 말이야.

나는 한 번도 그런 것들을 받아들여 본 적이 없어. 내게 그것들은 무서운 것이고, 안전하지 않은 것들이었으니까. 여전히 너를 안전하게 지키고 싶어서 지금으로써는 다락방에 있는 그 상자에 편지들을 넣어 두고 있어. 넌 겉으로 보기에는 강해 보이지만, 난 네 내면에 여전히 많은 슬픔이 있음을 느껴. 지금 진실을 아는 게 널 무너트릴 수 있다는 것을, 네가 여전히 너무 연약하다는 것을 느껴.

네가 이 편지를 영원히 읽지 않을 수도 있고, 또 네가 진실을 알 만큼 강해지거나 나 역시도 그 결과를 직시할 만큼 충분히 강하다고 느끼는 시점이 올지도 모르겠어(나는 네가 단순히 날 이해하고 용서할 거라고 착각하지는 않아). 나는 막 네 아버지를 잃었어. 그로 인해 난 당분간은 목적지 없이 표류하는 배와 같을 거고, 너마저 잃는다면 견딜 수가 없을 거야. 그래서 난 계속 이기적일 테고, 너의 이익에도 부합하는 척하겠지.

나는 네가 이 글을 읽고 있는 모습을 상상할 수 없어. 네가 혼자가 아니기를 바라. 내가 너를 사랑했고, 그 아름답고 또 아름다웠던 소녀 그레이시를 사랑했다는 걸 네가 믿을 수 있기를 바라. 그녀는 세상에서 가장 좋은 선물이었고, 우리가 그녀를 잃었을 때 모든 게 바뀌었지. 장례식에 참석한 유령 같았던 네 모습에 참 마음이 아팠어.

네가 나의 그레이시라는 사실을 기억해 주길 바라. 그리고 내가 무슨 일을 했던, 그때의 난 스스로 정당한 이유라고 확신했기 때문에 그렇게 할 수밖에 없었음을 알아 줘.

사랑하는 내 딸, 기쁨만이—위험하고 주체할 수 없는 기쁨만이—네게 있기를 기원할게. 넌 항상 나보다 용감했어.

사랑을 담아.

2010년 1월 10일

엄마가

26

우리는 런던의 여러 시장을 터벅터벅 돌아다니며 낙담한 아침을 보냈다. 마이클의 인터넷 검색 능력조차도 이완이 언급한 '아일랜드 무언가 및 아들들'이라는 이름의 회사를 찾을 수 없었다. 이완도 아무런 결과를 얻지 못했다고 문자를 보내왔다. 놀랄 만한 일은 아니었다. 12년 전 일이었고, 많은 것이 변했으니까.

스피탈필즈의 한 나이 든 짐꾼은 '오도노휴와 아들들'이라는 회사를 기억했지만, 그 회사는 이미 10년 전에 망했다고 말했다. 사실 그에게 아들들은 없었지만, 그저 듣기에 더 좋으므로 그렇게 지은 것뿐이라는 설명을 들었다. 그리고 그는 은퇴하며 회사를 팔았다.

우리는 수백 명쯤 되는 사람들과 이야기를 나눴고, 사과와 양초를 너무 많이 샀다. 또 열 곳이 넘는 노천카페에서 열 잔이 넘는 커피를 마셨고, 우리 주변으로 시장이라는 세계가 흘러가는 것을 지켜봤다.

하지만 조에 대한 그 어떠한 단서나 앞으로 나아갈 새로운 방법을 찾지 못했다. 우리는 런던 브리지 근처 서더크에 있는 버러마켓의 우뚝 솟은 유리 천장과 금속 아치형 통로 아래에 함께 앉았다.

이곳은 아름다운 곳이었고, 판매대에는 모든 색상의 과일들, 신선한 농산물, 치즈, 과자류, 정원을 가득 채울 법한 꽃들로 활기가 넘쳤다. 상황이 달랐다면 우리 역시 즐거운 시간을 보냈을 것이다.

하지만 지금으로서는 즐거운 시간은커녕 육체적으로 힘들 뿐 아니라 감정적으로도 고갈되어 지쳐갔다. 특히 마이클은 기분이 언짢아 보였는데, 한숨을 내쉬며 불만스럽다는 듯 한 손가락으로 초콜릿 빵을 쿡쿡 찔렀다.

"무슨 일이야, 베티 데이비스*?" 벨린다가 그가 빵을 찌르는 것과 같은 방식으로 그를 콕 찌르며 말했다. "멜로드라마는 더 이상 못 참아주겠어."

그는 그녀의 손을 찰싹 때리며 대답했다. "난 누나의 오래된 문화적 애기는 이해하지 못하니까, 제발 웃기려고 들지 마. 안 웃겨."

"아니, 난 웃겨."

"좋아, 가끔은 웃겨. 하지만 지금 난 그럴 기분이 아니야. 아주 우울해. 노숙자들과 감정적으로 억압된 죽은 어머니가 보낸 편지, 그리고 붉은 10월함**을 위한 사냥까지."

"오래된 문화석 애기 운운한 게 누구더라?"

"일리가 있는 지적이야. 난 그냥…… 기분이 우울한 것 같아. 조에 대한, 그리고 다른 모든 것에 대한 느낌이 그래. 난 그런 느낌을 좋아하지 않아……. 그건 나를 불편하게 해."

---

*   1930년대 이후 활약한 미국의 여배우로 집착증을 가진 심술 난 여자 캐릭터 연기의 달인이었다.

**   영화 〈붉은 10월(Red October)〉에 나오는 소련 소속 잠수함으로 갑자기 행방불명되며 미국과 소련이 함께 추적하는 대상이 된다.

마이클은 그의 어머니를 닮은 것 같았다. 비록 그는 그 사실을 마음에 들어 하지 않겠지만.

"좋아." 벨린다는 놀랍게도 그를 계속 골려 먹기보다는 진지하게 받아들이며 말했다. "알겠어. 하지만 문제는 감정이 너무 많은 게 아니라, 그 감정이 무엇인지가 문제라고 생각해. 넌 너 자신에게 화가 난 것 같은데."

"응, 맞아!" 그가 눈을 동그랗게 뜬 채 푸념하듯 말했다. "정말로 그래! 난 끔찍한 갈림길에 있는 것처럼 느껴져. 고생문이 훤한 길이냐, 아니면 지루한 길이냐. 한쪽 길에서는 거짓 인생을 살아야 하고, 다른 쪽 길에서는 사회적으로 버림을 받아야 해. 내 부모님과 관련한 한 나는 영구적인 옷장* 안에서 행복하게 살 줄로만 생각했는데, 지금 나는 그럴 수 없을 것 같아. 게다가 아버지는 내가 그의 법률 회사에 합류하기를 기대하고 있어. 근데, 난 그것도 못 할 것 같아. 이 모든 게 어리석을 정도로 짜증이 나."

"네 아버진 어떤 분야의 법에 종사하셔?" 그녀는 그의 초콜릿 빵을 가져가서는 한 덩어리 떼어내며 물었다.

"대부분 부동산 양도법이야. 내가 자라면서 꿈꾸던 건 아니지."

그녀는 얼굴을 찡그리며 대답했다. "그건 좀 별론데. 커서 뭐가 되고 싶었는데?"

"모르겠어. 기이한 취미를 가진 억만장자?"

"음, 좋은 목표네. 하지만 그 목표에 실패하면 다른 일을 해. 부동산 양도법의 삶을 받아들일 필요는 없어. 내 회사도 일손이 필요해.

---

* 동성애자들이 정체성을 숨기고 사는 것을 옷장(closet) 안에 숨어 사는 것으로 비유한 데서 유래한 표현이다.

둥그렇게 뜬 플라스틱 눈 일당의 일원이 될 수도 있어."

"일당? 그냥 누나 혼자 하는 거 아니야?"

"그래, 하지만 참으로 애석하게도 고인이 된 오도노휴와 그의 신화에 나오는 아들들처럼, 나에게 동료가 있다는 것을 암시하는 게 훨씬 좋게 들리잖아. 너도 그중 한 명이 될 수 있어."

그는 그녀의 코 피어싱과 '모스 프라이드'*라고 적힌 티셔츠와 그녀의 턱에 붙어 있는 빵 조각을 들여다보며 말한다. "정말? 진심이야? 근데, 그 회사는 뭘 하는 곳이야?"

"기업 인수와 FTSE 100** 합병이지."

"하하."

"내 교묘한 술수를 꿰뚫어 보았군! 솔직히 말해서 집주인과의 분쟁, 보조금 지급 항소, 이상한 이민 사건, 부당한 해고 등 주로 사소한 일들이야. 난 형사법은 다루지 않아. 네가 잘 지적했듯이 나는 사회 정의를 위해 싸우는 전사이니까. 나는 결코 프랑스 남부로 은퇴하거나 고급 사무실과 펜슬 스커트를 입은 비서를 가지지 못할 거야. 하지만 난 그걸로 생계를 유지할 수 있고, 또 일하느라 바빠. 게다가 그 일은 만족스러워. 그게 내겐 중요해. 월급은 많이 줄 수 없지만 좋은 경험을 얻을 수 있을 거야. 그리고 사무실 위에 아파트도 있어. 너의 결정이 중요하니까, 잘 생각해 봐."

마이클은 팔짱을 낀 채 곰곰이 생각하더니 대답했다. "내가 펜슬 스커트를 입을 수 있을지도 몰라……."

"그래, 그럼 네 새 직장을 둘러보게 부모님을 초대해. 일석이조가

---

*   노르웨이 모스시에서 열린 동성애자 축제를 의미하는 문구

**   런던 증권거래소에 상장된 주식 중 시가총액 순서대로 100개 기업의 주가를 지수화한 종합 주가 지수

되겠네."

"그건, 일석부모가 되겠다. 둘 다 심장 마비를 일으킬 테니까." 내가 덧붙였다.

우리는 서로를 보며 함께 웃었다. 기분 좋은 일이었다. 우리의 이 기묘한 여정은 예상치 못한 열매를 맺었다. 그것은 마침내 한 사람의 운명을 바꿀 수 있는 관계의 교차 수분이다.

"고마워." 그가 말했다. "생각해볼게. 그리고 다른 것들도. 최근에 한 사람을 만났어. 심각하진 않고, 그냥 대화만 하고 있어."

"다들 그러는 거 아냐?" 벨린다가 물었다.

"나이 든 척 그만해. 누나에겐 십 대 아이가 있으니까, 분명 그게 무슨 뜻인지 알 거야. 어쨌든 말했듯이 심각한 건 아니야. 하지만 언젠가는, 어쩌면 그럴 수도 있겠지. 그는 커밍아웃을 했고 자신을 자랑스러워해. 하지만 난 둘 다 아니야……. 음, 적어도 우리의 순례는 내게 생각할 기회를 줬어. 난 약간의 변화가 필요할 것 같아."

"그건 무서운 일인데." 벨린다가 반쯤 남은 빵을 돌려주며 대답했다.

"맞아. 어쨌든 불평불만을 털어놓고 법조계 거물에게 헤드헌팅까지 당하고 보니 기분이 조금 나아졌어. 이제 뭘 어떡하지, 아줌마 탐정님들? 눈여겨 볼 만한 어떤 다른 단서들이 있을까?"

나는 한숨을 쉬고서 탐험가 도라 백팩을 탁자 위에 올려놓았다. 가방 안에는 조의 편지와 카드, 사진들, 그리고 내 어린 딸의 소중한 머리빗이 들어 있다.

2월 초 매섭게 추웠던 날, 나와 조는 그녀의 유골을 공원에 뿌렸다. 그 공원은 그녀가 좋아한 정소였고, 그곳에서 우리는 많은 모험을 했기 때문에 그곳을 유골을 뿌리는 장소로 그곳을 선택했다.

하지만 솔직히 말해서 잘 기억나지 않았다. 그 당시 나는 육체적으로는 괜찮았지만, 정신적으로는 온전하지 못했다. 편지에서 어머니가 언급한 장례식은 기억조차 나지 않았다. 그저 금색 손잡이가 달린 작은 흰색 관이 등장하는 이상한 환영을 얼어붙은 광경처럼 기억할 뿐이었다. 내가 느꼈을 고통도, 내가 흘렸을 눈물도, 조가 겪었을 괴로움도 기억나지 않았다.

내 정신 상태가 이미 그 단계에서 자체적으로 무너지기 시작해서 궁극적으로 나를 산 채로 잡아먹게 될 방어 시스템을 설정하지 않았나, 하고 생각했다. 사실 벨린다는 그날에 대해 나보다 더 많이 알고 있을 것이다. 때가 되면 그녀가 그 일에 대해 말해 주리라.

내 손가락이 머리빗의 부드러운 연보라색 손잡이와 충돌할 때면, 마음속 깊은 곳에서 생생한 상실감이 휘저어지는 것이 느껴졌다. 잠자리에 들기 전 보라색 물방울무늬 잠옷을 입고 내 무릎에 앉아 그녀의 머리를 '공주처럼' 손질하던 그때, 그 빗이 그레이시의 통통한 손에 쥐어져 있던 것을 기억한다. 나는 그녀의 형태, 피부의 부드러움, 내 팔에 안겨있던 통통했던 딸의 편안한 무게감을 느낄 수 있었다. 그녀는 항상 거품 목욕과 햇볕 냄새와 같은 완벽한 냄새를 풍겼다.

나는 행복했던 그 순간이 나를 엄습하도록 내버려 두었다. 그러면서도 손이 흔들리지 않도록 단단히 유지하면서 백팩 안에 든 물건들을 움켜쥐었다.

2008년 9월, 껌 한 통과 함께 온 우편엽서가 있었다. 내가 행복하다면, 그것으로 만족하겠다는 내용이 적힌 우편엽서였다. 이 엽서는 무엇보다도 마음을 아프게 했다. 내가 엽서를 테이블 위에 뒤집어 놓자, 벨린다의 몸이 움츠러드는 게 느껴졌다. 사진은 런던 타워를 찍은 것으로 앞쪽에는 한 경비병이 서 있었다.

다음으로는 아빠 조 조라는 서명이 들어간 그레이스에게 보낸 아홉 번째 생일 카드. 여기에는 북런던 소인과 10월 날짜가 표시된 얼룩진 우표가 붙어 있었다.

다음은 1년 후에 그레이스에게 보내진 또 다른 카드가 있었고, 그 사이에는 아무런 연락이 없었다.

나는 몇 주라는 시간 동안 나에게 얼마나 많은 일이 일어났는지 알기에, 1년 동안 그의 삶에 어떤 변화가 있었을지 상상만 할 수 있을 뿐이었다.

이 카드는 날짜 소인에서 알 수 있듯 실제로 그녀의 생일 다음 날 보내졌고, 그래서 늦게 도착했던 모양이다. 나는 다른 카드들과 함께 숨기기 위해 이 카드가 도착하기를 기다리다 계획대로 도착하지 않자 불안에 떨었을 어머니의 모습을 상상했다. 편지와 카드, 우편엽서가 마침내 도착을 멈췄을 때 어머니는 안도했을까. 아니면 어머니 편지에서 느껴진 것처럼 참을 수 없을 만큼 후회했을까. 나는 궁금했다. 하지만 결코 알지 못할 것이다. 그래서 나는 다른 두 사람이 하는 감식 작업에 합류했다.

날짜는 분명하지만, 보낸 곳 부분이 얼룩져 있었다. 그러나 여기에는 추가적인 힌트가 있었다. 그것은 파인퍼스라는 장소 혹은 조직의 75주년을 자랑스럽게 알리는 우표가 봉투에 찍혀 있다는 점이었다.

우리 중 누구도 파인퍼스에 대해 들어본 적이 없었다. 그래서 마이클은 핸드폰을 바삐 만지기 시작했고, 벨린다는 '아빠 조 조'라는 손글씨를 쓰다듬고 있었다. 이는 내가 이 카드를 본 이후로 멍하니 되풀이해온 일이었다.

"음, 파인퍼스는 미들섹스에 있는 작은 마을이야." 잠시 후 마이클이 알렸다. "위키백과에 따르면, 그러니까 사실이겠지. 거기엔 두 개의 교회, 하나의 교구회, 그리고 하나의 치즈 공장이 있어. 기차역이 있고 도로 연결망도 괜찮은데, 그 외에는 별다를 게…… 오! 세상에!"

"뭔데?" 벨린다와 나는 동시에 그에게 몸을 기대며 말했다.

그는 손을 들어 우리를 제지하고는 계속해서 읽어나갔다. 그러다 한참이 지난 후 소심해진 표정으로 우리를 올려다보며 말했다.

"주목할 만한 장소가 하나 있어, 감옥이야."

그는 말을 하고 나서 자신의 입술을 잘근 씹었다.

27

우리는 앤드류의 완벽하게 깔끔한 거실에 앉아 문제와 씨름 중이었다. 조에게 무슨 일이 일어났는지 알아내기 위해 애를 썼지만, 제자리를 맴돌 뿐이었다.

"그곳에 감옥이 있다고 해서 그가 감옥에 있다는 뜻은 아니야." 마이클이 말했다. "내 말은, 누나가 말한 모든 것에 비춰볼 때, 그는 범죄를 저지르는 유형은 아니잖아, 안 그래? 불우한 어린 시절에도 불구하고, 나는 그가 감방에 갈 만큼 나쁜 일을 하는 걸 상상할 수 없어. 조처럼 착한 사람은 감옥에 가지 않아……."

내가 딱히 경험이 풍부한 선장은 아니지만, 내가 듣기에도 그의 말은 대단히 유치하고 순진하게 들렸다.

벨린다 역시 같은 감정이었는지 콧방귀를 뀌며 대답했다. "그렇게 단순하지 않아, 마이클. 무슨 일이 있었는지 모르지만, 현실 세계에서는 때때로 합당한 이유 없이도 사람들이 감옥에 가는 경우가 있어. 가끔 사람들은 자기와 어울리지 않는 일을 하곤 해. 또 가끔 그들은 한

계점까지 떠밀리기도 하지."

나는 고개를 끄덕이며 가만히 있었다. 최악의 상황을 가정하지 않으려고 노력했지만, 적어도 그런 가능성을 생각해야 한다는 것도 잘 알았다.

"내 생각엔, 우리의 상상력이 너무 확장되기 전에 확실히 알아내야 할 것 같아."

이렇게 말하면서도, 정작 내 상상력은 이미 저 멀리까지 나아가고 있었다. 나는 조가 자신이 저지르지 않은 범죄로 잘못 투옥되고, 샤워실에서 난투극을 벌이고, 칫솔로 만든 무기를 마주하는 모습을 떠올렸다. 기본적으로 이 모든 것은 내가 본 나쁜 감옥 영화에 등장하는 것이었다.

고맙게도 벨린다는 좀 더 침착했다. 그녀는 형사법을 다루진 않지만, 범죄를 다루는 사람들은 잘 알고 있으리라.

"리엄에게 전화해 볼게." 그녀가 느닷없이 말했다.

"리엄?" 내 머리는 오래된 전화식 모뎀의 속도로 움직였고, 나는 그녀의 말을 반복했다.

"그래, 리엄. 그는 경찰이야. 그러면 정보를 캐낼 수 있을지도 모르지."

"그가 널 위해 그렇게 해줄까? 규칙이란 게 있잖아……."

"그렇겠지. 하지만 어쨌든 그렇게 해줄 거야. 나를 위해서. 조를 위해서. 그리고 그는 맥도날드 해피밀 세트에 나오는 감자튀김처럼 살짝 덜떨어진 데가 있으니까."

그녀가 사용한 비유가 친숙하게 곧장 와닿는다. 하지만 이해에 도착하는 데는 약간의 시간이 더 소요됐다.

"크레이지 번치 부부와 함께 살던 리엄 말하는 거 맞지? 우리 아빠 창고를 불태운 녀석?" 내 물음에 벨린다가 웃으며 대답했다.

"응, 그 녀석 맞아. 그는 형편없는 그 가족의 골칫덩어리였고, 그래서 반대편에 섰고, 항상 조 덕분이라고 말했어. 그들을 멀리하라고 경고하고 그가 더 잘할 수 있다고 말해 준 사람이 조였다고 말이야. 창고가 불에 탄 안타까운 사건에 대해서는 그를 두둔했어. 그는 영웅이 필요한 아이들 가운데 한 명이었고, 그가 뭘 해야 하는지 누군가는 알려줄 필요가 있었어. 운 좋게도 그들이 아니라 조의 말을 들었고, 결국 철창신세를 지는 불량배가 아니라 경찰이 되었지."

그를 타락시키고 이용하려는 그들의 시도에 저항하면서 조가 어려움을 겪었다는 것을 잘 알고 있다. 그들과 싸우기 위해, 곧고 좁은 길을 가기 위해 비싼 대가를 치렀다는 것도. 그들은 자신들이 데리고 있던 아이들 중 한 명인 리엄에게 실제로 일자리를 구해주는 것과 같은 혐오스러운 견해를 퍼뜨리는 조를 보고 몸서리쳤을 것이다.

"그는 경찰이 된 이후로 가장 낮은 직급에 머물러 있어." 그녀는 계속 말을 잇는다. "아마도 그건 변하지 않을 거야. 그는 어린 시절부터 범죄에 대해 잘 알기 때문에 지역에서 범죄 예방 업무를 많이 수행하고 있어. 그는 근무가 끝나면 사람들을 위해 무료로 경보기와 자물쇠를 맞춰주기도 하고, 공동체 활동에도 참여하고 있어. 그는 약간 미련하긴 해도 마음은 올곧아. 한번 물어볼까?"

나는 어떤 지푸라기라도 기꺼이 움켜쥐고 싶은 마음에 말없이 고개를 끄덕였다.

마이클은 얼굴을 찌푸리고서 파인퍼스에서 온 편지 봉투를 보며 말했다.

"난 왜 편지가 실제로 감옥에서 발송되지 않았는지 궁금해. 왜 그곳 근처에서 보내진 것 같지?"

"그건 조가 그렇게 만든 거겠지." 벨린다는 리엄에게 전화해 달라고 메시지를 보내며 대신 대답했다. "그는 나무에 앉아 있는 새들이라도 매료시킬 수 있었을 거야. 아주 조그마한 발들이 나뭇가지를 단단히 붙들고 있더라도 말이야. 그는 제스나 제스 부모님이 자신이 어디 있는지 알기를 원하지 않았을 거야. 그래서 경비원을 설득해서 그 편지를 보내게 했겠지."

"경비원이 그렇게 해줄 이유가 있을까? 규칙이 있지 않아?"

"맙소사!" 그녀는 짜증 난 목소리로 대답했다. "너희 가족과 규칙 사이엔 도대체 뭐가 있는 거야? 그래, 규칙이 있지. 하지만, 아니야. 모든 사람이 규칙을 따르는 건. 교도관도 인간이고, 그중 한 명이 분명히 조의 상황을 딱하게 여기고 하늘나라에 있는 딸의 생일을 축하하는 카드를 보내주기로 했겠지."

"혹은," 마이클이 한 손가락으로 그녀를 과장되게 가리키며 말했다. "우리가 모두 과잉 반응을 보이는 것일 수도 있지. 우린 가정을 하고 있고, 알다시피, 그 가정이 우리를 우롱하고 있는 거지! 그건 맛없는 우롱차를 속아서 마시는 것과 같아."

우리는 둘 다 그를 응시했고, 그는 우리의 시선 아래서 눈에 띄게 풀이 죽었다.

"좋아, 내 말장난 별로 재미없는 거 인정. 하지만 내가 옳을 수도 있어. 왜 그가 실제로 감옥에 있었다고 생각해야 하는 거야? 마을에 있는 술집에서 일할 수도 있고 감옥에서 일할 수도 있는 거지."

"아니야." 벨린다와 내가 동시에 대답했다. 우리는 서로를 바라보며 슬프게 미소 지었다.

"조는 절대 감옥에서 일하지 않을 거야. 그는 그냥 그래. 그에겐 특히 경찰이나 법률 시스템과 같은 권위에 대한 이상한 불신이 있어. 그는 자신만의 도덕규범을 가지고 있지만, 그게 감옥에서 일하는 것으로까진 확장하지 않을 거야." 내가 설명했다.

"사실 별로 이상하지도 않은 거지, 안 그래? 불신하는 거 말이야." 벨린다가 슬프게 말을 덧붙였다. "크레이지 번치 부부의 윤리를 참작하고, 또한 그의 어린 시절을 참작하고, 경찰에 의해 친가족과 이별해야 했다는 사실을 감안하면 그렇지. 그가 어른이 되고 나서야 그 이유를 이해할 수 있었겠지만, 그 영향은 사라지지 않아. 그는 고작 세 살, 네 살이었지? 그는 분명 자신이 아는 유일한 가족에게서 떼어져 나와 끌려가면서 겁에 질렸을 거야."

그건 사실이었고, 그리고 가슴 아픈 장면이었다. 나는 부모가 암묵적으로 동의를 하는 가운데 억지로 집을 떠나야만 했던 어린 조를 상상했다. 겁에 질렸지만 몸싸움을 벌이는 그를, 어둠 속에서 울리는 사이렌과 불빛들 속에서 경찰차에 실려 경찰서로 가고, 선의의 사회복지사들에 의해 사회보장제도에 편입되는 그의 모습이 그려졌다.

그것은 그에게 완전히 새로운 삶, 더 나은 삶의 시작일 수 있었다. 그러나 그는 오히려 양부모와 함께 프라이팬에서 거대한 용광로로 던져졌다. 그가 그레이시에게 그토록 세심한 관심을 보이고, 그녀가 사랑과 안전 외에는 아무것도 알지 못하겠다고 결심한 것도 당연한 일이었다.

"크레이지 번치 부부에 대해 뭔가 조치를 해야 해. 그들을 제지해야 해. 우리가 조를 찾으면…… 어쩌면 그가 도와줄지도 몰라. 그리고 어쩌면 리엄도 도움이 될 수 있고. 사람들은 그의 말을 들을 테니까." 내 말에 벨린다가 핸드폰을 다시 확인하며 대답했다.

"그 이야긴 내가 벌써 했어. 정말이야. 그는 경찰이고, 키가 190센티미터고, 다 큰 어른임에도 불구하고 여전히 그들을 조금 무서워해.

그 문제는 나중에 다시 생각해보자……. 그가 5분 뒤에 전화한다고 하네. 조용한 데서 이야기하고 올게."

그녀가 방을 나섰고, 마이클과 나는 조용히 함께 앉아 있었다. 생각은 꼬리에 꼬리를 물고 천 가지 다른 갈래로 뻗어나갔지만, 그중 어느 것도 좋지 않았다. 그것은 아이들에게 사주는 '악마를 공격하고 싶으면 99페이지로 이동하고, 악마로부터 숨고 싶으면 62페이지로 이동한다. 모든 운명은 조금씩 다르다'와 같이 어떤 페이지로 넘어갈지 결정해야 하는 책과 같았다.

하지만 이 특정한 이야기에서는 모든 선택이 나를 불쾌한 곳으로 이끄는 것만 같았다.

나는 몇 년 후 그가 보낸 편지를 한 통 받았었다. 그는 자신의 침묵에 이유가 있다고 말했다. 그 이유가 혹시 그가 감방에서 썩고 있었기 때문이라면. 그가 몇 년간 감방에서 썩어야 했던 거라면. 그런 일은 누가 됐든 알아보기 힘들 정도로 사람을 변화시킬 것이다. 어쩌면 그가 너무 많은 시간이 흘렀다고 생각한 것도 당연했다. 그가 바뀐 모습을 내가 알아보지 못하는 것 역시 당연할 테다.

혹 그는 여전히 감옥에 있을 수도 있다. 마지막 편지는 런던에서 보내졌다. 하지만 다시 말하지만, 절차를 우회하는 방법을 찾았을 수도 있다. 그가 언급한 변화는 그의 출소, 혹은 이송, 또는 다른 무엇이든 될 수 있었다.

만약 그가 아직 그곳에 있다면, 그렇다면 나는 거기로 가서 그를 찾아낼 것이다. 그건 내가 상상했던 우리의 재회는 아닐 테지만, 로맨틱 코미디나 소녀들이 꿈꾸는 것 역시 아닐 테지만, 그는 여전히 조일 것이다. 여전히 우리는 우리일 것이다. 나는 그가 무엇을 했든, 어디에 있든 상관없었다. 그는 여전히 조일 테니까.

벨린다가 흥미롭다는 표정으로 다시 거실로 돌아왔다.

"리엄과 이야기하는 건 고양이들을 모는 것과 같아. 모든 걸 아주 조심스럽게 설명해야 해. 그는 뭔가 알아낼 수 있는지 확인해보겠다고 했어. 조가 체포된 적이 있다면, 조치 기록부에서 뭔가를 추적할 수 있을 거야. 그럼 무슨 일이 있었는지 확인할 수 있겠지. 그에게 조의 생년월일과 대략적인 시간대를 알려줬어. 이제 우리가 할 수 있는 일은 기다리는 것뿐이야."

28

- 보고 경찰관: 존 워커(PC499)
- 사건 날짜: 2009년 9월 14일
- 사건 시간: 오후 2시 30분
- 체포 시간: 오후 3시 15분
- 목격자 진술: 서명 후 첨부
- 상세 내용: 나는 순경 클래어 베이커(527)와 함께 순찰을 돌던 중 오후 2시 41분에 켄티시 타운 지하철역에서 벌어진 난동 현장으로 호출되었다.

　도착하자마자 우리는 스티븐 케네디로 확인된 피해자를 발견했다. 그는 조셉 라이언으로 확인된 피고인과 신체적 다툼을 벌인 후 의료적 지원이 필요한 상태였다. 구급대원들이 호출되어 오후 2시 59분에 현장에 도착했다. 케네디 씨는 병원으로 가서 치료를 받기 전, 자상과 타박상, 부러진 것으로 의심되는 코와 관련해서 현장에서 치료를 받았다.

역무원은 동요한 라이언 씨를 물리적으로 제지하고 있었다. 초기 조사에서 라이언 씨의 손가락 관절에 타박상과 찰과상이 있고 옷에는 피가 튀어 있는 것이 드러났다. 그는 현장 조사 시도에 적대적이었고, 나중에 캠던 경찰서에 구금되었다.

라이언 씨는 위에서 언급한 부상을 제외하고는 다치지 않았으며, 그 부상들은 케네디 씨를 공격하다 입은 상처들인 것으로 보였다. 라이언 씨는 나와 순경 베이커에게 협조하는 것을 거부했지만, 우리에게 신체적 폭력을 쓰지는 않았다.

케네디 씨를 폭행한 이유를 묻자 라이언 씨는 이렇게 대답했다. "그는 자신의 개를 때리고 있었고, 그래서 나는 그에게 그게 어떤 느낌인지 알려주고 싶었습니다."

케네디 씨는 메이지라고 불리는, 열두 살 정도 된 암컷 스태퍼드셔 불테리어를 데리고 다녔다. 지하철역에 들어서던 목격자들은 케네디 씨가 사건이 벌어지기 전에 개를 '쓸모없는 똥개'라고 부르며 반복적으로 발로 차는 것을 보았다고 주장했다.

나중에 유기 동물 처리관이 '수척하고 방치된' 것으로 묘사한 상태에 있었던 개는 역 관리자들이 데려갔다. 개의 처우와 관련해서 별도의 소송이 케네디 씨에게 제기될 수 있을 것이다.

역 당직 근무자였던 아흐메드 씨는 사건을 보고했고, 현장에서 조사를 받았다. 아흐메드 씨는 눈에 띄게 충격을 받았지만, 목격한 내용을 명확하게 전했고, 그 내용은 세 명의 추가 증인에 의해 뒷받침되었다(진술서 첨부).

사건이 어떻게 시작됐느냐는 질문에 아흐메드 씨는 지하철역을 정기적으로 이용하는 라이언 씨와 케네디 씨가 친숙한 얼굴이었다고 설명했다. 그는 라이언 씨를 "상냥하고, 예의 바른 사람으로 항상 좋은 아침이라고 인사하고, 매표기가 고장 났을 때도 다른 사람들과 달리 절대 무례하지 않았다"라고 묘사했다.

그는 케네디 씨가 역을 정기적으로 이용하며, 종종 자신의 개를 데리고 탄다고 말했다. 아흐메드 씨는 그가 자주 화가 잔뜩 나 있는 것처럼 보였다는 것 외에 케네디 씨를 특징짓는 것을 꺼렸다.

아흐메드 씨의 말에 따르면, 라이언 씨는 케네디 씨가 개를 차는 것을 보았고, 그가 같은 행동을 반복하지 못하도록 개입했다. 케네디 씨는 라이언 씨에게 실컷 욕을 했고, 그에게 당신 일이나 신경 쓰라고 말했다. 그는 케네디 씨가 그의 입으로 반복하고 싶지 않은 몇 가지 단어를 사용했다고 덧붙였지만, 추가 조사에서는 그가 라이언을 '빌 어먹을 참견쟁이'이자 '날품팔이 개자식'이라고 불렀다는 사실이 드러 났다.

케네디 씨가 개를 한 번 더 발로 찼을 때, 라이언 씨는 '폭발'했던 것으로 전해진다. 또 다른 목격자들은 라이언 씨가 주먹을 여러 번 날 리고 케네디 씨 얼굴을 가격하는 걸 목격했다.

아흐메드 씨는 싸움이 상호적이었느냐는 질문에 케네디 씨는 "싸 울 만한 기회가 없었다"라고 대답했고, 라이언 씨는 어린애가 어머니 와 함께 근처에 서 있는 걸 알아차리고 나서야 진정된 것 같다고 설명 했다. 아이샤 존슨 부인(증인 진술서 첨부)과 함께 있던 아이는 울고 있 었고 눈에 띄게 당황한 모습이었다.

라이언 씨는 그 시점에 존슨 부인에게 사과했고, 케네디 씨에게는 개의 목줄을 집으려고 하면서 "당신의 빌어먹을 개를 데려가겠다"라 고 말했다. 당시 땅에 쓰러져 있던 케네디 씨는 이렇게 말했다. "아니, 그럴 수 없어. 멍청한 도둑놈아. 그 개는 내 개고, 내가 원하는 만큼 엉덩이를 차줄 거야."

아흐메드 씨와 또 다른 역 직원인 찬텔 메이휴 양은 싸움이 재개되는 것을 막기 위해 개입했다. 메이휴 양은 피해자와 라이언 씨 사이에 서서 '인간 장벽'을 형성했고 "개를 보호하기 위해 싸움을 시작한 남자가 여자를 때리지 않을 것이라고 확신했고 내가 옳았습니다."라고 말했다.

메이휴 양은 라이언 씨가 그녀에게 어떤 식으로든 해를 끼치지 않았지만 그럼에도 불구하고 겁이 났다고 덧붙였다. 그녀는 자신의 진술서에다 라이언 씨가 자신이 겁에 질렸다는 것을 깨달았을 때 사과했다는 점을 언급해 달라고 요청했고, 또한 케네디 씨가 '완전한 얼간이'였으며 그녀의 생각으로는 그는 얻어맞아도 싸다는 점을 언급해 달라고 요청했다.

라이언 씨는 추가 조사가 있을 때까지 구금되었다. 케네디 씨는 나중에 추가 치료를 거부하고 병원에서 퇴원했다. 케네디 씨와의 후속 인터뷰 시도는 그가 현장의 의료진과 경찰관에게 제공한 집 주소가 부정확했기 때문에 지금까지 이뤄지지 못했다.

사고 및 응급 부서에서 케네디 씨를 치료한 에밀 다브로스키 박사는 케네디 씨가 간호사 중 한 명을 '유색인'이라고 부르고 다브로스키 박사가 영국에 불법 체류하고 있다고 비난하는 등 여러 직원에게 폭언을 퍼부었다고 보고했다.

전체 목격자 진술과 범죄 현장 사진은 첨부 문서로 확인할 수 있다.

29

"음, 조는 언제나 개를 좋아했어." 보고서를 읽은 후 벨린다가 말했다. 그녀는 조의 폭력 행위에 전혀 동요하지 않는 듯했지만, 그의 폭력 행위는 내가 아는 범위를 넘어서는 것이었다.

내가 아는 조는 결코 폭력적인 사람이 아니었다. 물론 거칠긴 했고 확실히 신체적인 자신감이 있었지만, 그가 실제로 누구와 싸우는 것을 본 적은 없었다. 그는 한때 폭력을 두려워하지 않는 것처럼 보이는 것이 폭력에 대한 최선의 보호책이라고 내게 밀했었다. 내가 올바른 자세를 유지하고 올바른 느낌을 준다면 사람들은 처음부터 나를 건드리지 않을 거라고도 말했다.

우리는 리엄이 추적할 수 있으리라 생각되는 몇 가지 추가 정보를 기다리며, 앤드류의 부엌에서 신선한 크루아상을 먹고 있었다. 그는 출근할 준비를 하며, 우리가 필요하다고 한다면 그 악명 높은 케네디라는 남자의 추가적인 의료 기록이 있는지 확인해 줄 수 있다고 말했다.

"그의 치료나 상태에 대해서는, 아니 기술적으로는 어떤 것도 말할 수 없어요……. 하지만 제가 할 수 있는 모든 방법으로 도울게요." 그가 자리를 뜨며 말했다.

벨린다는 고개만 끄덕였고, 나는 기이하게도 상충하는 감정을 느꼈다. 확실히 리엄은 규칙을 위반하고 있었고, 앤드류 역시 그러겠노라 말했다. 상황이 통제 불능 상태로 빠져들고 있었고, 그것은 지금껏 내가 중요하게 지켜 온 질서 감각에 영향을 미쳤다.

"많은 사람이 이 일에 말려들고 있어." 나는 식욕을 잃은 채 크루아상을 밀어내며 말했다. "많은 사람이 우리를 위해 규칙을 어기고 있어."

벨린다는 탁자 건너편에서 무서운 표정으로 나를 응시하며, 믿을 수 없다는 듯 고개를 저으며 말했다. "그래, 많은 사람이 규칙을 위반하고 있어. 왜냐하면 그들은 염려하니까. 조에 대해서, 너에 대해서. 그들은 사랑, 충성심, 신뢰 때문에 그런 일을 하고 있어. 그건 정말 멋진 일이야! 동화 속 공주에게나 어울리는 말로 날 화나게 하지 마, 제스, 알겠지? 너의 까탈스러운 도덕 감각이 방해물로 작용하지 않아도 이 일은 이미 충분히 난제니까."

그녀의 말은 평상시보다 더 강하게 마음에 와닿았다. 우리의 우정이 제아무리 두터워져도 벨린다에게는 항상 나를 까칠한 요정 공주로만, 베이비 스파이스로만 보는 부분이 있었다. 눈에 눈물이 고였다. 이런 내 모습은 그녀의 생각이 바뀌는 데 아무런 도움이 되지 않는다.

"그날은 내 생일이었어." 나는 스스로를 화나게 하는 눈물을 훔치며 조용히 말했다. "그 일이 있었던 날 말이야. 그는 항상 나에게 카드와 껌 한 통을 보냈는데, 그 해는 그렇게 하지 않은 첫 번째 해였어. 그 해에 그에게 무슨 일이 있었는지 모르겠지만, 그가 체포된 날이 내 생일이었어."

그 특별한 날, 그가 평소보다 기분이 더 나빴을지도 모른다는 의심을 나는 지울 수가 없었다. 그는 한계점에 더 가까웠고, 무력한 생명체를 학대하는 어떤 한 멍청이가 그를 가장자리 너머로 밀어버릴 수 있을 정도로 아주 가까웠었는지도 모른다. 아마도 그건 그 자신이 무력한 존재였을 때, 학대당했던 때를 상기시켰을 것이다.

벨린다의 표정은 동정심과 귀찮음 사이를 빠르게 오갔다. 그녀는 접시를 치우며 대답했다. "그러네. 음, 근데 지금 네가 할 수 있는 일은 아무것도 없어. 우리가 할 수 있는 일은 계속 앞으로 나아가는 것뿐이야. 그게 여전히 네가 하고 싶은 일이라고 생각해도 되는 거지? 그렇다면 난 다시 리엄과 이야기를 해봐야 해. 그는 그 일이 있고 난 후, 그리고 파인퍼스 이후에 조에게 무슨 일이 있었는지 알아내려고 애쓰는 중이야. 그는 아직 거기에 있을지도 모르지. 아니면 시베리아로 이주했을 수도 있고. 그리고 미안해, 오케이? 그렇게 쏘아붙일 필요는 없었는데 말이야. 넌 더 이상 그다지 까탈스럽지 않아."

나는 고개를 끄덕이며, 깊이 숨을 쉬었다. 그리고 짧디짧은 순간 손가락 사이로 빠져나가는 통제력을 되찾았다.

"그래. 난 계속하고 싶어. 그리고 나도 미안해."

"나도 사과하면 도움이 될까?" 마이클이 끼어들었다. "내가 뭔가 잘못한 게 분명 있을 텐데……."

"응, 분명 그럴 거야." 벨린다는 방을 나가며 말한다. "내가 널 위해 목록을 작성해 볼게."

벨린다가 다시 리엄과 이야기를 나누는 동안, 우리는 전날 밤 마이클이 잠이 오지 않아 보게 된 영화 〈위대한 쇼맨(The Greatest Showman)〉의 장점에 대해 의미 없는 대화를 주고받으며 시간을 보냈다. 그런 행위는 사소하고 우스꽝스럽지만, 마음을 진정하는 데 필요한 것이었다. 겉으로 보이는 것보다 훨씬 더 직관적인 마이클은 그 의미를 알고 있었다. 그는 내 내면의 공황 상태를 슬쩍 알아챘고, 내가 대처할 수 있도록 도움을 주었다.

"그 영화는 굉장해." 그가 커피를 후 불며 말했다. "하지만 좀 싫은 부분이 있기도 해. 내 말은, 그 노래들 말이야! 사람 감정을 너무 조작하는 것 같아. 내가 너무 많은 걸 느끼게 한단 말이지! 게다가 휴 잭맨의 수확 체감 이론과 나머지 인류에게 미치는 해로운 영향도 있어."

"무슨 이론이라고?" 나는 미소를 지으며 물었다. 그는 내 주의를 딴 데로 돌리는 데 능숙했다. 인정할 수밖에 없었다. 나는 크루아상을 반쯤 먹으며 그의 말을 들었다.

"진짜로 그런 게 있어. 다중 우주에서는 사람들에게 돌아갈 수 있는 재능이 정해져 있다고 가정하는데, 휴 잭맨은 한 사람에게 돌아갈 수 있는 양에 비해서 너무 많은 재능을 가져가 버렸어. 최근 추산으로는 최대 천 명 정도 되는 다른 사람들이 못생기고, 연기도 못하고, 노래도 못하고, 조끼 상의를 입은 모습이 끔찍해 보이는 건 휴 잭맨 때문이야. 이해가 가? 과학이지."

벨린다가 거실로 다시 들어올 때 나는 기적처럼 실제로 웃고 있었다. 슬프게도, 그녀의 얼굴을 보기만 해도 까르르 웃던 아이 같은 웃음은 사라졌지만.

그녀는 진지한 눈으로 우리 옆에 앉았다. 속으로 그녀가 알아낸 것을 상상하기 시작했다. 조는 여전히 감옥에 있다. 그는 시베리아로 이주했다. 그가 죽었다……

"뭔데? 네 얼굴이 안 좋아 보여. 그가 죽은 건 아니지, 그렇지?"

내 물음에 그녀는 얼굴을 찡그렸고, 나를 제지하기 위해 무언가를 중얼거리며 단숨에 커피를 마셨다. 그러다 커피가 차가운 걸 깨닫고는 다시금 얼굴을 찌푸렸다.

"내가 아는 한, 안 죽었어, 제스. 하지만 약간의 정보가 있어. 리엄은 뜻밖에도 실질적인 경찰 업무 역량을 과시하면서 꽤 많은 내용을 알아냈어. 유용한 정보야. 그냥…… 정보."

"그렇군. 음, 그게 뭔지 말해 줄 거야, 아니면 우리가 추측해야 하는 거야?"

이 말을 하는 순간, 내 목소리는 날카로워졌다. 그건 아마도 내가 날카로움을 느끼기 때문일 것이다.

"그는 감옥에 있지 않아." 그녀가 대답했다. "경찰에 협조하지도 않고, 진술도 거부하고, 변호사 선임도 거부해서 한동안 구금됐었어. 이 완고한 바보는 이름, 계급 및 일련번호 관련 루틴을 지킨 것 같아.* 하지만 결국 경찰은 소송을 제기하지 못했어. 일상적인 인종차별주의자이자 개 학대자인 케네디 씨를 찾아낼 수가 없었기 때문에 그를 기소할 수 없었던 거지. 게다가 목격자 중 누구도 그러고 싶어 하지 않아서 기소를 취소했대."

분명 좋은 소식처럼 들렸지만, 여전히 어두운 벨린다의 얼굴을 보자 혼란스러웠다. 그녀에게서 어둠을 덜어내고 싶은 욕구로 몸이 근질거렸다. 그녀의 어깨를 붙잡고, 그녀가 숨기고 있는 정보가 그녀의 입에서 나올 때까지 흔들어대고 싶었다. 하지만 참았다. 그렇게 하는 건 무례한 일일뿐더러, 또 벨린다는 경찰 보고서에서 '몸싸움'이라고 불리는 행동을 통해 분명히 나를 파괴할 수 있기 때문이다.

"그거 잘됐네, 안 그래?" 마이클의 말에 벨린다는 대꾸하지 않은

---

* 국제법상 전쟁 포로가 된 경우 이름, 계급 및 일련번호만 알려줄 의무가 있다.

채, 나에게 시선을 고정했다.

"리엄은 그가 돌아간 집 주소도 알아냈어."

나는 고개를 끄덕이고는 침묵을 지켰다. 뭔가가 있다. 내가 좋아할 수 없는 무언가가.

"괜찮아." 조금의 시간이 흐른 뒤 내가 먼저 말했다. "난 받아들일 수 있어. 베이비 스파이스는 오래전에 사라졌어."

"좋아. 조는 2009년 10월 말에 구금에서 풀려나 자유의 몸이 되었어. 그리고 파인퍼스에서 나온 조를 그의 아내가 데리고 갔고."

30

일단 어디든 좋으니 혼자 있고 싶었고, 걷고 싶었다.

나는 벨린다와 마이클을 남겨둔 채 밖으로 나와 깔끔한 런던 거리를 따라 성큼성큼 걷기 시작했다. 웅장한 조지 왕조식 테라스와 조잡하게 개조된 아파트를 지나, 단철 난간과 작은 공원들, 일본식 패스트 푸드 음식점, 피자 전문점, 주류판매점, 폴란드 식품점, 담쟁이덩굴로 덮인 벽의 파란색 명판들을 지나쳤다.

바퀴가 달린 여행 가방을 끌고 다니는 관광객, 지하철로 향하는 통근하는 사람들을 추월하면서도 나는 그들의 존재를 거의 알아채지 못했다. 또한 자전거 타는 사람들과 검은색 택시 운전사의 경적, 베이커가를 따라 흘러가는 혼잡한 교통의 강을 무의식적으로 피하며 걸었다.

나는 필요에 의해 걷고 또 걸었다. 가만히 있으면 빗물 통 아래에 있는 사악한 서쪽 마녀*처럼 녹아내리기 시작할 테니까.

마치 성난 군중들한테서 멀리 떨어진 거리라는 구름에 싸인 채, 내 마음이 만들어낸 거품 속에 있는 듯한 기분이었다. 나는 몸이 긴장—괴로움이 쌓여 꽉 움켜쥐는 느낌과 경련, 떨림—하여 반응하는 것을 느꼈고, 그 긴장이 나름의 과정을 거쳐 지나갈 수 있도록 애써 무시하려 했다.

나는 벽돌 벽에 손을 댄 채 걸었다. 회반죽과 벽돌의 울퉁불퉁한 부분들이 피부를 긁을 때마다 내가 진짜임을, 지금 이 순간이 현실임을 깨달았다. 이내 청바지에 작은 핏방울을 문지르며, 곧 치유될 거라고 괜찮을 거라고 스스로를 달랬다.

그리고 멈춰 서서, 사람들이 붐비는 인도 한가운데에 가만히 서 있었다. 마치 내가 바위이고, 수많은 사람들이 급류인 듯 내 주위로 흐르기 시작했다. 나는 밀쳐졌고, 떠밀렸고, 욕하는 소리를 들었다. 지금 나는 삶을 영위하느라 바쁜 런던 사람들을 방해하는 중대한 죄를 짓고 있었으니까.

자동차 경적 소리, 간헐적으로 들리는 엔진 소리, 멀리서 들려오는 지하철 열차의 구르릉거리는 소리, 그리고 내연기관 역화에 의한 가짜 총소리가 들려왔고, 나는 흠칫 놀라 움찔했다.

얼마나 오래 밖에 있었던 걸까. 30분? 아님 하루가 지났을까. 결국 앤드류 집으로 돌아왔다. 마이클은 제정신이 아닌 것처럼 보였고, 벨린다는 짜증이 난 듯했다. 이 두 사람의 감정은 나에 대한 걱정에서 비롯된 것이었다. 그 사실이 예상치 못한 온기로 나를 감쌌다. 결과가 어찌 됐든 이 모험은 시간 낭비가 아니었다.

---

* 〈오즈의 마법사(The Wizard of Oz)〉에 나오는 등장인물

"미안해." 나는 높은 주방 의자 중 하나에 자리를 잡고 앉으며 말했다. "바람을 좀 쐬고 싶었어. 생각도 좀 하고."

"좋네. 암에 대한 치료법은 발견한 거야?" 벨린다가 빈정대듯 대답했다.

"슬프게도 아니네." 나는 미끼를 물지 않은 채 담담하게 말했다. "하지만 몇 가지 결론에 다다랐어. 일단, 이 일을 계속해야 할지 모르겠어. 조를 찾는 일 말이야."

다들 말이 없었고, 간절히 채워지기를 바라는 침묵이 흐를 뿐이었다.

"왜? 그가 결혼한 걸 알게 돼서 그런 거야?" 벨린다는 인상을 찌푸리며 물었다.

"응." 나는 그녀의 반응에 대비하며 간단하게 대답했다. 그녀의 입술이 잘근 씹히는 것을 보자, 곧 그녀의 장기인 윽박지르기에 시동이 걸렸음을 알 수 있었다.

"그건 헛소리야!" 그녀가 단호하게 말했다. "여기까지 왔는데, 많은 걸 알아냈는데, 이제 와서 포기하겠다고? 네가 해피엔딩을 얻지 못할 거라는 이유로? 제스, 넌 그가 다른 사람과 결혼했을 수도 있다는 것쯤은 알고 있었어야지. 달리 생각할 정도로, 그 정도로 순진할 순 없어! 그리고 솔직히 그가 다른 사람을 만났다는 이유만으로 그를 지금 포기하는 건 내가 지금까지 들은 말 중에 가장 이기적인 말이야."

그녀는 소리를 치진 않았지만, 목소리에 엄정함이 묻어났고, 그녀의 주먹은 팽팽한 공 모양으로 꽉 쥐어져 있었다.

나는 그녀의 말이 끝났는지 확실히 하기 위해 몇 번 더 심장이 뛸 때까지 기다렸다가 대답했다. 그녀가 이렇게 반응할 거라고 예상했고, 나 역시 일정 부분에서는 그녀의 생각에 동의한다. 하지만 이 이야기에는 또 다른 측면이 있다.

"벨린다, 네가 화난 거 알아. 하지만 그 이유가 다는 아니야. 난 순진하지도, 해피엔딩을 바랄 수 없어서 짜증이 난 것도 아니야. 솔직히 지금까지 내 인생에서 해피엔딩을 믿게 만든 것은 아무것도 없으니까."

"그럼 왜? 왜 지금 포기하는 거야?" 그녀가 물었다.

"왜냐하면, 네가 방금 말했듯이 조가 다음 단계로 넘어간 것 같으니까. 그는 결혼했어. 그에겐 아이들이, 직업이, 완전히 새로운 세상이 있을 수 있어. 그는 그가 마땅히 누려야 할 삶을 살고 있을지도 몰라. 그는 실제로 행복할지도 모른다고."

나는 그녀가 곰곰이 생각하는 모습을 보며 잠시 말을 멈추었다가, 다시금 내 생각을 몰아붙였다. "만약 그가 행복하다면, 내가 그의 행복으로 넘어 들어간다고 해서 무슨 좋은 결과가 있겠어? 모든 것을 뒤집어 놓는 것이 무슨 도움이 되겠냐고. 모든 걸 엉망으로 만드는 건? 내가 무슨 권리로 그가 쌓아 올린 걸 망칠 수 있겠어?"

"제스 누나는 이기적이지 않아." 마이클이 내 손을 잡기 위해 손을 뻗으며 덧붙였다. "누나는 정확히 그 반대가 되기 위해 노력하고 있어."

벨린다는 잠시 침묵을 지켰다. 그러다 받침대에 놓인 커피잔이 흔들릴 정도로 탁자 상판을 주먹으로 세게 내리쳤다.

"제기랄, 제스, 왜 나를 계속해서 네게 사과해야 하는 사람으로 만드는 거야?"

31

다음 날, 나는 집으로 돌아가기 위해 짐을 싸며 준비했다. 마지막이라는 생각과 슬픔의 감정에 젖은 채 흩어진 소지품들을 모았고, 도라 백팩에 넣기 전 소중한 편지와 카드들을 펼쳐 놓았다.

그리고 앤드류 집의 손님방 침대 가장자리에 잠시 앉아, 내게 울 수 있는 시간을 허락했다. 나 자신을 위해. 나를 위한 해피엔딩이 없다는 것에 대해. 그레이시를 위해, 그녀가 행복한 시작을 거의 누리지 못했다는 섬에 대해. 내 어머니와 아버지, 그리고 내가 잃어버린 사람들을 위해 우는 시간을 허락했다.

우는 건 지금이 마지막이라고 다짐하며 조용히 눈물을 흘리고 있는데, 그 순간 조가 보낸 편지 중 '슬플 때 읽어줘'라고 적힌 밝은 노란색 봉투가 눈에 들어왔다. 앞으로 이보다 더 많은 슬픔이 있을지도 모르니 아껴 둬야 하는 건가 하는 의문이 들었지만, 결국 나는 손을 뻗어 봉투를 열기 시작했다. 오래된, 부실한 접착제는 쉽게 떨어졌다.

당신이 그레이시를 임신했을 때, 당신은 모든 일에 울었어. 더스티 스프링필드*가 죽었을 때도 당신은 펑펑 울었고, 〈어느 목사의 아들(Son of a Preacher Man)〉을 반복해서 들었지. 가을에 나무에서 잎이 떨어지기 시작하면 울었고, 무지개를 보고도 울었고, 그리고 심지어 영화 〈매트릭스(The Maxtrix)〉를 보았을 때도 울었어. 당신은 좋은 것, 나쁜 것, 추한 것과 같은 감정에 압도당했다며 나에게 설명해보려 애썼어. 하늘의 새나 아이들의 웃는 소리와 같은 아름다운 것들도 결국 당신을 슬프게 했으니까. 그것들이 너무나도 경이로우면서도 덧없기 때문이었어.

어느 날 당신 아버지와 유난히 힘든 전화 통화를 한 후 당신을 내 품에 안고 있었던 게 기억나. 당신은 몸을 부들부들 떨었었지. 당신은 맨몸으로 생채기를 입은 것 같았고, 충격을 받았고, 모든 것에 휘둘렸어. 나는 당신을 안아주며, 내가 당신 아버지에게 얼마나 화가 났었던가를 잊어버린 채 당신을 위로했어. 그것은 끔찍했어. 하지만 당신은 그 무언가를 울음으로 토해냈고, 그게 자기를 맘대로 갖고 놀도록 내버려 두었어. 그러자 어느 순간 그 감정은 지나갔어. 그때가 내 인생에서 당신이 있어서 정말 행운이라고 느꼈던 순간 중 하나였어. 당신은 감정을 두려워하지 않았고, 자기가 어떻게 느끼고 있는지에 대해 나에게 보여주는 걸 두려워하지도 않았어.

제스, 당신은 감정에 아주 개방적이었고, 나는 항상 그런 점에 경외감을 느꼈어. 당신은 감정을 억누르거나 숨기려는 생각은 전혀 하지 않았으니까. 당신은 감정이 아무리 크더라도 정면으로

---

*   영국 팝 여가수

직면했어. 감정을 직시했고, 느꼈고, 결국 이겨냈어. 그러니 지금
슬프다면 이걸 기억해. 결국에는 그 감정도 지나갈 거라는 걸.
슬픔도 덧없기 때문이야. 이제 자신을 안아주고, 한바탕 울어.

나는 그가 시키는 대로 두 팔로 몸을 감쌌다. 당장에는 슬픔이 덧
없다는 그의 말을 확신할 수 없었지만, 슬픔을 감정 연금술의 하나로
서 다른 것으로 변환하는 것은 가능할지도 모르겠다.

나는 가만히 앉아 그가 쓴 글을 바라보며, 삶에서 우리가 함께했
던 그 시간을 떠올렸다. 소녀였던 예전의 내 모습과 여인이 된 지금의
내 모습을 생각했고, 청년이었던 조와 남자가 되었을 지금의 조를 생
각했다. 나는 일어난 모든 일과 일어나지 않을 모든 일에 대해 생각했
다. 그리고 여전히 슬펐다. 하지만 슬픔은 더 이상 혼자가 아니고, 희
망의 느낌이 섞여들었다. 나는 조가 실제로 행복하기를 바란다. 그가
진정으로 그에게 맞는 삶을 얻었기를 바란다. 그리고 언젠가는 나도
그렇게 되기를 바란다. 아마 외로움도 덧없는 것일 테다.

나는 편지들을 치우고, 집안의 정적에 귀를 기울였다. 곧 마이클
과 나는 고향으로 돌아가기 위한 여정을 떠날 것이고, 벨린다는 이곳
에 남기로 했다. 우리는 상황을 정리했다. 그녀는 내 결정을 이해하지
만, 조사는 계속하기로 했다. 그녀는 여전히 조를 찾고 싶어 했고, 오
랜 시간이 지난 지금, 그의 우주가 어떤 모습일지 궁금해했다.

그녀는 오늘 아침 리엄이 찾은 주소를 가지고 출발하며, 계속 연
락하겠다고 약속했다. 그녀가 약속을 지킬지는 알 수 없었다. 마음
한구석에서는 우리의 동행이, 우리 둘 모두가 우정과 동지애가 필요
했던 한 시점에 형성된, 짧은 막간은 아니었을까 하는 생각이 들었다.

마이클은 그녀와 함께 가고 싶어 하는 듯했지만, 결국 나와 함께

남았다. 아마도 나의 붕괴를 예상해서였을 것이다.

그로서는 친절한 행동이긴 했지만, 사실 나에겐 현실이라고 불리는 세계에서 끊임없이 변화하는 삶으로 돌아갈 준비를 하기 위한 혼자만의 시간이 필요했다. 그래서 나는 그에게 솔직하게 말했고, 그는 내가 짐을 싸는 동안 셜록 홈스 박물관에서 아침나절을 보내기로 했다.

집에 가려고 하니 이상한 기분이 들었다. 나에게는 내려야 할 결정들이 있고, 통제력을 발휘해야 한다는 것을 잘 알고 있다. 어머니의 집을 지킬 것인지 아니면 팔 것인지, 직장은 어떻게 할지와 같은 실용적인 것들 말이다. 나에게는 재정적 안정이 있고, 인생 계획이 필요한 빈 공간이 있었다. 그것은 무섭기도 했고 신나기도 하는 일이었다.

나는 무슨 일이든 할 수 있었다. 아직 젊었고 건강하며 앞으로 수십 년의 삶이 남아 있으니까. 다른 사람을 만날 수도, 결혼할 수도 있고, 또 아이를 가질 수도 있다. 누가 알겠는가.

나는 침대 이불 위에 조의 사진들을 펼쳐둔 채 사진 하나하나를 만지며, 그의 밝은 눈과 거친 머리카락, 가장 어두운 방과 가장 어두운 시간을 밝힐 수 있는 그의 미소를 음미하며 앞으로의 일을 생각했다.

아니, 나는 결심했다. 아마도 생각한 미래는 일어나지 않을 것이다. 이 몽타주, 짜 맞추어진 조를 응시하며, 내 일부는 언제나 그와, 그레이시와 함께할 것임을 안다. 남아 있는 모든 것은 그저 조각들이겠지. 하지만 그것도 괜찮다. 모든 만족이 애정 생활에서 오는 것은 아닐 테니까. 행복해지는 다른 방법들도 있을 테니까.

그때 현관문이 쾅 닫히는 소리가 들리고, 마이클이 내 이름을 부르는 소리가 들려왔다. 그가 나를 찾으며 아래층을 뛰어다니다가, 그의 컨버스 신발이 우당탕 계단에 부딪히는 소리가 들렸다.

"제스 누나!" 그가 문을 열어젖히며 소리쳤다. 그의 얼굴은 벌겋게 상기되어 있었고, 땀을 흘리면서 헉헉 차오른 숨을 내쉬었다.

"왜 그래? 셜록 홈스 박물관에서 재밌는 거라도 발견했어?"

"아니! 음, 맞아. 멋진 물건들이 있었어. 그리고 사냥모자를 하나 샀어. 근데…… 그걸 말하려고 하는 게 아니야!"

"그래." 나는 늘어놓은 사진을 모아서 도라 백팩에 정리해 넣으며 대답했다. "말하고 싶은 게 뭔데?"

"벨린다 누나가 전화했어. 누나가 전화를 안 받는다고. 리엄이 찾아낸 주소에 도착했는데, 우리더러 그곳으로 와서 자기를 만나야 한다고 말했어. 중요한 일이래."

"아니야, 마이클, 난 마음을 정했어." 나는 고개를 저으며 대답했다.

"벨린다 누나는 누나가 정확히 그렇게 말할 거라고 했어. 그리고 나보고는 누나가 그렇게 말하면 멍청이처럼 구는 일은 그만두고 당장 엉덩이를 움직이라고 말하라고 했어. 벨린다 누나는 우리가 생각한 것과는 다르고, 해야 할 일이 더 있다고 말했어."

나는 그를 쳐다보았다. 그의 눈에 흥분감이 어려있었다.

"너, '게임은 아직 끝나지 않았어'라고 말하고 싶었지, 아니야?"

"오, 세상에, 맞아! 난 그 말을 많이 하는 편인데, 지금은 그 말을 낭비해 온 게 정말 짜증 나! 자, 어서 가자고, 제발! 나는 누나가 왜 집에 가려고 하는지 잘 알아. 하지만 누나가 지금 포기한다면, 그건 잘못된 이유 때문일 거야. 벨린다 누나는 옳지 않은 일이라면 오라고 말하지 않았을 거야. 벨린다 누나는 성가실 정도로 정의로운 사람이잖아. 그러니까…… 음, 멍청이처럼 굴지 마!"

그의 몸 주위를 휘감는 에너지는 거의 만져볼 수 있을 정도로 소용돌이쳤고, 그의 마르고 길쭉한 몸이 문간에서 들썩였다. 그의 목소리는 한 단어마다 점점 더 강하고 뚜렷해졌다. 그의 에너지에 전염될 것 같아. 나는 순간적으로 경직되고 말았다. 두 운명 사이에 갇힌 느낌이 들었다.

결국 나는 고개를 끄덕였고, 그를 따라 집 밖으로 나섰다. 마이클은 검은색 택시에 몸을 던지다시피 했고, 이내 몇 분 안에 구불구불한 길을 따라 북쪽으로 올라갔다. 리젠츠 공원을 빙 에두르는 푸르른 가장자리를 따라서 올라가다 유스턴을 통과했고, 북적거리는 캠던 시장을 지났다.

잠시 후 우리는 오래된 지난날의 기억이 깃든 웅장해 보이는 빅토리아시대풍의 큰 주택 앞에 도착했다. 여러 사람이 공동생활을 하는 곳인 듯, 숨길 수 없는 징후들 — 앞마당에 있는 여러 개의 쓰레기통, 문 옆에 붙어있는 이름들과 버저들, 좁은 공간에 꽉 들어찬 너무 많은 자동차들 — 이 보였다.

이곳은 흥미로운 동네였다. 마주하고 있는 주택과 같이 개조된 건물들, 한 가족 단위처럼 보이는 작은 집들, 그리고 모퉁이에 자랑스럽게 서 있는 '스트로베리'라는 이름의 구식 펍이 뒤섞여 있었다.

마이클은 목적과 의도에 휩싸인 채 주택 앞의 낡은 계단 위로 내 팔을 잡아 이끌었다. 그는 내가 마음을 바꿀까 봐 두려워하는 것처럼 보였다.

그가 손가락 끝으로 종 모양 중 하나를 누르자, 바로 문이 열렸고 우리는 안으로 들어섰다. 흰색 페인트가 칠해져 있는 복도에는 조명이 환하게 켜져 있었다. 그리고 편지함과 자전거 두어 대, 너덜너덜한 어린이용 봉제 인형으로 가득 찬 쓰레기봉투가 줄지어 있었다. 한때는 푹신했을 토끼 귀가 쓸쓸한 분위기를 풍기며 더미에서 삐죽 나와 있었는데, 어쩐지 그 모습이 슬퍼 보였다.

마이클은 나를 한 줄로 이어진 계단 위로 안내했고, 계단을 올라

1층에 도착했다. 그곳에는 벨린다가 기다리고 있었다. 그녀는 나를 향해 미소를 지었고, 아파트 안으로 함께 들어서며 윙크했다.

거실은 넓지는 않아도 천장이 높았고, 뒤편으로는 마구간을 개조한 집들이 내다보였다. 또한 빛바랜 자홍색과 보라색으로 화려하게 장식되어 있었는데, 빨강 벨벳 커튼과 기이한 얼룩말 무늬의 긴 의자가 눈에 들어왔다.

벽에는 금테로 된 액자들이 가득했는데, 모두 모험적인 다양한 장소를 배경으로 몸집이 작은 검은 머리 여성이 찍혀 있는 사진들이었다. 1930년대로 보이는 한 사진에서 그녀는 아멜리아 에어하트*처럼 조종사 안경과 가죽 재킷을 입고서 소형 항공기의 프로펠러 옆에 서 있었고, 다른 사진에서 그녀는 사막의 낙타 위에 앉아 있었다. 또 다른 사진에서는 장엄한 산을 배경으로 스키를 타고 있었고, 또 한 사진에서는 무도회 가운을 입은 채 샴페인 잔을 들고서 에펠탑 아래에 서 있었다.

나는 얼룩말 무늬 긴 의자와 그 위로 드리워진 자그마한 사람을 흘끗 쳐다보았다. 그녀는 백 살은 너끈히 넘어 보였고, 피부는 바깥 생활을 많이 경험한 사람의 삶의 꺼칠함을 보여주듯 메말라 보였다. 그녀의 머리카락은 완전한 은색이었고, 오드리 헵번이 했던 픽시커트 형태로 잘려져 있었다. 그녀는 녹색 아디다스 운동복에 밝은 분홍색 운동화를 신고 있었는데, 나를 보고는 싱긋 웃었다. 여전히 생생하고, 생기 넘치는 갈색 눈과 잘 어울리는 미소는 그녀가 사진 속 주인공임을 확인시켜주었다.

나는 그녀가 삶을 그토록 잘 살았다는 사실에 기뻐해야 할지, 아

---

* 미국의 여성 비행사

니면 런던의 형편없이 개조된 아파트에서 홀로 마지막을 맞이하는 것에 슬퍼해야 할지 판단이 서지 않았다.

"이분은," 벨린다는 우리 앞에 서 있는 주름이 가득한 그녀를 향해 손짓하며 말했다. "에이다 윌브러햄 여사야. 전직 고고학자이자 세계 여행가이고, 다재다능하며 인생을 즐기는 사람이지. 그녀 역시 조를 알아. 윌브러햄 여사님, 여긴 제스예요."

그녀는 강렬한 눈빛으로 나를 응시하고는―내가 그녀의 정신 능력이 온전하다는 사실을 의심할 수 없게 만들었다―자신의 옆에 앉으라는 표시로 내게 손을 흔들었다.

"만나서 반가워요. 당신 이야기 많이 들었어요. 예전에요."

그녀는 자신의 작고 주름진 손을 내밀었다. 그녀의 손가락 관절마디 위 피부는 마치 반투명한 빵 굽기용 양피지처럼 보였다. 나는 마주 잡고 악수를 해야 할지, 아니면 그녀가 끼고 있는 거대한 다이아몬드 반지에 키스해야 할지 고민했다.

이내 내가 손을 내밀자 그녀는 내 손가락을 꽉 움켜쥐며 말했다. "가엾은 여자 같으니, 인생이 당신에게 친절하지 않았지, 그렇지?"

웬일인지, 이 이유 없는 연민의 몸짓이 나를 감정적으로 아찔하게 만들었다.

나는 고개를 저었고, 입술이 바르르 떨리는 걸 느꼈다. 나는 윌브러햄 여사 앞에서는 용감한 척 굴 필요가 없다고 생각했다. 그녀는 의심할 여지 없이 나보다 훨씬 더 많은 것을 보았고, 그 어떤 것에도 충격을 받지 않을 것이다.

"조를 어떻게 아셨어요?" 나는 한 손을 그녀의 손 위로 포개며 물었다.

"음, 우린 시끄러운 음악과 이에 대한 불만 제기를 계기로 처음 만났어요."

"조가 음악을 너무 시끄럽게 틀었나요?" 나는 얼굴을 찡그리며 물었다. 그렇게나 배려가 없는 것은 그답지 않은 일이었다.

"아니요. 음악을 크게 튼 건 나였어요. 불만을 제기한 게 조였고요. 물론 아주 상냥하게 했지만요. 이야기를 전부 듣고 싶어요? 할머니 추억담을 들을 시간이 있나요?"

나는 고개를 끄덕였고, 그녀는 이야기를 시작했다. "좋아요. 여기 벨린다가 당신들 모두 조를 찾는 일에 혈안이 되어 있다고 하더군요. 일이 잘 풀리길 바라요. 그리고 한 가지 부탁이 있어요. 그를 찾으면, 그에게 안부를 전해 주고, 내가 여전히 보고 싶어 한다고 전해 줘요. 그는 내가 아직 살아있다고 하면 놀랄 거예요!"

그녀는 마지막 부분에서 킥킥 웃더니, 이렇게 덧붙였다. "솔직히 말해서, 나도 가끔 놀라거든요. 내가 살아있다는 사실에요……. 이제 내 이야기를 들려줄게요. 모든 건 2008년 말 새해 전야에 시작됐어요……."

32

어떤 일의 중심에 있는 것, 그것이 에이다가 가장 좋아한 일이었다. 그녀는 항상 그랬고, 어린 시절에도 마찬가지였다. 다과회와 소풍을 조직했고, 친구들을 데번주에 있는 그녀의 집으로 초대해서 바비인형과 곰 인형을 위한 가짜 여름 무도회를 열기도 했다.

컬리지를 졸업한 후 제2차 세계대전이 발발했다. 그녀는 폭탄이 떨어지는 런던에서 구급차 운전사라는 흥분되지만 어려운 일을 하면서도, 스팸과 싸구려 술, 훤칠하게 잘생긴 미국 공군들과 함께 기분 좋은 파티를 개최하여, 그 시기를 즐겁게 헤쳐 나갔다.

또 아프리카와 인도를 가로지르며 여행을 했고, 열심히 일하며 놀았고, 이국적인 음식과 향신료들, 과일과 음료들, 그리고 훨씬 더 이국적인 남자들과 함께했다. 그 모든 것들이 그녀를 생명이라는 마약에 깊이 도취시켰다. 타오를 듯 푸르른 하늘을 올려다볼 때 피부에 와닿는 태양의 느낌, 이상한 멜로디로 연주되는 북과 현악기의 소리, 그리고 세계의 먼 구석에 있는 어두운 바에서 마시는, 얼음을 넣은 진토닉

이 주는 축복과도 같은 단순한 기쁨에 중독된 것이었다.

이제 그녀는 나이가 지긋한 노부인이지만, 여전히 생을 기뻐하고 사람들을 축하하며, 주변 세상의 궁금하고 흥미진진한 점을 찾아야 한다는 소명을 가지고 있었다.

켄티시 타운은 모로코의 시장이나 나미비아의 염전만큼 흥미로운 곳은 아니었지만, 그녀가 존재하고 있는 곳으로써, 그녀만의 파티가 열리는 곳이었다. 그녀는 자신의 작은 아파트에 사람들이 가득 찰 때면 만족감을 느꼈다. 80대 후반의 나이에도 여전히 사람들을 끌어들일 수 있음에 만족하는 것이었다.

어김없이 그녀의 아파트에서 시끄러운 음악이 들려왔다. 언제나 롤링 스톤스의 노래는 여러 세대가 모이는 파티에서 확실한 히트곡이었다. 일부 사람들은 확보한 방 중앙 공간에서 〈점핑 잭 플래시(Jumpin' Jack Flash)〉*에 맞춰 춤을 추었고, 다른 사람들은 손에 술을 든 채 바닥이나 소파에 앉아 잡담을 나누었다. 서로가 연결되는 순간이었다. 그녀는 도서관에서 온 남자가 꽃집에서 온 가슴이 아주 큰 여자와 대화를 나누며 초조해하는 것을 보았고, 2009년이 시작될 즈음이면 연애 중일지도 모르겠다고 생각했다.

부엌은 술과 음식, 사람들로 가득 차 있었다. 만족스러운 파티가 그렇듯, 부엌은 모든 행위의 중심지이기 때문이다.

클라라와 제니퍼는 함께 부엌에 있었다. 두 사람은 젊었고 무척이나 아름다웠으며, 사랑에 푹 빠져 있었다. 하지만 한편으로는 절망적인 슬픔이 느껴졌다. 물론 두 사람은 전투와 죽음과 침략으로 인한 전쟁의 헤어짐도, 전쟁에 대한 기억도 없었지만, 그들에게도 드라마가

---

*　　롤링 스톤스의 노래

있었다. 사랑에 빠진 두 사람은 곧 헤어져야 할 상황에 놓여 있었고, 그것만으로도 세상이 끝날 것 같은 절망감을 느꼈다. 하지만 에이다는 두 사람을 바라보며, 모든 것이 잘 될 것이라 믿었다. 이 나이쯤이면 알게 되는 것들이 있었다.

음악이 바뀌었다. 〈점핑 잭 플래시〉가 끝나고, 이기 팝의 노래가 들려왔다. 그녀의 장례식에서─그녀의 첫 번째 계획, 즉 불멸이 실현되지 않는다는 가정하에─연주되기를 희망하는, 〈삶에 대한 욕망 (Lust for Life)〉이었다. 그녀는 두 음악이 바뀌는 그 짧은 정지의 시간에 문을 열어 고정해두었음에도 불구하고 울리는 초인종 소리를 들었다.

그녀는 미소를 지은 채 서로를 애무하고 있는 두 시인과 커피 테이블 위에 타로 카드를 놓고 있는 반사요법사를 지나쳐 복도로 향했다. 그녀는 문 앞에 누가 기다리고 있는지 이미 알고 있었고, 오히려 그 사실이 그녀를 행복하게 했다.

"불만을 제기하러 온 건 아니죠, 조? 예방적 차원에서 건물 사람 모두를 초대했어요." 그녀가 웃으며 말했다.

그는 고개를 저으며, 들고 온 와인을 건네며 미소 지었다. 그의 미소에 그녀는 빅 밴드의 소리에 맞춰 공군 대위의 품에 안겨 춤을 추던 열아홉 살 소녀가 된 것만 같은 기분을 느꼈다.

"불만 제기가 아닙니다, 아니에요. 그리고 이 말씀을 드려야겠네요. 에이다, 오늘 밤 당신은 아주 멋져요."

그녀는 웃으며, 볼륨감 있는 홀치기염색을 한 카프탄을 입고 빙글빙글 돌며 나비 날개와 같이 소매를 펄럭였다.

"조, 내가 오래 살아서 얻을 수 있는 많은 이점 중 하나는 결국 옷장 안에 든 모든 옷이 다시 유행한다는 겁니다!"

그녀는 맨발의 작은 키로 위를 향해 힘껏 손을 뻗어, 그의 검은 머리카락 한 줌을 귀 뒤로 넘겨주었다.

"그리고 조, 자기는 여느 때와 마찬가지로, 같이 하룻밤을 보내기에 아주 좋아 보여요. 내가 60년만 젊었더라면······."

"당신이 60년 젊었다면 나를 두 번 다시 쳐다보지 않았을 겁니다. 당신은 왕자나 조지 클루니와 결혼하겠죠." 그가 대답하며, 그녀를 따라 거실로 들어갔다. "나이 든 당신을 알게 되어서 제가 행운입니다."

조, 그는 항상 듣기 좋은 말을 건넸다. 그의 자질 중에서 가장 과소 평가된 자질이 있는데, 그건 바로 매력이었다.

그는 몇 달 전 이 건물 지하로 이사를 왔다. 스튜디오라는 그럴싸한 이름으로 불리지만 실제로는 코딱지만 한 방일 뿐인 작은 아파트였다. 그는 집주인과 거래를 통해 임대료를 크게 낮추는 대가로 관리인으로 일하게 되었다.

그들이 처음 만난 것은 그녀가 바그너 음악을 너무 크게 틀었을 때였다. 어떤 사람들은 새벽 2시에 들려오는 〈발퀴레의 기행(Ride of the Valkyries)〉을 듣기 싫어하면서도 직접 노크할 용기를 내지 못했다. 하지만 조는 달랐다. 그래서 그녀는 '환영합니다'라고 쓰인 그녀의 집 현관 발 매트 위에 서 있는 조를 보기 위해 문을 열어두곤 했다.

인정하건대, 그녀는 그 시점에 셰리 한 병을 거의 다 마신 상태였고, 음악 볼륨이 정상적인 범주를 벗어났을 것이었다. 에이다는 지시받는 것을 좋아하는 여자가 아니었다. 그녀의 부모도, 그녀의 선생님들도, 그녀의 남자 동료들도, 더 최근에는 그녀의 의사들도 시도했지만, 모두 실패했다. 그녀는 쉽게 수긍하는 법이 없었다. 반항이 그녀의 인생을 여기까지 이끌었고, 앞으로도 그녀는 변할 생각이 없었다.

하지만 조의 무언가가 상황을 완화했다. 처음 그는 자신을 유쾌하면서도 이상한 억양으로 소개했다. 그는 신비한 갈색 눈과 날씬한 근육을 가진 매력적인 남자였다. 다른 모두가 그러하듯 그녀 역시 알아볼 수 있었다. 그녀는 늙었을 뿐, 죽은 건 아니었으니까.

그녀는 바그너와 그의 음악의 장엄함을 참지 못하는 사람들 모두에게 조용히 감사 기도를 올리고는, 술이나 한잔하자며 그를 집 안으로 초대했다. 그들은 몇 시간 동안이나 웃으며 이야기를 나눴고, 그 이후로 든든한 친구 사이가 되었다.

조와 친구가 되는 데는 많은 특전이 있었다. 그와 함께하는 시간은 언제나 즐거웠기 때문이다. 그들은 터무니없이 시시덕거렸지만, 그는 늘 잘 들어주는 사람이었고, 친절하고 참을성이 있었으며, 남몰래 도움을 주기도 했다. 그녀는 절대 도움을 요청하는 사람이 아니었지만, 조와 함께라면 그럴 필요조차 없었다. 그가 먼저 그녀의 필요를 알아차리곤 했으니까.

작은 일은 재빨리 처리되었고, 소규모 작업은 말없이 수행되었다. 얼마간 그녀를 도와주는 게 그의 일이었다. 지난 15년 동안 물이 새는 주방 수도꼭지를 수리하거나 날이 추워지기 시작할 때 라디에이터의 물을 빼는 것과 같은 일들이 그랬다. 그러나 얼마간은 순수하게 조 혼자 결정하고 행동한 일이었다. 이를테면 한번은 그가 부엌 찬장 중 하나를 여는 걸 힘들어하는 그녀의 모습을 보았고, 그래서 물어보지도 않고 성가신 관절염으로 고생하는 그녀의 손가락에 좀 더 편리한, 특수 손잡이를 달아주었다.

또는 그녀가 방문했던 먼 지역의 음식에 관해 이야기한 후, 그녀가 직접 키울 수 있도록 그녀의 집 창문 아래 상자에 신선한 허브를 심어주었던 일이 그랬고, 그녀가 의사와 약속을 잡은 날이면 '우연히'

자신의 스케줄을 비운 뒤, '우연히' 같은 방향으로 걸어가는 일 또한 그랬다.

만약 다른 사람이 그런 행동을 했다면, 그녀는 마치 자신의 독립성이 위협받는 것처럼 기분이 상했을 테지만, 신기하게도 조의 행동은 그녀에게 호의를 베푸는 것처럼 느끼게 했다. 바로 그게 그의 매력이었다.

어느 정도 시간이 지나고, 그는 그녀에게 자신의 이야기를 들려주었다. 그는 사랑하는 그레이시의 사진을 보여주었고, 두 사람은 그녀가 오래전 파리에서 가져온 좋은 브랜디 한 병을 앞에 둔 채 함께 울고 말았다. 에이다에게도 한때 아이가 있었다. 헨리라고 불렸던 작고 소중한 영혼이었는데, 그녀가 카이로에 머물던 당시 태어난 아이로, 상대는 노르웨이 출신 이집트학 학자였고 그와는 결혼하지 않은 상태였다.

가엾은 작은 헨리는 오래 버티지 못했다. 그는 일찍 세상으로 나왔고, 건강하게 자라지 못했다. 당시 의학은―특히 카이로에서는―지금과 달랐다. 그녀는 자신이 집에 돌아왔더라면, 잿빛의 낡은 영국과 잿빛의 낡은 병원으로 돌아왔더라면 상황이 달라졌을지 항상 궁금해했다. 자신이 지금쯤 괴짜 할머니가 되어 어린 손주들을 맹목적으로 사랑하면서, 그들에게 허튼소리를 하고, 발레 수업이 끝난 후에 하이티* 시간을 함께했을지 궁금해했다. 정확하게 설명할 수는 없지만, 그녀의 상상 속 손주들은 항상 여자아이들이었다.

그녀는 피부가 쪼그라드는 북아프리카의 더위 속에다 헨리와 함

---

*   오후 늦게나 이른 저녁에 요리한 음식, 빵, 버터, 케이크를 차와 함께 먹는 것을 의미한다.

께 자신의 일부를 남겨두었고, 겉으로는 아무렇지 않은 척 유쾌해 보였지만, 그 이후로 전과 같지 않았다.

그녀는 헨리에 대해 절대 이야기하지 않았다. 그것은 너무나 고통스러운 일이었고, 아무리 많은 나라를 여행했어도 뼛속까지 영국인인이었던 그녀는 자신의 고통을 남들에게 말하지 못했다. 하지만 그녀는 조에게는 그 모든 것에 대해 말했고, 그들은 잃어버린 아기들과 그들이 결코 살지 못한 삶을 위해 오래도록 건배했다.

그는 그녀에게 딸아이에 대해 이야기했고, 제스와 그들이 함께했던 삶에 관한, 그녀가 얼마나 영리했는지, 얼마나 용감했는지, 그가 그녀에게 〈자기야, 사랑해〉라는 노래를 어떻게 들려주게 되었는지에 대해 이야기했다.

사고가 그녀의 빛을 파괴하고 그녀를 빠져나올 수 없는 어둠 속으로 빠뜨린 일에 대해서도 말해주었다. 그는 그녀에 대해 과거형으로 말하면서, 그녀가 이제는 괜찮다고 했고, 마치 그것의 진실성을 그 자신에게 확신시키려는 것처럼 여러 번 그 말을 반복했다.

그녀는 조를 알았기에, 조가 그녀를 치료해줄 수 없었다는 점에 대해 여전히 후회하고 있음을 알았다. 그의 겉모습은 젊은이였지만, 그의 영혼은 나이 많은 노인이었다. 그리고 그는 물건을 고치는 데 재능이 있었다. 물이 새는 수도꼭지, 어색한 부엌 찬장, 외롭다는 걸 인정조차 하지 않는 외로운 할머니들. 그는 자신이 쓸모있는 사람임을 느끼고 싶어 했다. 그게 그가 만들어진 방식이었다. 마치 불친절한 손에 의해 초기에 심어진 자기 의심의 씨앗, 다시 말해 어떤 쓸모없음이라는 감각을 항상 보상하려고 애를 쓰는 것만 같았다.

오늘 밤, 시계가 자정을 향해 째깍째깍 움직였고, 한층 무르익은 파티로 인해 큰 소리가 울려 퍼질 무렵, 그는 그녀를 따라 군중들 사이를 통과했다. 티나 터너의 〈프라우드 메리(Pround Mary)〉에 맞춰 춤을 추는 사서와 꽃집 주인이 보였고, 압생트를 홀짝이는 시인들과 자신의 카드를 사용해서 스트로베리 바에서 일하는 예쁜 여자를 설득하려는 반사요법사가 있었다.

사실 오늘 에이다에게는 계획이 있었다. 수리하는 것을 좋아하는 조와 수리가 필요한 두 사람을 위한 계획이었다.

그녀는 그를 부엌으로 안내했고, 형형색색의 구슬로 된 늘어진 커튼을 지나 후무스와 타라로살라타*, 그리고 붉은 고추 무하마라**가 담긴 그릇, 그리고 싸구려 샴페인 병을 식히는 각얼음으로 가득 찬 싱크대로 안내했다. 그곳에는 손을 맞잡은 채 구석에 숨어 눈물로 얼굴이 축축해진 클라라와 제니퍼가 있었다.

"조, 이쪽은 클라라와 제니퍼예요. 그들에겐 문제가 있어요."

젊은 두 여자는 혼란스러워 보였고, 당황한 것처럼 보였고, 상당히 슬퍼 보였다.

"유감이네요." 그녀가 생각한 그대로 조가 말했다. "내가 도와 드릴 만한 일이 있나요?"

그렇게 이야기가 시작되었다. 2009년, 제니퍼의 학생 비자가 만료되어 뉴햄프셔에 있는 집으로 원치 않게 돌아가야만 하는 상황에 관한 이야기. 그리고 그녀가 어떻게 해서 6개월 동안 런던의 한 대학에서 빅토리아 문학을 공부하게 되었는지에 관한 이야기. 그녀가 클라라라는 소녀를 만나 사랑에 빠진 이야기. 동성결혼이 합법화되기 전의 이야기. 영국에 머물기를 간절히 원했던 한 여성과 어느 날 밤 미친

---

*   생선알로 만든 그리스식 요리
**   호두와 빨간 고추로 만드는 레바논식 소스

할머니가 주최한 신년맞이 파티에서 그녀가 만나게 된 한 남자의 이야기. 그렇게 조와 제니퍼가 만나, 사랑에 빠지지 않았지만 결혼하게 된 이야기.

에이다는 세 사람이 좀 더 이야기를 나눌 수 있도록 자리에서 일어났고, 술에 취한 사람들이 큰소리로 자정을 알리는 카운트다운이 시작되자 어슬렁거리며 거실로 복귀했다. 사서는 꽃집 주인에게 키스를 했고, 여자 바텐더는 반사요법사의 뺨을 찰싹 때렸다. 그녀는 미소를 지었다. 오늘 밤, 이 미친 듯 유쾌한 노부인이 결국 몇 사람의 삶을 바꿔 놓았다.

33

"그러니까…… 필요에 의해 한 결혼이었군요?" 마이클이 말했다. 그의 말에서 분명 즐거움이 느껴졌다.

"맞아요." 에이다가 싱긋 웃으며 대답했다. "조는 잘생긴 녀석이었을지는 몰라도 제니퍼나 클라라가 좋아하는 타입은 아니었어요."

그녀는 나를 돌아보더니 가만히 손을 잡고서 말했다. "다른 생각을 했었어요? 그가 행복하게 결혼해서 다른 사람에게 정착했다고 생각했어요?"

"그랬습니다. 그리고 한편으로는 그를 위해 진심으로 행복해했습니다. 하지만 또 한편으로는……."

나는 말을 하다 멈추었다. 내 말의 종착지가 마음에 들지 않았기 때문이다. 다른 누군가가 비참했기를 은밀하게 바라는 건, 참으로 끔찍한 생각이었다.

"당신의 일부도 인간이니까 그런 거죠." 에이다가 내 손가락을 꽉 쥐며 대답했다. "당신의 일부는 여전히 그를 처음 보고서 사랑에 빠진 소녀입니다. 또 당신의 일부는 흩어진 조각을 다시 맞추길 갈망하는, 여전히 슬픔에 잠긴 엄마입니다. 아무도 당신을 나쁘게 생각하지 않아요. 우리는 모두 어떤 식으로든 불완전한 존재니까요. 자, 그럼 다음으론 뭘 할 건가요? 계획이 뭐죠?"

다음으로 우리가 무엇을 할 것인가? 물론 이것은 큰 질문이다.

"저는 당신이 우리를 도와줄 수 있기를 바랐습니다, 에이다 여사님. 그들에게 무슨 일이 있었나요? 조 그리고 그의…… 아내에게요?" 내가 물었다.

"글쎄, 여기 있는 벨린다에게 이미 말했듯이, 난 조가 지금 어디 있는지 말해 줄 수가 없어요. 내 말을 믿어줘요. 알았다면 먼저 말했을 테고, 드라마틱한 공개를 위해 남겨두진 않았을 거예요. 그가 감옥에서 보낸 시간에 대해 알고 있나요? 개와 그 무시무시한 남자와 관련해서 말이에요?"

나는 고개를 끄덕였다. 그리고 공포의 물결이 나를 덮치는 것을 느꼈다. 감옥에 있는 그의 모습은 상상조차 하고 싶지 않았다. 그는 갇히는 것을 정말 싫어했고, 감금되고 통제되는 것을 싫어했다. 그것은 그의 최악의 악몽 중 하나였을 것이다.

"음, 그 사건이 그를 변하게 했다고 말할 수 있겠네요. 그 후에 그는 전과 같지 않았어요. 우리는 그 일에 관해 대화를 나눴지만, 그는 마음을 열지 않았어요. 나를 보호하려고 했던 것 같아요. 그는 감옥에 그리 오래 있지 않았어요. 그에게 합당한 시간보단 더 오래 있긴 했지만요. 하지만 그 일은 그에게 엄청난 영향을 미쳤어요. 나는 그에게 무슨 일이 있었는지 정확히 알 수가 없었죠. 물론 아는 것보다 모르는 것이 더 나빴어요. 내 상상력이 마구 날뛰었으니까요."

"특별히 무슨 일이 있어야만 했던 건 아닌 건 같아요. 갇혀 있는 것만으로도 충분히 나빴을 겁니다. 그는…… 그는 특히 좋은 어린 시절을 보내지 못했고, 그래서였는지, 그에겐 자유가 매우 중요했습니다. 자신만의 선택을 할 수 있다는 게, 운명이 그를 위해 조각해 놓은 것처럼 보이는 사람이 아니라 그가 되고 싶었던 사람이 되는 게 아주 중요했습니다."

내 말에 에이다가 고개를 끄덕였고, 그녀의 짙은 눈은 눈물로 글썽였다.

"압니다. 당신 말이 맞아요. 가엾은 영혼 같으니. 그는 그 모든 것에도 불구하고 정말 좋은 사람이었어요. 그를 사랑하고 길러주는 가족이 있었다면, 그가 어떤 사람이 되었을지 상상해봐요. 어쨌든, 우리는 꽤 오랫동안 평소처럼 지냈어요. 엄밀히 말하면 그는 결혼했고 꼭대기 층에 있는 아파트에서 제니퍼와 함께 살았지만, 실제로는 여전히 지하 아파트에서 지냈어요. 클라라와 제니퍼는 그들의 삶을 살아나갔고, 우리는 우리의 삶을 살아나갔어요. 하지만 그가 결정한 한 가지가 있었어요. 그건 과거를 조금 놓아줘야 할 때라는 거였어요. 그레이시에게 생일 카드 보내는 것을 중단하겠다고 했어요. 그다음 해, 그러니까 2010년 10월이라고 생각되는데, 그가 이곳에 와서 대신 그레이시를 위해 작은 다과회를 열었어요. 그는 당신을 계속 붙잡아두고 싶지 않다고 말했어요. 매년 오는 카드가 아마도 당신을 언짢게 할 거라고 하더군요."

그녀는 이 말을 전하면서 자신의 한쪽 눈썹을 치켜올리며 나를 바라보았다. 무슨 일이 있었는지, 여러 해가 지난 지금 내가 왜 여기 있는지 궁금해하고 있다는 것을 알고 있다.

"전 그런 사정을 몰랐습니다." 나는 간단히 대답했다. "전 오랫동안 아팠습니다. 부모님은 그가 떠났다고 했고, 최근 어머니가 돌아가

실 때까지 그의 편지나 카드를 본 적이 없었습니다."

"당신 부모에게나 당신에게나, 끔찍한 일이네요. 잘못 판단한 행동들이 불러온 염병할 대박 실패였군요."

마이클은 그녀가 비속어를 사용하자 웃었고, 나는 조가 에이다가 자신을 입양했으면 좋겠다고 생각했을 것이라 추측했다.

"그래서 계속하자면, 내 생각으론 2013년쯤 상황이 바뀌었어요. 클라라와 제니퍼는 미국으로 이주하기를 원했어요. 제니퍼는 학업을 마치고 대학원생들과 함께 일하고 있었거든요. 그녀는 고딕 페미니스트 텍스트에서 코르셋의 역할이었나, 하여튼 그와 비슷한 내용에 관한 책을 쓰고 있었고, 동부 해안에 있는 오래된 대학들 가운데 한 곳에서 교수직을 제의받았어요. 그 무렵 그들은 모두 친해졌고, 그녀는 원한다면 우리와 함께 미국으로 가자고 조한테 말했어요. 물론 그는 법적으로 그녀의 남편이었습니다. 처음에 그는 동의하지 않았어요. 여기에 정착했다고, 만족한다고 했거든요. 이런저런 말을 했지만, 난 곧 그가 나를 걱정했기 때문에 그런 말을 했다는 걸 깨달았어요. 물론 그건 도저히 받아들일 수 없는 일이었고, 나는 그에게 내 뜻을 강하게 피력했어요."

그녀는 그 기억을 떠올리며 웃었다. 그 장면이 눈에 그려졌다. 가엾은 조는 에이다와의 의지의 싸움에서 완전히 수세였을 것이다. 대부분의 사람들이 그럴 것이다. 하지만 그녀의 말이 맞았다. 이곳은 그가 맨체스터를 떠난 이후로 그가 가장 긴 시간을 보낸 곳이었고, 에이다는 분명 빛나는 별처럼 매력적이었지만, 그건 그녀가 그를 의지했다는 것과 같은 간단한 문제가 아니었다. 그도 그녀만큼 그녀를 의지했다는 말과 같았다.

"나는 그에게 가야 한다고 말했어요." 그녀가 계속 말을 이었다.

"나는 그에게 내가 강하고 독립적인 여성이며, 그를 사랑하긴 해도 그 없이도 인생은 계속될 거라고 말했어요. 내심 몹시 슬펐어요. 물론 그도 그것을 알고 있었고요. 하지만 그는 또한 내가 그를 막는 존재가 된다면 내가 자존심을 지킬 수 없으리라는 걸 알고 있었어요. 나는 그가 자유롭게 날고, 탐험하고, 내가 운 좋게도 볼 수 있었던 방식으로 세상을 보기를 원했어요. 결국 내가 간병인을 고용한다면 가겠다고 하더군요."

그녀는 그 단어가 마치 크라켄*을 풀려나게 하는 일종의 고대 저주인 것처럼, 몸서리쳤다.

"간병인이라니! 상상이 돼요? 어쨌든 나는 그냥 그의 입을 다물게 하려고 동의했고, 비행기가 이륙하자마자 그들을 잊어버릴 생각이었어요. 그는 나를 참아줄 사람을 찾아보겠다고 했고, 자기가 면접도 보겠다고 말했어요. 건방진 놈! 그리고…… 음, 그가 그렇게 했다고 생각돼요. 그는 카롤리나―알파벳 케이(K)로 시작하는 이름이에요―를 찾아냈어요. 그녀는 첫날 폴란드제 들소 풀 보드카 한 병과 칵테일 담배 한 상자를 움켜쥐고 왔어요. 그래서 난 단번에 그녀와 내가 잘 지내리라는 걸 알았어요. 그녀는 지금도 나와 함께 있고 나는 그녀를 간병인으로 생각하지 않아요. 친구로 생각해요. 그녀는 나를 늙은 마녀라고 부르고 여러 언어로 나에게 욕을 한답니다. 그녀는 재능이 아주 뛰어나요."

나는 두 사람이 나누는 대화를 상상하며 미소 지었다. 한두 잔의 술을 마시며 더 나은 세상을 만드는 방안을 토론하고, 그들의 삶에 관해 이야기하고, 비난하고, 말다툼하고, 웃는 두 사람을 그려보았

---

* 노르웨이 앞바다에 나타난다고 하는 전설적인 괴물

다. 그리고 조를 상상했다. 새 출발을 간절히 원하지만, 에이다가 안전하고 행복하다는 것을 확신할 수 없다면 그렇게 하지 않겠다는 조의 모습을.

"아무튼 그렇게 됐어요. 우리는 멋지고 조촐한 파티를 열었고, 그리고 그들은 모험을 떠났어요. 그는 아주 오랫동안은 아니어도 우편엽서 등으로 한동안은 연락을 유지했어요. 난 그걸로도 만족해요. 난 그가 떠나기 전에 말했어요. 난 작별 인사를 했고, 그가 영원히 연락할 거라고 기대하지 않는다고요. 그리고 나를 안쓰럽게 여기거나 걱정할 필요가 없다고요. 난 거의 백 년을 살았어요. 수많은 특별한 장소에서 수많은 특별한 사람들을 만났고, 그들 대부분에게 작별 인사를 했어요. 그건 삶의 일부이고, 슬퍼할 일이 아닙니다. 여기서 비결은 그들을 알았다는 이유만으로도 행복을 느끼는 것이고, 그들이 사라졌다는 사실을 애도하기보다는 그들의 존재로 인해 당신의 삶이 축복받았다는 사실에 행복을 느끼는 겁니다. 물론 일부 사람들을 잃는 건 다른 사람들을 잃는 것보다 힘들다는 걸 나도 잘 압니다."

나는 그녀가 그레이시와 그녀의 아기에 대해 이야기하고 있다는 걸, 자녀가 먼저 죽었을 때 부모가 느끼는 비정상적인 상실감을 두고 이야기하고 있다는 걸, 알고 있었다.

"더 어렵죠, 맞아요. 하지만 여사님 말이 맞아요. 나는 그레이시에 대해 생각하지 않으려 애쓰며 몇 년을 보냈어요. 추억이 날 탈선시키지 않게 하려고 노력도 했습니다. 그 모든 시간이 지난 지금에서야 내가 기억해야 한다는 걸 깨닫기 시작했습니다. 내가 울어야 하고, 축하해야 한다는 것을요. 내겐 여자아이가 있었습니다. 그녀는 영리하고 재미있고 상냥하고 너무나, 너무나 아름다웠습니다. 그녀가 더는 이 세상에 없다는 사실은 그 어떤 것도 바꾸지 못합니다."

그녀는 고개를 끄덕였다. 우리는 잠시 침묵하며 우리가 공유하는 고통과 이해를 확인하고는, 손을 맞잡은 채 서로의 마음이 통한다는 걸 느꼈다.

"맞아요. 자, 이제 이런 감상적인 말은 그만! 벨린다, 미안하지만 선반 맨 위에 있는 저 상자 좀 가져다주겠어요, 네? 네, 그거, 작은 나무 상자 말입니다. 조가 보낸 카드 일부를 보관한 것이니 당신들에게 도움이 될 수도 있을 거예요. 당신들이 임무를 계속해서 수행한다는 전제하에서 하는 말입니다만?"

우리는 모두 잠시 침묵했다. 벨린다와 마이클은 기대에 찬 눈으로 나를 바라보았고, 내가 결정을 기다렸다.

"그럼요." 나는 단호하게 말했다. 나는 그 어느 때보다 통제권을 갖고자 했다. 어쩌면 에이다가 나에게 영감을 줬는지도 모른다. "내게 남겨진 유산을 세상 반대편으로 향하는 부질없는 시도로 날려버리지 않는다면 어디다 쓰겠습니까?"

"좋은 자세예요!" 에이다가 벨린다로부터 상자를 받아 자물쇠를 풀며 말했다. 그녀는 작은 우편엽서 더미를 긴 의자에 올려놓았다. 엽서들은 빛바랜 얼룩말 무늬와 대비되며 더욱 선명해 보였다.

"그래서, 처음에 그들은 한동안 제니퍼의 부모님과 함께 지낼 수 있도록 보스턴으로 갔어요. 그들이 정착한 대학에서 클라라가 보낸 카드를 한 번 받긴 했지만, 난 그 후로 그들이 뭘 했는지는 자세히 몰라요. 아이비리그에 속하는 대학인 것 같고, 백인들이 압도적으로 많은 곳이었던 것 같아요. 여러 인종으로 왁자지껄한 그런 곳은 아니었죠. 조는 자기만의 길을 떠난 것 같아요. 그건 완벽하게 이해할 만해요. 그가 답답한 캠퍼스에 적응하는 건 상상하기 어려우니까요, 안 그래요?"

그녀가 우편엽서들을 펼치자, 금문교, 시애틀의 스페이스 니들, 옐로스톤의 올드 페이스풀, 러시모어산 등 미국의 다양한 주요 지형지물을 찍은 사진들이 보였다. 내용은 모두 짧았고, '행복'이라는 단어가 반복적으로 적혀 있었다. 행복한 크리스마스 되세요. 행복한 부활절 되세요. 행복한 등명제 되세요.

에이다는 우리의 혼란스러운 표정을 보며 설명했다. "나는 신앙에 대해 통합적인 접근법을 갖고 있어요. 축하해야 할 이유가 있다면 어떤 종교든 받아들일 겁니다. 우리는 한때 래스터패리교* 새해를 축하하기 위해 파티를 열었었어요!"

"그는 세상에서 가장 멋진 자동차 여행을 떠난 것 같네요……." 마이클이 눈을 크게 뜨고는 놀랍다는 어조로 말했다. "우리도 세상에서 가장 멋진 자동차 여행을 할 수 있을까?"

"그게 정말 필요한 일일까?" 벨린다가 동의하며 고개를 끄덕이는 것을 보고 내가 대답했다. "그는 그냥 휴가를 보내고 탐험했을 뿐이야. 결코 한곳에 머물지 않는 것 같아. 난 지금껏 그의 발자취를 따라가는 걸 고집했지만, 이번 경우는 마지막으로 건너뛰어야 하지 않을까?"

"그럼 재미가 없지." 마이클이 한숨을 내쉬며 말한다. "그래도 누나 말의 의미는 알겠어. 그렇다면 끝이 어딘데?"

"마지막 엽서가……" 에이다가 한 우편엽서를 집어 올리며 말했다. "이제 거의 2년이 되었네요. 이건 뉴욕에서 온 건데, 행복한 다르마 날**을 보내길 바라는 내용이에요. 물론 그건 내가 착각한 게 아니

---

*   1930년대 자메이카에서 발흥한 신흥 종교

**   불교에서 부처님이 깨달음을 얻고 나서 처음으로 설교한 날을 기념하는 날로, 보통은 7월이다.

라면 불교 기념일이죠. 뉴욕에서 온 우편엽서가 몇 장 있었어요. 합리적으로 추측해본다면, 뉴욕이 그가 정착한 곳이라고 말할 수 있겠군요."

나는 그녀에게서 우편엽서를 건네받는다. 앞면에는 자유의 여신상 그림이 있고, 뒷면에는 조의 친근한, 휘갈겨 쓴 글씨가 보인다.

"뉴욕이라⋯⋯." 벨린다의 말은 내 느낌만큼이나 좌절한 것처럼 들렸다. "왜 뉴욕이어야 했을까? 내 말은, 거기엔 또 얼마나 많은 사람이 살고 있겠어? 왜 그는 유난히 이름이 이상하고 조 라이언이 한 명뿐인 작은 마을에 정착하지 않았을까?"

"믿음을 가져봐요." 에이다가 말했다. "냉소주의는 늙는 거예요."

나는 벨린다의 눈이 약간 가늘어지는 것을 보았지만, 그녀는 놀라운 자제력을 발휘해 실제로 나이 든 노부인에게 소리를 지르지 않았다. 우리의 기분이 좋지 않은 것을 느낀 마이클은 내내 머리에 이고 있던 사냥모자를 꾹 눌렀다.

"말할 거야! 난 말할 거야! 지금이 그 말을 할 완벽한 시간이야!"

나는 미소를 지으며 항복의 의미로 손을 흔들었다.

"게임은," 그는 진지하게 선언한다. "아직 끝나지 않았어!"

34

우리는 비행기를 타고 뉴어크로 간 뒤, 거기서 도심으로 가는 버스를 탔다. 교외를 가로질러 터널을 통과하고 다리를 건너는 동안 버스 안에서도 파티가 벌어진 듯했다. 서로 다른 언어로 수다를 떠는 사람들의 웃음소리가 반향을 일으키며 버스 안을 돌아다녔다.

나는 뉴욕에 와본 적이 없었다. 사실 많은 곳을 가보지 못했다. 부모님과 함께 휴가를 보낸 적이 있긴 했지만, 주로 노퍽 브로즈*로 가거나, 특히 부모님들의 모험심이 강해질 때면 채널 제도로 가곤 했다. 나는 몇 년 전, 동료인 학교 선생님 한 명과 바르셀로나로 여자들만의 여행을 떠났던 적이 있다. 하지만 그것이 내 세계 여행의 한계였다.

그 옛날 조와 나는 늘 여행을 꿈꿨었다. 우리는 그의 차 피에스타의 앞 좌석을 최대한 평평하게 편 다음 드러누워 앞 유리를 통해 별을 바라보곤 했다. 세상이 얼마나 큰지, 우리가 세상의 얼마나 많은 부분

---

*   영국 노퍽주와 서퍽주 지역의 강과 호수들을 아우르는 말이다.

을 보게 될지 상상했었다. 그는 내 손을 잡고 이야기를 들려주었고, 그때는 모든 게 가능해 보였다. 은하계는 경이로운 곳이었고, 우리가 탐험해야 할 곳이었다.

물론 그러다 나는 그레이시를 임신하게 되었고, 우리는 완전히 다른 여정을 함께 시작하게 되었다. 피라미드를 방문하거나 중국의 만리장성을 걷는 것보다는 덜 이국적이었지만, 그 나름대로는 훨씬 더 만족스러운 여정이었다.

지금 나는 벨린다와 마이클과 함께 잠들지 않는 도시에 있다(물론 나로서는 간절히 잠들고 싶다).

벨린다와 마이클이 일을 정리하기 위해 북쪽에 다녀오는 동안, 나는 런던에 머물렀다. 벨린다의 경우, 한 친구가 그녀의 치즈처럼 생긴 몬스테라 식물에 계속해서 물을 주고, 그녀의 고양이('푸피 팬츠 곤잘레스'라는 거창한 이름을 가진)에게 먹이를 주게끔 해야 했다. 마이클의 경우는 나머지 물건들을 친구 집에서 내 집으로 옮긴 뒤, 여권을 챙겨야 했다.

두 사람 모두 여행하는 내내 전화를 받았고, 메시지에 답장했고, 친구들이 보낸 메시지를 보며 웃었고, 말라키가 보낸 사진을 들여다보았다. 나는 그 모습에서 완전히 정상적인 사회적 상호 작용을 보았는데, 나와는 너무나도 생생히 대조되었기 때문이다. 여행 내내, 내 전화는 딱 두 번 울렸다. 한 번은 아일랜드에 있는 펍 주인인 션이 내가 어떻게 하고 있는지 물어온 것이었고, 한 번은 전화 회사인 '보다폰'에서 온 것으로 자신들이 제공하는 흥미로운 새 요금제에 대해 알려준 것이었다.

학교는 여름방학에 들어갔고 어머니는 돌아가셨으므로, 내가 이 행성의 끝자락에서 추락한다고 해도 아무도 나를 그리워하지 않을 거라는 게 씁쓸한 진실이었다.

내 세상은 모든 면에서 협소했다. 그리고 그게 내가 개선해야 할 일임을 깨달았다. 지금 나는 조를 찾는 데 집중하고 있지만, 이 탐색에서 무슨 일이 일어나든 앞으로의 나는 내 삶에 더 적극적으로 나서야 한다는 것을 말이다. 내게는 친구와 취미, 내게 힘을 주기 위해 디즈니 캐릭터 이모티콘을 보내주는 사람들이 필요하다. 나는 다른 사람들과 접촉하고, 위험을 감수하고, 비눗방울에서 벗어나야만 한다.

우리가 내려야 할 미드타운의 정류장에 도착해 버스에서 내리자, 어쩐지 나는 뉴욕이 시작하기에 좋은 곳인 것 같다고 생각했다.

우리는 호텔에 체크인을 한 뒤, 커피를 마셨고 시차로 인한 피로를 풀기 위해 근처 거리를 배회했다. 날이 저물자 친숙한 명소인 크라이슬러 빌딩과 엠파이어 스테이트 빌딩에서 불빛이 명멸하는 모습을 보며, 실제 영화 세트장에 와 있는 것만 같았다.

이곳의 모든 게 생생하고 시끄러웠다. 고층 빌딩들, 노란 택시와 경적, 지로*를 파는 밴들, 우리에게 걷거나 걷지 말라고 알려주는 번쩍이는 신호등들.

인파의 흐름이 끊이지 않고 이어졌다. 인도를 따라가고, 길을 건너고, 커피숍과 빵집, 바를 지나며 우리를 휩쓸고 지나가는 사람들은 해일과도 같았다.

침낭을 등에 메고 있는 노숙자, 비틀스 곡을 연주하는 거리의 음악가들, 양복을 빼입고 핸드폰 송화구에다 대고 말하는 직장인들, 검은 옷에 빨간 립스틱을 바른 어리석을 정도로 매혹적인 여성들, 눈을 높이 든 채 얼빠진 듯 바라보다 가로등 기둥에 부딪히는 우리 같은 관

---

*   쇠고기 등을 마늘로 양념하여 빵에 얹어 먹는 그리스식 샌드위치

광객들까지. 각양각색의 사람들로 넘쳐났다.

우리는 결국 클래런시스 또는 클라이브즈와 같은 옛날식 영국 이름을 가진 펍에 들어가 야구, 농구, 골프를 보여주는 TV 스크린이 지배하는 방의 긴 바에 앉았다. 마이클은 이국적인 소리가 나는 맥주와 평소에는 전혀 관심이 없는 스포츠에 매료되었다. 그는 의자에 위태롭게 걸터앉아있었는데, 당을 너무 많이 섭취해서 과하게 자극받은 아이처럼 에너지가 철철 넘쳤다.

"여기서는 미식축구라고 하지 않겠지?" 그가 스크린 중 하나를 가리키며 말했다. 그의 앞에는 슬라이더라고 불리는 미니 햄버거들을 담은 쟁반이 놓여 있었다. "그냥 축구라고 할 것 같아, 분명. 어이쿠, 저건 좀 무서워 보이는데……. 적어도 그들은 패딩을 차고 있긴 하네. 난 학교에서 럭비를 해야 했는데, 그게 싫었어. 비록 나를 쫓는 덩치 큰 짐승들에게 강타를 당하지 않으려고 하다 보니 내 달리기 기술이 나아지긴 했지만 말이야……."

그가 계속 주절대는 동안 벨린다와 나는 눈을 굴렸다. 우리는 바쁜 하루를 보낸 후 화가 난 그의 부모 같았다.

"얘가 곧 기운이 바닥나게." 벨린다는 그의 어깨를 토닥이며 말했다. "축복을 내리소서."

"아니요, 난 안 그래요. 절대로!" 그는 대답하고는, 그런 다음 과장되게 쓰러지는 척했다. 그는 몸을 축 늘어뜨리고, 머리를 바 카운터에 기댔다.

그는 자신의 장난에 씩 웃으며 몸을 일으키고는 물었다. "그럼, 다음은 뭐야? 현자님들? 우리가 단지 즐기려고 여기 온 게 아니라고 하면? 물론 난 여기서 정말 즐거운 시간을 보낼 수 있지만 말이야. 아까 밖에서 만났던 남자에 대해 말했나? 방금 라이커스 아일랜드에서 나왔다고 하더라고! 거긴 정말 신나는 곳 아냐? 리얼리티 TV쇼를 촬영하는 곳이거나 아니면 비행기가 추락하고 사람들이 길을 잃는 장소일 거 같기도 하고, 미친 과학자가 하마와 인간 하이브리드를 만드는 비밀 연구소가 있는 곳일 수도 있고?"

"그건 감옥이야." 벨린다가 간단히 말했다.

"아…… 음, 그래도 내 생각엔 여전히 신나는 곳일 거 같아. 어쩌면 조금 이상할 수도. 하지만 어쨌든, 다음은 뭐야?"

"글쎄, 지구상에서 가장 큰 도시 중 하나를 무작위로 돌아다니는 건 아무 의미가 없는 것 같으니 제니퍼와 클라라를 찾아야 할 것 같아. 우리는 그들의 이름과 제니퍼가 옮겨간 대학을 알고 있으니까, 내일 한번 가봐야지."

"영국에서 그들을 추적할 수 있었을 텐데, 아니야?" 벨린다가 고개를 한쪽으로 기울이며 물었다.

"응, 맞아." 나는 대답하고는, 입술을 깨물었다. "하지만…… 그러지 않았어. 이유가 있어서."

"무슨 이유?"

"그 이유는…… 그래, 난 그냥 이 일이 끝나지 않았으면 좋겠어. 나는 그가 행복한 결혼 생활을 하고 있고, 위스콘신에 있는 낙농장에 정착했다는 말을 듣고 싶지 않았어. 이곳에 올지 말지 결정하고 싶지 않았어. 나는 그들이 그가 어디 있는지 전혀 모른다고 말하는 걸 원하지 않았어. 그러면 뉴욕으로 향하는 게 무의미하게 느껴질 테니까. 나는 이 일이 끝나지 않기를 바랐어."

그녀는 내 말을 곱씹고는 이해를 표시하기 위해 고개를 끄덕였다.

"하지만 제니퍼와 클라라가 아직 같은 데에 살고 있다는 보장은 없어. 조와 여전히 연락하고 지낸다는 보장도 없고."

"알아." 내 말에 피로감이 스며있었다. "하지만 지금 우리에겐 다른 단서가 없어. 단서라고 할 만한 게 있었던 적이 없지. 우린 그저 모호한 길을 따라갔고, 많은 사람과 이야기를 나누었고, 조각들을 맞췄어. 내가 바라는 건, 다시 한번 행운이 우리와 함께하길 바랄 뿐이야."

그녀는 다시 고개를 끄덕이며, TV 스크린 중 하나를 응시했다. 빨간색과 파란색 옷을 입은 남자들이 방망이로 작은 공을 치고 있었다. 마치 외계 생명체라도 보는 것처럼 그녀의 두 눈이 가늘어졌다.

"알아. 네 말이 옳아. 난 그냥 지쳤어. 우린 여기까지 왔어. 네가 그날 내 사무실에 들어왔을 땐 불가능해 보였던 일이야. 넌 잘해왔어, 베이비 스파이스."

나는 미소를 지어 보였고, 그녀가 날 부르는 별칭에 이의를 제기하지 않았다. 그건 어떤 해를 끼치려는 의도에서 하는 말이 아니었으니까. 하지만 그녀는 그 말이 나를 미숙하고, 순진하고, 쓸모없다고 느끼게 한다는 걸 제대로 이해하지 못하는 듯하다. 나는 그렇게 보이지 않으려 안간힘을 썼다.

우리가 만난 모든 사람에게서 들은 조의 모습은 하나도 빠짐없이 모두―우리 사이에 무슨 일이 일어났든, 다음으로 무슨 일이 일어나든 혹은 안 일어나든 상관없이―그가 아주 훌륭한 사람이라는 깊이 뿌리 박힌 나의 믿음을 더욱 확고하게 해주었다.

하지만 나란 사람은? 그렇지 못했다. 나는 부모님이 시켰기 때문에 그냥 포기했다는 사실에 대해, 너무 쉽게 포기하는 나 자신에게 항상 역겨움을 느낄 것이다. 내가 왜 그랬는지는 알고 있다. 나는 슬픔에 빠져 있었고, 망가져 있었고, 아팠었다. 내게는 부모님이 제공하는 구조와 안정감이 있는 생활이 필요했다. 하지만 그렇다고 해도 여전히 그런 내가 싫었다. 조가 내 인생에서 사라지게 내버려 두었다는 사실 때문에도 그랬고, 또 그 혼자서 많은 일을 겪게 했다는 사실 때문에도 그랬다. 우리는 둘 다 딸을 잃었다. 하지만 그는 다른 모든 것도 잃었다.

그의 삶은 결코 구조나 안정감을 제공하지 않았다. 그는 나와 그레이시에게서 그것들을 발견했다. 하지만 그 후 그 모든 걸 빼앗겼다. 그게 나를 뼛속 깊이 슬프게 만들었다.

벨린다는 지쳐 보였고, 마이클은 스스로 만들어낸 황홀경에 취해 있었다. 나는 피로감과 감정적으로 자책하고 싶은 유혹이 혼합되며, 점점 술집 의자에서 떨어질 것만 같았다.

나는 배낭 안으로 손을 넣어, 봉투를 집었다. 라일락색의 봉투에는 '웃고 싶을 때 읽어줘'라고 쓰여 있었다. 나는 편지 봉투를 열고는, 편지 내용에 미소를 지었다.

"똑똑!" 내 말에 벨린다와 마이클은 마지못해 대답했다. "누구세요?"

"암소입니다."

"암소 누구?"

"그게 아니지, 멍청이들아. 암소는 '음매~'라고 해야지!"

이것은 그레이시가 처음으로 배운 우스갯소리였고, 그녀는 너무 웃어서 눈물이 나오고 숨이 가빠올 정도였다. 그녀는 말 그대로 만나는 모든 사람에게 이 우스갯소리를 들려주었다.

그때를 떠올리는 것만으로도—내 일행의 어리둥절한 표정도 한몫한다—나는 미소(웃음까지는 아니더라도) 짓게 된다. 너무나 행복하고 생기로 가득 찬 그녀를 기억하는 건 기분 좋은 일이었다. 아침까지 깨어 있을 수 있을 정도로 아주 좋았다.

35

우리는 자정 직전까지 호텔 바에서 술을 마셨고, 뉴욕 시각에 맞춰 참을 수 있을 때까지 억지로 깨어 있었다. 그런 다음 메리어트 호텔의 아주 넓은 방의 아주 넓은 침대에 쓰러졌다.

나는 작은 기계로 자신만의 와플을 만들 수 있다는 사실에 더없이 감격하는 마이클과 함께 뷔페식 아침 식사로 하루를 시작했다. 이런 건 단순한 즐거움들 가운데 하나였다.

우리는 벨린다가 밀린 잠을 잘 수 있도록 그냥 두었고, 약간의 세부 사항과 강력한 인터넷의 힘으로 무장한 채 라운지에 자리를 잡았다.

알고 보니, 제니퍼 피셔는 영국 고딕 문학 학계—이 말은 일상생활에서 자주 쓰는 말은 아니다—에서 큰 영향력을 행사하는 인사였다. 그녀에 대한 소개는 주근깨가 흩뿌려진 창백한 피부에 짙고 흐트러진 곱슬머리를 가진, 진지해 보이는 젊은 여성의 사진과 함께 대학 웹사이트에 올라와 있었다.

그녀의 출판물들과 자격 취득 사항은 오래된 세미나, 이벤트 일정과 함께 제공되어 있었고, 일정들이 꽤 많았다. 영국 고딕 문학 팬들이 많이 존재하고 있으며, 그들은 〈나사의 회전(The Turn of the Screw)〉과 〈수도승(The Monk)〉이 리 차일드(Lee Child)[*]의 책 혹은 새로운 마블 영화와 같은 대체 우주에 사는 게 분명했다.

하지만 마지막으로 제니퍼 피셔가 대중 앞에 모습을 드러낸 건 거의 1년 전으로, 그녀는 소설을 쓰기 위해 안식년을 보낼 예정이었다. 구글 검색을 통해 찾아본 그 소설은 내가 기대했던 것만큼 고상한 것은 아니었다. 디스토피아적인 청소년용 소설로, 아주 외딴섬에 있는 어촌 마을이 나머지 세계를 감염시키는 인류 멸망의 날, 바이러스를 피한다는 이야기였다. 그게 현대판 고딕 소설일 수도 있다. 내가 뭘 알겠는가?

그녀의 에이전트 웹사이트에는 그녀에 관한 정보가 올라와 있었는데, 주요 출판사에서 그 소설의 판권을 샀고, 12월에 출간될 예정이며, 이미 영화화가 결정되었다고 적혀있었다. 간략한 전기에 따르면 그녀는 뉴햄프셔주 시골에서 태어나 자랐고, 프린스턴과 런던에서 공부했으며, 지금은 파트너와 어린 딸과 함께 하와이에서 살고 있었다. '파트너'라는 말은 성 중립적이지만, 아마도 조는 아닐 것이었다.

우리는 에이전트의 웹사이트에서 제니퍼의 웹사이트로 연결되는 링크를 따라갔다. 그녀의 웹사이트는 침울한 회색으로 되어 있었고, 책 표지의 밝은 빨강으로 적혀진 글꼴이 그나마 유일한 색상이었다.

하와이는 시간적으로 뉴욕보다 6시간 늦지만, 나는 웹페이지의 연락처 정보를 통해 간단한 이메일을 보냈다. 여기 시간이 오전 8시이

---

[*]　잭 리처 시리즈로 세계적인 명성을 얻은 영국 출신의 범죄 소설가

므로, 하와이섬은 매우 이른 시간일 터였다. 런던에 있다 뉴욕으로 온 다음, 지금은 하와이 시각을 생각하자니, 마치 시간 여행을 하는 것 같은 느낌이 들었다.

마이클은 우리 둘을 위해 커피를 한 잔 더 가지러 갔고, 그가 다시 자리로 돌아왔을 땐 이미 그녀에게서 답장이 도착해 있었다.

"그녀가 스카이프로 대화할 수 있다고 하는데." 나는 한꺼번에 밀려드는 초조함과 흥분, 피곤을 느끼며 그에게 말했다.

"뭐? 답장을 벌써 보냈다고? 거참 신기하네⋯⋯."

"밤새도록 글을 쓰고 있었는지도 모르지. 그런 고딕적인 면이 그녀와 어울리기도 하고."

"알아낼 방법은 한 가지뿐인 것 같은데."

그가 의자에 털썩 주저앉으며 말했다. 그는 숙취 때문인지, 오늘 아침 유난히도 차분했다. 배터리가 제거된 장난감 같았다. 팔다리는 축 늘어졌고 말은 느리게 이어졌다. 그의 머리카락은 얽히고설켜 혼란스러운 상태였는데, 그 모습이 키가 매우 큰, 잠이 부족한 십 대처럼 보였다.

"고마워." 나는 손을 뻗어 그의 무릎을 쓰다듬었다. "이 일을 해줘서. 나와 함께 와줘서. 나와 함께 있어 줘서. 내 기대를 저버리지 않아서."

그는 옅은 미소를 지으며 대답했다. "별말씀을, 누나. 날 초대해줘서 고마워. 이 일은⋯⋯ 내 눈을 뜨게 해줬어. 그리고 어젯밤에 결심했어. 벨린다 누나가 한 제안을 받아들이기로. 그리고 부모님에게 내가 혐오스러운 괴물이라고 말하기로 했어."

"넌 혐오스러운 괴물이 아니야. 그런 말 농담으로라도 하지 마."

"뭐, 그들은 그렇게 생각할 거야. 아빠는 다시는 골프장에서 내 이름을 입에 올리지 않을 거야."

그는 별일 아니라는 듯 말했지만, 나는 그가 얼마나 괴로워하는지 알 수 있었다.

"그들이 널 놀라게 할지도 모르지. 넌 나랑 엄마가 쓴 편지를 읽었잖아. 그래서 넌 네 엄마가 왜 지금과 같은 사람이 되었는지 그 이유에 대해 좀 더 알게 되었고. 네 엄마가 예상치 못한 일을 할지도 모르지. 적어도 실제로 일어날 때까진 최악의 상황을 가정하지 말자, 응?"

"맞는 말이야, 당연하지, 누나." 그는 대답하고는, 생각에 잠긴 채 커피를 홀짝였다. "그리고 실제로 나빠지면 얼마나 나빠지겠어? 나는 부모님을 사랑하지만, 부모님의 존중을 얻기 위해 내 삶을 희생할 순 없어. 누난 용감했어. 이 일을 하는 거 말이야. 꼭 해야만 하는 이유 같은 건 없었어. 과거를 뒤로하고 누나의 교양 있고 조용한 삶을 계속할 수 있었어. 우리의 조 찾기 프로젝트는 그 어느 것도 쉽지 않았어. 하지만 누난 어쨌든 해냈어. 그리고 벨린다 누나는…… 음, 벨린다 누나는 자기 모습에 대해 뻔뻔할 정도로 당당해, 그렇지? 누나들 둘 다 나에게 영감을 줬어."

"그 말은 일이 잘못되면 우릴 비난하겠다는 거니?"

"당연하지! 어쨌든…… 이제 스카이프 좀 해보지? 레즈비언 신념의 대모 리틀 미스 헝거 게임*에게 알로하라고 말해봐."

나는 고개를 끄덕이고, 스카이프에 접속했다.

벨이 몇 번 울리자, 어두운 방을 배경으로 한 스크린에 그녀의 얼굴이 나타났다. 나는 언제나 영상 통화가 이상하게 불편했다. 핸드폰으로 대화하는 상대편 얼굴을 볼 수는 있지만, 내가 정확히 올바른

---

*　　영화 〈헝거 게임(Hunger Games)〉에 나온 여전사 이미지를 언급하는 말이다.

지점을 보고 있는지에 대해서는 확신할 수가 없는 관계로, 그것은 여전히 공상 과학 영화에 나오는 일인 것처럼 느껴지곤 했던 것이다.

제니퍼는 웹사이트에 올라와 있는 사진보다 나이가 들어 보였지만, 주근깨와 흐트러진 곱슬머리는 그대로였다. 얼굴에는 선과 주름이 보였고, 햇볕에 그을린 듯 피부가 짙어져 있었다. 하와이에 사는 사람이라면 완벽히 이해되는 일이었다.

우리는 둘 다 잠시 침묵했다. 나는 그녀가 분명 스크린에 나온 내 얼굴을 보며 같은 유의 평가를 하고 있을 것임을 깨달았다. 나는 미소를 지었고, 상대방에게 내 말이 잘 들리는지 물었다.

"안녕하세요! 네! 들립니다……. 미리 알려드릴 사항이 하나 있어요. 갑자기 비명이 들리더라도 내가 지하 감옥에서 누군가를 고문하는 게 아닙니다, 아시겠죠? 내 딸에게 귓병이 생겼어요. 듣기론 귓병이라고 하는데, 제 딸은 그게 치명적인 병인 것처럼 행동해요. 방금 재웠는데, 언제 깰지 모르겠어요. 그나마 다행이라면, 당신의 이메일이 도착했을 때 내가 아직 깨어 있었다는 거예요."

"괜찮습니다. 전적으로 이해합니다. 아이들은 현재 이 순간을 살잖아요. 그게 보통은 즐겁지만, 목이 아프거나 배가 아프거나 귀가 아파도 현재 이 순간만 살죠, 안 그래요? 딸이 몇 살인가요?"

"메리는 세 살입니다. 그리고 네, 맞아요. 지난 며칠 동안은 안 좋은 순간이 많았습니다……. 어쨌든 제스, 당신과 이야기하게 되어 기뻐요. 내가 어떻게 도와드릴까요? 조를 찾고 있다고 했죠?"

그녀가 내 이름을 부르는 방식과 그녀가 한밤중에 나와 대화하는 데 동의했다는 사실은 그녀가 내가 누군지 확실히 알고 있음을 말해 주었다. 이번 여행에서 만난 많은 사람처럼 그녀도 내 과거와 그레이시에 대해, 그리고 조와의 관계가 끝난 사정을 알고 있는 듯했다. 또는 적어도 그의 시각에서 본, 우리 관계가 끝나게 된 사정까지도 말이다.

나는 조 덕분에 그런 사람들 가운데 그 누구도—그의 어머니도, 에이다도, 제니퍼도, 제럴딘도—나에게 적대감을 나타내지 않았다는 사실을 깨달았다. 상황은 얼마든지 다를 수 있었다. 그는 나를, 그를 차단하고 등을 돌린 여성으로 묘사할 수도 있었다. 그러나 결코 그렇게 하지 않았다.

그 깨달음은 나에게 갑작스럽게 한 줄기 따스함을 주었는데, 그 감정은 점점 더 강해져 신체적인 반응으로까지 이어졌다. 뺨에는 발그레한 꽃이 피었고, 가슴에서는 날개를 펼친 나비들이 작은 소란을 일으켰다. 그는 이 모든 일에서 나를 나쁜 사람으로 보지 않았고, 그리고 나는 이 사실을 기억할 필요가 있다. 언젠가는 나 역시 나 자신을 나쁜 사람으로 보는 걸 멈출 수 있을지도 모른다.

나는 우리가 지금까지 무슨 일을 해왔는지 간략하게 설명했다. 그녀는 우리의 임무에 매료된 듯했다. 그녀는 많은 질문을 했고, 나는 그 질문에 단계별로 차례차례 설명했다. 우리를 뉴욕 중심부에 있는 중간 가격대의 호텔로 이끈 모든 정보와 겉으로 볼 때는 막다른 골목이었던 모든 상황을 설명하고, 내 사촌 동생이 한 시간이 채 지나기도 전에 카푸치노를 열아홉 잔째 마시는 동안 하와이에 있는 낯선 사람과 이야기하게 된 경위도 설명했다.

"우아, 당신들 모두 대단한 모험을 하고 있네요!" 내가 마침내 그녀의 호기심을 만족시키자 그녀는 탄성을 내질렀다.

그녀는 작가이다. 그 사실을 떠올리자, 그녀가 꼬치꼬치 캐묻는 걸 좋아할 수밖에 없으리라는 걸 깨달았다. 아마 직업적 특성의 일부일 것이다.

"좋아요." 그녀는 그 전에 메리가 아직 자고 있는지 한쪽 귀로 확인하기 위해 잠시 뒤를 힐끗 본 후, 계속 말을 이었다. "이제 괜찮은 거 같네요……. 제스, 당신을 실망시키고 싶지는 않지만, 당신이 바라던 해피엔딩이 내겐 없어요. 정말 미안해요. 얼마 전에 조랑 연락이 끊겼어요……. 이유는 모르겠습니다. 나는 직장 생활을 하느라 바빴고, 클라라도 학업 때문에 바빴고요. 그녀도 이제 대학에서 자리를 잡았습니다. 분자 물리학으로요. 조는 열심히 일하고 있었어요. 그래서, 네, 우리는 모두 바빴어요. 하지만…… 아직도 이유를 잘 모르겠어요. 그는 그냥 멀어졌어요, 무슨 말인지 이해하세요?"

그녀의 말에 가장 먼저 느낀 감정은 심한 실망감이었다. 애써 이와 같은 상황을 전에도 겪었다는 사실을 나 자신에게 상기시켰다. 우리가 지금껏 만난 많은 사람들은 조를 좋게 기억하고 있었지만, 그가 어디에 있는지는 알지 못했다. 그는 많은 이들의 삶에서 거의 반전설적인 인물이 되어 있었다. 그는 나타났고, 도왔고, 일이 끝나면 떠났다.

어떤 면에서는 조 역시 나처럼 반쪽짜리 인생을 살았는지도 모른다. 주변 사람들과 온전한 관계를 맺지 않고, 항상 무언가를 혼자 간직한 채 너무 가까워지지 않았다. 너무 가까워지면 잃을 것도 많아지기 때문이다.

"괜찮습니다." 나는 그녀의 후회스러워하는 표정을 보며 말했다. "인생은 늘 바쁜 법이죠. 아이가 있으면 더더욱 그렇고요. 그리고 내가 들은 바에 따르면, 조는 어쨌든 붙잡기 힘든 사람이었더군요."

"그랬죠." 그녀도 인정했다. "좋은 설명이네요. 우리가 서로 보는 횟수도 줄어들고, 통화 간격도 점점 멀어지고, 계획했던 모임도 취소되고……. 그랬어요. 하지만 취소를 하는 게 꼭 우리 쪽이었던 건 아니었어요. 그는 마치 다음 단계로 나아갈 준비가 된 사람인 것처럼 보였어요. 그는 탈주하고 싶어 했달까요? 말하고 보니, 내가 의도한 것보다 훨씬 더 불쾌하게 들리네요. 그는 그냥…… 가만히 있지 않았습니다. 육체적으로나 감정적으로요. 그는 한자리에 머물 수가 없었습니다. 어쩌면, 우리 모두가 자신의 삶에 그토록 집중하지 않았다면, 좀 더 노력해볼 수도 있었을 겁니다. 하지만 사는 게 그런 법이죠. 그와 마지막으로 연락한 건 클라라가 임신했다는 소식을 들었을 때였어요. 그는 감격해했어요. 진정으로 감격해했죠. 하지만 나는 어떤 이유에선지는 몰라도 우리가 그로부터 소식을 자주 듣지 못하겠구나, 하는 걸 알 수 있었어요. 직감적으로 알았어요. 그가 이제 우리를 놓아줄 때라고, 자신 없이도 우리가 괜찮을 거라고 느끼고 있다는 것을요."

"그랬을 거 같아요."

나는 슬프게 웃으며 대답했다. 가엾은 조. 항상 움직이며 뭔가를 찾아 헤매야만 하는 조.

"마지막으로 이야기를 나눴을 때 그가 어디에 있었는지 아시나요? 우리에게 도움이 될 만한 것이 있을까요?"

"그리 많지는 않아요. 그는 확실히 뉴욕에 있었어요. 그는 잠시 내 부모님을 위해 일했어요. 부모님이 사과 농장을 운영하셨거든요. 내가 알기론, 그는 그 일을 즐겼어요. 부모님은 그에게 임금을 넉넉히 지급했고, 무료로 숙소도 제공했고, 그가 나를 위해 해준 일에 대해 감사해했어요……. 그리고 분명히 그는 좋은 일꾼이었어요. 그리고 그는 여행을 조금 하다가 결국 타임스퀘어 근처의 바에서 일하게 되었어요. 이름이 매디건스였나, 아니면 해니건스였나 아무튼 그랬어요. 그리고 그는 열심히 저축을 했던 걸로 알아요. 조는 언제나 거의 아무것도 없이도 살 수 있는 사람이었어요, 안 그래요? 그가 한 달 동안 쓰는 생활비를 모두 합쳐도 새 스웨터를 하나 살 수 있는 금액일 거예요……."

그녀의 말에 웃음기가 묻어났다. 그녀 말이 맞았다. 그는 가진 것 없이 자랐고, 그래서 그러한 습관을 지니고 있었다. 우리가 아파트로 이사했을 때, 그는 현금이 아예 없다는 사실에 전혀 당황하지 않았다. 그는 항상 일했고, 항상 저축했고, 언제나 우리 상황을 나아지게 만들 계획을 구상했다.

"그건 그렇고. 그는 자신만의 집을 찾는 것과 관련해서 아이디어가 있다고 말했었어요. 수리가 필요한 곳이었을 거예요. 그가 직접 수리 작업을 할 줄 알았으니까요. 그래서 그는 그 매니건스인지 해니건스인지 하는 곳 옆에 있는 건물의 형편없는 방에 살면서 매일매일을 일했어요. 바 이름은 기억나지 않지만, 찾아보면 어딘가에 그의 아파트 주소가 있을 것도 같아요. 그게 도움이 된다면요. 에이다를 기리기 위해 한 번 그쪽 주소로 그에게 해피 하누카* 카드를 보낸 것 같아요. 아마 그의 핸드폰 번호도 아직 남아있을 거예요."

"물론 도움이 되죠. 감사합니다. 찾게 되면 세부 사항을 보내 주실 수 있을까요?"

조와 연결되는 전화번호를 갖게 될 수도 있다고 전망하자, 실로 이상한 느낌이었다. 동시에 애가 타면서도 무섭기도 했다. 에이다에게는 핸드폰 번호가 없었다. 명백히 고집에서 나온 것으로, 그녀는 분명 누군가와 핸드폰으로 전화하기를 거부하는 듯했다. 하지만 이제는 제니퍼가 전화번호를 가지고 있을 수도 있다는 가능성이 생겼다.

"그럴게요. 더 많은 정보를 줄 수 없어서 미안해요. 마지막으로 대

---

*   유대교 명절

화했을 때 그는 행복해 보였어요. 그게 위로가 될지는 모르겠지만요. 그게 아니라도, 적어도 그는 괜찮아 보였어요."

나는 고개를 끄덕이며, 충분한 위로가 된다고 말했다. 그리고 마지막으로 대화한 게 언제였는지 다시 물었다. 그녀는 머릿속으로 시간을 기늠해보는 듯하더니, 아마도 약 3년 반 전쯤이었을 것이라고 말해주었다.

그때 그녀의 주의가 산만해지면서, 스카이프를 통해 한 아이의 애처로운 통곡이 들려왔다.

"잠깐만요." 그녀는 잠시 전화기를 내려놓았고, 나는 그녀의 집 천장을 바라보고 있었다. 곧 그녀는 메리를 무릎에 앉힌 채 다시금 화면에 나타났다. 아이는 얼굴이 상기된 채 열이 올라 있었다. 금발 머리는 통통한 뺨에 찰싹 붙어 있었으며, 흐릿한 눈을 비비고 있었다.

"제스 이모에게 안녕해." 제니퍼가 아기의 얼굴 앞으로 전화기를 가져다 대며 말했다. "조 삼촌의 친구야."

메리는 걸음마를 배우는 아이들의 유서 깊은 전통에 따라, 사람들의 관심을 끌고 싶어 하는 존재가 아님을 보여주기라도 하듯 "아니야, 엄마, 아니야, 싫어!"라고 소리친 다음 엄마의 가슴에다 얼굴을 숨겼다.

제니퍼는 사과하기 시작하지만, 내가 그녀의 말을 잘랐다.

"괜찮아요. 아이 키우는 게 어떤 건지 압니다……. 내가 당신을 너무 오래 붙잡아두었네요. 혹시 다른 게 생각난다면, 내 전화번호를 아시니, 연락주시기 바랍니다."

그녀는 고개를 끄덕이며, 메리의 머리를 쓰다듬었다. 스카이프 연결에 약간의 지연이 발생하며 그녀의 움직임이 끊기고 급작스러워졌다.

"그렇게 하죠. 그리고…… 그를 찾는다면…….

"대신 안부 꼭 전할게요. 메리의 인사도요."

목록에 또 한 명이 추가되었다.

36

네온사인 광고판과 오고 가는 수많은 사람들, 거리 공연자들, 우뚝 솟은 빌딩들과 할인된 브로드웨이 공연 표를 사기 위해 모여든 이들이 만든 구불구불한 줄들, 분주함과 함께 이상하게 전염되는 흥분감. 타임스퀘어는 각종 영화나 TV 쇼에서 보았던 모습과 비슷했다.

우리는 제니퍼가 좀 더 구체적인 정보를 보내주길 기다리는 동안, 각자만의 방식으로 컨디션을 회복하느라 대부분의 시간을 보냈다. 그리고 약간의 관광도 했다.

또한 호텔 쪽에 해니건스나 매디건스라는 곳에 대해 들어본 적이 있는지 문의해봤지만, 호텔 직원 모두 들어본 적이 없다는 답변을 해왔고, 이어 뉴욕에는 비슷한 이름을 가진 장소가 약 700만 개나 있다며 격려의 말을 건넸다. 마이클이 인터넷 검색을 해 보았지만, 아무것도 나오지 않았다. 뉴욕이 집과 같은 곳이라고 한다면, 펍과 클럽은 자주 이름을 바꾼다는 것을 우리 모두 잘 알고 있었다.

정체된 상황은 좌절감을 주기에 충분했다. 드넓은 대도시를 무의미하게 돌아다니기에는 우리 모두 피곤을 느끼고 있었다.

저녁 식사 무렵, 기다리던 제니퍼에게서 연락이 왔다. 드디어 주소를 찾는 데 성공한 듯했다. 나는 그녀가 아픈 아이를 돌보는 동시에 놓친 잠을 보충하고 있으리라는 것을 알았기에 그녀를 재촉하지 않았다.

그녀가 보낸 메시지에는 주소와 전화번호가 포함되어 있었다. 전화번호를 응시하는 그 짧은 순간이 몇 시간처럼 느껴졌다. 전화를 걸 생각에, 그의 목소리를 들을 생각에, 그와 대화를 나누고, 그의 집 문 앞에 서서 지금까지의 상황을 설명할 수도 있으리라는 생각에 손이 떨려왔다.

이 탐색은 지금까지 가설처럼 느껴졌다. 그렇다. 나는 우리가 궁극적으로 그를 찾을 것이라고 믿었다. 하지만 그건 복권을 사면서 갖는 당첨에 대한 믿음과 다소 비슷했다. 강력한 믿음이긴 해도, 마음속 깊은 곳에서는 가능성이 희박하다는 걸 알고 있었다.

나는 그에게 무슨 말을 하게 될지 상상할 수 없다. 그를 보면 어떤 기분이 들지도, 그가 나를 보면 어떤 기분을 느낄지도 상상하기 어려웠다. 그것은 천 개의 가망성이 있는 결과들이 하나로—17년 만에 처음으로 서로 이야기를 나누는 나와 조로—좁혀지는 것만 같았다. 17년은 긴 시간이었다. 그 시간 동안 많은 사람이 태어나고 자랐다. 어쩌면 자기 자신의 아기를 낳았을 수도 있는 시간이었다. 정부가 바뀌었고, 별들이 움직였고, 만년설이 녹았으며, 모든 사람이 주머니에 작은 컴퓨터를 가지고 다녔다.

나도 변했고, 그 역시 변했을 것이다. 이제 현실이 되고 있다. 각자 다른 사람이 되어 우리가 다시 서로를 만날 수도 있다는 것이. 우리는 사랑, 경험, 상실 등 많은 것들로 결속되어 있었다. 눈 녹듯, 그 모든 유대가 사라진다는 것은 불가능해 보였다. 하지만 사실 잘 모르겠다.

어쩌면 그는 나에게 화가 났을 수도 있다. 마음의 상처를 입었을 수도 있다. 내가 떠올릴 수 있는 최악의 시나리오이긴 하지만, 그는 나에게 완전히 무관심할 수도 있다. 그는 내 부모님의 생각— 우리 관계가 어리석은 십 대 시절의 연애질에 불과했고, 우리를 하나로 묶어주는 그레이시라는 존재가 없는 상태에서 시간의 폭풍 속에 쓸려 내려가 버린 일시적인 열애에 지나지 않았다는 생각—이 옳았다고 판단했을 수도 있다.

확신할 수 없는 이 모든 것 때문에 전화를 걸기까지 망설여졌다. 나는 전화번호를 냅킨에다 적었다. 눈앞에 핸드폰이 있고, 전화해야 한다는 걸 알지만, 웬일인지 지금으로써는 그렇게 할 수가 없었다.

결국 벨린다가 내게서 전화번호를 가져가서 직접 전화를 걸었다. 나는 아무런 말을 하지 않았다. 이것은 나의 탐색인 만큼이나 그녀의 탐색이기도 했다. 나는 그녀가 전화번호를 누른 뒤 응답을 기다리는 동안 가만히 지켜보았다. 순간 뺨 안쪽을 너무 세게 씹었는지 붉은 쇠 맛이 느껴졌다. 그때 그녀가 고개를 흔들며 말했다.

"없는 전화번호야. 다시 숨 쉬어도 돼."

몇 시간 전 우리는 리틀 이탈리아 구역의 작은 피자집에서 빨간색과 흰색 체크무늬 식탁보가 놓인 테이블에 앉아 오페라를 들으며, 레드 와인을 홀짝였고 오렌지색 오일이 스며 나오는 페퍼로니를 먹었다.

지금 우리는 영화 〈블레이드 러너(Blade Runner)〉에 나오는 것 같은, 불이 켜진 풍경을 걷고 있었다. 한 무리의 여자애들이 롤러스케이트를 탄 채 우리 옆을 지나쳤고, 현악 사중주단은 골판지로 만든 악기로 소리 없이 연주하고 있었다. 마임 공연은 큰 웃음을 유도하였고, 열린 바이올린 상자에 돈이 쌓여갔다. 뮤지컬 〈위키드(Wicked)〉와 〈몰몬의 책(The Book of Mormon)〉, 〈시카고(Chicago)〉 광고가 우리를 둘러싸고 있고, 길거리 음식 냄새가 공기 중에 떠돌았다. 밤인데도 날이 더웠다. 마치 압력솥에 천천히 구워지는 것만 같았다.

나는 이곳에서 그만의 삶을 살았을 조의 모습을 상상해보려 애썼다. 결론적으로, 그가 이 모든 에너지, 이 모든 잠재력으로부터 기운을 받고 있으리라고, 그에게 이곳이 좋은 집이 되었을 수도 있다고 생각했다.

"대단히 미친 도시치곤 여긴 매우 잘 정돈된 곳이야." 마이클이 핸드폰으로 지도를 보며 말했다. "숫자들과 교차 도로들을 이해하면 아주 간단해."

벨린다는 코웃음을 쳤고, 나는 미소 지었다. 너무나 간단해서 우리는 이미 여러 번 길을 잃고 말았다.

"좋아, 베어 그릴스,* 앞장서." 그녀가 비꼬듯 말했다.

그는 그녀를 향해 분개하는 표정을 한가득 내보이더니, 성큼성큼 앞으로 나아갔다. 우리는 그의 뒤를 따라 걸었다. 많은 사람들을 스쳐 지나갔고, 브레이크 댄서 그룹을 지나쳤고, 경비원과 군중을 통제하기 위한 장벽이 놓인 매표소를 빙 둘러 지나갔다.

우리는 브로드웨이를 건너 42번가로 향했다. 마이클은 극장가의 시궁창 같은 곳이라고밖에 설명할 수 없는 막다른 골목길로 우리를 이끌었다. 여전히 밝은 빛과 높은 빌딩들은 존재하지만, 이곳은 꼭꼭 숨겨진 듯 동떨어져 있었다.

지금까지 빅애플**에서 만난 모든 사람이 보기와 다르게 가엾고 순

---

*   영국의 모험가
**   뉴욕시의 애칭

진한 관광객들에게 매우 친절했고 도움을 주었으며, 노란 벽돌 길*에서 도로시와 그녀의 친구들을 만나는 어른들의 친절한 태도로 우리를 대해주었다.

하지만 이곳은 조금 더 어둡게 느껴졌고, 마치 위협의 가장자리에 있는 것 같았다.

"오오!" 마이클이 걸어가는 동안 건물에 적힌 번지수를 확인하기 위해 출입구들을 쳐다보며 말했다. "이건 전혀 캐리 브래드쇼**다운 게 아니야, 안 그래? 사실 이건 좀 무서워. 벨린다 누나가 우리랑 있어서 기뻐."

그녀는 보호자 역할을 하게 된 걸 기뻐하며 큰 소리로 웃었다. 그러고는 커다란 부츠로 울퉁불퉁한 포장용 돌들을 쿵쿵 내리밟았다.

나는 주의를 딴 데로 돌리기 위해 부츠, 포장용 돌들, 방금 쥐를 보았을지도 모른다는 사실에 집중했다. 우리는 지금 조가 살았던, 혹은 지금도 살고 있을지도 모르는 거리를 걷고 있기 때문이다.

그의 발 역시 이 울퉁불퉁한 포장용 돌들을 밟았을 것이고, 그의 손가락은 이 벽의 거친 벽돌을 만졌을 것이고, 그의 폐는 오래된 맥주와 쓰레기 냄새가 나는 이 습한 공기를 들이마셨을 것이다. 그리고 문을 닫은 상점의 창문에 비친 자신의 모습을 보았을 것이다.

우리가 펍에 들어가는 순간, 그를 만나게 될 수도 있다. 그는 바 뒤에서 고객을 접대하며, 그만의 억양과 미소로 그들을 매료시키고 있을 수도 있다. 혹은 술을 마시거나 노래방에서 노래를 부르거나 여자친구와 칸막이로 가려진 자리에 앉아 있을 수도 있다. 아마 내가 가게

---

*   〈오즈의 마법사〉에 나오는 가상의 길

**   드라마 〈섹스 앤 더 시티(Sex and the City)〉의 주인공 이름으로 낭만적이고 자기 욕구에 충실한 캐릭터이다.

문을 통해 들어설 것이라고는 상상도 못한 채로 말이다. 만약 정말 그가 있다면, 그것은 '하고많은 술집'*의 완전한 결정체가 될 것이다.

목적지에 다다르자 네온사인이 보였고, 마이클은 다시 핸드폰을 흘끗 보더니 이곳이 틀림없다고 말해 주었다. 우리는 침묵했다. 이제 모든 여정의 종착점에 도달할지도 모른다는 강렬함이 느껴졌다.

하지만 어둠 속에서 깜빡이는 네온사인은 매디건스나 해니건스를 위한 게 아니었고, 심지어 펍을 위한 것도 아니었다. 그곳은 레바논 식당이었다.

마이클은 핸드폰 화면에 나와 있는 정보를 가만히 들여다보더니 건물을 쳐다보았고, 이내 창문을 통해 테이블과 사람들로 가득 차 붐비는 작은 공간을 들여다보았다. 그러고는 조의 원룸 아파트가 있었던 꼭대기 층을 올려다보며, 그 옆에 있는 장소—나무로 된 널빤지로 덮여 있고 그라피티로 장식되어 있다—를 쳐다보았다.

널빤지 주변의 벽은 그을음이 까맣게 끼어 있었고, 위쪽 창문에는 암울한 구멍들이 나 있었는데, 검고 텅 비어 있어서 마치 거리를 내다보는 맹인과도 같았다.

문이 있었을 법한 곳에는 덧문이 대어져 있고, 그 위로 제멋대로인 글자들이 쓰여진 표지판 하나가 있었다. 시작 부분에 '엠(M)'과 '에이(a)'가 보였고, 끝에는 '에스(s)'가 반쯤 남아있었다. 나머지는 손상된 채 부식과 폐허로 벗겨진 상태였다. 식당은 밝고 분주했지만, 이곳은 죽은 곳이었다. 죽은 채로 거의 파묻혀있는.

우리는 그 건물을 응시하며 잠시 생각에 잠겼다. 아마도 다들 우

---

* 영화 〈카사블랑카(Casablanca)〉에 나오는 그 유명한 대사, '세상의 하고많은 도시의, 하고많은 술집 중에 그녀는 내 술집으로 들어왔다'라는 대사를 인용한 것이다.

리가 지금 보고 있는 것의 의미를 추측해보려는 듯했다.

"불이 난 것 같은데." 결국 벨린다가 말했다. 내 생각도 같았다. 노출된 벽돌에 그을린 자국들도 그러했고, 불에 탄 예전 창틀의 가장자리에 자라난 잡초가 그을린 목재 위로 드리워져 있었다.

그 자체만으로도 상상이 가능했다. 건물을 가로지르며 핥아대는 불꽃이 보였고, 나무가 갈라지며 페인트에 물집이 생기는 소리가 들렸고, 얼굴에 열이 오르는 것이 느껴졌고, 아직 안에 있는, 거리로 빠져나오기 위해 고군분투하는 사람의 공포가 느껴졌다.

나는 다리가 떨리고 맥박이 빨라지는 것을 느끼며 손을 뻗어 벨린다의 손을 잡았다. 지금 내게는 누군가의 손길이 필요했다. 현실이 필요했다. 지금의 순간에 마음을 붙잡아두어야 했다. 불타는 차 안에 갇혀 내 몸이 갈가리 찢어지는 가운데 손을 뻗어 죽어가는 딸에게 가 닿으려 할 때의 밤, 다른 대도시에서의 또 다른 어두운 밤으로 되감기듯 돌아가지 않게 해야만 한다.

그녀는 내 손가락을 꽉 쥐며 달래주었다. 그러고는 내가 조의 팔이 있던 곳의 벌어진 상처가 아닌 자신을 바라볼 수 있게 폐허가 된 건물로부터 물리적으로 나를 돌려세웠다.

"괜찮아." 그녀가 내 얼굴 뒤로 머리카락을 쓸어 넘기며 말했다. "이건 아무런 의미도 아니야. 그냥 빌딩이야. 이건 조가 아니야. 무슨 일이 있었는지 우린 몰라."

나는 고개를 끄덕였고, 지금의 내 반응이 그저 조의 안전에 관한 두려움에 근거한 것이라고 생각하도록 내버려 두었다. 물론, 일부분에서는 그러했다. 하지만 나머지 부분은? 순수한 플래시백이다. 나는 숨을 쉬었고, 숫자를 셌다. 순간 그녀의 손가락을 너무 세게 잡았는지, 그녀의 얼굴이 구겨지며 춤추는 모습을 보았다.

마이클은 한 직원의 관심을 끌기 위해 식당 창문을 두드렸다. 결국 검은 머리를 늘어뜨린 키가 크고 마른 남자 직원이 밖으로 나왔다. 그의 생김새는 동유럽 사람인 듯했는데, 억양은 순수한 뉴욕 사람이었다. 그는 미안하다고 말하며, 오늘은 빈 테이블이 없으니 내일 다시오라고 말했다.

"아니, 그게 아니에요. 우리가 원하는 건 그게 아니에요." 마이클이 급하게 말했다. "이 펍에 무슨 일이 있었는지 알고 싶은데요. 매디건스에 말이에요."

"아! 네. 불이 났었어요."

"그건 우리도 알겠네요."

"그게 내가 말해 줄 수 있는 전부예요. 우린 작년에 문을 열었고, 화재가 있고 나서 한참이 지난 후였어요. 그게 이 가게의 임대료가 저렴한 이유일 겁니다. 큰불이 났고, 전기적 결함이 원인이었다고 들었습니다. 누군가 죽었는데, 아마도 바텐더였던 것 같아요. 그 후 펍 주인은 다시 쳐다보기도 싫다면서 보험금만 받고 떠났어요. 그 이후로쭉 이런 상태였어요. 그런데 왜 알고 싶어 하는 거죠?"

"한 남자가 있었어요." 내가 말했다. "이 레스토랑 위에 있는 방에살았고요. 그는 그 펍에서 일했어요. 그에게 무슨 일이 있었는지 아세요? 아직 거기 살고 있나요?"

벨린다의 얼굴은 엄숙했다. 그녀의 피부는 가로등 불빛을 받아 회색으로 보였다. 마이클의 입은 충격 탓인지 여전히 열려 있는 상태였다. 나는 그들이 받은 충격 속으로 끌려 들어가지 않으려 버텼고, 한남자가 이곳의 화재로 죽었다는 사실을 인정할 수 없었다. 더 많은 것을 알기 전까지는 휘둘리지 않을 것이다. 구획화가 항상 나쁜 건 아니다. 때로 그것은 우리가 기능할 수 있게 해주기도 한다.

"아니요. 안 살아요." 그는 무언가 중요한 일이 일어나고 있음을 느꼈는지, 우리 모두의 얼굴을 차례로 바라보며 대답했다. "우리는 건물 전체를 넘겨받았어요······. 거주자 없어요."

거주자 없음. 그 문구의 어떤 무언가가 나에게 혐오감을 불러일으켰다. 나는 여기 작은 방에서 단정하고 검소하게 살며, 근면하게 일하고, 절약하고, 아주 작은 것을 최대한 활용하는 조의 모습을 상상해 보았다. 그리고 화재를 상상하며 다른 사람을 돕기 위해 목숨을 걸고 있는 그를 상상했다. 거주자 없음이라는 두 단어로 압축된 결과를 상상했다.

"좀 볼 수 있을까요?" 내가 애원하듯 물었다.

"왜요?" 그는 도시 사람 특유의 조심성을 내비치며 얼굴을 살짝 찡그린 채 말했다. "그 사람이 친구였어요?"

"그는 내 제일 친한 친구였어요." 내가 간단히 대답했다.

물론 내가 말할 수도 있었던 부분은 더 있다. 나는 그가 내 아이의 아버지라고, 나의 처음이자 유일한 사랑이라고, 내 인생에서 가장 중요한 사람이라고, 나의 구원이라고도 말할 수 있었다. 하지만 어쩐지 가장 친한 친구라는 말이 그 모든 걸 포괄할 것 같았다. 그리고 언제나 통하는 법이다.

"좋아요." 그는 몇 초간 더 우리를 보며 생각에 잠기고는 대답했다. "그럼 들어오세요. 미리 알려드리자면, 지금은 창고일 뿐이에요. 그건 그렇고, 내 이름은 조지입니다."

"고마워요, 조지." 나는 감사를 표했고, 우리는 그를 따라 레스토랑으로 안으로 들어갔다. 내부는 에어컨 때문인지 행복할 정도로 시원했다. 잡담으로 떠들썩했고, 향신료와 이국적인 음식의 강한 향이 떠돌고 있었다.

조지는 우리를 작은 바 구역을 지나 가파르고 좁은 계단 위로 안내했다. 그는 꼭대기에 있는 문 중 하나를 열고는 우리에게 안으로 들어가라는 의미로 손짓했다.

나는 무엇을 기대한 것일까. 아마도 조의 흔적이리라. 어떤 잔재, 나에게 희망을 주기 위해 붙들려 있는 유령이리라. 아직도 핀으로 고정된 채 그대로인 그레이시의 사진, 남겨진 책 따위들처럼, 그게 뭐가 됐든 나를 그와 연결할 수 있는 것이리라.

이곳은 작은 방으로, 선반이 벽을 따라 늘어서 있고 골목길이 내려다보이는 두 개의 지저분한 창문이 있었다. 오일이 담긴 수십 리터짜리 플라스틱 용기, 쌓여있는 냅킨 더미, 일렬로 늘어선 큰 상자들, 그리고 종이가 흩어져 있는 책상과 금속 보관함, 달력도 보였다. 조가 이곳에서 살았던 적이 있음을 암시하는 건 그 어떤 것도 보이지 않았다. 그는 자취를 남기지 않았다. 그는 사라졌다.

"고마워요." 나는 중얼거리고는, 이곳을 벗어나기 위해 급하게 몸을 돌려 최대한 빨리 자리를 떴다. 급히 계단을 내려갔고, 식당을 가로지르며 촛불이 켜진 테이블에 앉아 있는 사람들을 지나쳤다. 여전히 온전한 삶을 살고 있는 사람들을.

벨린다와 마이클은 나를 뒤따라잡기 위해 밖으로 나왔고, 둘 다 거정스러운 듯 얼굴이 뒤틀려있었다. 나 역시 지금 내 모습이 어떻게 보일지 알고 있다. 창백해진 얼굴과 파르르 떨리는 몸, 주변과 동떨어진 모습. 아마도 좀비처럼 보일 것이다. 바로 단절의 모습이었다. 어떠한 충격에 의해 정말 아무것도 신경 쓰지 않게 되는 사람의 모습 말이다.

두 사람은 왔던 길을 되짚어가며 나를 이끌었다. 그들과 함께 가장 가까운 바까지 조용히 걸었다. 바의 내부는 작고 어두웠고 빌리 조엘의 노래를 피아노로 연주하는 남자와 거대한 붉은 수염을 기른 바이킹처럼 생긴 바텐더가 있었다.

"저 여자분 괜찮아요?" 그들이 주문하는 동안 바텐더가 내 방향으로 고갯짓을 하며 물었다. "괜찮아요." 벨린다가 대답했다.

내 모습으로 미루어보아 그녀의 말이 설득력 있게 들리지는 않았다. 두 사람은 나를 칸막이 형식의 빨간 인조가죽 좌석으로 안내했고, 브랜디가 담긴 잔을 내 앞에 내려놓았다. 앞에 놓인 잔을 바라보는데 유리잔이 빠르게 어른거렸고, 흔들렸고, 깜박거리는 것처럼 보였다. 마치 그게 전혀 실제가 아닌 것처럼. 상상의 한 조각인 것처럼.

나무와 플라스틱으로 된 고치 안에 숨어든 우리는 이제 안전했다. 나는 마이클이 핸드폰을 꺼내, 정보를 찾기 위해 한 페이지에서 다음 페이지로 이동하는 것을 보았다. 그는 그가 할 수 있는 한 가장 실질적인 방법으로 도움이 되고자 하는 일을 하고 있었다. 벨린다는 마치 나를 끌어안고 보호해야 하는 것처럼, 내 옆에 바짝 붙어 있었다. 그녀가 붙어 올수록 그녀의 허벅지가 내 쪽으로 눌렸다.

"화재에 관한 뉴스 기사를 찾았어." 마이클은 글을 대충 훑어보고는, 비디오 광고를 취소하고, 스크린을 보며 인상을 찌푸렸다.

벨린다는 잔을 내게 건네주며 한 모금 마시라고 권했다. 호박색 액체가 내 목을 태우며 흘러내렸고, 기침이 나왔다.

마이클은 기사를 읽으며, 침묵했다. 이것은 결코 좋은 징조가 아니었다. 그는 나무 탁자와 외로이 땅콩이 담긴 그릇 너머로 우리를 올려다보았고, 그러고 나서 나를 응시했다.

마치 내게 텔레파시를 사용하는 초능력이 생긴 것처럼 그의 머릿속이 훤히 그려졌다. 그의 머릿속을 볼 수 있고, 그의 머리카락과 두개골의 두꺼운 보호막을 지나 윙윙거리고 부글부글 끓는 뇌세포의 미로 속으로 들어가는 것 같은 기분이 들었다. 톱니바퀴들이 돌아가고,

연결이 이루어지고, 메시지가 송출되고 있었다. 그는 내가 무너져내리는 것을, 나 자신을 잃어버리는 것을 걱정하고 있었다. 그리고 그가 무슨 말을 하든 그것은 상황을 악화시킬 것이다.

그는 어머니의 장례식 날을, 지금은 아주 오래전처럼 느껴지는 그 날을 기억한다. 내가 신발 상자를 발견한 날, 그리고 그와 같은 방에 앉아 있던 날을 기억한다. 그는 걱정하고 있고, 슬퍼하고 있고, 나를 조금 무서워하고 있고, 그리고 나를 두려워한다는 것을 부끄러워하고 있다. 정신적인 문제, 한도 끝도 없는 일.

"괜찮아. 그냥 말해." 나는 고개를 끄덕이며 말했다.

"좋아…… 음, 조지 말이 다 맞았어. 2년도 안 된 일이야. 전기적 결함에 관한 언급은 없는데, 바로 다음 날 작성된 기사여서 그렇겠지. 원인을 조사 중이라고만 되어 있고, 후속 기사가 없어……."

나는 놀라지 않았다. 이곳은 대도시로, 한 술집에서 발생한 화재로 한 사람이 사망한 것보다 더 많은 뉴스와 더 많은 중요한 일들이 벌어지고 있는 곳이니까.

"이름은 안 나와 있어." 그는 나를 안심시키려는 듯 재빨리 말했다. "하지만 영국 출신으로 추정되는 30대 남자 직원 한 명이 화재로 사망했다고 쓰여 있어. 그는 사람들을 구하려다 너무 늦게 자리를 피했고, 그러다 내부에 갇히게 되었어. 그리고 기사에서 행인으로 묘사된 또 다른 남자는 도우려다 손에 화상을 입고 병원으로 이송되었다고 하네. 다른 사람들은 모두 멀쩡해 보였는데, 연기를 들이마셔서 현장에서 치료를 받았대. 그리고…… 그게 기사의 거의 전부야. 이 기사를 진작에 발견하지 못해서 미안해. 우리에겐 이미 주소가 있었고, 그리고 난 피곤했어. 그래서 열심히 찾아보질 않았어."

"걱정하지 마. 어쨌든 난 여기 와보고 싶었을 거야. 이런 소식을 알게 되는 데 좋은 방법이란 건 없고, 적어도 내 눈으로 직접 본 지금은 믿어."

"뭘 믿는다는 거야?" 벨린다가 얼굴을 찡그리며 물었다. "조가 죽었다는 걸 믿는다고?"

"넌 아니야?"

"나는…… 난 그러고 싶지…… 지금까지 우리가 해온 게 있는데. 난 그러고 싶지 않아. 하지만…… 어쩌면 우린 믿어야 할지도 모르지. 어쩌면 우린 이 사실을 받아들여야 할지도. 좀 더 파고들어서 확실히 알아낼 수 있을지 모르지만…… 그래, 난 조가 죽었다고 생각해."

그녀의 갈색 눈에서 눈물이 차올랐고, 그녀의 두 주먹은 테이블 위를 움켜쥐었고, 그녀의 어깨가 갑작스러운 슬픔으로 떨리기 시작했다. 나는 그녀의 손에 내 손을 포개고, 그녀를 위로하기 위해 애썼다. 그것이 내가 해야 할 일임을, 정상적인 사람이라면 당연히 해야 할 일임을 알고 있었다. 나는 무의미한 말을 중얼거렸고, 그녀의 손을 쓰다듬었고, 고통스러운 아드레날린의 맨 처음 질주가 그녀의 몸에서 떠나갈 때까지 기다렸다.

"이건 공평하지 않은 것 같아." 마이클이 말했다. 그의 어조는 조용하고 앵돌아져 있었다. "그 모든 일 다음에, 이 모든 것 다음에 이런 결과라니. 우린 힘들게 여기까지 왔고, 아주 가까이 왔는데. 그런데 이건……."

"인생은 원래 공평하지 않아, 안 그래?" 나는 억지 미소를 지으며 대답했다. "인생이 공평했다면 이런 일은 없었겠지. 나는 조와 그레이시와 함께 교외에 살고 있었을 거야. 내 부모님은 아직 살아 계실 거고. 모든 게 달랐을 거야. 그리고 맞아, 우리는 힘들게 여기까지 왔어. 하지만 타임머신 없이는 더는 갈 수 없어. 끝났어."

나는 일어서며, 잔에 남은 브랜디를 끝까지 들이켰다. 벨린다는
움직일 기미가 보이지 않았고, 나는 그녀의 무릎 위를 넘어 칸막이 자
리에서 벗어났다.

"우리 어디로 가?" 마이클이 급히 따라오며 물었다. 그가 하도 빨
리 일어서는 바람에 땅콩 그릇이 뒤집혀, 식탁 위로 짠맛 나는 땅콩들
이 덩굴손 모양으로 흩뿌려졌다.

"우린 아무 데도 가지 않을 거야. 난 그냥…… 한동안 혼자 있어
야 해. 알았지? 걱정하지 마. 브루클린 다리에서 몸을 던지는 것과 같
은 어리석은 짓은 하지 않을 거니까. 하지만 난 시간이 좀 필요해. 나
중에 호텔에서 만나."

37

어리석은 짓을 할 계획이 없다는 확신은 있었지만, 그렇다고 해서 내가 똑똑한 일을 할 것인가에 대해서는 100% 확신할 수 없었다.

나는 어디로 갈지에 대한 명확한 목적지 없이 사람들을 핀볼처럼 튕겨내며 밤거리를 방랑했다.

이곳의 모든 것은 변함이 없었다. 조명, 소음, 떠들썩함 따위들. 다만 지금은 다른 느낌이었다. 아니, 더 정확하게는 나 자신이 다르게 느껴졌다. 마치 내가 처음으로 지구에 도착해서 인간들의 호기심 많은 사회적 의식과 짝짓기 과정을 주의 깊은 눈으로 관찰하는 외계 생명체인 것처럼 분리된 것만 같았고, 멀리 떨어져 있다는 느낌을 받았다.

그 어떤 것에도 현실감이 느껴지지 않았다. 심지어 차량 진입 방지용 말뚝에 너무 세게 부딪혀 도라 백팩을 떨어뜨릴 때조차 현실감이 느껴지지 않았다. 나는 백팩을 집어 올려 가슴에 꼭 껴안은 채, 우연일지라도 백팩을 위협하는 세상을 노려보았다.

이곳은 너무 바쁘다. 너무 가득 차 있다. 나는 몇 시간처럼 느껴지는 시간 동안 브로드웨이 길을 구불구불 따라 걸었다. 군중은 점차 줄어들었고, 그들은 여전히 바빠 보였지만, 압도적이지는 않았다. 나는 상점들, 커피숍, 푸드트럭, 바, 자전거 타는 사람, 자동차 운전사, 파티하는 사람, 미혼자, 일곱 마리의 개를 한 줄로 연결해서 데리고 다니는 남자를 지나쳤다.

그리고 아주 멋진 상점들과 장식이 된 주철 빌딩들, 자갈을 깐 길이 있는 소호 구역에 도착했다. 구석구석 카페가 있었고, 갤러리와 레스토랑, 곳곳에 사람들이 많았다. 처음 와본 곳이었지만, TV 프로그램과 영화에서 보던 장면들에 둘러싸여, 어쩐지 친숙함이 느껴졌다.

나는 물을 사기 위해 잠시 걸음을 멈췄고, 꼿꼿이 서서 물을 마셨다. 나는 나머지 인류로부터 나를 보호하기 위해 내 주위에 구축한 비눗방울을 상상했다. 사람들은 모두 나를 피했다. 물론 그것은 비눗방울 때문이 아니었다. 아마도 내가 정신이 나간 것처럼 보이기 때문일 테고, 뉴욕 사람들은 그런 것에 너무나 익숙해서 그냥 내버려 둬야 한다는 것을 알고 있기 때문일 터였다.

순간 내가 너무 멀리 왔고, 미드타운을 향해 다시 올라가야 한다는 걸 깨달았다. 그게 아니면, 그냥 그러지 않아도 된다고…… 생각했다. 나는 계속 갈 수 있었다. 포레스트 검프가 했던 일을 할 수도 있고 긴 여행을 가듯 사라질 수도 있다. 계속 걸을 수도 있고, 다리를 건널 수도 있고, 페리를 탈 수도 있다. 뉴저지를 지나 필라델피아, 워싱턴에 갈 수도 있고, 어쩌면 텍사스까지 걸어갈 수도 있다. 국경을 넘어 멕시코로 가서 먼지투성이 판잣집에서 노새를 기르는 야생의 여자가 될 수도 있다. 혹은 돌아서서 북쪽으로 돌아가겠다고 결심할 수도 있다.

나는 물을 다 마신 뒤, 다시 걷기 시작했다. 스케쳐스를 신었음에
도 발이 아팠고, 머리는 더위로 축축하게 젖은 상태였다. 나는 플랫아
이언 빌딩 근처의 24시간 식당에 들렀고, 커피를 마시기보다는 화장
실에서 더 많은 시간을 보냈다. 창백한 얼굴에 물을 뿌렸고, 그레이시
의 작은 빗을 사용해 머리카락을 부드럽게 펴서 단정하게 만들려고
애썼다. 나는 화장실에 놓인 공용 화장품을 몸에 뿌린 다음 억지로
거울을 들여다보았다. 그러고는 손을 이리저리 움직여 얼굴을 잡아당
긴 뒤 거울에 비친 내 모습을 확인했다. 내가 여전히 존재하는지, 여
전히 그대로 있는지 확인하기 위해서다. 화장실 칸에서 나온 한 은발
의 여자가 손을 씻으면서 동정 어린 눈빛으로 나를 바라보았다.

"괜찮아요?" 그녀는 종이 타월을 집으며 물었다. "도움이 필요
해요?"

"괜찮을 것 같아요." 나는 잠시 생각한 후 대답했다. "난 조금 전에
사랑하는 사람이 아마도 죽었을 거라는 사실을 알게 되었고, 지금은
그걸 뇌에 각인시키려 노력 중이에요."

"그렇군요. 그건 힘든 일이에요. 그런 일은 뇌에 영원히 각인되지
않을 수도 있어요. 설령 그렇게 된다고 해도 결국 뇌의 모양이 달라질
수도 있고요. 몸조심해요, 알았죠?"

그녀가 자리를 뜨는 걸 바라보며 나는 고개를 끄덕였고, 지난 몇
년 동안 내 뇌가 취한 다양한 형태를 생각하며 얼굴을 찡그렸다. 12면
체, 피라미드, 줄로 된 추상적인 공을 포함하여 거의 모든 모양이었으
리라.

나는 누군가가 비우고 간 다른 테이블에 앉아 커피를 마셨다. 이
건 내 커피가 아니었고 식어 있었다. 씻고, 진정하고, 모든 것의 속도
를 늦추고 나니 기분이 조금 나아졌다. 종아리 근육이 뻣뻣해져 있었

고, 무더운 밤에 걸어온 속도와 거리에 무릎이 시큰거릴 정도로 다리가 아파왔다. 그래도 괜찮았다. 그건 모두 정상이라는 뜻이니까. 일상의 아픔과 고통을 알아차릴 수 있다면 나는 괜찮다는 거였으니까.

여종업원이 다가와서 커피를 더 하겠냐고 물었다. 그녀는 분홍색 유니폼을 입고 힐데라는 이름표를 달고 있었는데, 큰 금발 머리와 커다란 파란 눈을 가진 천사처럼 보였다. 나는 내 것이 아닌 컵에 커피를 더 받고는 백팩을 열었다.

나는 조의 사진들을 꺼내 탁자 위에 펼쳐 놓고, 눈으로 훑어보았다. 나는 그가 나를 떠난 이후의, 그레이시를 떠나보낸 이후의 그의 삶에 대해 많은 것을 알게 됐다. 그가 계속해서 친절하고 용감하고 도움이 되는 사람이었다는 것을, 그가 사람들의 삶을 바꾸었다는 것을, 그가 술을 즐기고 가끔 노래방에서 노래를 불렀다는 것을, 그가 열심히 일했고 때때로 화를 냈다는 것을, 그가 행복하기 위해 최선을 다했다는 것을 알게 됐다.

또한 그가 결코 나를 잊지 않았고, 우리 딸을 절대로 잊지 않았다는 것을, 그가 과거를 잊고 다음 단계로 넘어간 적이 없었다는 것을 알게 됐다. 여행과 새로운 우정에도 불구하고 조의 인생은 내 인생만큼이나 과거의 일로 규정되었다.

집으로 돌아가서 어머니의 다락방을 수색하고, 벨린다가 가지고 있는 상자를 회수하면 더 많은 사진을 찾을 수 있으리라 희망했다. 나는 우리가 어린애였을 때 함께 찍은 사진들을—십 대 시절 집에서 열린 파티에서 일회용 카메라로 찍은 것들을—찾아낼 것이다. 나는 그레이시가 아주 어렸을 때, 아기였을 때, 그리고 좀 더 자랐을 때의 사진들을 찾아낼 것이다.

조는 그 마지막 날, 우리가 집으로 돌아가기 전 산타를 방문했던 그 날, 사진을 찍었었다. 나는 그것들을 본 기억이 없지만, 그건 아무런 의미가 없었다. 그 당시 나라면 그것들을 보고서도 잊어버렸을 수도 있으니까.

나는 광택 있는 종이 위의 그의 얼굴을 쓰다듬었다. 제니퍼에게 더 많은 사진이 있을까. 아마 그럴 것이다. 다시 이야기할 힘이 생기면 그녀에게 물어볼 것이다.

이 일에서 가장 어려운 부분 중 하나는 그 모든 사람—'조에게 안부 인사를 전해달라고 한' 사람들 목록에 있는 모든 사람—에게 이 이야기를 전하는 일일 테다. 그의 어머니, 그의 친구들, 그의 전 부인에게 그가 죽었다는 소식을 전하는 일일 테다. 이 일이 더 많은 고통과 슬픔과 상실로 끝나는 것은 내가 원했던 바가 아니었다.

나는 그가 어디에 있는지 알 때까지는 그 모든 것을 보류하기로 했다. 그가 묻힌 곳을 알기 전까지는. 안녕이라는 인사가 아니라 작별 인사를 할 수 있을 때까지는.

나는 화가 났다. 이제야 깨달았다. 비명을 지르고, 고함을 지르고, 접시를 부수고 싶은 유의 화가 아닌, 조용하고 깊이 배어드는 화였다.

여기까지 왔는데. 힘들게 탐색했는데. 많은 걸 알아냈는데. 결국 그 모든 게 새로운 탐색으로 끝맺음하게 되었다. 화장 여부를 알아내고, 무덤을 찾고—장부, 컴퓨터, 데이터베이스에 기록된 이름들의 실제 이야기를 거의 알려주지 않는—출생과 결혼, 죽음이 포함된 인간의 삶을 보여주는 무감각한 일지에서 공식 기록을 찾아야 한다.

나는 사진들을 끌어모았다. 그리고 그런 탐색을 전부 마칠 때까지는 이곳 뉴욕에 머물겠다고 다짐했다. 그에게 무슨 일이 있었는지 알기 전까지는 머물리라. 이번에는 제대로 작별 인사를 하리라. 그에게 사랑한다고, 항상 사랑했다고 말하리라. 사랑하는 것을 절대로 멈추지 않겠다고 말하리라.

　그 다음은…… 누가 알겠는가? 어쩌면 나는 내 작은 마을과 학교에서의 작은 삶으로 돌아가 휑뎅그렁한 큰 집에서 홀로 지내며 내 일부가 원하지도 않는 존재를 견딜지도.

　어쩌면 그러지 않을 수도 있다. 어쩌면 나는 그것보다 나아질지도 모른다. 어쩌면 나는 친절하고, 용감하고, 도움이 되는 사람이 될 수도 있다. 그리고 조금 더 조처럼 될 수도 있을 것이다. 어쩌면 나는 내 삶을 받아들이고, 진정으로 살기 시작할 수도 있을 것이다.

　이 여행에서 내가 뭘 얻고 싶어 한 건지 모르겠다. 그것은 대륙들을 가로지르고 여러 생애를 아우르는, 내가 손을 뻗어 그를 거의 다시 만지다시피 하게 해준 장대한 여정이었다. 내 손가락 아래에 있는 그의 머리카락의 부드러움을 느끼고, 우리가 춤을 출 때 나를 안고 있는 그의 팔을 느끼고, 그의 웃음소리를 듣고, 내가 진정으로 사랑받았다는 것을 알 수 있게 해준 여정이었다.

　하지만 지금만큼은 마음껏 화를 낼 것이다. 마음껏 슬퍼하고, 절망할 것이다. 하지만 나는 그것이 내 남은 인생을 정의하게 내버려 두지 않을 것이다. 내가 조를 찾으면서 알아낸 것이 하나 있다면, 그것은 우리 모두에게 희망이 필요하다는 사실이다. 비록 매우 짧았지만, 나는 희망을 품었다. 그것은 나를 변화시켰고, 지금 당장은 불가능하다고 느껴지더라도 희망을 붙잡기 위해 싸워야 한다.

　나에겐 아직 열어보지 않은 조의 봉투가 하나 남아있다. 지금이 그것을 열어볼 때였다. 나는 '모든 걸 잃었다고 느낄 때 읽어줘'라는 예언적인 문구가 적힌 평범한 흰 봉투를 열었다.

우리는 둘 다 지옥을 겪었어, 제스. 그리고 우리는 둘 다 그곳에
우리의 일부를 남겨두었어. 때로는 계속 살아가기가 버겁고, 여러
해가 지난 지금까지도 그 기억이 나를 파괴하는 순간이 있어.
나는 당신과 그레이시가 공원의 나무 주변에서 서로를 쫓던 모습,
나뭇잎 사이로 떨어지던 햇빛이 당신의 얼굴에 비치던 모습,
당신과 그레이시가 숨고 달리며 낄낄거리고 행복해하던 모습을
기억해. 나는 그런 순간들의 자그마한 완벽함을 기억하고 절대
떠나고 싶지 않아.
때로는 그 세계, 과거의 세계, 그러한 완벽한 기억의 세계가
실제보다 더 현실적으로 느껴질 때가 있어. 마음이 너무 아파.
내가 사랑했던 모든 걸 잃은 것 같은 느낌이 들어. 하지만
그러다가도 내가 모든 걸 잃은 게 아니라는 사실을 떠올려.
나에게는 여전히 당신과 그레이시가 있다는 사실을. 내 마음속에
안전하게 간직되고 있다는 사실을. 내가 두 사람과 함께 영원히
함께한다는 사실을. 당신이 있었기 때문에 나는 결코 완전히
혼자가 되지 않을 것이고, 그게 나를 이 세상 사람들 가운데서
가장 운 좋은 사람으로 만든다는 사실을 떠올려.

그는 자신의 이름과 키스, 사랑을 편지에 서명으로 남겼다. 그는
또다시 내 가슴을 찢어지게 했다.
나는 남은 커피를 다 마신 뒤, 식당을 나섰다. 그렇게 새로운 땅,
낯선 도시의 따뜻한 밤으로 다시 나가, 다시 걷기 시작했다.

38

나는 낯선 곳의 풍경과 소리를 받아들이며 앞으로 나아가기보다는 이리저리 정처 없이 걸었고, 근사한 타운 하우스가 늘어선 거리의 소공원을 발견했다. 이 공원 안으로 들어가려면 거주자 키가 필요했다. 그 순간 한 남자가 발끝에 매달리는 작은 털 뭉치 강아지를 데리고서 막 공원에서 나오는 모습을 보았다.

"오늘 밤은 이 녀석이 마지막 방문인가요?" 그가 가까이 오자 내가 물었다.

"세상에, 그러길 바랍니다. 나이가 4개월밖에 안 되었는데, 아이 키우는 거랑 같아요!"

그의 말에 나는 안쓰러워하는 듯한 소리를 내었고, 이내 바라던 대로 그는 나를 위해 문을 잡아주었다. 공원 내부는 아름답고 이상했다. 작지만 덤불과 나무, 꽃이 빽빽이 들어차 있었고, 작은 콘크리트 길이 나뭇잎 사이로 구불구불 이어져 있었다.

지금은 거의 자정에 가까운 시간이었다. 잠들지 않는 도시가 여기

이 공원에서 잠깐 눈을 붙이는 것 같은 느낌이 들었다. 나는 누군지 알 수 없는 조각상 앞에 있는 단철 벤치에 앉았다. 조각상은 키가 크고 불쑥 솟아있었지만, 빛이 너무 없어서 그림자를 드리우지 못했다.

나는 핸드폰을 꺼냈다. 예상한 대로 벨린다와 마이클에게서 부재중 전화가 몇 통 와 있었다. 나는 벨린다에게 전화를 걸면서, 핸드폰 화면의 빛을 앞쪽에 버클이 달린 철제 부츠를 신고 있는 동상의 발을 비추었다.

덤불 속에서 야행성 생명체들이 내는 바스락거리는 신비로운 소리와 이따금 멀리서 들려오는 자동차 경적을 제외하면 너무나도 조용했다. 두 번째 벨이 울렸을 때, 벨린다는 안도하는 숨소리와 함께 전화를 받았다.

"괜찮아? 어디야? 호텔로 돌아오는 거야? 우린 바에서 너 기다리고 있어."

"그러지 마, 제발. 시간이 좀 걸릴지도 몰라. 머릿속을 정리해보려고 노력 중이야……. 근데, 그게 금방 해결될 일은 아니야."

"우리도 잠도 안 오고 술도 필요해서 호텔 바에 있는 거야."

"아, 그럼 뭐, 그건 괜찮지. 그렇게 해."

"마이클이 조사를 좀 했어. 우리가 만나서 이야기를 나눠봐야 할 사람들을 찾았다고 하더라고. 화재가 있고 난 다음에 조에게 무슨 일이 있었는지…… 알아보려면 만나야 할 사람들 말이야."

"조의 시신에 무슨 일이 일어났는지를 말하는 거야?"

"그래. 난 그 말을 입 밖으로 말하고 싶지 않았어. 그걸 현실로 만들고 싶지 않았어. 제스, 너 정말 괜찮아? 난 괜찮지 않아. 그리고 조는…… 그는 내 친구였어. 그는 내 과거의 일부였어. 하지만 그가 너에게 갖는 의미는 나랑은 달라. 정말, 정말 미안해, 제스."

나는 한밤중에 비밀 정원의 어둠 속에서 미소 지으며 대답했다. "나도 미안해. 그리고 고마워. 같이 와줘서. 도와줘서. 사실 난 괜찮지 않아. 하지만 언젠가는 괜찮아질 거라고 생각해. 난 이 모든 게 부질없는 일이 아니었다는 걸 믿어야 해."

"부질없는 일이 아니야." 그녀는 재빨리 대답했다. "중요한 일이었어. 조는 그런 걸 누릴 자격이 있었어, 안 그래? 우리가 그의 발자취를 따라가고, 그에 대해 알게 되고, 그리고 그를 애도하는 일까지 말이야."

"그래, 그는 자격이 있었어. 그리고 우리는 진실을 알 자격이 있었어. 진실에 관한 한 가지 측면은, 그걸 갖게 되면 종종 원하지 않게 된다는 거야. 여하튼, 생각할 게 많아. 할 게 많아. 하지만 난 오늘 밤은 그냥 걷고, 생각하고, 느끼게 두려고 해. 내 말 알지? 그래서 지금 난 누구랑 같이 있기에 적합하지 않아. 조각상은 별로 신경 쓰지 않는 것 같지만, 다른 인간들은 신경이 많이 쓰일 거야."

긴 침묵이 흐르고 나서야, 나는 내가 방금 한 말이 전혀 말이 되지 않는다는 것을 깨달았다.

"나 지금 공원에 있는데, 앞에 조각상이 하나 있어. 절대 환영이 아니야."

"아, 알았어. 조심해. 지금은 도시의 밤이고, 넌 그저 베―"

"난 그저 베이비 스파이스가 아니야, 벨린다. 난 그저 아무나가 아니야. 난 인생을 많이 경험한 성인 여자니까 그렇게 부르지 마."

봤는가? 나는 이미 더 용감해졌다.

"좋아. 이제 널 스내피 스파이스*라고 부를게."

---

*   딱딱거리는 스파이스라는 의미

"별로 나아진 게 없네. 하지만 내일 같이 토론해볼 수는 있겠네. 아무튼, 나 기다리지 마. 난 좀 더 걸어야겠어. 걷는 게 도움이 돼."

우리는 작별 인사를 나누었다. 나는 야행성 생명체들이 그들만의 어두운 탐험을 계속하도록 둔 채, 다시는 볼 일이 없을 듯한 근사한 동네에서 벗어났다.

나는 계속 걸었고, 길을 따라 다시 타임스퀘어로 돌아왔다. 지금은 비어 있는 극장들과 영업을 마치고 마감을 준비하고 있는 가게들을 지나 계속해서 서쪽으로 향했다. 내 몸이 마침내 말을 듣지 않는 순간이 오기 전, 강을 보고 싶다고 막연히 생각했다. 그리고 그 정도로 멀리까지 걸어가서 택시를 타고 호텔로 돌아오리라.

9번가를 지나 교차하는 길들을 따라 걸으며, 주변의 분위기가 바뀐 것을 느꼈다. 이 도시는 참 이상했다. 몇 걸음만 걸으면 한 세계에서 다른 세계로, 중국에서 이탈리아로, 화려함에서 더러움으로 이동할 수 있었다.

나는 지금 우범지대에 있었고, 이곳은 오늘 밤 내가 가본 다른 장소들과는 많이 달랐다. 거리에는 여전히 고층 빌딩이 줄지어 서 있지만, 더 좁고 더 밀집된 것처럼 보였다. 빌딩의 금속제 비상탈출구는 즉흥적인 만남의 장소로 사용되고 있었고, 한 작은 무리의 사람들이 앉아서 잡담하며 담배를 피우고 있었다.

모든 종류의 음악이—랩, 히스패닉 팝, 아일랜드 민속음악, 심지어 오페라까지—있었고, 세계 곳곳에서 온 음식이 다양한 냄새를 풍기고 있었다. 이 시간까지 문을 닫지 않은 편의점들이 보였고, 서로 몇 센티미터 이내로 간격을 둔 차들이 주차되어 있었다. 주차된 차들은 대체로 유려한 세단이 아닌, 박스형에 작고 먼지투성이인 보통 차들이었다.

이곳이 진정한 의미에서의 동네다. 이곳은 실제 사람들이 살고 일하며 사랑하는 곳이다. 이곳의 무언가가 전에 살았던 아파트와 케밥 가게의 유수프, 집을 생각나게 했다.

많은 바와 카페가 문을 닫았거나 닫고 있는 중이었지만, 여전히 거리는 활기로 가득 찼다. 그런 활기는 전염성이 있었고, 나는 그 에너지의 일부가 내 지친 뼈에 스며들도록 내버려 둔 채 정처 없이 길을 걸었다. 그것은 삶의 에너지였고, 지금 나에게는 그중 일부가 필요했다. 나는 중간 지대에 있었고, 어느 방향으로든 이끌리는 대로 갈 수 있었다.

나는 천주교 성당과 한 배우의 작업실, 셀프서비스로 이용이 가능한 애견 목욕 가게를 지나며, 한 번 더 쉬었다 가야 할지 곰곰이 생각했다. 휴식을 취하고, 수분을 보충하고, 몸과 마음을 점검하고, 모든 게 제자리에 있는지 확인할 시간인지, 사진들을 보며 조를, 나의 조를 기억하는 동시에 내면 깊은 곳에서 점점 커지는 공허함을 비워내야 할 시간인지 생각했다.

가만히 서서 주위를 둘러보니, 네온 불빛의 바 간판이 깜빡거리고 있었다. 켜졌다, 꺼졌다를 반복하던 불빛은 다시 한 번 더 켜졌다가, 이내 마지막으로 꺼졌다. 마치 광란의 파티에 있는 것과 같았다.

나는 일종의 다른 세상을 경험하고 있다고 확신하며 머리를 저으며, 눈을 깜박였다. 나는 평소 초자연적인 것을 믿지 않을뿐더러, 어둠을 두려워하지도 않는다. 조작하거나 만들어내지 않아도 현실 세계에는 충분히 무서운 것들로 가득했으니까. 하지만 이 순간만큼은 내 생각이 틀린 건 아닌지 혼란스러웠고, 유령 혹은 이 세상과 다른 세상 사이에 떠 있는 미묘한 레이스 베일이 존재하는 건 아닌지 궁금증이 들었다.

이제는 깜빡이다 꺼진 바 간판의 '그레이시스*'라는 이름을 보며, 나도 모르게 그 방향으로 걷기 시작했다. 상상인 걸까. 아니면 진짜일까. 아니다. 흔하디흔한 이름이지 않은가.

잠시 후 나는 한쪽은 중심가, 다른 한쪽은 골목으로 튀어나와 있는 모퉁이 건물 앞에 도착했다. 그곳은 펍인 듯했고, 그레이시스라는 이름의 간판이 눈에 들어왔다. 창문에는 고리 모양으로 돌돌 감긴 옛날식 손 글씨로 스텐실이 찍혀 있었다.

나무 문은 닫혀 있는 상태였고, 간판의 불빛 역시 꺼진 그대로였다. 나는 두 손을 모아 앞쪽 창문을 통해 안을 들여다보았다. 안에는 나무로 된 마룻널들과 빈 잔이 널려 있는 테이블들, 그리고 맥주 통 꼭지와 로고들이—기네스, 블루문, 버드, 새뮤얼 애덤스—드문드문 자리하고 있는, 길고 윤이 나는 바가 있었다.

바 뒤로는 줄지어 늘어선 증류주 병들과 잔을 놓는 선반들, 작은 맥주잔 받침 더미, 테이프로 붙인 사진들로 장식된 거울로 된 벽이 보였다.

나는 바의 끄트머리에서 바에 유리잔을 올려놓고 있는 남자를 발견했다. 뒷정리를 하고 있는 모양이었다.

창문을 통해 좀 더 자세히 그를 살폈다. 가슴에 그레이시스라는 문구가 들어가 있는 티셔츠에 청바지를 입고 있었고, 흩어진 테이블에서 가져온 잔들을 놓을 공간을 만들기 위해 유리잔들을 한쪽으로 모으고 있는 중이었다.

그를 보았다.

조를.

---

* '그레이시네 가게'라는 뜻이다.

죽지 않고 살아있는 조를.

그는 바로 이곳에, 내 눈앞에 서 있었다.

나는 그가 일하는 모습을, 움직임을 찬찬히 살펴보며 넋을 놓고 말았다. 지금 눈앞에 있는 그가, 정말 진짜일까. 몇 번이고 나 자신에게 물었다.

조는 죽지 않았다. 조는 그 화재로 죽지 않았다. 우리가 틀렸다. 아니면, 내가 지금 잠에 빠져 꿈을 꾸고 있는 걸까. 아니면 깨어 있지만 꿈을 꾸고 있는 걸까. 그 어떤 확신도 하지 못한 채 나는 망연자실했고, 침묵했고, 우두커니 서 있을 뿐이었다.

나는 가만히 눈을 감은 채, 벽의 단단한 벽돌을 만졌고, 담배 연기로 물든 공기를 들이마셨다. 그러고는 피가 날 정도로 세게 입술을 깨물었다.

그러고 다시 눈을 떴다. 그는…… 여전히 그곳에 있었다. 그레이시스라는 바도 그대로 있었고, 그 역시 그 모습 그대로 유리잔을 모으고 있었다.

그를 찾았다.

그가 영원히 사라졌다고 생각했던 바로 그 순간에.

이제 뭘 어떻게 해야 하지? 이것은 내가 상상했던 느낌이 아니었다. 분명 그를 찾는다면, 더없이 큰 기쁨과 확실함, 확신을 느낄 것이라 상상했다.

하지만 그 대신, 나는 떨렸고 허약해짐을 느꼈다. 지금 안으로 들어간다면, 안으로 몇 걸음만 내디딘다면, 우리 두 사람의 삶이 바뀔 것이다. 그는 이곳에서 안정되고 행복해 보였다. 그에게는 자신이 운영하는 바가 있고, 자신이 열심히 일해서 쌓아온 삶이 있다. 내게 그것을 깨뜨릴 권리가 있을까? 지금이라도 승리를 받아들이고 떠나야 할까? 조가 안전하게 잘 지낸다는 걸 알게 되었으니, 그걸로 만족하고 감사해하며 떠나야 할까.

이러한 생각들이 머리에 가득 찼지만, 이내 그것은 비겁한 행동임을 인식했다. 예상치 못한 곳에서 기대하던 순간을 맞닥뜨리니 무서웠던 거다. 그 무서움에 압도당한 것이다.

하지만 이제 나는 벽돌 벽 뒤에서 조를 되찾을 뿐만 아니라 이전에 나를 망쳤던 모든 것, 즉 우리 딸을 잃은 고통을, 그가 떠났다고 생각했을 때 느꼈던 상실감을 되찾을 것이다. 그것은 나 자신을 다시 일으켜 세우고, 안정감을 찾고, 내가 진정으로 편안하다고 느껴본 적이 없는 평범한 삶에 동화되는 법을 배우며 보낸 여러 해에 걸친 모든 시간을 위협하는 것이기도 했다.

나는 조가 내게 남긴 모든 편지를 마음속으로 떠올리기 시작했다. 용감해지는 것에 대한 편지, 외롭다는 것에 대한 편지, 서로가 있어 우리가 얼마나 운이 좋았는지에 대한 편지……

몇 분 전 그가 죽었다고 생각했을 때, 나는 내 삶을 살겠다고, 진짜로 살겠다고 다짐했었다. 이제 그가 살아 있다는 것을 알았으니, 그와 똑같이 해야만 한다.

나는 겁쟁이가 되지 않겠다고 결심했다. 숨지 않을 것이다. 위축되지 않을 것이다. 나의 정상적인 삶은 보호할 가치가 없으며, 그건 얄팍하고 즐겁지 않은 것이다. 지금 돌아선다면 나는 결코 나 자신을 용서할 수 없을 것이다. 나는 죽을 때까지 자기혐오에 빠져 영혼을 빨아먹는 안전함에 대면해야 할 운명에 처할 것이다. 리모컨들이 한 줄로 늘어선 어머니의 의자에 앉아, 깊은 후회의 우물 속에서 수십 년 동안 천천히 죽음을 견뎌야 할 것이다.

나는 일 분가량 더 머뭇거린 채, 엉망인 머리와 지저분한 옷, 화장기 없는 얼굴을 깨달았다. 그리고 그 순간, 조를 처음 만난 날 그의 앞에 흘렸던 메이크업 제품들과 그 당시 화장을 하기 위해 고군분투하던 때가 떠올랐다.

한숨을 쉬는 내가 재미있다는 듯, 조는 얼굴에 웃음을 띤 채 말했었다. "자기가 좋아하는 화장을 해. 자기 얼굴이니까 말이야. 내 말은 자기는 화장할 필요가 없다는 뜻이야. 자기는 있는 그대로 아름다워. 화장은 모나리자에게 스프레이 선탠을 해주는 것과 같아."

나는 머리를 뒤로 쓸어 넘긴 뒤, 몇 번의 심호흡을 하며 마음을 진정시켰다. 지금은 외모에 대해 걱정할 때가 아니라, 행동해야 할 때였다. 더 이상 생각들이 머리로 빠져나가거나 두려움에 마비되기 전에.

나는 걸어가 살며시 문을 밀었다. 닫혀 있긴 해도 아직 문이 잠겨 있지는 않았다. 더 이상 지체할 이유가 없었다. 나는 떨리는 두 손을 문의 표면에 평평하게 갖다 대고는, 문을 열고 들어섰다.

39

로맨틱 영화에서는 주인공인 두 사람이 재회하는 순간, 언제나 오케스트라 현들의 압도적인 소리가 그들을 감싸곤 한다. 그리고 두 사람은 오래도록 행복했다는 결말로 이어진다. 다소 진부한 것 같지만, 그렇게 해서 우리는 어쨌든 완성의 감각을, 여정의 종결이라는 감각을 느끼곤 한다.

바로 지금, 여기 이곳에는 웅장한 현들도, 소프트 렌즈*도, 지금의 내 기분을 설명해주는 감상적인 내레이션도 없다. 바에 의해 구분되는, 오직 나와 그만이 있을 뿐이다.

내가 문을 열고 들어선 순간, 그가 고개를 들어 내쪽을 쳐다보았다. 아마도 그는 나를 밤늦게 온 손님쯤으로 생각했을 테고, 영업은 끝났으니 그만 나가달라고 말하려고 했을 것이다. 하지만 그와 눈이 마주친 순간, 우리는 얼어붙은 듯 그 자리에 우두커니 멈춰 선 채 눈

---

*   이미지의 선명도를 낮춰 분위기 있는 영상을 가능케 하는 카메라 렌즈

만 깜박였다. 그는 바로 전 내가 느낀 것과 같이, 눈앞의 비현실적인 모습을 현실로 받아들이기 위해 눈을 비볐다.

나는 그를 향해 더 가까이 걸어갔다. 그는 수건과 안경을 내려놓으며 침묵했다. 우리는 침묵을 지킨 채 서로를 찬찬히 훑어보았고, 우리 사이에는 영원과도 같은 시간이 흘렀다.

그의 머리카락은 여전히 제멋대로였고, 두껍고 짙은 가닥들이 그의 이마 위로 내려와 있었다. 얼굴에는 웃음과 상실을 담은 주름이 져 있었고, 두 눈은 늘 그랬듯 여전히 빛이 났다. 그는 여전히 조이며, 여전히 내가 본 남자 중 가장 아름다웠다.

"난 당신이 죽은 줄 알았어." 내 말에 그가 천천히 우리 사이의 거리를 좁혀왔다.

"그럴 뻔했지. 정말 당신이야? 아니면 내가 꿈을 꾸고 있는 건가?" 그가 나에게서 몇 발짝 떨어진 지점에 가만히 선 채 말했다.

나는 좀 전에 그가 느끼고 있을 기분을 똑같이 느꼈기 때문에, 지금 그가 어떤 감정일지 정확히 알 것 같았다. 나는 그를 찾고 있었고, 그가 죽었다고 믿었었다. 하지만 이제 그를 찾았고, 물론 그는 내가 오는 줄 몰랐을 것이다. 내가 수십 년을, 과거를 통과해서 그의 바 문을 통해 걸어 들어오리라는 것을 말이다.

나는 손을 뻗어 그의 손을 만졌다. 꺼칠한 피부는 반흔 조직으로 울퉁불퉁했다. 그의 손이, 건물 내부에 있는 사람들을 구출하기 위해 불타는 건물에 뛰어든 사람의 손임을 깨달았다.

그는 내 손에 꼭 깍지를 끼며, 모든 것을 구석구석 확인하겠다는 듯, 내 얼굴 여기저기를 자세히 훑어보았다. 마치 내가 마법의 연기 속으로 이끌려 공중으로 흩어지거나 사라지기라도 할까 봐 두려워하는 것처럼 나를 꼭 붙들었다.

"진짜 나야. 할 말이 너무 많아. 하지만 첫 번째이자 가장 중요한 것은 내가 당신에게 등을 돌린 적이 없다는 거야. 난 당신이 떠나는 걸 절대 원하지 않았어. 내 부모님은 당신이 이사했다고, 새 출발을 했다고 말씀하셨어. 당신이 나를 떠났다고 했어. 그들은 내내 나에게 거짓말을 했고, 나는 두 분 다 돌아가신 후에야 당신이 보낸 편지와 카드들을 찾았어. 그 이후로 계속 당신을 찾고 있었어."

나는 그의 얼굴 위로 폭포처럼 감정이 흐르는 것을 보았다. 분노, 슬픔, 유감…….

"너무 많은 일이 있었어……." 그가 마침내 중얼거리듯 말했다.

"알아. 일부이긴 하지만. 난 당신의 마지막 편지를 읽고 당신이 말하고자 하는 바를 이해했어. 그래서 난 당신의 발자취를 따라갔고, 당신이 본 것을 보았고, 당신을 형성한 사람들을 만났어. 에이다와 제럴딘 그리고 다른 많은 사람들을 만났어. 나는 벨린다와 내 사촌 남동생과 함께 뉴욕에 왔어. 우리는 매디건스에 갔었고, 당신이 화재로 죽었다고 생각했어."

"아니야." 그의 대답을 들으며, 나는 화재에서 상처 입은 그의 살갗을 쓰다듬었다. "그는 바텐더 중 한 명이던 조시였어. 난 노력했어……. 그에게 다가가려고 했지만 그럴 수가 없었어. 당신이나 그레이시에게 가닿을 수 없었던 것처럼."

그 말에 담긴 고통은 설명의 범위를 뛰어넘었다. 그것은 날것의 상태로 생생했고, 오래전과 마찬가지로 잔인했다. 그 이후로 내내 그가 혼자 견뎌온 것은 죄책감일 것이다.

"조, 난 자기가 노력했다는 걸 알아. 우리에게 어떤 일이 일어나게 하느니, 차라리 자기가 스스로 죽는 걸 택했을 거라는 걸 알아. 당신에게 할 말이 너무 많아……."

그는 고개를 끄덕이고는, 잡고 있던 내 손을 놓는다. 그의 손이 떨어지자, 곧바로 상실감과 추위가 느껴졌다. 그의 손길을 느껴본 지 너무 오래되었다. 그의 두 손을 내 손으로 감싼 채 영원히 그대로 있고만 싶었다.

"다 말해줘. 그리고 나도 당신에게 모든 걸 말할 거야. 우리는 새벽까지 이야기할 수 있고, 그다음에는 공원을 산책하고, 또 더 많은 이야기를 할 수 있어. 우린 전처럼 대화할 수 있어. 별을 보면서 이야기했던 때처럼, 그레이시가 잠들었을 때 낮게 속삭였던 때처럼 말이야. 그 모든 걸 위한 시간이 있어. 하지만 지금은 하고 싶은 일이 딱 한 가지 있어……."

그가 말을 마치고는 걸음을 옮겼다. 나는 그의 어깨가 움직이며, 긴 다리로 성큼성큼 걸을 때마다 그의 목 살갗에 머리카락이 닿는 걸 보았다. 그는 여기 있다. 나는 여기 있다. 이 모든 것은 진짜다. 이것은 끝이 아니라 시작이다.

그는 주머니에서 동전을 꺼내 구석에 있는 주크박스에 넣고는, 쳐다보지도 않고 버튼을 눌렀다. 이미 외우고 있기 때문이다.

그러곤 그는 나를 향해 다시 걸어왔다. 그 순간 노래 시작 부분의 익숙한 느린 박수 소리가 들렸다. 우리의 노래, 우리 두 사람과 아주 오랫동안 함께했던 노래였다.

그는 내 어깨에서 도라 백팩을 가져가, 탁자 위에 올려놓으며 미소 지었고, 내 얼굴 가까이에서 머리카락 한 줌을 가져가 부드럽게 쓰다듬었다. 나는 그의 손길로 몸을 기울였다. 그는 나를 팔로 감쌌고, 나는 그의 가슴에 머리를 기대었다. 우리의 잃어버린 딸의 이름이 새겨진 티셔츠의 부드러운 천에.

내 손이 그의 허리를 감았고, 우리는 춤을 추기 시작했다. 그 순간 모든 것이 평화로웠다. 나는 안전해. 나는 집에 왔어.

나는 모든 것이 바뀌기 직전, 눈 내리는 밤 차 안에서 나누었던 키스를 떠올렸다. 그것은 여러 해 동안 내가 차단해버린 많은 기억 중 하나였다. 지금 이 순간, 너무 특별하고 완벽한 그때의 키스를 다시 느낄 수 있었다.

"자기야, 사랑해……." 우리가 이 노래를 부른 가수가 태어나고 죽은 도시의 텅 빈 바를 휘젓는 동안, 그는 내 피부로 따뜻한 숨결을 전하며 노래를 따라 불렀다.

우리는 계속해서 춤을 추었다. 우리는 함께였고, 서로의 시간이 포개졌다. 더 이상 서로 떨어져 다른 길을 걷거나, 별개의 삶을 산다고 느껴지지 않았다. 우리는 지금 다시 함께였고, 그것이 유일하게 중요한 것이었다.

우리는 춤을 추었다.

우리는 함께였고, 서로를 꼭 붙들었다.

우리는 다시 한 번 더 희망을 품고, 다시 한 번 더 사랑한다.

우리 두 사람은 다시, 살아났다.

파인딩 조

초판 1쇄 발행 2023년 06월 15일

지은이 데비 존슨
옮긴이 황성연
펴낸이 김상현

기획편집 전수현 김승민 **디자인** 이현진
마케팅 송유경 김은주 조원희 김예은
경영지원 정주연 오한별

펴낸곳 (주)필름
등록번호 제2019-000002호 **등록일자** 2019년 01월 08일
주소 서울시 영등포구 양평로30길 14, 세종앤까뮤스퀘어 907호
전화 070-8810-6304 **팩스** 070-7614-8226
이메일 book@feelmgroup.com

필름출판사 '우리의 이야기는 영화다'
우리는 작가의 문체와 색을 온전하게 담아낼 수 있는 방법을 고민하며 책을 펴내고 있습니다.
스쳐가는 일상을 기록하는 당신의 시선 그리고 시선 속 삶의 풍경을 책에 상영하고 싶습니다.

홈페이지 feelmgroup.com **인스타그램** instagram.com/feelmbook

ISBN 979-11-982493-6-4 (03840)